图书在版编目（CIP）数据

酒神狂歌与刑天之舞：鲁迅对尼采的借用与融合 / 王学谦著. —长春：吉林大学出版社, 2018.5
ISBN 978-7-5692-2313-2

Ⅰ. ①酒… Ⅱ. ①王… Ⅲ. ①鲁迅（1881-1936）—思想评论②尼采(Nietzsche, Friedrich Wilhelm 1844-1900)—思想评论 Ⅳ. ①I210.96②B516.47

中国版本图书馆CIP数据核字(2018)第110348号

书　　名：酒神狂歌与刑天之舞——鲁迅对尼采的借用与融合

作　　者：王学谦　著
策划编辑：陶　冉
责任编辑：李国宏
责任校对：陶　冉
装帧设计：刘　瑜
出版发行：吉林大学出版社
社　　址：长春市人民大街4059号
邮政编码：130021
发行电话：0431-89580028/29/21
网　　址：http://www.jlup.com.cn
电子邮箱：jdcbs@jlu.edu.cn
印　　刷：吉广控股有限公司
开　　本：787mm × 1092mm　1/16
印　　张：20.25
字　　数：280千字
版　　次：2018年5月　第1版
印　　次：2018年5月　第1次
书　　号：ISBN 978-7-5692-2313-2
定　　价：56.00元

目　录

绪论　鲁迅与尼采的家族性相似

一、鲁迅与尼采思想关系的研究历史、现状

1. 1949年以前的研究情况

在五四时期，鲁迅杂文集《热风》出版以后，文坛就有人辨认出鲁迅杂文的尼采气息，说鲁迅是“中国的尼采”。鲁迅的朋友刘半农说鲁迅是“托尼学说，魏晋文章”，鲁迅自己也认可这种评价。在鲁迅逝世以后，1938年，张震欧的《鲁迅与尼采》是第一篇研究鲁迅与尼采的文章。文章认为，“鲁迅是受过尼采‘超人’说的影响的”，作者还引用周作人的有关回忆和鲁迅的有关自述，以尼采《扎拉图斯特拉如是说》中的语言与鲁迅作品相对照，说明其中有相通之处。[①]1938年，在《申报》的《自由谈》上展开“鲁迅风”杂文讨论，1939年，唐弢在《鲁迅风》创刊号（1939年1月）上发表《鲁迅的杂文》一文，文章认为，“鲁迅是由嵇康的愤世，尼采的‘超人’，配合着进化论，进而至于阶级的革命论的。”[②]这种观点获得了巴人

① 张震欧：《鲁迅与尼采》（1938年8月29日广州《黄花岗》第2卷第4期），张梦阳编：《中国鲁迅学通史》（上），广东教育出版社，2002年，第340页。

② 唐弢：《鲁迅的杂文》，李宗英、张梦阳编：《六十年来鲁迅研究论文选》，知识产权出版社，2010年，第199页。

的认同。他在《鲁迅与高尔基》一文中认为，鲁迅和高尔基的一个相似之处就是两个人都受了尼采的影响，鲁迅与尼采的思想是有血缘关系的，尼采的哲学是个性主义，“尼采的哲学一般人是称为‘超人’哲学的。其实，更适切地说，他是强调个性主义，主张意志即是权力的。因之，在他具体的表现上，他反对平庸，反抗现实，主张打破现状。”[①]鲁迅在《摩罗诗力说》中引用了尼采的文字，“这就是说明鲁迅对粗野的力的爱好。从野蛮中看出文明，从丑恶中看出善良，从黑暗中看出光明——在平凡的现实面前，看出不平凡的物事。这是鲁迅与高尔基的灵魂中共具的优点。”[②]《野草》中《我的失恋》就体现了这种特点。《文化偏至论》表明，鲁迅是从个性主义的角度接受尼采的。《野草》受尼采的影响最明显。这些观点是很有见地的。1939年，王元化发表《鲁迅与尼采》。这是第一篇专门论述鲁迅与尼采思想关系的长篇论文，理论性很强。但是，这篇文章却是从马克思主义的阶级论出发，重点论述鲁迅与尼采的区别的。王元化认为，“初期的鲁迅是一个激进的民主主义者，他代表当时向上发展的市民阶层的意识形态。”[③]“但是尼采不能代表向上的阶级，相反的，尼采正是反动的贵族阶级的代言人。”[④]他是反对无产阶级革命运动的，反对阶级斗争的，因此才被法西斯主义利用。尼采的世界观的根底是“人种论”，是反对平等的，是不可知论，彻底地否定真理的存在，等等。因此，鲁迅与尼采虽然都有个性主义精神，但是，两者本质上是不同的。40年代以后，由于整个文化舆论更多地将尼采当作反动哲学家，人们几乎不再提及鲁迅与尼采的关系。但是，1946年，郭沫若在《鲁

---

① 巴人：《鲁迅与高尔基》，《鲁迅风第1—19期》，上海书店印行（内部发行），1982年，第262—263页。

② 同上，第263页。

③ 王元化：《鲁迅与尼采》，郜元宝编：《尼采在中国》，上海三联书店，2001年，第263页。

④ 王元化：《鲁迅与尼采》，郜元宝编：《尼采在中国》，上海三联书店，2001年，第269页。

迅与王国维》一文中却认为，鲁迅与王国维都和尼采有密切的关系，“尤其有趣的是两位都曾醉心于尼采。因为在本世纪的初期，尼采思想乃至德意志哲学，在日本学术界是磅礴着的。”[①]“不可忽视地，两位都曾经历过一段浪漫主义的时期，王国维喜欢德国浪漫派的哲学和文艺，鲁迅也喜欢尼采，尼采根本就是一位浪漫派。”[②]1949年以后，由于新中国思想状况发生了极大的变化，也由于尼采被规定为反动哲学家，在中国大陆，鲁迅与尼采的关系长期处于空白状态。

2．1980年以后的研究情况

“文革”结束以后，随着思想解放和文学研究观念的变革，尼采与鲁迅的关系，很快就被重新提起。从70年代末期，一直到80年代中期，人们在这个问题上一直很矛盾、很纠结。一方面，不能不承认尼采对鲁迅的影响以及鲁迅身上的尼采气息，另一方面却囿于当时的历史条件、自身思想观念和知识的局限，对鲁迅、尼采都不能展开更为自由、深入的研究。鲁迅是共产主义战士，尼采是反动哲学家，仅仅这两个观念，就足以压制人们对这个问题的探究。所以，当时只能浅尝辄止，而且，结论的重心一定要落回到鲁迅与尼采的政治身份的区分上。1978年，《破与立》（即《齐鲁学刊》1978年1期）发表张华的《鲁迅与尼采》、陆耀东的《试谈鲁迅评尼采》，这是新时期最早重提鲁迅与尼采关系的文章。张华认为，“鲁迅是二十世纪中国伟大的文学家、思想家和革命家。尼采是十九世纪德国的反动思想家。但是，本世纪初，尼采思想风靡一时的时候，曾给世界观正在形成的青年鲁迅一定的影响。这种影响，到二十年代鲁迅成为共产主义者以后才彻底清除。资产阶级文人学者说鲁迅是中国的尼采，自然是恶意的诽谤；但尼采思想确曾给鲁迅以影响，这是历来鲁迅研究者一致公认

① 郭沫若：《鲁迅与王国维》，李宗英、张梦阳编：《六十年来鲁迅研究论文选》，知识产权出版社，2010年，第511页。

② 同上，第515页。

的。”[①]陆耀东的文章对鲁迅关于尼采的文字进行了全面的梳理和细致的分析，这种研究对以后研究的深入展开，提供了一个重要的研究基础，即通过陆耀东的文章，我们可以看到鲁迅几乎所有的论述尼采的文字，但是，文章观念则和张华近似：尼采是反动思想家，鲁迅则是伟大的思想家、革命家。鲁迅早期和五四时期，基本上是赞成尼采的，但是，伴随着鲁迅思想的成长和转变，后期对尼采则完全是批判的态度，“鲁迅对尼采曾经有一个认识过程，前期偏颇，后期基本正确。”[②]1980年，乐黛云发表《尼采与中国现代文学》一文，文章论述了尼采对现代文学的重要影响。在此，尼采不是反动思想家，而是一个对资本主义社会具有批判精神的思想家。文章第二部分，专门论述了尼采对鲁迅的影响，乐黛云虽然也认为鲁迅对尼采的认识有一个过程，但是，却更多地关注尼采对鲁迅的积极的影响。鲁迅早期和五四时期受尼采影响很大。尼采对资本主义文明庸俗颓靡的批判、对于创新精神的追求和个性主义精神，吸引了青年的注意，但是，鲁迅并没有系统地接受尼采思想，也并没有读过尼采的《权力意志》等著作。在五四时期，鲁迅基于对封建传统文化的批判和对孤独的强者的认同，将尼采作为自己的思想资源，但是，在30年代以后，鲁迅则与尼采思想彻底决裂。文章总结说，“由此可见，早期鲁迅曾以尼采的新理想主义（新神思宗）和唯意志论（意力说）为理想，但他的目的在于使中国避免资本主义的缺陷，改造国民精神，提倡奋发自强以挽救祖国。‘五四’时期，他把尼采‘重新估定一切价值’的学说作为彻底反帝反封建的一种武器，以尼采‘超人’的精神鼓励人们为改革旧弊，要不理嘲骂，不听恭维，不怕孤立。三十年代开始，鲁迅批判了尼采的脱离现实，脱离人民，但仍然肯定尼采对资本主义社会现象某些精到而深邃的观察。”[③]钱碧湘的《鲁迅与尼采哲学》（1982）比较

---

① 张华：《鲁迅与尼采》，《破与立》（即《齐鲁学刊》）1978年1期。

② 陆耀东：《试谈鲁迅评尼采》，《破与立》（即《齐鲁学刊》）1978年1期。

③ 乐黛云：《尼采与中国现代文学》，《北京大学学报》，1980年3期。

全面地论述了鲁迅与尼采之间的关系，对尼采的认识虽然不无“左”的痕迹，但与此前的文章相比，显然有所调整，能够更充分地分析尼采的思想。文章指出，鲁迅对尼采的接受主要是这样几个方面：一，接受了尼采对资本主义批判的思想，同时也接受了唯意志论；二，部分地接受了尼采的“超人”思想，这种思想影响到鲁迅对人性和人类历史的见解；三，鲁迅对尼采的接受，主要集中在《扎拉图斯特拉如是说》中。但是，文章还是十分严格地强调尼采与鲁迅之间在思想本质上的差异的。“总起来说，鲁迅从内容庞杂的尼采哲学中只汲取其中的一小部分。他从中国的现实社会出发，把注意力集中在尼采的政治哲学与社会哲学。正如他只是部分地接受尼采思想一样，他对尼采思想的批判，也只是部分的。他虽然最终认识到尼采是没落思潮的代表，却仍沿用尼采的‘末人’学说。这表明他对尼采哲学的看法不苟同于流行观点。”①

80年代中期以后，情况发生了很大的改变，伴随着西方存在主义的大规模涌入，鲁迅与存在主义的关系受到重视。尼采的反动哲学家的帽子被完全抛开，他作为现代生命哲学、存在主义的先驱在中国学界崛起，尼采与鲁迅的关系研究，也有了明显的突破。1987年，李泽厚发表《胡适　陈独秀　鲁迅》一文，对三位人物进行比较。他认为鲁迅之所以长期具有一种独特的魅力，除了那种对传统中国的批判精神之外，是因为，“鲁迅一贯具有的孤独和悲凉所展示的现代内涵和人生意义。”“这当然与他早期接受尼采哲学作为人生观有关。贬视庸俗，抨击传统，勇猛入世，呼唤‘超人’，不但是鲁迅一生不断揭露和痛斥国民性麻木的思想武器（从《示众》到《铲共大观》《太平歌诀》），而且也是他的孤独和悲凉的生活依据（从《孤独者》到《铸剑》到晚年的一些心境）。鲁迅那种背负因袭重担，肩住黑暗闸

① 钱碧湘：《鲁迅与尼采哲学》，郜元宝编：《尼采在中国》，上海三联书店，2001年，第564页。

门所具有的极其深刻沉重的社会历史内容的孤独悲凉，……这种孤独悲凉感由于与他对整个人生荒谬的形上感受中的孤独、悲凉纠缠融合在一起，才更使它具有了那强有力的深刻度和生命力的。鲁迅也因此成为中国近现代真正最先获有现代意识的思想家和文学家。”[①]但是，李泽厚没有在这个问题上进行专门的研究，仅仅笼统地进行了这种价值认定。

在这个问题上，深入研究下去的是汪晖。汪晖的《反抗绝望》是最早对鲁迅与尼采等人的思想关系进行正面、深入研究的重要著作。尼采等对鲁迅的影响不再是作为鲁迅思想的弱点或一般可有可无的存在，而是鲁迅一生思想的重要构成，决定了鲁迅文学世界尤其是《野草》的重要特征。他将尼采等人的思想作为早期鲁迅乃至鲁迅一生的重要思想资源。汪晖在对鲁迅早期思想进行分析的时候，对尼采等人的思想，有更为深入的研究，这些关于尼采、叔本华、施蒂纳等人的知识，不再是80年代初期的那种面貌了，而是更丰富、更客观。汪晖的一个重要结论是，鲁迅早期思想是一种矛盾的、悖论性的双重结构：尼采等人的生命哲学与启蒙理性的矛盾，鲁迅一方面吸收尼采等人的关于“个人”的思想，另一方面又寻求民族国家的现代性。这种思想结构对五四时期的鲁迅具有重要的影响。其对“个人”思想的坚守形成了鲁迅最重要的思想特征：“反抗绝望”。这种“反抗绝望”体现在《野草》中的“过客”性格和思想之中。

闵抗生的《鲁迅创作与尼采的箴言》[②]是专门研究鲁迅与尼采之间思想关系的著作。这是目前大陆唯一一部研究鲁迅与尼采的专著，主要研究鲁迅散文诗《野草》与尼采的《扎拉图斯特拉如是说》之间的关系。其特色在于，挖掘鲁迅一些具体的作品与尼采之间的思想关系，如《狂人日记》《过客》《影的告别》等，是一种典型的微观研

① 李泽厚：《胡适　陈独秀　鲁迅》，《中国现代思想史论》，东方出版社，1987年，第112页。

② 闵抗生：《鲁迅创作与尼采的箴言》，陕西人民教育出版社，1996年。

究。前面虽然也有对尼采的论述、对尼采与鲁迅的思想关系的整体、综合性的论述，但是，由于作者观念、知识结构，尤其是对尼采思想的知识掌握比较少，这种整体、综合性研究有很大的缺陷。这就严重影响了对鲁迅、尼采的一些具体作品的解释。所以，无论在整体精神把握上，还是具体文本的思想分析上，都缺少更为深入的论述。殷克琪的《尼采与中国现代文学》是专门研究尼采与中国现代文学关系的著作，其中有一章专门论述了鲁迅与尼采之间的关系，其侧重点在鲁迅早期所受到的尼采思想的影响、鲁迅小说《狂人日记》《野草》与尼采的关系。但是，作者侧重于一些基本资料的梳理，只是浅层的基本的影响研究，没有在思想上进行深入的阐释。

值得重视的是，国外对鲁迅与尼采关系的研究。国外有一部英文版的研究鲁迅与尼采关系的著作《鲁迅：中国温和的尼采》。作者张钊贻，是澳洲的华人。他长期研究鲁迅与尼采的关系，有一些文章在国内也有发表，但这部著作并没有翻译过来。从已发表的文章——《鲁迅与尼采"反现代"的契合》《早期的鲁迅尼采考——兼论鲁迅有没有读过勃兰兑斯的〈尼采导论〉》《沉迷鲁迅、尼采二十年》《碎片、发狂、永远重复的梦魇——从现代性和现代主义看鲁迅与尼采文艺上的契合》上看，作者似乎并不擅长哲学性思维，更多纠结在一些细节上，试图用实证的方式来阐释鲁迅与尼采的关系，因而在"契合"的分析上不够充分。这和国内许多研究有些类似。还有一个值得商榷的重要问题，就是对鲁迅与孔子的关系上理解。张钊贻"借用德鲁兹的方法，把两种道德（主人道德与奴隶道德）当作历史上积极与消极的两种力量和倾向来看，而这种'二分法'也正好套到儒家与道家上。鲁迅认为儒家积极进取，道家则消极退让。儒家代表中国历史积极的力量和倾向。把现代反孔批儒急先锋的鲁迅，说成没落腐朽的儒家的支持者，似乎匪夷所思。但细度他批孔的战斗檄文，其实主要是抨击后来那些吃这块招牌，实际上是在糟蹋儒家的'聪明人’，并非儒家本身。”[①]这的确“匪夷所思”。鲁迅猛烈抨击儒家文化，而且经常将儒家文化当作嘲讽、调侃的对象，却又将他看作儒家文化的支持者，不符合鲁迅的实际。的确，鲁迅有过赞扬儒家的言论（极少极少），但那只是鲁迅极少情况下的矛盾，并不能说明鲁迅思想的主体特征。以往也有人将鲁迅与儒家文化联系起来，甚至鲁迅的好友许寿裳也做了这种工作。其实，这不过是中国传统文化惯有的偏见：儒家是入世的，道家是出世的。如果用五四新文化运动以来的现代观念看，这种区分就难以成立。道家文化关心的是个人自由，儒家致力于社会、文化建构，双方侧重点不同，处理的问题也不同，都是社会文化不可缺少的，道家文化对社会所起的积极作用就在于以个体生命为原则进行普遍而深刻的文化批判和反思，它的批判思路和儒家对社会、文化的批判是不同的，是儒家无法取代的。将鲁迅归结为儒家文化的传统，也折射出作者对尼采思想的本质缺乏更明晰的定位。尼采在思想气质上，和中国道家文化更接近，或者说是同一类型的文化。因此，把尼采和庄子相提并论，是顺理成章的，而把鲁迅、尼采与庄子看成是一种文化类型，就显得相当错位。2011年张钊贻的《鲁迅：中国“温和”的尼采》增修改写版由北京大学出版社出版。这部著作对尼采的研究，比国内鲁迅研究界要复杂、深刻得多，运用了许多国外比较新的研究尼采成果，视界非常开阔。在鲁迅与尼采关系方面，最具有启发性的是对“影响研究”的复杂性分析和强调鲁迅与尼采的共同之处观点，被尼采“影响”的鲁迅，不是一种机械的接受，也并不停留在一般的实证研究可以证实的地方，而是扩散到鲁迅精神深处，和鲁迅内在倾向相结合，发生了一种创造性过滤和转化。因为对于任何一个优秀作家而言，都不可能没有自己的内在倾向，这些倾向不可能不对接受对象进行过滤和处理。“过滤”“处理”“转化”

① ［奥］张钊贻：《鲁迅：中国“温和”的尼采》，北京大学出版社，2011年，第443页。

后的内容，才是更为重要的内容，这看起来虽然已经超过了影响研究范围，却是更有价值的研究。本人也正是基于这个原因，才确立这样研究题目的。但是，在落实到具体的问题的研究上，《鲁迅：中国“温和”的尼采》仍然没有放开，还是过多地纠缠在一些细节上，较多地受日本实证方法的影响。

就目前的研究状况而言，从思想、哲学上，对鲁迅与尼采之间思想关系的研究还是远远不够的，这里面存在着很大的研究空间。尼采对于鲁迅的影响都有哪些因素？有哪些因素只是表象？或者有哪些因素是人云亦云的简单思维习惯？又有哪些是“藏而不露”的？我以为这些“藏而不露”的或者说创造性的因素，无疑更为重要，因为它不再停留在表层意识之中，而是融入了鲁迅的精神深处。当我们分析这些“藏而不露”的精神气质的时候，应该采取怎样的思路才能够说得更清楚、更明白？并不是说以往的研究没有涉及这些问题，而是说，在今天看来，这些研究很多地方值得重新思考，值得深入下去。这里面不仅涉及时代性问题，还涉及关于鲁迅、尼采的认识特点和认识深度的问题，涉及复杂的理论知识和文化心理问题。比如说，在20世纪80年代初期，当时对鲁迅的认识和对尼采的认识都存在着很多令人不能满意的地方，不仅观点受到时代意识形态的局限，而且知识方面也非常单一、肤浅。随后，存在主义知识大量涌入中国，有关尼采与鲁迅的认识也发生了极大的变化，观念变了，知识、价值判断全部发生了重大的变化。但是，站在今天的价值观念和知识背景上看，理解还是不够深入。在90年代以后，许多研究鲁迅与尼采关系的文章，往往缺乏尼采的知识，也缺乏对尼采更复杂、深入的理解，并不能更好地进行两者的对比研究。比如，尼采的确是存在主义的先驱，但是，仅仅从存在主义的角度认识尼采，也是不够的，尼采不仅是存在主义先驱，而且是浪漫主义潮流的一种极端发展，甚至是更远的时期的唯名论的一种现代变形。对鲁迅与尼采关系的研究，现代文学界由于专业本身的原因，在掌握尼采知识方面有一定的欠缺，哲学界对尼采研究的日益深化、拓展，到现在并没有被现代文学界及时、充分地吸收。基于此，本文力图从哲学、思想的角度，依托当下的知识背景，充分借鉴现代文学界已有成果，对尼采与鲁迅思想的共同性进行分析、比较。

鲁迅与尼采的思想联系，不仅体现在鲁迅对尼采思想的自觉接受，也体现在两者之间思想风格的近乎天然的相似性。对于两者的思想关系的考察，我们采取影响研究与平行研究的双重方法，也就是，一方面我们要仔细辨认鲁迅是怎样接受尼采的，另一方面，又要超越鲁迅接受尼采的具体言论及各种细节，从整体思想气质出发，对两者思想性质及其相似性进行分析、确认，发掘出其共鸣之处。这里，我们首先以宏观的视角——文化类型的视角去审视两者，将他们并置于一个相对稳定的文化类型——生命文化的平台上，拉近他们之间的距离，让他们相互对照。在承认差异的前提下，发现相似性。借用维特根斯坦的观点来看的话，他们共属于世界范围之内的生命文化大家族，具有“家族性相似”。按照维特根斯坦的“家族性相似”的观点，一个大家族里边的成员，不可能存在着完全的本质的相同性，儿子、女儿等晚辈不可能和他们的长辈完全一样，只能在某些部分相似，家族成员都各有自己的特点，但是，他们的确是一个大家族的。“家族性相似”这个概念有助于我们对双方的理解，更有助于我们理解鲁迅对尼采的接受和共鸣。因为“家族性相似”概念，能够摆脱了机械、呆板和教条的约束，最大限度地避免简单影响研究所带来的后果——鲁迅思想是尼采思想的复制，能够凸显鲁迅的主体性特征。鲁迅在日本接受的叔本华、克尔凯郭尔、施蒂纳、摩罗诗人，连同尼采在内，都属于一个大家族。因为尼采影响更大、更典型，把他们看成“尼采家族”也未尝不可，尽管他们之间未必互相间都有影响。鲁迅当时既接受了尼采的影响，也接受了尼采大家族成员的影响。而从思想史、哲学史的角度看，鲁迅与尼采等其实都属于生命文化，他们各自从自己的文化传统和现实出发、相遇，汇聚在一条文化河流之中，并产生强烈的共鸣。在很大程度上，鲁迅对尼采的接受可以看作西方现代生命文化思潮在东方的扩散，是尼采声音在现代东方的一个回声。另一方面，鲁迅显然不是，也不可能对尼采进行机械的模仿，他必然带有自己的私人性和中国的特性。所以，如果我们不是十分苛刻或死板的话，不过分强调文化的区域性和时代性的话，我们甚至可以在宽泛意义上把鲁迅看作尼采等生命文化思潮的一个成员或追随者。

二、生命文化与理性文化

生命文化相对于理性文化而言，只能参照理性文化来进行解释，正如理性文化必须参照生命文化来进行解释一样。理性文化是建构、整合性文化，是社会整体性文化工程，是普遍性文化。这里所说的“理性”不仅指启蒙运动的那种“理性”，而是指更宽泛的内容，这种“理性”就是在较大范围和较长时期内被普遍认可的知识和价值，乃至变成了不受质疑的知识和价值。它致力于社会文化秩序的整合、促成和系统建设，把各种参差不齐的现象和芸芸众生规划起来，制造清晰稳定的世界图景和社会历史目的。理性文化追求规范性、稳定性、统一性的价值原则，它相信这些价值原则具有普遍适用性，并通过这些原则达成社会秩序的稳固和发展。一般来讲，理性文化总是社会的主流文化，具有更广泛而强大的号召力、影响力和凝聚力，具有更深厚的社会文化和历史的积淀，也符合社会大众的心理需求，求稳定、求安全是普遍的人性。当然，理性文化也不是一成不变的，也同样处在不断更新、变革乃至革命的过程之中。处在革命状态的理性文化是打破旧有的价值原则，实施、推广新的价值原则，经由这种价值更替促成社会的变革和发展，无论如何，它总是趋向于社会文化的整合、重建，有社会秩序和文化秩序重建的清晰目的。理性文化对人类的组织是必要的，社会的存在乃至进步不能没有必要的组织和秩序性，从务实的角度看，最坏的组织状态的社会，也会比无政府状态的社会更有利于人的生存，但是，理性文化往往构成对个人的压抑，很容易沦为保守性的文化，文化的创造性不足，从而造成社会普遍的僵化、停滞，缺乏生机，死气沉沉，让人感到自我的空虚、匮乏和无力。生命文化则是解构性文化，对清晰而稳定的世界图景和社会总体秩序构成质疑和颠覆。“生命”指的是那些被普遍价值压抑或打击的知识和价值，它包括人的生物性在内，却不仅仅指生物性，而主要指向个人性的，或者是那些由于各种历史机缘而被压抑的东西。它释放个人的意欲，并将世界和社会还原成一种纷繁复杂乃至无可理喻的状态，它鼓励个人的那种突破规范的自由，并将这种自由视为创造。它以怀疑论为基础，是相对主义的，乃至是虚无主义的。在生命文化眼里，世界是动态的、偶然的，不稳固的，没有绝对的固定的本质，各种事物充满着无尽的差异性和矛盾性，冲突无处不在，缺乏任何的统一性或公度性，任何试图将社会/世界整合起来的价值原则，不是徒劳的一厢情愿的空想，就是以牺牲个体性为代价的专断。它不相信存在着任何普遍有效的价值原则，认为所谓有效的价值原则对具体事物和人都构成了巨大的压抑和覆盖，因而，它不断进行反抗，试图从普遍的价值原则中脱离出来，乃至将这种反抗本身当作最高的目的和意义。生命文化的价值和意义在于释放个人的自由，将人作为最高的目的，并赋予个人以极大的创造性，但是，生命文化往往具有某种危险性，甚至容易沦为破坏性的冲动和激情，酿成一种巨大的灾难。理性文化与生命文化构成人类文化的基本类型，它们对立冲突、相反相成，构成了人类文化的整体，满足人和社会的不同需要，并共同促成社会、文明的存在与进步。这两者之间，很难说孰优孰劣，只能说各有特点，各有不同。理性文化与生命文化并非平衡共处，在不同的历史境遇、不同的文化区域之中，往往是此消彼长的状况。当然，这种粗略的勾勒并不能囊括生命文化与理性文化及其相互交融的全部特征，但是，却有助于我们避免“一叶障目，不见泰山”的短浅目光，在开阔的视野上对问题进行深度探究。

实际上，理性文化与生命文化及其相互关系，在本质上就是社会与个人及其相互关系的表述。它关涉社会整体状况及其对个人的要求与控制，同时也涉及个人自我暗示、自我追求以及对社会的态度。无论是着眼于社会，还是立足于个人，都无法回避这个问题。因此，不同时代、不同风格的思想家，在他们进行思考的时候都不约而同地以不同语言触及这两种文化类型，或者是直接论述，或者是间接论述。如果没有这种对于文化类型的观察或分析，他们似乎无法构建他们的思想大厦。

在启蒙理性傲然前行的时代，卢梭算是一个异类。他的出现意味着启蒙时代的内部出现了一种裂隙。卢梭将感情推向至高无上的地位，从而在当时进步知识界普遍诉求的理性之外开辟了一条新的道路。相对于加强文化建设和理性开发的理性思想家，卢梭推崇的是自然人。这种自然人的价值不在于其真实性，“高尚的野蛮人”早已消失在历史的迷雾之中。它的价值在于为不受普遍理性牵制、约束的心灵开辟广阔的空间。相对于理性来说，卢梭的“自然”便是对生命价值的释放，尊重。人的本然性的情感胜过教化性的规范性的思想、观念、理性，人类不断添砖加瓦的理性大厦并没有什么优越之处。

康德严谨到了枯燥的程度，与任何浪漫毫无关系，然而他却被卢梭震撼。受卢梭的影响和启发，康德把理性划分为“纯粹理性”和“实践理性”，从而为过度膨胀的理性圈定了一个明确的疆界，把理性规范在认知领域之内，却不允许它的翅膀遮蔽人的实践即道德领域。康德没有采用启蒙理性全能支配的理性思路。的确，康德的“实践理性”的“绝对命令”已经融入了理性时代的普遍理性形式，“实践理性”之“理性”往往嵌入了“意志”对欲望、激情等的克制或战胜，他将欲望、激情、需要等激发的行为看作受外部经验制约的，而纯粹的道德理性却独立于这些外部经验而完全来自于自我的内部世界，即无条件的“绝对命令”的道德性。但是，我们发现，当一个人战胜了外部经验的诱惑和限制而完全听凭自我“意志”呼唤的时候，其心理将无法做到如同18世纪启蒙理性所标榜的那样纯粹思考、计算的状态，因为在康德那里，实践理性是不受纯粹理性的因果关系制约的，决定论与道德论并不能够并驾齐驱。康德反对决定论对个人意志的约束。这种诉诸“绝对命令”的个人自律必然凸显出一个傲然独立的个人，他不仅会冲决一些被认定的落后习俗和偏见，而且必然将怀疑的目光扫向一切存在物。因此，康德的“实践理性”在本质上几乎接近了生命性，它几乎成了包裹着理性马甲的生命意志。这就不难理解，康德为什么对那些桀骜不驯的个人主义具有那么大的魅力。康德关于纯粹理性与实践理性的划分，与理性文化与生命文化的区别有一定的相似性。当康德从思辨领域进入历史的时候，这种理性与生命的对立统一倾向变得更为明显。这或许是因为历史构成浮动着无以数计的芸芸众生——生命吧。尽管康德的历史观打上了那个时代普遍具有的目的论色彩，但是，他最终并没有因为理性王国的宏大历史目的而否定个体生命。正如他看到了满天的星光一样，他也感受到芸芸众生的存在。“大自然使人类的全部禀赋得以发展所采取的手段就是人类在社会中的对抗性，但仅以这种对抗性终将成为人类合法秩序的原因为限。”[①]康德看到了个人存在以及由此产生的冲突的坚硬性，看到了人的存在的双重性：社会性和非社会性。“人具有一种要使自己社会化的倾向；因为他要在这样的一种状态里才会感到自己不止于

① 康德：《世界公民观点之下的普遍历史观念》，《历史理性批判文集》，何兆武译，商务印书馆，1990年，第6页。

是人而已，也就是说才感到他的自然禀赋得到了发展。然而他也具有一种强大的、要求自己单独化（孤立化）的倾向；因为他同时也发觉自己有着非社会的本性，想要一味按照自己的意思来摆布一切，并且因此之故就会处处都遭受到阻力，正如他凭自己本身就可以了解的那样，在他那方面他自己也是倾向于成为对别人的阻力的。可是，正是这种阻力才唤起了人类的全部能力，推动着他去克服自己的懒惰倾向，并且由于虚荣心、权力欲或贪婪心的驱使而要在他的同胞们——他既不能很好地容忍他们，可又不能脱离他们——中间为自己争得一席地位。……没有这种非社会性的而且其本身确实是并不可爱的性质，——每个人当其私欲横流时都必然会遇到的那种阻力就是从这里面产生的，——人类的全部才智就会在一种美满的和睦、安逸与互亲互爱的阿迦底亚式的牧歌生活之中，永远被埋没在它们的胚胎里。”①

罗素是开明而灵活的理性主义者。我发现，他虽然在关键之处总是强调理性的优越之处，对那些沉迷于个人、激情的思想风格往往怀有敏锐的警惕性，甚至流露出无法遏制的厌恶、嘲讽与轻蔑，但是，在很多时候却能够为生命文化留下很大的余地。更为重要的是，他似乎更习惯于以一种理性与生命的二元思路来观察繁复、丰富的哲学历史和社会人生图景。在他那著名的《西方哲学史》中，他把哲学家分成了两大类型，“自从公元前600年直到今天这一全部漫长的发展史上，哲学家们可以分成为希望加强社会约束的人与希望放松社会约束的人。”②这两种哲学家，前者渴望社会团结，后者却追求个人自由，“社会团结与个人自由，也像科学与宗教一样，在一切的时期里始终是处于冲突状态或不安的妥协状态。”③罗素对哲学史的这种区

① 康德：《世界公民观点之下的普遍历史观念》，《历史理性批判文集》，何兆武译，商务印书馆，1990年版，第6—7页。

② ［英］罗素：《西方哲学史》，何兆武、李约瑟译，商务印书馆，1976年，第22页。

③ ［英］罗素：《西方哲学史》，何兆武、李约瑟译，商务印书馆，1976年，第13页。

分，扩展到文化、思想上相当于我们的理性文化与生命文化的区分。罗素在观察伦理、政治的时候，便采用了这种思路。在他的《人类社会伦理与政治》中，也进行了一种与上述类似的二元论的区分，“在整个有文字记载的人类历史中，伦理观念有两种完全不同的源泉：一个是政治的，另一个是同个人的宗教和道德观念有关。在《圣经·旧约》中，这两种源泉以互不关联的形式出现：一种是约法，一种是预言。”①约法的伦理即是理性文化的，而预言的伦理则是生命文化的。约法的伦理强调伦理的公共性、客观性，是全民道德，预言的伦理则强调个人性、主观性，是个人的道德。罗素认为，这种全民的道德和个人的道德的二重性，是任何伦理学必须考虑的。“没有全民的道德标准，社会就将解体；没有个人的道德标准，社会的存在就失去了意义。”②

美国存在主义研究者威廉·巴雷特在他的《非理性的人》中把西方文化划分为理性文化与非理性文化两种。这种划分在中国20世纪80年代具有广泛的影响，是一种非常普遍的对西方20世纪文化类型的分类。巴雷特认为，西方文化在本质上是一种理性文化，从古希腊到近代社会，理性文化一直覆盖着整个西方文化，而近代的启蒙运动则把这种理性文化推向高峰，因而才爆发了存在主义这样的对理性文化高度背叛的非理性文化。但是，另一方面，在西方文化中，也存在着边缘性的非理性文化传统。理性文化与非理性文化之间的冲突，是西方文化最古老的文化冲突之一。巴雷特借鉴了马修·阿诺德的观点，认为希伯来文化是非理性的文化，希腊文化是理性的文化。希伯来关心实践行为，希腊人则关心知识，希伯来人给人们贡献了《旧约圣经》，希腊人为人类贡献了科学。“正确的行为是希伯来人终极关切

① ［英］罗素：《人类社会伦理与政治》，《罗素文集》，王正平译，改革出版社，1996年，第401页。

② ［英］罗素：《人类社会伦理与政治》，《罗素文集》，王正平译，改革出版社，1996年，第401页。

的事，而正确的思想则是希腊人终极关切的事。尽义务，讲良心，是希伯来人生活的首要事情；而对于希腊人来说，首要的则是智力的自发和聪明的运用。因此，希伯来人高扬道德的优点以为生活的内容和意义；希腊人则使它们隶属于理智的优点。”[①]在希腊文化中，也存在着非理性文化因素。柏拉图尽管将宇宙的最终真实看作共相或理念，极力否定个别事物，但是，柏拉图也意识到了理性与非理性的分裂，他崇尚疯狂，把人类的伟大天赋看作出自于神启的疯狂；他的哲学也基本上是个人拯救性的，从这点上看，他又是存在主义的。在中世纪的宗教思想之中，也存在着非理性的因素，近代浪漫主义也包含着存在主义的源泉。比如，教父德尔图良被看作存在主义先驱，在他身上有克尔凯郭尔的影子；奥古斯丁是二元性的，他一方面是具有宗教经验的存在主义抒情诗人，其《忏悔录》对自我的追问、对恶的存在的正视都接近了存在主义的母题，另一方面是正式的神学家，具有正统神学家的特征。托马斯的倾向蕴涵着存在先于本质的倾向，帕斯卡尔的气质类似于克尔凯郭尔和尼采，帕斯卡尔关于数学心灵与直觉心灵的区分显示了人的存在矛盾，也指出了理性——纯粹逻辑的有限性和虚弱性。理性达不到宗教经验的核心位置，无法证明上帝的存在，虚无是无可避免的。浪漫主义致力于存在的充实和自然，诗人布莱克的《天堂和地狱的婚姻》几乎和尼采同调，追求超善恶的境界；华兹华斯以一种近乎奇迹的手法将人放在大自然中，从而显示人的存在。歌德的《浮士德》所处理的问题正是尼采后来全力以赴的问题：人如何超越自己，成为更强大的人。虽然歌德从未使用过“超人”的概念，却蕴涵着尼采“超人”的意图。正因为浪漫主义的这种非理性倾向，才使后期法国浪漫主义转向象征主义，出现了波德莱尔这样的现代派诗人。

---

① ［美］威廉·巴雷特：《非理性的人》，段德智译，上海译文出版社，2007年，第74页。

美国后现代主义者罗蒂更为直接地进行了理性文化与生命文化的划分，虽然他并没有使用这样的词汇。罗蒂的眼光更为宏大、彻底，他直接将人类文化分为两大类型。在《哲学和自然之镜》中罗蒂把哲学分为两大类型，一种是主流或核心的系统哲学，一种是外围或边缘的教化哲学。这种区分，也是生命文化与理性文化的区分。系统哲学是建设性的，它以认识论为中心，以“最新认识论的成就为模式”去规范、普及这种建立在认识论基础上的价值系统。“他们挑选出一个领域，一套实践，并将其看作典型的人类活动。然后他们企图指出，文化的其他部分如何能从这一典范中获得益处。在西方哲学传统主流中，这一典范是认知性的，即具有被证明的真信念，或更准确些说，具有如此富于内在说服性的信念，以至于使证明不再必要。在此主流中的一个接一个的哲学革命，由那些受到新认知技能激发的哲学家们产生出来……一位‘主流派’的西方哲学家的有代表性的说法是：既然某一种研究路线取得了如此令人惊异的成就，就让我们根据它的模式来改造一切研究，乃至文化的一切部分吧。这样一来，就使得客观性和合理性都在那样一些领域里得势了，而这些领域以前却从由于习惯、迷信和欠缺对人们准确再现自然的能力获得正确的认识论。”①教化哲学是解构性的或治疗性的，是怀疑性的，怀疑系统哲学，怀疑普遍公度性的合理性。罗蒂的“教化”与我国普通意义的“教化”不同，我们的“教化”是一种规范性、求同性教育，其目的是使被教育者更符合社会制度和文化秩序的要求，罗蒂的“教化”却是与认识相对的，是一种生命性教化、求异性教化，即让一个人成为他自己。教化哲学虽然没有在近代形成一个“传统”，却有一种彼此相似的关联或类似，即不相信人的本质应是一种本质。“他们常常怀疑进步，尤其是怀疑最新的论断，如果某某科学最终掌握人类知识的性质到如此

① ［美］罗蒂：《哲学和自然之镜》，李幼蒸译，商务印书馆，2003年，第343—344页。

清晰的地步，现在理性将伸遍人类活动的其他部分了。哲学作者不断提出，即使当我们证明了关于我们想知道的每样东西的真实信念，我们也只不过是符合了当时的规范而已。他们始终保持着历史主义的意识，认为一个世纪的'迷信'，就是前一世纪的理性胜利；并保持着相对主义的意识，认为借取自最新科学成就的最新词汇，可能并不表达本质的特有表象，而只是可用于描述世界的潜在上无穷的词汇之一。"[①]罗蒂将伽达默尔的阐释学、存在主义都看作这种教化哲学。在《偶然、反讽与团结》中，罗蒂又将这种哲学分类扩大到整个人类思想、文化、文学等的领域。他将系统哲学称之为"团结"性的文化，而将教化哲学称之为"反讽"性文化。这两者之间的关键是，"私人的实现和人类的团结"之间的区别。反讽语言与团结语言，都根植于人类文化的"轴心时代"，而且来自于一个源头，它们的目的都是为了人类能够更好地生存和发展。"他们背后的企图都是希望将公共和私人融为一体。"[②]团结性文化作为公共性语言，追求社会文化的整体秩序，增进人类团结，它往往是主流哲学和文化；反讽文化不断寻求新的自我描述，不断将自己从规范、秩序中挣脱出来，它一般是边缘性的哲学和文化。反讽性文化不仅包含着尼采、克尔凯郭尔、海德格尔、后期维特根斯坦、福柯、德里达，还有中世纪的唯名论。不仅包含思想家、哲学家，还包括文学家，批评家，如普鲁斯特、波德莱尔、纳博科夫、奥威尔（不仅是文学家）。

上述哲学家的这种哲学、文化区分，很容易让人想起中国哲学、思想的一种基本分类：儒家文化与道家文化。中国哲学没有西方哲学那种断裂式的纵向延伸所造成的繁复、复杂，却自然而然地形成了两种不同性质的文化区域，这种自然的分野暗示了理性文化与生命文化

① ［美］罗蒂：《哲学和自然之镜》，李幼蒸译，商务印书馆，2003年，第344—345页。

② ［美］罗蒂：《〈偶然、反讽与团结〉导论》，《偶然、反讽与团结》，徐文瑞译，商务印书馆，2003年，第3页。

之于社会、文明结构的重要性。儒家文化即理性文化，道家文化是生命文化。儒家文化重在社会、文化秩序的组织与建构，它首先进行一种伦理建构，然后再将个人的伦理原则与社会政治连接在一起，在伦理与政治的融合、结构之中去塑造人的品质，从而使人的行为更符合社会规范和需要。诚然，儒家文化也不乏对个人品格的强调，但是，这种个人品格并不指向个人的独立，而是适应社会伦理、政治生活的理想或目标。在不同时代这些伦理、政治的内容可能有某种差异，但无论是怎样的差异，其精神实质是不变的。在孔子那里，有价值的个人是不断克制、约束自己从而使自己皈依在一种被认为是更有价值的规范性价值系统之中。“克己复礼为仁”，“非礼勿视，非礼勿听，非礼勿言，非礼勿动。”（《论语·颜渊》）“能行五者于天下，为仁矣。……恭、宽、信、敏、惠。恭则不侮，宽则得众，信则人任焉，敏则有功，惠则足以使人。”（《论语·阳货》）汉代以后儒家文化被制度化，形成了一套更为完备的规范性价值体系。董仲舒的“天人感应”将儒家文化的价值体系提升为天道，从而显示出更强大的规范性和统摄力量。后来的陆王心学在心灵方面似乎加强了个体的自由意志，但是，这种自由意志最终仍然认同了“天理”，是天理规定下的自由意志，因而，仍然属于理性文化。儒家文化也有批判和否定，但是，这种批判和否定却趋向于一种旧瓶装新酒式的秩序重建。即它固然可以打破具体的东西，但是，遵循普遍价值规则并将它看作唯一的最高价值的观念却没有变。中国儒家知识分子以道自任、以道统对抗政统往往是根据一个更为理想化的社会价值和伦理标准，并不是对普遍规范本身进行质疑。道家文化则是对儒家文化的否定和颠覆，它是一种怀疑主义，彻底否定了儒家文化的价值规范。它将个人置于社会规范之上，颠覆和拒绝服从社会伦理规范、政治规范，从而使个体生命获得一种如释重负的自由感和归属感。魏晋时代往往被认为是人的觉醒和解放的时代，其道理也就在于此。当大一统的儒家霸权崩溃以后，人的个性活跃起来，自我的价值获得认同。在道家文化看来，“有为”——构建种种文明规范以指导人的行为所设立的层层价值规范是对人的约束和摧残。和许多浪漫主义者一样，道家将“自然”看作最高的价值，主张回到自然，自然即是“道”，“道”即自然。自然最深沉的价值并不在于遁迹山林，它是价值象征的制高点，是摆脱社会普遍规范、寻求个人自由和内心愿望的象征性仪式，“天地与我并生，而万物与我为一。”“独与天地精神往来。”道家的“无为而无不为”意味着，一旦从社会文化的规范中转身出走，就可以回到自我的生活之中，只有摆脱社会普遍价值的羁绊，才能彻底皈依个人的生活。只有“游方之外”，跳出社会、文化的圈套，才能构成对社会文明构成最深刻、激烈的批判，道家对文明悖论的观察和批判，是一种永不枯竭的源泉。它抓住了文明难以摆脱的无法克服的弱点进行颠覆、攻击，蕴含着个体生命的无限活力。这是儒家文化难以承担的重任。儒家文化的社会批判，由于其着眼于社会秩序、文明建构的原则，即“游方之内”，只能将希望寄托在“圣君贤相”的身上，很难抓住要害。自己的刀削不了自己的把。80年代以后，李泽厚在他的《中国古代思想史论》中，把庄子看作世界史上最早的“反异化”思想家：“他抗议‘人为物异’，他要求‘不物于物’，要求恢复和回到人的‘本性’。这可能是世界史上最早的反异化的呼声。”① 把庄子与存在主义联系起来，则是比较普遍的哲学话题。道家也有一种社会理想，但是这种理想却依附于人的自由体验，是一种无政府状态，是扫除一切文化规范的个体自由的象征，从社会学角度看，是一种乌托邦想象，在社会学意义上并没有实践价值，但对于追求个体自由的道德来说，却是个人自由的象征。当然，道家文化在其长期的发展、变化之中，也存在着向主流文化儒家文化靠拢或者被驯服的倾向，这造成了将“自然”这种桀骜不驯的自由精神解释为符合封建理

① 李泽厚：《中国古代思想史论》，人民出版社，1986年，第179页。

性规范的种种倾向。但是，这并不能改变道家文化“游方之外”的精神实质。因为“自然”的强劲开放性往往会带来奔放不羁的自由意志。

三、诗化的哲学与哲学的诗化

尼采对鲁迅产生了深刻的影响，这种影响时隐时现，贯穿于鲁迅的一生，这使鲁迅思想性格带有浓重的尼采气息和生命哲学意味。鲁迅之所以在纷繁复杂的文化世界之中选择尼采，也是因为尼采更适合他思想个性的需要，而且，也能够充分释放他血管里的中国文化精神即道家文化的魏晋风度，从而使他在表达自我的时候能够获得强大的自信。按照上述生命文化与理性文化的区分，尼采与鲁迅显然在本质上都属于生命文化范围，都属于生命文化大家族成员，他们交会在哲学与文学之中。尼采将哲学文学化，而鲁迅的文学则带有哲学意味。

尼采是诗化哲学家，对文学艺术具有强烈的嗜好，深通音乐，创作过不少诗歌，以至于其哲学表达带有很强的文学性，以一种诗意或散文化的笔调，表达出深刻的哲学思考。罗素说，尼采虽然是教授，却是文艺性的哲学家，不算学院哲学家。有的哲学史家虽然将他列入哲学史内，却将他称作诗人，说他不仅在哲学之内具有影响，而且在文学之内具有更大的影响。有的人却干脆将尼采称为“语文学家”，而不是一个哲学家，认为他对于哲学知识的掌握并不丰富，却是个文学天才。对西方主流、系统化的哲学的反叛，来自于浪漫主义大潮，然后逐渐演变成存在主义潮流。纵观尼采，他的确缺少西方主流哲学家或严谨学者的气质，以概念、逻辑等理性方式进行思想绝非尼采的特点，甚至尼采在系统哲学知识方面，也远不如那些主流哲学家。但是，如果用尼采的价值追求来衡量的话，这种非系统化、非理性化、文学性却是比系统化、理性化哲学更高的哲学。尼采作为一个德国式浪漫主义者或存在主义的先驱，始终对系统化或理性化不以为然，在艺术和科学之间，他认为艺术更能反映生活的本质，艺术直观比理性逻辑更具有优势。

尼采这种诗化哲学，是西方生命文化的一种现代形态。它根植于卢梭以来的浪漫主义，尤其是德国浪漫主义，因为德国浪漫派不仅产生早、持续时间长，而且声势浩大，影响深远。浪漫主义是对启蒙运动的理性主义及其社会后果——工业化和民主化潮流的对抗。从苏格拉底、柏拉图等人到文艺复兴、启蒙运动，对理性——绝对化知识的诉求，是西方文化的强大传统。无论是经验理性抑或先验理性，总是认为世界在本质上存在着绝对真理，人的使命就是发现它，然后按照它的规则行事，就可以获得历史进步和人性解放。宗教的力量在这种理性面前步步退却。社会普遍相信理性的力量，崇拜科学及其带来的物质繁荣，把优雅、安详和平静看作生活的最佳状态，在真理面前人人平等的原则让大众更具有自信。艺术也要遵守规则——古典主义的法则，克制情感和自我的种种奇思怪想。这一切激起了浪漫主义者的反抗。浪漫主义追求的理性之外或被理性压服的那些东西，直至不臣服于任何既定规则的个人主义精神。卢梭将人的情感点燃，拜伦释放了一种撒旦主义激情。在德国则以更为猛烈的姿态展开，动摇着启蒙运动的理性规则，并以主观心灵替代客观的理性规则，让人变成绝对自由的存在物。朱光潜在他的《西方美学史》中说："德国古典哲学本身就是哲学领域里的浪漫运动。它成为文艺领域里的浪漫运动的理论基础。德国古典哲学的基调是唯心主义。"①

康德"实践理性"的"绝对命令"，为人的主观心灵留下巨大的空间。伯林把康德看作拘谨的浪漫主义者②，把康德的朋友哈曼看作

① 朱光潜：《西方美学史》（下），人民文学出版社，1919年，第723页。
② ［英］伯林：《浪漫主义的根源》，吕梁等译，译林出版社，2008年，第72页。

德国浪漫主义的真正父执。因为哈曼的断然否定了康德的理性观点，“即上帝不是几何学家，不是数学家，而是诗人。”[①]

费希特将康德的“绝对命令”进一步提升到压倒一切的最高原则。费希特的“自我设定非我”意味着人——自我创造的世界万物。黑格尔往往被认为是客观唯心主义的，其实，知道了德国浪漫主义的话，区分主观唯心主义与客观唯心主义，就显得有些多余了。“客观”无非是理性时代留下的巨大烙印，仍然有“绝对真理”的追求。黑格尔试图用主观综合一切，并建构了庞大的体系，把世界秩序化，这意味着他的思想深处仍然是启蒙运动的理性。所以，遭到后继的浪漫主义者的反对，克尔凯郭尔、施蒂纳等人都是向黑格尔挑战的。由于浪漫主义的自我精神和对理性逻辑规则的蔑视，文学艺术就昂起头来，与哲学分庭抗礼，甚至蔑视哲学的概念化逻辑性。

尼采的《悲剧的诞生》，将音乐与古典语文学结合起来，将自己的酷爱——音乐注入古希腊悲剧之中，让音乐变成思想，这显然是浪漫主义的。但是，从当时的学术规范来说，完全不符合学术常规，弥漫着浓厚的尼采式情绪和气质。他的自我体验冲破的规范性学术的框架。因此，在尼采的同行之中，引起一片哗然，在很短的时间里，“德国的语言学家们已经宣布他是一个‘科学上的死者’”[②]只有一个叫罗德的人为尼采辩护。尼采的老师李奇尔对自己得意弟子的这部著作也并不满意，并称之为“有才华的胡说”。后来成为古典语文学权威的维拉莫茨-默伦多夫尖锐批评《悲剧的诞生》，“尼采先生履行诺言，他攫住狄俄尼索斯，从印度迁往希腊，但他迈下本该在上面讲授科学的讲坛，召集虎豹跪在自己膝下，而不是德国的语文学的青

① ［英］伯林：《浪漫主义的根源》，吕梁等译，译林出版社，2008年，第53页。

② ［法］丹尼尔·哈列维：《尼采传——一个特立独行者的一生》，刘娟译，贵州人民出版社，2004年，第40页。

年。”[①]《不合时宜的沉思》中的四篇文章，是《悲剧的诞生》的呼应和延展。就文体而言，和《悲剧的诞生》相差无几，但是，在精神旨趣上，却更多地释放出尼采内在的精神。尼采把自己的眼光从古希腊移到了现实，赞美自己的偶像——叔本华和瓦格纳，同时对于现实发出尖锐而犀利的批判。他所看到的现实与他心中的古希腊悲剧梦想截然不同。他所否定的苏格拉底主义——科学理性在节节胜利，那些具有现实实用性的知识、潮流，获取更多民众的青睐和支持。尼采讥讽启蒙主义者施特劳斯是“知识庸人”。因为施特劳斯倡导一切必须在理性的指导之下，相信理性及其创造物，并把这些当作上帝消失以后的新信仰，让人屈从于这种知识的和物质的现实。在尼采看来，“文化首先是在一个民族的所有生活中艺术风格的统一，而众多的知识和学识既不是文化的一个必要的手段，也不是它的一个标志。”[②]在如何对待历史知识方面，尼采不像对于施特劳斯那样尖刻，却也将其进行压缩，他说：“毫无疑问，我们需要历史学，但我们需要它，却不同于知识的花园里那些爱挑剔的闲逛人之需要它，尽管后者也会骄傲地俯视我们粗鄙的、平淡无奇的需求和急迫。这就是说，我们是为了生活和行动、不是为了舒适地离开生活和行动、或者根本不是为了美化自私的生活与怯懦和糟糕的行动而需要它。只是就历史学服务于生活而言，我们才愿意需要它。”[③]让尼采忧虑的是，历史学教育过度地追求知识，反而遗忘了知识对生存、生活的效用。那些膨胀的历史学知识便成了压迫人的负担和累赘。应该遗忘这些累赘、负担，以便大胆行动。尼采相信歌德的观点：“行动者总是没有良知一样，行动者也没有知识的，他为了做一件事而忘记了大多数事情，他对甩在自己身

---

① ［德］萨弗兰斯基：《尼采思想传记》，卫茂平译，华东师范大学出版社，2007年，第84页。

② ［德］尼采：《不合时宜的沉思》，李秋零译，华东师范大学出版社，2007年，第36页。

③ ［德］尼采：《不合时宜的沉思》，李秋零译，华东师范大学出版社，2007年，第134页。

后的东西不义，只知道一种义，即现在应当成为生成的东西的义。”[①]尼采把叔本华当作出色的教育者，因为叔本华真诚，令人快乐，他的哲学没有学院派哲学的腔调儿，没有平庸、陈腐，他让一个人成为他自己。时代流行两种教育准则：一种教育是让学生认识到自己的独特长项，然后把学生的活力和阳光引导到那里去，一种是教育是培养和保护一切现有的力量，把学生纳入这种和谐关系中去。尼采否定后者，而将叔本华看作前一种教育者。大多数德国学者都聚集在科学里面，他们想到的只是科学，而不是人性或人本身。尼采批评康德依附于大学，臣服于政府，服从于国家意志，认为康德造就了大学教授和教授哲学。叔本华却不与大学交往，远离大学和教授们，“叔本华与学者阶层不打交道，远站一旁，追求着对国家和社会的独立性——这就是他的榜样，他的样板。”[②]叔本华生活在孤独、危险之中，却在危险之中捍卫自己。叔本华把艺术尤其是音乐看作高于哲学、科学、宗教的东西。瓦格纳则被尼采看作解放者。在叔本华、瓦格纳身上，尼采深深地认同并遵循一生的观点是：唯有艺术、音乐能够达到对世界——意志的发现和充分表达。它能超越个别的表象，认识自我和世界。

尼采辞去教授职务，有疾病的原因，同时，也有自身气质和思想的原因，他那种将文艺看作高于科学理性的观点以及艺术天赋，使他并没有将学院派学者太当回事。年轻的尼采被巴塞尔大学聘任为教授，全家人都为尼采自豪、欢乐，因为二十多岁的教授，在欧洲也是比较少的。但是，尼采对家人说，“这有什么大不了的？”“世界上又多一个教书匠，如此而已。”[③]他感到作为教授所承担的学术责任对

① ［德］尼采：《不合时宜的沉思》，李秋零译，华东师范大学出版社，2007年，第144—145页。

② ［德］尼采：《不合时宜的沉思》，李秋零译，华东师范大学出版社，2007年，第259页。

③ ［法］丹尼尔·哈列维：《尼采传——个特立独行者的一生》，刘娟译，贵州人民出版社，2004年，第40页。

他的压力，这种压力不是无法胜任的压力，而是无法忍受学术规范的狄俄尼索斯的内在生命所受到的遏制和束缚，一种沦为凡人乃至“知识庸人”的焦虑。他在给朋友的信中说，“这是我在家里度过的最后时刻，最后一个夜晚。明天一早我就要投身于这个大世界了。我要在伴随着责任和义务，充满沉重沉闷的气氛中开始我的全新的职业生涯。我不得不再次说声再见：那自由自在、无拘无束的黄金时代，那每分每秒都纯属于个人的时代，那个艺术和世界作为我们几乎不参与的纯粹图景展现在我们面前的时代——这一时代将永不复返。现在，由冷酷的责任女神主宰的时代已经拉开序幕了。是的，是的，现在轮到我变成一个庸人了。”[①]由此看来，尼采写出《人性的，太人性的》《朝霞》这样不拘一格的箴言、散文体哲学著作，也就不奇怪了。疾病使尼采无法从教，或许也是上帝有意成全尼采吧。后来，尼采过着在欧洲一边旅行一边疗养同时写作的生活，或许正是他宿命般的选择。那种自由的游动，独自的沉思，无疑为他诗性思想提供了最好空气。从艺术或文学性角度讲，尼采最具有代表性的作品是《扎拉图斯特拉如是说》。人们说尼采是文学家或文艺性哲学家，很大程度上就是基于这部作品。《扎拉图斯特拉如是说》既是优美的散文诗，又是深刻哲学著作。这里，尼采完全以文学的方式、美学状态表达自己的思想，并确信在这种状态之下，自己的思想得到了最高、最圆满的表达。尼采自己对这部作品评价也充满了自信。他说，这部作品，“距人和时间的彼岸6000尺。”[②]“令人着迷的语言美，——即使在内容转入神秘难解的含沙射影的表现形式，——也诱惑人，使人陶醉；神秘的象征主义，——特别在《扎拉图斯特拉如是说》一书中作者沉迷在晦暗和摇晃不定中；箴言警句的表现形式，——此形式绝不要求读者进行前后一贯的抽象思维，而是让读者沉湎于风趣横生的兴奋中，任

---

① ［法］丹尼尔·哈列维：《尼采传——一个特立独行者的一生》，刘娟译，贵州人民出版社，2004年，第40页。

② ［德］尼采：《看哪这人》，张念东等译，中央编译出版社，2005年，第105页。

便自己做出抉择，指望能从中享受到令人惊异的意念，卓越的阐述，巧妙的比喻，反常的联想。”①这种神秘的象征风格，是浪漫主义以来不断受到推崇的风格。它不是一般的技巧性问题，而是与理性相对抗的思想存在或世界观。启蒙理性制造了一个清晰的世界结构，而浪漫主义的象征思维却制造出一个神秘、魔幻的非结构世界，启蒙理性所造出一种彬彬有礼、节制的适度的文明人，他主要运用自己的聪明的计算、观察或实验，以显示自己的尊贵和伟大，而浪漫主义的象征却塑造出一种不受任何约束的自由人，听凭感情、意志和想象的呼唤，是各种狂放不羁的冲动、潜意识和个人的勇敢的决断。

鲁迅自然首先是文学家，正如尼采首先是哲学家一样；但是，鲁迅却是哲思型作家，从文学的一面抵达思想性的一面，其文字不仅具有强烈的文学感染力，而且具有深刻的思想穿透力，就其深刻隽永而言，在现代中国文学之中也是佼佼者。他虽然是文学家，却被称作思想家。鲁迅与尼采都在很高程度上达到了文学与思想的合一。在中国现代文学中，鲁迅的作品一方面具有卓越的艺术创造性，另一方面却又以思想深刻著称，以至于被称作“青年导师”“思想界权威”，在抗战时期，毛泽东则将鲁迅称作文学家、思想家和革命家。一直到现在，毛泽东对鲁迅的评价不再作为唯一的权威了，但是，人们仍然为他那丰富而深邃的思想所吸引。

这里需要着重指出的是，关于鲁迅的“深刻”不宜过于笼统，而应该有某种方向或轨道，即鲁迅的“深刻”只有基于生命文化类型才得以成立，才能得到充分、清晰的认识。笼统地理解鲁迅的“深刻”，反而会造成认识上的障碍。从哲学史、思想史的角度看，“深刻”往往来自于生命文化，而非理性文化。基于强烈的个人化体验、思考，冲出固有规则思想、情绪，才是栽培“深刻”的优良土壤。在

① ［德］文德尔班：《哲学史教程》（下），罗达仁译，商务印书馆，1993年，第922页。

中国，寻求“深刻”的话，《老子》《庄子》的社会批判和文化批判显然比《论语》深刻得多，《论语》则更现实、更实用。在西方，启蒙运动时代的哲学家一般往往不如浪漫派尤其是后来的克尔凯郭尔、尼采、叔本华等生命哲学家“深刻”，洛克甚至被许多人嘲讽为平庸，伏尔泰在当时的社会影响非同一般，但却远没有卢梭更深刻。康德深刻，因为康德在现象世界之外留下一个“物自体”，一个不确定的存在，康德之后的许多哲学家往往和康德的深刻有一定的关联。将世界纳入可理解性的范围之内的理性文化，往往容易清浅，而重视人的心灵、不断朝向存在的无限的，就容易进入深刻的境界。鲁迅的“深刻”恰恰是由于其是一个生命主义者，一个生命文化大家族的成员。从中国传统这一面看，属于道家文化谱系，从现代的角度看，接受了尼采家族文化的影响。

周作人将近三百年来的文艺概括为“飘逸与深刻”两种风格：“第一种如名士清谈，庄谐杂出，或清丽，或幽玄，或奔放，不必定含妙理而自觉可喜。第二种如老吏断狱，下笔辛辣，其特色不在词华，在其着眼的洞彻与措语的犀利。”①鲁迅无疑属于后者。鲁迅的“洞彻”与“犀利”，是其怀疑主义精神的呈现，是其生命文化诉求的题中之意。人们普遍发现鲁迅“多疑”，鲁迅自己也不避讳“多疑”，就在于这种生命文化的穿透性，从人和事物的表面，切入内里。鲁迅踏上文坛的第一声《呐喊》就发出“从来如此便对么”的大胆质疑，看到“仁义道德”的另一面。如果进行哲学的抽象的话，“仁义道德”“吃人”，切中社会文明的要害：精神分析所说的文明的压抑性。对于经典作家，不仅要历史地理解，更应该超越性地理解。经典作家之所以为经典作家就在于，他的写作具有超越历史时间的限制，抵达永恒的境界。所谓永恒的境界就是他的文学境界穿过

---

① 周作人：《地方与文艺》，《周作人自编文集·谈龙集》，河北教育出版社，2002年，第11页。

社会现实的重重叠叠问题、事物，进入人类文化的母题，就不同时代都要以不同的语言谈论的问题，或者说人类一直在探讨、思考却难以解决的问题。鲁迅文学不仅仅是社会时代生活的反映，不仅仅是提出一个具体的社会问题或时代问题，然后自己进行探索、思考，而是往往触及社会文明的无解性难题或文明的母题。改造国民性牵连着人性、民族与时代的复杂纠葛。鲁迅最富有魅力的地方就在于对传统、现实的批判，以及对人性的深刻拷问。这种批判是追根刨底式的，穿梭于历史深处和人心的底部，直至人的存在本身。他往往揭示出令人震惊的现象，一些被普遍禁忌的东西，常常有意无意地流淌在他的文字里，以至于他自己也会有一种阴郁、黑暗的感觉。虽有“亮色”的点染，却并无重建的雄心、信心，“亮色”仅仅是一种价值制高点。鲁迅说：“我以为对于时弊的攻击，文字须与时弊同时灭亡，因为这正如白血轮之酿疮疖一般，倘非自身也被排除，则当它的生命的存留中，也即证明着病菌尚在。”[①]但是，他比谁都明白，只要人类存在，时弊就不会消失，黄金世界也不容异端。但是，这恰恰又激发起他的猛烈抨击的意志和激情，同时，也为自己的批判精神寻找到最坚实的基础。他不是像古代的“圣人”或理性主义者那样，铺设了某种正确的历史道路，而在于告诉人们在历史的过程中，每个个体的人，要永远怀疑、思考和反抗。

把鲁迅与胡适进行一下对比，很容易感受到鲁迅的“深刻”。如果我们平心静气地读一下《我们现在怎样做父亲》，不难发现，这是一种近似于胡适风格的文章。尽量说理，心平气和，尽量按照逻辑路子往下走，将激情、犀利和讽刺压缩到最低限度乃至可以忽略不计。这里，我们发现，鲁迅在思考如何一点一点地改革才能使社会进步，他开了一个很切实的药方：从家庭改革开始，从作为家长的父亲做起，“觉醒的父亲”应该以一种天性之爱，而不是像传统中国那样

① 鲁迅：《题记》，《鲁迅全集》1卷，人民文学出版社，1981年，第292页。

的私欲之爱，解放他们的子女，让他们幸福度日，合理做人，如此一代一代地走下去，社会获得了进步，人性也得到了解放。这种“好父亲主义”，其实一点儿也不比胡适的“五鬼闹中华”“好政府主义”来得深刻。原因就在于鲁迅不知不觉走出了自己的思想领地。让鲁迅去沿着乐观的路子“讲理”则很难凸显他的才华和深刻，不是他不“讲理”，而是他不能讲胡适那种理，那不是他的特长，只能讲属于自己的理。其实，胡适也有客串鲁迅领地的文章，比如《易卜生主义》，在新文化运动的大潮中，“易卜生主义”倡导的个性自由力度极大，感染力也非常强。可是，这种“易卜生主义”实在不是胡适的思想风格，是他临时激动，一不小心才拿出来的。易卜生个性主义的要旨是克尔凯郭尔思想，他自称克尔凯郭尔的诠释者。克尔凯郭尔只承认个人的存在，完全拒绝承认群体的存在，无论是人群或者某种联合体，都是不真实的。价值越高的人，就越孤独——“衡量一个人的标准是：在多长的时间里，以及在怎样的程度上他能够甘于寂寞，而不在乎是否得到他人理解。能够毕生忍受孤独的人，能够在孤独中决断永恒之意义的人，与稚童、与代表人类动物性的社会中的人相去最远。”①

因此，胡适很快就转向“非个人主义的新生活”，对个性主义进行了调整和多方面的限制，不像易卜生个性主义那样胆大包天了，而是变得更为合乎规矩，这种个人主义是要在一个秩序中建立个性，不能容忍太过任性，和易卜生那种肯定孤独、怀疑社会的存在主义的个性主义完全不同。胡适自知在这条路上无能为力，或者是胡适个性和修养根本就不可能驻足于这条道路，最多只能临时走来望望风景而已。《我们怎样做父亲》还是留下了一点儿鲁迅的光影，那就是冲动、激情、意志和力量，“自己背着因袭的重担，肩住了黑暗的闸

① ［丹麦］索伦·克尔凯郭尔著 彼得·P·罗德编：《克尔凯郭尔日记选》（晏可佳 姚蓓琴译），上海社会科学院出版社，2002年，第138页。

门。”这是鲁迅风格的写照，是他“精神界之战士”性格的自然流露，所以这句话广为流传，文章的观点倒是被忽略了。

《娜拉走后怎样》是典型的鲁迅风格。这篇文章可以和《我们怎样做父亲》进行对比阅读。在后者中，鲁迅收敛了怀疑的目光，觉醒的父亲坦然牺牲了，社会进步了，道路是曲折的，前途是光明的；在前者中，鲁迅睁大了怀疑的眼睛，一步一步将问题引向死路和绝望，出走的娜拉不是堕落就是回来，梦醒了无路可走。自由需要经济基础，但即使有了经济基础，也还是难以自由：“在经济方面得到自由，就不是傀儡了么？也还是傀儡。无非被人所牵的事可以减少，而自己能牵的傀儡可以增多罢了。因为在现在的社会里，不但女人常作男人的傀儡，就是男人和男人，女人和女人，也相互地作傀儡，男人也常作女人的傀儡，这决不是几个女人取得经济权所能救的。”①

这种穷追不舍的拷问，也只有在鲁迅的生命文化谱系中才会成立，才能显得“深刻”。他直接看到了远处的尽头。这和庄子对人生的悲剧性理解非常相似，人在社会中无法获得自由，“无所逃于天地之间”，人与人之间“喜怒相疑，愚智相欺”，和叔本华的悲观绝望也是相似的，也涉及存在主义对人的孤独本性的思考。如果换成自由主义思想系统，这种追问就显得毫无必要、不近情理了。自由主义的特点是拒绝或回避这类终极性问题，强调“权宜之计”，一点一滴地改良，在“权宜之计”的历史状态中，将“叛徒”处死，并不能否定这个社会的合理性。但是，在鲁迅看来，却是大问题——“惟黑暗与虚无乃是实有”，只有张扬个体意志，而且让意志长久持续下去——反抗、战斗和韧性战斗，才是对抗这“黑暗与虚无”的最好方法，战斗并非为了重建历史，因为不存在黄金时代，战斗本身就是意义。这是“精神界之战士”的英勇气概，也是拜伦精神、尼采主义的要旨。这里的秘诀在于，瞄准人性、历史的黑洞和“造化”的深渊，并将这

① 鲁迅：《娜拉走后怎样》《鲁迅全集》1卷，人民文学出版社，1981年，第163页。

些作为一个庞大的堡垒，然后，爆发出强烈的力量和激情，猛烈攻击。

尼采为履行教授职责而感到焦虑，狂放的心灵使他不愿意受到任何拘束，而鲁迅也有类似的心态。鲁迅早期虽然身为教育部小官，但他却一直难以融入官场规则、体制之中，在他的教育部工作生涯之中，我们感到的是为生存而工作的鲁迅，尤其是看到一个在工作之中不断回到个人内心的鲁迅。鲁迅抄古书、读佛经、收集金石拓本……进入了一个隐秘的个人精神领域。这在鲁迅的精神深处，具有矛盾的多重性，一方面是摆脱了体制对心灵的约束，凸显了自我，另一方面，这种过于宁静的自我也是一种压抑，他感到自己似乎进了一种自我麻醉的状态，一种自我的沉沦，深深地陷入了凡庸的国民群体之中而无法自拔；但是，同时，这也未尝不是一种自我力量的聚集或生成。在登高一呼应者云集的英雄梦想破碎之后，自我如何再造？鲁迅以狂人的姿态跨上文坛。狂人的激情、冲动终于使鲁迅与当局断裂，与“正人君子”笔战，与教育部部长章士钊对簿公堂，很快就离开了教育部。从鲁迅的教师生涯看，他留学回国就在绍兴、杭州等地任教，五四时期，鲁迅又在许多学校兼职，后来又去厦门大学、广州中山大学任教，然而，他在学校里兼职往往与校方对立，站在学生一边，对于现实的体制、规范非常反感乃至憎恶。鲁迅也有深厚的学术功底，有学术性的工作，比如鲁迅的《中国小说史略》，这部由讲义修改完成的著作，直到现在也是能够经得住推敲的学术著作。鲁迅完全可以凭借他的文学威望和学术能力获得教授的职位，过着一种更为有稳定、安逸的生活，但是，鲁迅似乎和尼采一样，对纯粹的学术工作或学院式的生活方式一直没有兴趣。30年代，鲁迅有过写中国文学史的想法，这方面他是有自信的。但是，终于没有去做。鲁迅宁可选择自由撰稿人的身份，以文学家的身份自由思想、自由表达。在他的思想中，学者的生活，远不如“精神界战士”具有价值或魅力。在鲁迅看来，退居书斋的学者式的章太炎，远远不如那个狂放不羁的早期章太炎更令人敬佩。这是对章太炎的评价，无疑也显示了鲁迅对知识分子——个人的价值标准。

四、让个人登上峰巅

如果着眼于理性文化与生命文化的分野的话，尼采和鲁迅的最大相似之处在于把个人推向一个险要的高度。他们都是把人的平衡、稳定的姿态打破，让人登上令人兴奋、战栗的高峰。

尽管尼采丰富、驳杂，涉及许多传统和现代的问题，但是，其思想轴心却是让个人强大起来，这是理解尼采的关键。理解这点，就很容易理解尼采的其他重要观点，因为那些东西都是由这种人学观点派生出来的。尼采呼唤“超人”，然而，“超人”是什么？尼采只是在《扎拉图斯特拉如是说》等作品中有一些描述，几乎都是象征性的语言，尼采始终没有给他的“超人”下一个清晰的逻辑性界定。其实，“超人”无非就是尼采所构想的理想的个人的一个象征，而并非是写实性的人物或精神。尼采的许多重要观念，其实也都是“超人”的理想的表述。比如，尼采的权力意志，其实就是“超人”的另一种说法，或者说从另一个侧面对“超人”的表述，狄俄尼索斯、自由人、战士、扎拉图斯特拉、赫拉克利特、拿破仑、古希腊英雄时代的英雄、精神三变中的骆驼、狮子和孩子，甚至尼采常常提到的可怕的魔鬼，等等，都是“超人”的表述。当尼采说，我是狄俄尼索斯的弟子的时候，酒神狄俄尼索斯就变成了理想人格的隐喻，就是“超人”的另一种说法；当尼采进行主人道德与奴隶道德的区分的时候，主人道德承载着英雄时代的英雄品格，主人道德是“超人”伦理的另一种说法而已。当他进行高贵与低贱的道德区分的时候，高贵就是“超人”

的代名词，而低贱则成为“末人”的代名词。尼采的表述方式是那种诗化的自由、连环式的表达，不是去界定，而是去象征，反复地用不同语言表述一种思想或相近似的思想，这些思想相互交叉，又各有不同。尼采不断创造一些新概念，在他看来，创造一个概念就是创造了一个新的事物。他喜欢不断调整自己的观察视角，从不同视角去描述同一个事物，用他自己的话来说，就是他不喜欢“长期习惯”，而喜欢短期习惯，频繁地变换视角，是尼采思想的一个重要特征。

但是，在尼采那里，无论怎么变换视角，“成为你自己”却是永远的声音。那么，怎样才能成为自己呢？可以说，尼采的所有思想几乎都在回答这个问题。尼采从古希腊哲人赫拉克利特那里取来火种，将世界看作无限的运动过程，不断创造，又不断毁坏，就如同儿童游戏一般，这种动态的矛盾的世界，充满着偶然性、不确定性，令人感到恐惧，然而，也只有在这样的世界，创造自我才成为可能，如果像基督教那样建构起一个稳固的世界结构，一切都成为被决定的了，人也是被决定的了，又如能够创造自我呢？所以，为了创造自我，世界必须是动态的，而非固定的。尼采的反本质化、反理性、反逻辑等，都是由此而来，因为这些都是对人的规范或决定。另一方面，这种不确定的世界，也为人创造一个符合自己的意愿的世界，留下最大的空间。尼采这种激烈的反决定论，和浪漫主义有密切关系，和康德实践理性的反决定论伦理自决有密切关系。

在一个运动的矛盾的世界之中，成为自己还意味着一种力量，这就是权力意志。权力意志就是个人以自己的力量获得更大能力，勇于面对纷杂多变的世界。面对矛盾、冲突的世界，只能诉诸意志和力量，包括激情、欲望。当上帝死去，人只能自己充当上帝，尼采认为，人尽管是很孱弱的动物，但是，也只能充当万物的尺度，别无选择。启蒙运动反对宗教，强调理性的经验的科学的头脑，将人的理性解放出来，而尼采却从另一面，将人的意志、激情解放出来，只能以自身的力量去搏斗相反的存在。也就是说，成为自己是在矛盾的世界中不断与湮没自我的力量进行较量的过程。尼采的自我，和休谟的自我非常相近，和费希特的自我也非常相近。休谟否定自我的存在，认为自我不过是一些孤立的感觉、情绪，是一盘散沙而已，只有遭遇对象的时候，这些感觉、情绪才汇聚起来，成为自我，这就是说自我必须在与对象的冲突之中才能建构起来。费希特的自我设定非我也就是这样。如果没有对立面，自我就无法显示。所以，必须通过不断冲突、不断克服对象才能成为自己。这就好像尼采对古希腊奥林匹克竞赛的肯定一样，只有在对手云集的情况下，人的生命力量才能显示出来。所以，他反对安逸、和睦，反对消解一切矛盾，乃至认同战争，他反对民主、平等，反对通常的道德观念，也都是由此而来的。尼采的“重估一切价值”，是“超人”——权力意志的必然，成为自己必须与那些非我对抗，与以往一切价值彻底决裂。应该说，在历史上许多思想家都是在反对前人的思想中建立起自己的思想的，尼采只是在这方面走得更远而已。他否定苏格拉底以来的求知——理性传统，反对理性建构起来的真理观念和道德观念，认为真理是权力意志，是强者以自己的视角观察并进行创造的结果；他反对基督教，因为基督教张扬一种博爱、泛爱的道德，他甚至强调权力意志的恶性，将恶与善颠倒过来，只有恶才能彻底开战，才能真正创造自己。实际上，尼采最终要求的效果也就是如此。重要的不是“超人”能否存在的问题，而是不断克服矛盾、不断提升自我的过程，人生的价值和意义也只在这个过程之中。当一个人将传统、现实都进行质疑、颠覆的时候，不是也就是对自己力量的证明吗？

鲁迅也希望个人变得更强大。鲁迅早期在接受尼采等人的影响的时候，就认为造就一种强有力的个人，才能使整个社会变得更为进步。他所追求的理想人性就是“精神界之战士”。这种人格理想是鲁迅一生的追求。鲁迅笔下那些觉醒者，那些狂人们都是“精神界之战士”的写照，其中尤以“狂人”“疯子”“这样的战士”“叛逆的猛士”、宴之敖者、魏连殳等和尼采的精神气质最为接近。他们的共同特点就是向传统和现实挑战，把自己从一种文化秩序、传统秩序中凸显出来。鲁迅文学的精神气质也是由这种性格决定的。鲁迅对世界的想象，和尼采是一种类型的，也是把世界看作矛盾的、冲突的、运动的。在鲁迅早期，他就认为世界总是处在冲突、斗争之中，和平只是暂时的，宇宙的本质就是冲突。在五四以后，他的作品，都呈现出一个矛盾、对立的世界。他怀疑黄金世界，怀疑“至善”，否定“大团圆”的文学结构和文化结构，对于社会历史，与其说是鲁迅的进步观，还不如说是循环观，历史是不断循环的一个动态过程，历史永远处在这种过程之中。和尼采类似，在鲁迅看来，一旦进入黄金世界，一切平和，那也就意味着世界的终结和凝固。只有冲突、矛盾，才是实现自我的最好舞台。在鲁迅的小说中，总是以尖锐的冲突为结构的，不是那种情节性的故事性的冲突，是不同个人之间的冲突，觉醒的个人与愚昧的大众之间的冲突，愚昧者与愚昧者之间的冲突，像《社戏》《好的故事》等这样消解冲突的作品，是非常稀少的，也不代表鲁迅的精神特质。鲁迅的《野草》是自我与外部的冲突，更是自我内心的冲突。人们说鲁迅痛苦、孤独，整天焦虑、矛盾，内心从不平静，其实，这也是误解。在鲁迅看来，没有矛盾、焦虑和冲突，那是比痛苦更可怕的麻木和懦弱。鲁迅也不避讳自己心灵的恶魔性，他多次说自己的思想黑暗。只有打开心灵的全部窗口，承受大地、现实的八面来风，在心灵的搏斗之中才能显示出自己心灵的广度、高度和硬度。如果拘泥于适度、节制的心理，那是一种理性的风格，这种风格固然稳妥，然而，也很容易沦为凡庸。心灵的高峰不在理性文化那里，而在生命文化之中。那种直面心灵的勇气，也是意志力丰盈、饱满的显现。

鲁迅的杂文是匕首、投枪，是一种强烈的否定性精神，也是一种战斗的意志。《野草》指向内心，杂文则将意志的利刃指向外部存在。他善于运用那种决断性的语言，快刀斩乱麻，笔走偏锋，抓住一点不及其余，而不是端端正正地说理，不是克制、适度的语言。道理、知识固然不可缺少，但是更重要的是激情、意志和力量。鲁迅曾经说，如果文章写得四平八稳，也就没什么可写的了。杂文也是一种迷狂性的文体，沉迷于自我的意志之中。鲁迅对杂文的嗜好，正如尼采对箴言的喜好一样，都是在与对象搏斗中显示自我的存在，是一种对敌意的精神升华。过分地强调杂文的说理性、知识性，是对杂文的误解。因为这会将鲁迅捆绑在永恒视角的永恒真理的柱石上，仿佛鲁迅变成了一个无所不知的上帝。这种永恒视角的认知即“普遍公理”是为鲁迅所蔑视的，鲁迅说，“公理”都被“正人君子”拿走了，我一无所有。鲁迅所有的是一种个人视角，他不是替天行道，不是代圣贤立言，而是自己立言，敢于确立自己观察、思考的位置，敢于将自己的兴趣、偏好作为真理进行大胆的拥抱，他甚至将自己的杂文称之为地摊上的东西，他喜欢这样一种个人视角，因为这能给他带来更大的自由。这种任由自我的激情、意志的选择和决断，才是真正的让自我强大起来。否则，永远为天道所决定，永远是前贤的跟屁虫而已，或者为道理、知识所决定。从这个角度上说，在伦理方向上，鲁迅与康德的道德自律，尼采的意志决定论，是同出一辙的。知识、经验范围内的东西，无法最终决定心灵的选择，心灵的选择，永远是心灵自己的决断。鲁迅说，杂文这种抨击时弊的文字只能同时弊一起消灭，这与其是对好社会的一种希望，还不如说是对杂文永恒性的肯定，因为在鲁迅看来，消除了一切时弊的社会，是不可能有的。人生的价值和意义不是追求一种稳固的至善的社会结构，而是在矛盾之中提升自我，实现自我的价值。这种不断将自我从被限制、被约束的状态中超越出来的状态，才是一种永恒的精神。

如果理解了鲁迅让个人强大起来的精神，也就很容易理解鲁迅的其他问题了。比如说，虚无主义问题，我们通常将什么也不相信或怀疑一切，看作虚无主义，而鲁迅和尼采却把没有自我意志看作虚无主义。所以，那些认同传统、现实文化秩序、普遍公理的人，是真正的虚无主义者，因为他们不敢坚守自己的心灵体验，没有自我意志，不敢自己决断，不敢自己站立起来，总是蹲在普遍性、共同性的巨型雨伞的下边，像羊群拥挤在一起一样。那种反抗、叛逆的猛士，则推开这把巨型雨伞，宁可经受暴风骤雨的打击，他们孤独、痛苦乃至绝望，但是，他们有自己的心灵和意志，为了自己的心灵和意志，他们宁可付出巨大的代价，他们恰恰是充实的，是充实主义。鲁迅说，自己宁可被沙砾打得遍体鳞伤，宁可将抚摸伤口作为最大的快感，也不愿意走进宏大的充满禁忌的“艺术之宫”中承受那么多的禁令。许多人畏惧虚无主义，把虚无看成洪水猛兽，就在于他们自身缺乏意志力量。人们喜欢存在主义的自我选择，却同时想躲避自我选择所付出的必要代价。如果自我选择是真诚的话，就必然将一切看作无所有。自由与虚无是同构的。

再如，鲁迅激烈的反传统问题。从“五四”到30年代，鲁迅一直对传统持激烈的批判态度。从儒家的“仁义道德”到中国的语言文字，几乎全部在鲁迅的攻击之下。这里的要害是，反传统只是鲁迅的个人意志的决断和实现，是不断提升自我的具体体现，是一种个人视角之下的传统文化。这和鲁迅的杂文是一样的道理。问题的核心不在于究竟应该怎样对待传统文化，而在于敢不敢表达自己对待传统的态度。因为不存在一种对待传统文化的绝对真理，也不存在一个共同的传统文化，对待传统文化的态度，只能是个人的抉择。希图一个绝对正确的对待传统文化的真理，是缺乏个人选择能力的表现。鲁迅无意充当青年的导师，我想，他也无意充当对待传统的导师，不想制造出一个对待传统的原则来。问题在于，我们的国家是一个具有悠久封建专制传统的国度，喜欢那种永恒视角之下的绝对真理，如果一个杰出的人物不能提供一种绝对真理，就会让人感到失望，甚至恐惧。如果我们承认自由选择的话，就不会有这种心理，因为反传统也是一种选择。面对强大的传统进行挑战，于一切眼中看到无所有，恰恰是个人生命意志力量的显现。对待大众的态度也同样如此。鲁迅把大众看成“庸众”，无论“五四”还是30年代，这种对大众的批判一直没有停止过。不用说五四时期，就是在晚年创作的历史小说中，对大众仍然是警惕的、失望的和否定的。《非攻》中的墨子最后为大众所抛弃。《出关》中老子的孤独折射出鲁迅的孤独。鲁迅一直没有放弃这种观念：杰出的人物只有死掉，才能被大家接受，否则只有折磨他。这是渴求“精神界之战士”的思想逻辑的必然。尊重自我意志和决断的生命文化，必然要把自己从众人之中区分出来。当然，鲁迅作为中国的知识分子，不可能像尼采那样毫无遮拦地否定大众，鲁迅不可能走得那样远，他总是保留着一种同情大众的底线，然而，这仅仅是底线而已，并非鲁迅更高的追求。作为一种道德底线，鲁迅汲取的是拜伦式的态度，拜伦尽管孤独地反抗一切，蔑视大众，但是，他同时又有对大众的同情，这是一种扶弱抗强式的浪漫主义英雄气质，在这个过程中，他感受到一种英雄气概，却不可能与大众融成一片，让自我消失。鲁迅说自己的思想是个人主义与人道主义的矛盾，也就是体现在这里。是拜伦式英雄与尼采式个人之间的矛盾。

五四时期，就有人以道德的尺度衡量鲁迅，说鲁迅好斗，一旦发生冲突，鲁迅立刻就振奋起来。即使现在，也仍然有人不理解鲁迅的好斗，强调鲁迅的毫无原则的斗争，似乎鲁迅变成了一个见谁骂谁的疯子，以这种道德的眼光来否定鲁迅这种好斗，是没有道理的。好斗是鲁迅的个性，一种至情至性，也是一种生命文化的风格。鲁迅临终前的散文《死》也是一种好斗的姿态，鲁迅说，自己一生有许多敌人，如果按照西方临终忏悔的宗教传统，应该原谅一切敌人，我却偏不忏悔，一个都不宽恕。在鲁迅逝世时，林语堂的一篇悼念性的短文比许多纪念文章更贴近鲁迅的思想个性。林语堂在平易甚至有点儿幽默的语言中，真正理解了鲁迅，他从生命文化即从浪漫主义、尼采式的存在主义认识鲁迅。林语堂认为，鲁迅与其说是文人，毋宁说是战士。鲁迅意识到宇宙的无限和人生的有限，鲁迅以有限的自我面对无限，爱其所爱，恨其所恨，把自己的体验以自己的方式表达出来。鲁迅不怕死，鲁迅喜欢战斗，即使是疯狗，鲁迅也与之战斗，战斗是鲁迅的存在方式或生活方式。鲁迅无怨无悔[①]。

① 林语堂：《悼鲁迅》，张新颖编：《鲁迅印象》，学林出版社，1997年，第15页。

第一章　青年鲁迅对尼采的接受

一、新神思宗：鲁迅对现代生命文化潮流与尼采的接受

鲁迅是接触尼采思想比较早的国人之一，也是20世纪深受尼采思想影响的作家。最早将尼采介绍给国人的是梁启超和王国维。1902年梁启超在《新民丛报》上发表的《进化论革命者颉德之学说》[①]，把马克思的社会主义与尼采的个人主义看作德国当时最具有影响力的两大思想，马克思代表多数之弱者的利益，尼采（颉德）则为少数精英说话。1904年王国维在他主编的《教育世界》上发表了《尼采氏之教育观》《德国文化大改革家尼采传》《尼采氏之学说》《叔本华与尼采》四篇文章[②]，将尼采看作伟大的哲学家、文学家和教育家。在梁启超、王国维介绍、研究尼采的同时，鲁迅也接触了尼采思想。1902年鲁迅东渡日本求学。此时，恰好是日本的尼采热。这是西方现代生命哲学进一步发展、扩散的反映。尼采早在19世纪80年代就已经进入日本，并逐渐引发日本思想文化界讨论尼采的热潮。日本文化界浓重

① 梁启超：《进化论革命者颉德之学说》，《新民丛报》十八期，1902年10月16日，《悲剧哲学家尼采（增订新版序）》，生活·读书·新知三联书店，1987年，第1页。

② 汤一介主编：《唯意志哲学在中国》，首都师范大学出版社，2002年版，第130—131页。

而热烈的尼采氛围，是促成鲁迅走近尼采的最初契机。留学日本期间，鲁迅对尼采及其周边的哲学家特别偏好，大量阅读他们的著作及其相关作品。根据姚锡佩先生对鲁迅藏书的研究，鲁迅当时购买了尼采德文版的《查拉图斯特拉如是说》（1906年莱比锡E. G.瑙伊曼出版的《尼采文集》第7卷）及其两种注释本：一是德国U.格拉姆措夫著的《扎拉图斯特拉简释》（1907年沙罗腾堡G.毕克纳斯出版），一是德国Th.赖斯豪斯著的《论尼采〈扎拉图斯特拉如是说〉》（1901年斯图加特不来梅书店出版），还有关于尼采的传记性著作《艺术家和思想家尼采》（1901年德国斯图加特Fr.弗曼罗斯出版社出版《经典哲学家丛书》第6卷）。他甚至将尼采的话挂在口头上。这也可以看出鲁迅对尼采的浓厚兴趣。另外，还有关于叔本华的《阿图尔·叔本华，他的个性、学说和信仰》（1901年德国斯图加特Fr.弗曼罗斯出版社出版的《经典哲学家丛书》第10卷，福克尔特著），施蒂纳的传记《麦克斯·施蒂纳》（梅塞尔·马凯著，柏林尔德·玛夸尔特公司出版），克尔凯郭尔的传记《作为哲学家的索伦·克尔凯郭尔》（1901年德国斯图加特Fr.弗曼罗斯出版社出版《经典哲学家丛书》第3卷，丹麦霍夫丁原著，1892年出版，德国A.多纳尔和Chr.施雷夫译）[①]。更为重要的是，在集中表达青年鲁迅思想的那几篇文言论文即《文化偏至论》《魔罗诗力说》《破恶声论》中，尼采的言论不仅被反复征引，而且其思想也成为具有整合、阐释和支配性的力量。

青年鲁迅的思想核心是“立人”，即经由人的改造来改造社会，从而推动中国社会的现代化进程。在鲁迅看来，中国社会的关键问题不是政治、经济或军事问题，而是人的问题，只要解决了人的问题，一切问题就会迎刃而解。因而，一种对理想人格的思考萦绕在鲁迅的意识之中，他经常思考的是三个相互关联的问题：“一怎样才是最理

---

① 姚锡佩：《现代西方哲学在鲁迅藏书和创作中的反映（上）》，《鲁迅研究月刊》，1994年10期。

想的人性？二中国国民性这最缺乏的是什么？三它的病根何在？”①

实际上，在鲁迅留学日本期间，已经初步建构起自己的理想人性的基础，那就是以尼采为代表的生命哲学的人以及拜伦为代表的摩罗诗派的人。这种人的渴望与建构的强劲动力整合了进化论、复古主义倾向，也包括他对科学的认识。鲁迅对尼采的接受，主要沿着三条相互交会的路径：一是哲学的，对以尼采为代表的早期现代西方生命哲学的全面认同；二是文学的，从摩罗诗派——激进浪漫主义尤其是拜伦那里通向尼采；三是进化论与复古主义。此外，鲁迅的科学观也为尼采的生命哲学留下了广阔的空间。这些纵横交错的路径尽管存在着冲突和矛盾，但是，它们最终都通向了一个目标：以尼采式的意志力量为中心，构建完美人格，振奋精神并进行人的改造，从而推进民族国家的现代化进程。

青年鲁迅对尼采的接受和共鸣，是在接受西方现代生命哲学思潮的基础上发生的。《文化偏至论》是鲁迅对西方早期现代生命哲学思潮的全盘认同。

在《文化偏至论》中，鲁迅认为，中国古代文明之所以衰败、落后，是因为缺乏一种文明竞争。中国文明周边自古以来就缺乏与之相匹敌的文明并与之展开交流和竞争，所以，很容易自满苟安，造成人性颓败。怎样才能让中国重新振作起来呢？依靠船坚炮利、工业商业、政治改良都于事无补。古代罗马、蒙古、女真都是武力强大，却终不免于衰败灭亡；那些倡导发展工业、繁荣商业的人，在道德上相当可疑，他们不过是以谋求国家富强的借口去博取志士之名。倘若国家危亡，民生涂炭，就如同犹太人那样被残杀，他们不会挺身而出，却能够依靠自己手里的财富，保护自己，适应新的环境。提倡政治改良——立宪政体的人，算是比较好的，但是，他们面对外侮，浅薄无

① 许寿裳著、马会芹编：《亡友鲁迅印象记》，《挚友的怀念——许寿裳忆鲁迅》，河北教育出版社，2001年，第13页。

知，无计可施，不得已才发动群众以抗外侮，却又骄横跋扈，以大众来压制个人，这种对个人的压制甚至超过暴君。那么，什么才是上策呢？“诚若为今立计，所当稽求既往，相度来方，掊物质而张灵明，任个人而排众数。人既发扬踔励，则邦国亦兴起。”①只有打破对船坚炮利、工商业以及立宪政体的物质崇拜，张扬个人的主观精神，才是中国的唯一出路。这种主观个人的精神不在别处，就在以尼采为代表的西方现代生命哲学那里。

在《文化偏至论》中，鲁迅对西方文化发展的历程进行了粗略的梳理，并由此推导出：以尼采为代表的生命哲学不仅是历史发展的必然，也是新世纪人类新生活的方向。从耶稣出世，到中世纪的宗教统治，到路德宗教改革，到法国大革命以及19世纪民主浪潮崛起、社会物质文明的高度发展，最后到非物质、反民主的现代西方生命哲学浪潮，在鲁迅的梳理过程中，贯穿着一种“物极必反”的运动、发展的历史观念。文明或文化的进步或变迁，是一个不断的“偏至”和矫枉过正的过程。一方面文明都蕴涵在既往的历史之中，继承着以往历史的一切倾向和因素，另一方面这些倾向并不会按照笔直的道路均衡前行，却往往是一方面对另一方面的战胜或压倒。“文明无不根旧迹而演来，亦以矫往事而生偏至，缘督校量，其颇灼然，犹孑与躄焉耳。”②教皇高度专制，导致路德的宗教改革，高度的统一之后是混乱的战争与争端。普遍的君主专制，导致民众的崛起，英国革命、美国独立乃至法国民主大革命，都是以平等自由为核心，对专制的激烈反抗。到了19世纪，民主浪潮空前高涨，“扫荡门第，平一尊卑，政治之权，主以百姓，平等自由之念，社会民主之思，弥漫于人心。流风至今，则凡社会政治经济上一切权利，义必悉公诸众，而风俗习惯道德宗教趣味好尚言语暨其他为作，俱欲去上下贤不肖之闲，以大归乎

① 鲁迅：《文化偏至论》，《鲁迅全集》第1卷，人民文学出版社，1981年，第46页。
② 鲁迅：《文化偏至论》，《鲁迅全集》第1卷，人民文学出版社，1981年，第49页。

无差别。实十九世纪大潮之一派，且曼衍入今而未有既者也。”[①]另一方面，从社会物质生活方面看，宗教严格的统治，造成科学理性的沉默。在宗教崩溃之后，科学理性兴起，这种科学理性在社会上普遍应用，导致了19世纪高度发达的物质文明。“递教力坠地，思想自由，凡百学术之事，勃焉兴起，学理为用，实益乃生，故至十九世纪，而物质文明之盛，直傲睨前此二千余年之业绩。……”[②]鲁迅认为，19世纪西方文明的根本特征就是“众数”/民主与科学/物质。但是，这并非西方文化的最新取向或最有价值的取向，相反，它已经走向了顶端，变成了明日黄花，能够代表西方文化最新取向的则是19世纪末期兴起的生命哲学。民主固然是对专制的有力反抗，却严重压抑人的个性，“同是者是，独是者非，同是者是，独是者非，以多数临天下而暴独特者。”[③]民主的众人未必能够获得真理，物质并不是人生的根本，不能满足人生的价值需求。“事若尽于物质矣，而物质果尽人生之本也耶？平意思之，必不然矣。”[④]于是19世纪末期，西方思想发生了裂变，生命哲学崛起，以反抗日益膨胀的19世纪物质文明、民主意识。鲁迅将这种生命哲学看作“新神思宗”即新唯心论，以区别于以往的“神思宗”。在鲁迅看来，这种生命文化孕育于19世纪初期的唯心论，在19世纪末期崛起，尼采是典型代表。其精神核心是非物质、重个人。对此，虽然不能完全断定其未来走向，将它看成20世纪文化的基础虽然为时过早，但是，它必然是将来新思想的朕兆，也是将来新生活的先驱。

……德人尼佉（Fr. Nietzsche）氏，则假察罗图斯德罗（Zarathustra）之言曰，吾行太远，孑然失其侣，返而观夫今

---

① 鲁迅：《文化偏至论》，《鲁迅全集》第1卷，人民文学出版社，1981年，第48页。
② 同上。
③ 同上。
④ 同上。

之世，文明之邦国矣，斑斓之社会矣。特其为社会也，无确固之崇信；众庶之于知识也，无作始之性质。邦国如是，奚能淹留？吾见放于父母之邦矣！聊可望者，独苗裔耳。此其深思遐瞩，见近世文明之伪与偏，又无望于今之人，不得已而念来叶者也。

然则十九世纪末思想之为变也，其原安在，其实若何，其力之及于将来也又奚若？曰言其本质，即以矫十九世纪文明而起者耳。盖五十年来，人智弥进，渐乃返观前此，得其通弊，察其黑甚暗，于是浡焉兴作，会为大潮，以反动破坏充其精神，以获新生为其希望，专向旧有之文明，而加之掊击扫荡焉。全欧人士，为之栗然震惊者有之，芒然自失者有之，其力之烈，盖深入于人之灵府矣。然其根柢，乃远在十九世纪初叶神思一派；递夫后叶，受感化于其时现实之精神，已而更立新形，起以抗前时之现时，即所谓神思宗之至新者也。若夫影响，则眇眇来世，肊测殊难，特知此派之兴，决非突见而靡人心，亦不至突灭而归乌有，据地极固，函义甚深。以是为二十世纪文化始基，虽云早计，然其为将来新思想之朕兆，亦新生活之先驱，则按诸史实所昭垂，可不俟繁言而解者已。①

鲁迅在“非物质”“重个人”的主题之下，罗列并论述了新神思宗即西方现代早期生命哲学的重要作家：施蒂纳、叔本华、克尔凯郭尔以及以阐释克尔凯郭尔为己任的文学家易卜生，尼采作为最典型的作家则被鲁迅以更多的文字进行论述。将尼采看作“个人主义至雄桀者”，肯定了尼采推崇天才个人，抨击“愚民”“庸众”的观点，并提到“超人”的概念。

① 鲁迅：《文化偏至论》，《鲁迅全集》第1卷，人民文学出版社，1981年，第49—51页。

这里应该提一下的是，叔本华是尼采的启蒙老师，对尼采构成决定性影响，施蒂纳由于其先驱性却被保守者排斥、压抑、湮没。连尼采也隐瞒着对他的认可和共鸣。施蒂纳实际上应该是尼采思想的先行者。他的激进的无政府主义给尼采巨大的启发。施蒂纳于1884年发表了《唯一者及其所有物》，当时引起很大的轰动。那种无政府主义的偏激和锐利，把人们习惯的世界完全颠倒过来。他以彻底的“唯一者”——唯名论，来颠覆一切。在施蒂纳看来，世界不存在一个本质或同一性。因此，根本不存在人类，人与人之间没有共同性，只有个人，唯一者。他追求“无”，“我把无当作自己事业的基础”，“无”就是消除牵制着个人的一切束缚之后的一种状态。国家、政府、法律、集体等对于个人都是一种约束。神只为自己的事业而存在，只为自己操劳，眼里只有自己；人类也同样，并不为更高的事业效劳，只为它自己努力，人类让个人和人民在它的事业里受尽折磨；正义、真理、自由、博爱、历史进步等，这些都只是要求个人为它效劳、奋斗。施蒂纳说：

> 既然神和人类不外乎只将它们的事业置于自己的基础上；那么，我也就同样将我的事业置于我自己的基础上。同神一样，一切其他事物对我皆无，我的一切就是我，我就是唯一者。
>
> 你们保证说，神、人类自身的内涵足以说明，就是为了自己是一切中的一切。如果是这样，我就会感到，我更不该缺少这一观念；感到我不必抱怨“我的空洞无物”。我［并非］是空洞无物意义上的无，而是创造性的无，是我自己作为创造者从这里面创造一切的那种无。
>
> 让那种不完全属于我的事业滚开吧；你们认为我的事业至少必须是“善事”，什么叫善，什么叫恶，我自己就是我的

事业，而我既不善，也不恶。两者对我都是毫无意义的。

神的事是神的事业，人的事是人道的事业。我的事业不是神的事，不是人的事，也不是真、善、正义和自由等，而仅仅只是我自己的事，我的事业并非是普通的，而是唯一的，就如同我是唯一的那样。

对我来说，我是高于一切的！[①]

许多人都指责这部著作荒诞不经，也引起了马克思、费尔巴哈的注意，费尔巴哈私下里称赞施蒂纳，在公开场合却没有表态。胡塞尔也曾经提及施蒂纳的“尝试性的力量”，但是，在自己的著作里也没有提到他。[②]尼采曾经偷偷地阅读并研究施蒂纳，而且，引起强烈的共鸣，把他的著作称作霍布斯以来最大胆、最彻底的著作。而在尼采精神崩溃以后，尼采产生了巨大影响，却有学者指出尼采抄袭施蒂纳。[③]这里自然无意判定是否抄袭的问题，而是说，在那个时候，鲁迅也在日本接触了施蒂纳思想。施蒂纳也是鲁迅与尼采之间的一座精神桥梁。这和鲁迅接触叔本华是一样的。鲁迅好像在不知不觉之间和这些人走到了一起。

不仅如此，鲁迅还对现代西方生命哲学的个人与18世纪启蒙理性的个人进行了区分。鲁迅虽然将现代生命哲学的人学倾向笼统地称为“个人主义”，却没有忽略这种个人主义与以往个人主义的重要差异。鲁迅从独特个体与主观两个方面进行了这种区分。

从独特个体的角度，鲁迅认为，“而十九世纪末之重个人，则吊诡殊恒，尤不能与往者比论。试案尔时人性，莫不绝异其前，入于自

① ［德］麦克斯·施蒂纳：《唯一者及其所有物》，金海民译，商务印书馆，1989年，第5页。

② ［德］萨菲拉斯基：《尼采思想传记》，卫茂平译，华东师范大学出版社，2007年，第136—137页。

③ ［德］萨菲拉斯基：《尼采思想传记》，卫茂平译，华东师范大学出版社，2007年，第136—138页。

识，趣于我执，刚愎主己，于庸俗无所顾忌。如诗歌说部之所记述，每以骄蹇不逊者为全局之主人。”[①]鲁迅认为，这种生命性的独特个体，既是对法国大革命以来的平等民主思想的反抗，也受惠于法国大革命以后的人的普遍觉醒。法国大革命以来，平等自由成为普遍的价值诉求，教育的普及更是将这种观念普遍到社会生活的更为广泛的领域，从而使平等自由深入人心。但是，这种平等自由却促使“人人归于一致”，湮没、泯灭了“个人特殊之性”，必然牺牲精英个人与精英文化，以至于使整个人群变得凡庸不堪。从主观的角度，鲁迅将生命哲学称作“主观与意力主义”，其内涵包括两个方面：“一谓惟以主观为准则，用律诸物；一谓视主观之心灵界，当较客观之物质界为尤尊。前者为主观倾向之极端，力特著于十九世纪末叶，然其趋势，颇与主我及我执殊途，仅于客观之习惯，无所言从，或不置重，而以自有之主观世界为至高之标准而已。以是之故，则思虑动作，咸离外物，独往来于自心之天地。”[②]鲁迅引用了克尔凯郭尔关于真理的观点，“独在主观，惟主观性，即为真理，至凡有道德行为，亦可弗问客观之结果若何，而一任主观之善恶为判断焉。”[③]克尔凯郭尔被认为是存在主义的先驱，他将个体的存在与选择推向极致，并断然把个人与群体分开，“一个群体，不管是这一个还是那一个群体，不管是现存着的还是消亡了的群体，不管是卑贱的还是高贵的群体，富人的还是穷人的群体，——一个群体在概念上就是错误，因为它把个人变得彻底的顽固不化与不负责任。或者退一步说，它削弱了个人的责任感，使人的责任成为一种幻觉。”[④]鲁迅认为，19世纪以来唯物倾向日益扩张，物质文明高度发展、丰富，使人们过度崇拜物质文明。物质文明固然很重要，但是，这种过度的崇拜——将一切物质化的倾向，

① 鲁迅：《文化偏至论》，《鲁迅全集》第1卷，人民文学出版社，1981年，第50页。
② 鲁迅：《文化偏至论》，《鲁迅全集》第1卷，人民文学出版社，1981年，第53页。
③ 鲁迅：《文化偏至论》，《鲁迅全集》第1卷，人民文学出版社，1981年，第54页。
④ 赵敦华：《现代西方哲学新编》，北京大学出版社，2001年，第24页。

却是社会文明的一种严重的偏颇，并导致严重的社会性恶果，“凡事物，无不质化，灵明日以亏饰，旨趣流于平庸，人惟客观之物质世界是趋，而主观之内面精神，乃舍置不之一省。重其外，放其内，取其质，遗其神，林林众生，物欲来蔽，社会憔悴，进步以停，于是一切诈伪罪恶，蔑弗乘之而萌，使性灵之光，欲益就于黯淡。”[①]从主观的角度，鲁迅又进一步对理性时代的人格与生命哲学的人格进行了区分。鲁迅认为，理性人格是一种知性与感性完美统一的理想人格，是“全人”。无论是以黑格尔为首的理性派，还是以沙弗斯伯利为代表的浪漫派。都追求这种理想人格。“往所理想，在知见情操，两皆调整，若主智一派，则在聪明睿智，能移客观之大世界于主观之中者。如是思惟，迨黑该尔（F.Hegel）出而达其极。若罗曼暨尚古一派，则息孚支培黎（Shaftesbury）承卢骚（J.Rousseau）之后，尚容情感之要求，特必与情操相统一调和，始合其理想之人格。而希籁（Fr. Schiller）氏者，乃谓必知感两性，圆满无间，然后谓之全人。”[②]鲁迅的这种看法，大体上符合实际。从理性主义的角度看，人的理性力量不仅能够掌握世界普遍理性的必然性，而且，也能够控制自身的非理性因素。人之所以是自由的，就在于人有约束自身非理性的能力。或者说，如果没有非理性因素的骚扰，世界就会完全呈现出它的理性秩序来。即鲁迅所说“能移客观之大世界于主观之中者”。按照笛卡尔的观点，如果人约束自己的意志，使它确保达到理智所能清楚明白地揭示的程度，那么人就根本不可能出错。因此，在理智派那里，理性力量在指向外部世界的同时，也最大限度地在人的内部世界扩展、弥漫。斯宾诺莎认为，人认为自己是自由的，是因为人是理性的，自由只在理性之中。人可以意识到自己的意志和欲望，却并不是为了放纵它们，而是要忘掉它们。黑格尔一向被认为是理性哲学的高峰，他

---

① 鲁迅：《文化偏至论》，《鲁迅全集》第1卷，人民文学出版社，1981年，第53页。
② 鲁迅：《文化偏至论》，《鲁迅全集》第1卷，人民文学出版社，1981年，第54页。

将世界的一切都纳入自己庞大的理性秩序之中。人的自由，只是对于世界理性秩序必然性的认识和皈依。黑格尔的辩证法的确使这个世界理性秩序产生一种鲜活的生命气息，但是，这点儿“鲜活”最终也被“秩序”的僵硬板块覆盖。所谓“对立”仍然是为了“统一”。充满矛盾、纷争的繁复个体生命，最终变成了一架精致的理性机器。近代浪漫主义哲学将人的情感、心灵释放出来。这无疑是将人从理性秩序中解放出来。卢梭的“善感”使人的自由增加了情感的维度。但是，浪漫主义的情感释放却被普遍理性升华为一种道德理想之中。因而，浪漫主义的自由情感，仍然是普遍理性对世界设计的一个环节。浪漫主义相信，依靠情感可以达到人与人相互理解、交流的最佳境界，并实现一种绝对正义。卢梭认为，把爱自己的情感推及到他人身上，是人性本身所具有的自然状态。“怜悯心是一种自然的情感，由于它调节着每一个人自爱心的活动，所以对于人类全体的相互保存起着协助作用。正是这种情感，使我们不假思索地去援救我们所见到的受苦的人。正是这种情感，在自然状态中代替着法律、风俗和道德。正是这种情感使得一切健壮的野蛮人，只要有希望在别处找到生活资料，绝不去掠夺幼弱的小孩或衰弱的老人艰难得来的东西。正是这种情感不以‘你要人怎么待你，你就怎样待人’这句富有正义的崇高格言，而以另一句合乎善良天性的格言：‘你为自己谋利益，要尽可能地少损害别人’来启示所有的人。”[①]因此，卢梭最终也和理性时代许多思想家一样，走向了“理性王国”。在卢梭那里，社会契约论与自然人性论之所以能够并置在一处，主要原因就在于他对世界普遍理性的执着。席勒并不像卢梭那样偏重于人的感性领域，他将人的知性与感性生活看得同样重要。他所追求的是感性与知性融为一体的完美人格，让人的自然情感和社会理性/普遍理性达成和谐一致的状态。在席勒

① ［法］卢梭：《论人类不平等的起源和基础》，李常山译，商务印书馆，1962年版，102—103页。

那里，人存在着两种冲动：感性冲动与理性冲动，两种冲动和谐地统一在人性内部，自由转换、穿梭自如。这两种冲动："也就是人的感性兼理性本质的两个基本法则。第一个要求是要有绝对的实在性：他要把凡只是形式的东西转化为世界，使他的一切潜在能力表现为现象。第二个要求是要有形式性：他须把他本身以内的凡只是世界的东西消除掉，把和谐导入它（凡是世界的东西）的一切改变里；换句话说，他须把一切内在的东西变成外在的，把形式授给一切外在的东西。"[①]"新神思宗"所追求的人格则是"偏至"性格，以其强有力的意志和力量抗击大众，因为它看破了理性人格的虚妄。"因以知古人所设具足调协之人，决不能得之今世；惟有意力轶众，所当希求，能于情意一端，处现实之世，而有勇猛奋斗之才，虽屡踣屡僵，终得现其理想。"[②]这显然带有尼采强悍的意志色彩。在鲁迅看来，无论是无政府主义者施蒂纳，还是悲观意志论的叔本华，或者是宗教存在主义者克尔凯郭尔，乃至文学家易卜生，都具有强悍地抗拒社会大众的叛逆性。他们并不求完美之人，只以一种主观意志作为生命支点。鲁迅以更多的文字论述尼采：尼采是"个人主义之至雄桀者"，他将希望寄托在少数"天才"身上，并对"愚民""庸众"进行猛烈而恶毒的否定。只有天才的"超人"问世，社会才显示出一种生机，才能和平。"超人"的观点震动了整个欧洲思想界。天才人物往往为大众所不容，甚至死于大众之手，如，苏格拉底、基督、恺撒。大众变化无常，毫无气节。与其压制天才而迁就凡庸的大众，不如抛开大众而珍惜天才。鲁迅对生命哲学人格理念的概括反映了早期生命哲学在社会/群体与个人/天才之间的激烈对抗和冲突。在西方将天才的个人置于众人之上具有根深蒂固的传统，启蒙运动既不相信大众的能力，也没有对民主的兴趣。浪漫主义更是将天才、英雄的个人置于高于一切的位

① ［德］席勒：《审美教育书简（第11封信）》，转引自：朱光潜《西方美学史》（上），人民文学出版社，1964年，第447页。

② 鲁迅：《文化偏至论》，《鲁迅全集》第1卷，人民文学出版社，1981年，第54页。

置，桀骜不驯的“拜伦式英雄”是最受推崇的英雄。在19世纪的民主运动中，我们很难在知识分子中找到坚定的民主派。他们更多的是怀疑、忧虑乃至抨击大众和民主。他们把大多数人看作精神的敌人，如果听凭大众的趣味，会降低整个社会的精神素质，导致社会的平庸，罗素曾经一度相信社会主义，可是在1920年的时候却说，“像这样尊重龌龊不堪的大众就是毁灭文明。”[①]认为真理总是掌握在少数精英者的手里，人数计算并不能决定真理，依靠反复无常的公共舆论不是理智的。这种敌视大众的情绪在生命哲学中表现得更为激烈。叔本华崇尚天才，尼采把这种天才最后变成了“超人”，历史的意义就在于创造出“超人”。德国无政府主义者施蒂纳被认为是尼采的先驱。他将黑格尔的绝对精神变成了具体的个人。易卜生在《人民公敌》中通过医生斯托克曼之口说：“少数派总是正确的。”[②]

在鲁迅对“新神思宗”的梳理和介绍过程中，尼采的轮廓和神态已经清晰可见。尼采是“新神思宗”最激进的代表，是意志主义者，是极端个人主义者。这种个人主义的理想人格，把主观精神看作衡量一切的最高价值，是一切价值判断和情感的最终来源。同时，这种主观精神之中又表现出强劲的意志力量。尼采推崇天才，提倡“超人”，蔑视大众，抨击大众，将历史的进步寄托在“超人”身上。

二、摩罗诗派：走近尼采的浪漫主义路径

鲁迅的《文化偏至论》从文化、哲学方向抵达了尼采，他的另一篇重要文章《摩罗诗力说》却从文学方面——西方浪漫主义诗歌走向了尼采的生命哲学。《摩罗诗力说》不仅仅是对拜伦等浪漫主义诗

① ［美］罗兰·斯特龙伯格：《西方现代思想史》，刘北成等译，中央编译出版社，2005年，第407页。

② 同上。

人的赞颂，也是对尼采生命哲学的进一步阐释和呼应。在这些浪漫主义诗人那里，鲁迅听到“新神思宗”“个人主义”那高昂的旋律。在文章的标题之下，鲁迅引用了尼采《扎拉图斯特拉如是说》中的话：“求古源尽者将求方来之泉，将求新源。嗟我昆弟，新生之作，新泉之涌于深远，其非远矣。”[①]

在《摩罗诗力说》中，鲁迅认为文学最为可贵的地方在于它是一种真诚的“心声”，它对于社会、人生是无用之用。这种真诚的“心声”既不像史书那样能够增长人的智慧，也不如格言那样能够劝诫人生，更不会像工商业那样能够使人致富，以文学捞取功名，还不如一纸文凭。人们为什么喜欢文学呢？关键在于我们能够在文学中获得一种近乎神秘的精神、情感活动。“如游巨浸，前临渺茫，浮游波际，游泳既已，神质悉移。而彼之大海，实仅波起涛飞，绝无情愫，未始以一教训一格言相授。顾游者之元气体力，则为之陡增也。”[②]所以，文学的无用之用绝不可低估，它并不亚于“衣食”“宫室”“宗教”“道德”。鲁迅引用了穆勒的观点，认为在科学理性不断扩张的时代里，文学的这种心灵作用更为重要。这是一种神秘的体验，在“微妙幽玄”中包含着“诚理”，是科学理性的逻辑语言所无能为力的。

这种对文学的理解无疑是浪漫主义的，而且，带有浓重的德国文化的特征，与叔本华、尼采的文学观几乎完全一致。德国被看作“心灵的王国”。理性的分析很难满足德国文化对内心的诉求，如果不进入一种超越性的心灵境界，就会觉得整个人生都显得苍白无力。德国哲学史家文德尔班认为，德国近代哲学的辉煌来自于德国的精神活力，“它培养出世界第一流的思想家和诗人。而它战无不胜的力量恰恰存在于哲学同诗歌的结合。”[③]叔本华、尼采都认为艺术高于科学，

---

① 鲁迅：《摩罗诗力说》，《鲁迅全集》第1卷，人民文学出版社，1981年，第63页。
② 鲁迅：《摩罗诗力说》，《鲁迅全集》第1卷，人民文学出版社，1981年，第71页。
③ ［德］文德尔班：《哲学史教程》（下），罗达仁译，商务印书馆，1993年，第727页。

只有艺术才能真正领会世界和人生。

但是，鲁迅并没有将这种“心声”停留在一般的文学意义上，而是将它具体化为摩罗诗派的“心声”。所谓摩罗诗派，指的是以拜伦为首的，雪莱、普希金等撒旦派浪漫主义诗人。这些诗人各有风格，但是，他们却都体现出强有力的反抗和叛逆，乃至为世人所不容。“凡立意在反抗，指归在动作，而为世所不甚愉悦者悉入之。……大都不为顺世和乐之音，动吭一呼，闻者兴起，争天抗俗，而精神复深感后世人心，绵延无已。”①在鲁迅看来，中国文化缺乏这种反抗、叛逆的“声音”。老子的“无为”，让人心如死灰。中国文化的衰败，就在于缺乏激情、力量和斗志。任何富有激情、力量的个体一旦出现，要么被统治者扼杀，要么被苟且偷生的民众扼杀。中国的儒家诗教同样遏制激情、力量，《诗经》的“诗无邪”缺乏这种反叛的心声。“如中国之诗，舜云言志；而后贤立说，乃云持人性情，三百之旨，无邪所蔽。夫既言志矣，何持之云？强以无邪，即非人志。许自繇于鞭策羁縻之下，殆此事乎？然厥后文章，乃果辗转不逾此界。其颂祝主人，悦媚豪右之作，可无俟言。即或心应虫鸟，情感林泉，发为韵语，亦多拘于无形之囹圄，不能舒两间之真美；否则悲慨世事，感怀前贤，可有可无之作，聊行于世。”②屈原虽然有放言无羁的一面，但是，毕竟缺乏反抗性的力量，不能对人产生巨大的感动。“惟灵均将逝，脑海波起，通于汨罗，返顾高丘，哀其无女，则抽写哀怨，郁为奇文。茫洋在前，顾忌皆去，怼世俗之浑浊，颂己身之修能，怀疑自遂古之初，直至百物之琐末，放言无惮，为前人所不敢言。然中亦多芳菲凄恻之音，而反抗挑战，则终其篇未能见，感动后世，为力非强。”③

在对摩罗诗派尤其是拜伦的阐释中，鲁迅不仅极力发掘其“新

① 鲁迅：《摩罗诗力说》，《鲁迅全集》第1卷，人民文学出版社，1981年，第66页。
② 鲁迅：《摩罗诗力说》，《鲁迅全集》第1卷，人民文学出版社，1981年，第68页。
③ 鲁迅：《摩罗诗力说》，《鲁迅全集》第1卷，人民文学出版社，1981年，第69页。

神思宗”式的个人化反抗的诗情，而且对拜伦的撒旦精神进行辩护，和尼采的狄俄尼索斯、“超善恶”具有更深刻的共鸣。鲁迅认为摩罗诗人发出的是“个人主义”的“心声”，不能用社会普遍的道德尺度压制个人化的“心声”，中国的“诗无邪”并不符合人性的实际。拜伦之所以被骚塞称为撒旦，就是因为拜伦的诗歌打破了古今普遍的思想、道德规范。“迨有裴伦，乃超脱古范，直抒所信，其文章无不函刚健破坏挑战之声。平和之人，能无惧乎？”①

拜伦是浪漫主义诗人之中最为激进而狂放的一位。在他的身体里流淌着撒旦的血液。他那如烈火燃烧般的激情和意志，伴随着他的短暂的人生历程和文学生涯。他不仅对现实政治权力和秩序构成挑战，而且对整个社会稳定性的道德规范、心理习惯也构成巨大的颠覆。对拜伦来说，无论是日常生活还是社会政治生活、伦理生活，任何清规戒律，都没有遵从和忍受的必要。当他遇到规则的时候，冒犯规则的冲动总能占据他心灵的主导地位。他那放荡不羁的私人生活，他那桀骜不驯而又乖戾的个性，连同他那正义、自由的精神，直到现在也仍然存在着不小的争议。这和尼采的命运有些相似。最先在欧洲大学里讲授尼采的勃兰兑斯对拜伦评价很高，而罗素虽然将拜伦纳入了哲学史，却对拜伦不无嘲讽。

鲁迅对拜伦倾注了巨大的热情和最充分的认同。鲁迅论述拜伦的文字最多，涉及了拜伦的生平和一些重要的作品。正如强调生命哲学家的生命意志与物质、民主的对抗一样，鲁迅把拜伦的反抗性以及拜伦与社会大众的冲突，看作天才的个人与凡庸的众人之间的冲突。“索诗人一生之内阏，则所遇常抗，所向必动，贵力而尚强，尊已而好战，其战复不如野兽，为独立自由人道也，此已略言之前分矣。故其平生，如狂涛如厉风，举一切伪饰陋习，悉与荡涤，瞻顾前后，素所不知；精神郁勃，莫可制抑，力战而毙，亦必自救其精神；不克厥

① 鲁迅：《摩罗诗力说》，《鲁迅全集》第1卷，人民文学出版社，1981年，第73页。

敌，战则不止。”[①]鲁迅把拜伦精神确定为自由精神和人道主义精神。鲁迅认为，拜伦既具有独立自尊的精神气概，又有兼爱众人的人道情怀，既有制驭众人的权力意志，也有帮助众人的侠义精神。对于拜伦的孤傲、厌世，鲁迅则给予充分的宽容和理解。鲁迅认为，真正的不屈不挠的强者往往为社会所不容，逐渐厌倦社会。鲁迅相当详细地介绍了拜伦参加意大利烧炭党人的革命和只身投身希腊民主解放运动的事迹。鲁迅的目的在于强调拜伦基于生命意志的反抗恰恰蕴含着一种崇高、博大的爱。因而，鲁迅特别指出拜伦对希腊“国民性”的批判，以表明这种爱的力量，也是来自于拜伦生命意志的内部，而不是外在多数的规范。即使是爱也并不服从“多数”的意志，而是纯粹的个人良知，这同样证明了个体生命意志的强悍和正确。

勃兰兑斯对拜伦式撒旦精神的“可怕的狂暴”进行复杂而全面的分析，“他透过那种在他看来是拜伦故意做作的郁郁寡欢的表情，向我们揭示了深深掩藏在那表情背后的痛苦、不安、天才、高贵和可怕的狂暴。”[②]鲁迅却以《文化偏至论》中生命哲学观来理解拜伦的摩罗性格的：不存在着“全人”，具有“新神思宗”是执着一端的人格。生命哲学对理性规范的对抗，往往具有非道德的特征。“瞿提对曰，裴伦之刚毅雄大，教训即函其中；苟能知之，斯获教训。若夫纯洁之云，道德之云，吾人何问焉。盖知伟人者，亦惟伟人焉而已。裴伦亦尝评朋思曰，斯人也，心情反张，柔而刚，疏而密，精神而质，高尚而卑，有神圣者焉，有不净者焉，互和合也。裴伦亦然，自尊而怜人之为奴，制人而援人之独立，无惧于狂涛而大傲于乘马，好战崇力，遇敌无所宽假，而于累囚之苦，有同情焉。意者摩罗为性，有如此乎？且此亦不独摩罗为然，凡为伟人，大率如是。即一切人，若去其

① 鲁迅：《摩罗诗力说》，《鲁迅全集》第1卷，人民文学出版社，1981年，第81—82页。

② ［丹麦］勃兰兑斯：《十九世纪文学主流（四）》，徐式谷等译，人民文学出版社，1997年，第311页。

面具，诚心以思，有纯禀世所谓善性而无恶分者，果几何人？”[①]这种对撒旦性格的理解和辩护，便趋近了叔本华、尼采等人，乃至和尼采的超越善恶的倾向有相似之处。叔本华的生存意志作为世界的本体是超越善恶的，虽然无止境的意志会给人生带来很大痛苦，以至于使人生在本质上成为无法摆脱的悲剧，但是，人生便是如此，人无法成为道德纯洁的动物，另一方面这种所谓恶也为人的创造性和反抗性提供深厚的内在资源和力量。尼采从来不以道德为准绳，因为道德是庸人和多数社会大众的所有物，杰出的个人不应该为道德所束缚，而且，还应该反击这种道德，所以在尼采那里反道德成为一种基本的姿态。他更喜欢充当魔鬼的律师，为魔鬼辩护，因为一切被禁止的东西，都是真理。尼采的狄俄尼索斯带有明显的恶性因素。“我绝非鬼怪，绝不是道德怪物——我的天性同人们一向尊为德行的那一类人的天性截然相反。在我们中间，我似乎觉得这正是引以自傲的理由之一。我是哲学家狄俄倪索的弟子。看来我宁愿做萨提尔，也不想当圣徒。”[②]

鲁迅论及拜伦的许多作品，但重点论述的却是撒旦精神十足的《该隐》《海盗》《曼弗雷德》。《该隐》是拜伦后期创作的哲理诗剧。诗剧取材于《圣经》中，却对基督教进行尖锐的质疑、否定。基督教教义完全被颠倒过来。在此，上帝是变成了缺乏公正而又作威作福的专制独裁者，杀人者该隐却是敢于反抗上帝统治的反叛者。他公然质疑上帝并号召人们起来反抗上帝的统治。同时，该隐对启蒙理性所承诺的人可以通过理性而抵达解放的思想进行了怀疑。这种颠倒乾坤般的文化翻案和尼采基于价值重估的反基督教立场完全一致。鲁迅叙述了《旧约》中的传说故事，从拜伦的立场为撒旦辩护。撒旦是有意义的，没有撒旦，就没有人类，撒旦惠及人类；撒旦是被人群遗弃的勇敢而孤独的天才。和撒旦相比，上帝及其整个基督教价值体系是

① 鲁迅：《摩罗诗力说》，《鲁迅全集》第1卷，人民文学出版社，1981年，第82页。
② ［德］尼采：《看哪这人》，张念东等译，中央编译出版社，2005年，第9—10页。

非常可疑的，缺少逻辑的合理性，而众人却被上帝蒙骗。《曼弗雷德》是拜伦的另一部重要的诗剧。因失恋而隐居深山的曼弗雷德陷入一种无法自拔的绝望情绪之中。他感到即使是知识也无法解脱人生之苦，他祈求大自然的七个精灵帮助他忘记一切，却没有做到，他自杀却为人所救。在他的心中，只有具有血缘关系的爱丝塔蒂才是可爱的，但是人世间却不能容忍他的爱情。因此，曼弗雷德厌倦了人生，憎恨一切。在他遇到了爱丝塔蒂的灵魂以后，他决定从容地死去。在他临死前，他拒绝了修道院长的抚慰，拒绝了自然精灵的诱惑。勃兰兑斯强调了曼弗雷德的孤独的坚强，认为这是拜伦所具有的男子汉气概，而且把拜伦和歌德进行了比较，认为浮士德可以把自己出卖给魔鬼靡菲斯特，而拜伦却绝不会如此的。实际上，这种坚强就是生命哲学的自我选择的自由。鲁迅也强调了拜伦的孤独的坚强，却使用了“意志”一词。这也许是鲁迅在以尼采解读拜伦。“意盖谓己有善恶，则褒贬赏罚，亦悉在己，神天魔龙，无以相凌，况其他乎？曼弗列特意志之强如是，裴伦（拜伦）亦如是。”[①]对于《海盗》，鲁迅强调了主人公康拉德反抗一切的英雄气概。无论是国家法律，还是社会道德，乃至神，康拉德都视如粪土。他的剑就是权力，就是意志。鲁迅强调了康拉德的复仇精神。康拉德本来高尚纯洁，由于社会普遍的诬陷、猜忌才厌倦社会，憎恨一切，并对社会进行报复。复仇精神是康拉德的全部精神。

在通常的文学史教科书中，浪漫主义被认为是18世纪末期到19世纪初期的文化潮流和文学潮流。卢梭被看作浪漫主义文化的先驱，而且，卢梭把浪漫主义带进了哲学之中。英国的湖畔诗派被看作浪漫主义文学兴起的标志。在卢梭之前，浪漫主义作为一种社会文化倾向早已存在。按照罗素的说法，在18世纪的法国就流行着浪漫主义的文化风尚。一些有教养的人士都推崇情感、同情心，人们倾向于田园生活

① 鲁迅：《摩罗诗力说》，《鲁迅全集》第1卷，人民文学出版社，1981年，第77页。

及其道德品质，对工业性的都市生活反感、厌倦。但是，尽管德国的工业并不发达，却在文学上比英国、法国具有更多的浪漫主义精神。歌德、席勒也许可以称得上18世纪更早的浪漫主义作家。他们之所以更早地表现出浪漫主义精神，和德国哲学的主观浪漫主义情绪具有密切关系。从总体上看，“浪漫主义”与其他任何一种主义一样，是一个包含着多种复杂倾向的潮流。诸如个性精神、主观情感、想象性、崇尚自然、回到中世纪、地方性与民族文化、传奇性、反抗刻板的理性秩序和人格，等等。浪漫主义者在政治上更为复杂，有的反动，有的革命，有时反动，有时革命。但是，在这些复杂因素中，文化上的个性主义精神更为重要。浪漫主义以个人化的精神和情感，对抗普遍化的理性主义精神。“浪漫主义可以在一定程度上理解为对启蒙运动的一种反抗。启蒙运动是一场强大的、广泛的思想和精神解放运动，但最终耗尽了人们的支持，引发了一场反革命运动。启蒙运动推崇理性主义、古典主义、唯物主义，不喜欢强烈的激情、主观性和混乱无序。它追求澄明，力图消解神秘。到头来，它变得乏味、单调、沉闷。它的强调个人利益和快乐主义的伦理学看上去猥琐庸俗，毫无英雄气息。”①

就对理性秩序和普遍道德的不满、渴望朝气蓬勃的个性生活而言，也许一切浪漫主义都具有强烈的生命性冲动。但是，我们仍然有必要将浪漫主义进行区分，在浪漫主义之中，具有两种基本风格，一种是温和浪漫主义，一种是激进浪漫主义。温和浪漫主义，虽然也存在着对普遍理性的抗拒，但是，其个性精神往往是符合稳定的规范价值原则的，它基本上是属于体制内或规范内的。因此，对传统的道德观念、心理习惯、文化习惯、现实政治体制不构成激烈的冲突和挑战，也比较容易为社会大多数人所普遍接受，甚至为政治权力所认

① ［美］罗兰·斯特龙伯格：《西方现代思想史》，刘北成等译，中央编译出版社，2005年，第231页。

可。很多浪漫主义作家更符合温和浪漫主义的精神。比如湖畔诗派的柯勒律治、华兹华斯、骚塞，还有司各特等他们很快就为英国文坛、社会所普遍接受。华兹华斯、骚塞先后登上英国政府授予的桂冠诗人的宝座。他们也曾写下叛逆的诗歌，但是，很快就悬崖勒马，变成守护主流和正统的诗人。他们比较多地书写远离工业化的田园生活，赞美儿童的天真、纯洁，这些都不会与社会现实、与普遍道德心理发生多大的冲突。即使是卢梭的思想，也往往能够为普遍伦理所接受。高尚的野蛮人，在很大程度上是一种纯朴忠厚、天真的传统道德秉性。但是，激进浪漫主义却不然，它是体制外或规范外的，具有天马行空、狂放不羁的自由精神，拒绝任何外部权威的约束，只是听从自我内心的呼唤，带有剧烈的心灵冒险的冲动。这种激进浪漫主义的个性精神和生命哲学的个体生命意志几乎完全一致。激烈的情感释放与挑战精神往往对传统心理、道德、现实政治秩序构成激烈的挑战和冲击，并由此引起社会的普遍不适应，甚至憎恨、反感。“摩罗诗人”大体上属于这种激进浪漫主义诗人，以拜伦最为突出。骚塞与拜伦的冲突可以看作激进浪漫主义与温和浪漫主义的典型冲突。勃兰兑斯对湖畔诗派与拜伦、雪莱等人的“自由”进行了区分，这也可以帮助我们理解温和浪漫主义与激进浪漫主义的区别。勃兰兑斯说，湖畔诗人城府很深、谨小慎微，湖畔诗人的自由，在很大程度上是民族自由，而非个人自由。他们歌颂英国、美国，歌颂英国宪法本身就是自由的体现，歌颂英国的民族英雄，歌颂对拿破仑反抗的胜利，以至于在他们那里，英国的一切都变得值得骄傲，而对本国统治者的专横暴虐不仅视而不见，反而阿谀奉承。但是，拜伦、雪莱等激进派诗人的自由却是“一种神圣的疯狂，是一片熊熊燃烧的圣火”。

> 这种自由不是我们能用手把握住的，或是能载入宪法作为一种恩惠授予人们的，或是能写在国教信条里的东西。它是

人类精神永恒的呼唤，是其自身永无休止的要求；那是天上的圣火闪射的火花，普罗米修斯生起它的时候便是把这星星之火扇熊熊烈焰；对于那些觉得生活没有了它便会象坟墓一样黑暗、象石块一样冰冷的人来说，它是一切光明和一切温暖的泉源。①

湖畔诗人们所赞颂的是一种具体的、实际存在的自由的总量——不是自由本身。革命派诗人们所赞颂的才无疑是真正的自由；但他们的自由概念未免过于极端地理想化了，以致它们在实际问题上几乎总是不能切中要害。一切业已存在的政府的遭到削弱，都被他们看做是暴政的削弱；一切被压迫民族半野蛮民族的反抗，都被他们看做是尽善尽美的自由的曙光。②

我们从这里不仅可以清楚地看到激进浪漫派诗人与温和浪漫派之间对立，还可以感受到激进浪漫主义与生命哲学之间的联系、交叉与相互呼应。激进浪漫主义或者更具体地说拜伦式的浪漫主义，是生命哲学的近代传统，以尼采为代表的生命哲学是激进浪漫主义的延续或置换变型。拜伦对个性的追求，尤其是挑战上帝的撒旦精神——那种释放个体内在本能、意志力量的倾向，已经与普遍理性发生了根本的断裂。罗素把拜伦与尼采看作同样的人物，罗素只看到了他们阴郁、孤独、绝望的一面，却忽略了追求绝对自由的明亮、昂扬的一面。拜伦、尼采带有启蒙运动遗留下来的雄心，他们的理想仍然流荡着创造无限自由的宏大梦想。五四时期，鲁迅翻译了俄国作家阿尔志跋绥夫的《工人绥惠略夫》。阿尔志跋绥夫是无政府主义者。小说主人公绥惠略夫明确宣称自己是受了施蒂纳的影响，但是，人们却往往把他看

① ［丹麦］勃兰兑斯：《十九世纪文学主流（四）》，徐式谷等译，人民文学出版社，1997年，第103页，第101页。

② 同上。

作尼采主义者。鲁迅认为，“绥惠略夫确乎显出尼采式的强者色彩来。他用了力量和意志的全副，终身战争，就是用了炸弹和手枪，反抗而且沦灭（Untergehen）”。[①]但是，另一方面，鲁迅与温和浪漫主义也存在一定的联系。在《破恶声论》中，我们一方面看到鲁迅对尼采等生命哲学的认同，另一方面也很容易感受到他对温和浪漫主义的接受。在这里，鲁迅还是强调“心声”。认为中国当下正处在寂寞黯然的时代，缺乏一种令人振奋的心声。这种心声应该来自于那种生命哲学式的个人主义。而且，鲁迅明显赞同生命哲学的个人/天才/英雄的历史观念。他认为，我们今天所希望的不是与大众相同的喧嚣，而是能够独往独来、顶天立地的个人——“故今之所贵望，在有不和众嚣，独具我见之士，洞瞩幽隐，评隲文明，弗与妄惑者同其是非，惟向所信是旨，举世誉之而不加劝，举世毁之而不加阻，有从者则任其来，假其投以笑傌，使之孤立于世，亦无慑也。”[②]但中国却没有这种个人却到处都是喧嚣的恶声。作为典型的恶声，鲁迅归纳出两条：“一曰汝其为国民，一曰汝其为世界人。”[③]这两者虽然立意有所不同，但其共同特色在于以多数大众扼杀具有个人性的英雄。这一思路与《文化偏至论》是完全一样的。不同的是，鲁迅用浪漫主义基本观点，抨击“国民论”。鲁迅认为，“国民论”就是以科学理性、进化的理论沽名钓誉，并以科学理性、进化的名义扼杀人的信仰。人生在世，缺少知识是可以原谅的，但，人必须要有一定的信仰，如果不为物质生活所拘禁，就必须有形而上的需求，宗教的价值就在于此。而中国的国民论者却以科学、进化为名否定中国传统民间习俗。“破迷信者，于今尤烈。”[④]因而，在本质上是反对或蔑视信仰的。鲁迅认

① 鲁迅：《译了〈工人绥惠略夫〉之后》，《鲁迅全集》第10卷，人民文学出版社，1981年，第169页。

② 鲁迅：《破恶声论》，《鲁迅全集》第8卷，人民文学出版社，1981年，第25页。

③ 鲁迅：《破恶声论》，《鲁迅全集》第8卷，人民文学出版社，1981年，第26页。

④ 鲁迅：《破恶声论》，《鲁迅全集》第8卷，人民文学出版社，1981年，第27页。

为，中国传统的宗教与西方基督教不同，西方基督教是一元性宗教，而中国的宗教却是自然崇拜，即“以普崇万物为文化本根”，将万物都看作有生命的神秘存在。这颇有些类似我们今天说的“天人合一”，也很类似斯宾诺莎的“泛神论”。中国的制度及文化无不与此密切相关。这种“普崇万物”对人的心灵具有一种神秘的作用，是一种诗性的文化，从而使中国人具有重视传统、泛爱万物的品格。这种美好的品格已经从历史上逐渐消失，在主流的知识分子身上更不可能找得到，但是，在古代文献典籍之中却流露出一些蛛丝马迹，在底层的农民——“气禀未失之农人”身上也有所体现。民间普遍存在着的各种各样的娱乐性赛会，是朴实的农民精神纯洁、自由的体现。这里体现出典型的浪漫主义历史观和人生观。浪漫主义反抗普遍理性，主张回到自然。它张扬民族性文化或地域文化，以及个体人格信仰，它把本民族的传统、风俗当作民族的生命力，因而主张回到中世纪。那些古朴、奇异的风俗人情乃至神秘的东西，在浪漫主义那里获得了极大的魅力。自然状态，是完美的状态。人在与自然融为一体的时候是善的，进入文化状态以后，却失去了这种善，真正有价值的人性不在那些具有知识的人的身上，而在那些朴实的自然人身上。文明、知识的进步将导致人性的堕落。因此，鲁迅说，“伪士当去，迷信可存，今日之急也。”[①]一些知识分子以一知半解的科学知识，来否定民间习俗，在鲁迅看来是非常可笑的。鲁迅认为，科学在一定程度上也可以看作一种宗教性信仰，黑格尔的理性也是一种信仰，在理性的背后是真善美。尼采的“超人”也同样是一种信仰。

夫欲以科学为宗教者，殴西则固有人矣，德之黑格尔，研究官品，终立一元之说，其于宗教，则谓当别立理性之神祠，一奉行仪式，俾人易知执着现世，而求精进。至尼佉

① 鲁迅：《破恶声论》，《鲁迅全集》第8卷，人民文学出版社，1981年，第28页。

氏，则剌取达尔文进化之说，掊击景教，别说“超人”。虽云科学为根，而宗教与幻想之臭味不脱，则其张主，特为易信仰，而非灭信仰昭然矣。①

从信仰/精神的立场出发，鲁迅还批判了嘲弄神话的倾向。鲁迅认为，神话是古人瑰丽奇异的想象，是人类文化的起源。我们应该为古人的想象力感到震惊，却不应该进行嘲笑。西方文化的发展，离不开神话的滋养，如果想要了解西方文化和艺术，不能不了解西方的神话。用科学知识去否定中国的“龙”也是非常荒谬的。这些龙的嘲弄者，不过是势力之人，看见中国的衰微，便否定一切中国之物。中国的龙，是中国古人想象力的创造物，是类似于神话那样的东西。如果以动物学去观察它，是非常愚昧无知的。这里，一方面鲁迅用历史眼光看待神话，另一方面却是以浪漫主义的观念看待神话，浪漫主义对传统、远古、神话乃至神秘的事物具有一种普遍的嗜好，因为这些事物体现出一种超越理性的思维方式。这种对信仰、精神的强调，与鲁迅对主观的强调完全一致。

鲁迅对“白心”即素朴的底层农民的道德赞美，与《文化偏至论》《摩罗诗力说》对众人的批判相矛盾，甚至与本篇追求的独具我见之士有矛盾。鲁迅一方面追求那种傲然独立的独异者，乃至尼采式生命哲学的个人主义者，另一方面却又在底层农民身上看到一种道德理想。这意味着鲁迅很难完全彻底如尼采、叔本华、施蒂纳等人那样完全否定大众，无论他怎样批判庸众，也无法完全否定大众。这大概是中国知识分子的性格所致吧。

---

① 鲁迅：《破恶声论》，《鲁迅全集》第8卷，人民文学出版社，1981年，第28—29页。

三、生命哲学、摩罗诗派与进化论的交融

在鲁迅那里，生命哲学、激进浪漫主义与进化论相互支持。这里，我们从进化论的角度审视鲁迅的生命意志。

达尔文的进化论是近代以来在中国影响广泛而深远的思想。鲁迅在南京读书的时候就读到严复翻译的《天演论》和日本人加藤弘之的《物竞论》，后来鲁迅曾经回忆那时对进化论的痴迷、陶醉，“看新书的风气流行起来，我也知道了中国有一部书叫《天演论》。星期日跑到城南去买了来，白纸石印的一厚本，价五百文正。翻开一看，是写得很好的字，开首便道：——‘赫胥黎独处一室之中，在英伦之南，背山而面野，槛外诸境，历历如在机下。乃玄想二千年前，当罗马大将凯彻未到时，此间有何景物？计惟有天造草昧……’哦！原来世界上竟有一个赫胥黎坐在书房里那么想，而且想得那么新鲜？一口气读下去，‘物竞’也出来了，苏格拉第、柏拉图也出来了，斯多葛也出来了。学堂里又设立了一个阅报处，《时务报》不待言，还有《译学汇编》，那书面上的张廉卿一流的四个字，就蓝得很可爱。”“一有空闲，就照例地吃侉饼、花生米、辣椒，看《天演论》。”[①]留学日本以后，鲁迅不仅仍然对进化论抱有浓厚的兴趣，而且，还写过介绍进化论的文章。1907年就鲁迅发表一篇系统介绍生物进化论的学术性文章《人之历史——德国黑格尔（海克尔）式种族发生学之一元研究诠解》。文章以解释德国生物学家海克尔的《人类发生学》为主要目的，非常系统地介绍了生物进化论及其发展历史。一直到“五四”以后，进化论几乎成为鲁迅思想的重要资源。即使在30年代鲁迅也没有完全抛弃进化论。显然，进化论之于鲁迅并非仅仅

① 鲁迅：《朝花夕拾·琐记》《鲁迅全集》第2卷，人民文学出版社，1981年，第296页。

是一般意义上的生物学理论，更关键的在于它能够为鲁迅的生命哲学——个人主义提供一种巨大的思想支撑。

1859年达尔文出版《物种起源》，将一直模糊不清的生物进化原理进行了令人信服的论证，就其观念的影响和冲击而言，远远大于纯粹生物学的意义。它不仅对宗教构成尖锐的挑战，为长期以来的启蒙/进步观念提供了思想基础，同时，也为与其他各种复杂倾向包括与启蒙哲学相冲突的某些思想提供了武器，因为，进化论所包含着的多种可能性。社会达尔文主义、优生学、种族优越论都和达尔文的进化论不无关系，自由主义的自由竞争也在达尔文那里找到了切实的根据，等等。严复介绍的进化论，在近代中国产生了广泛的影响，它为中国知识分子提供了一个崭新的认识自然和社会人生的观点和方法。胡适说，“数年之间，许多进化名词在当时报章杂志的文字上，就成了口头禅。无数的人，都采来做自己和儿辈的名号。”[①]鲁迅在《人之历史》中也说，“中国迩日，进化之语，几成常言。”[②]进化/进步的观念、适者生存、生存斗争、优胜劣汰等无疑对中国知识分子产生了强烈的震撼。

为了能够更好地理解鲁迅对进化论的接受，有必要对近代中国知识分子的进化论进行一下归纳。中国近代知识分子对进化论的接受，大体上有两种不同的倾向：一种侧重于历史进化与进步，一种是生命/个体的进化。历史进化论立足于历史主义立场，以历史状况来论证历史进步，从政治、经济、军事等方面寻求社会进步的动力和进步的必然性。生命/个体的生命进化论是从个体生命进化的角度来论证历史进步的信念，它只是相信历史进步的观念，却对历史进步的具体操作缺乏兴趣。在生命进化论看来，生命自身具有本质性的决定意义，只要生命自身具有足够强大的生命能力，就可以获得自身的进化，社会

① 胡适：《我的信仰》，《胡适自传》，黄山书社，1992年，第90页。
② 鲁迅：《人之历史》，《鲁迅全集》第1卷，人民文学出版社，1981年，第8页。

历史就会因为生命的进化而自动前进。当然，这两类进化论不是截然分开、泾渭分明的，但是，其基本风格还是非常清晰的。无论是改良派，还是革命派，都属于历史进化论。改良派相信通过改良，可以使社会逐渐走向进步，而革命派却坚信通过更激烈的革命方式才能使中国获得飞跃发展。康有为的“公羊三世说”，把历史演化看作一个从“据乱世”到“升平世”直到“太平世”的合乎目的的发展过程，以复古的外衣表达着进步的历史信念。梁启超在此基础上又提出了“三世相演说”，把历史看作由“多君为政之世”向“一君为政之世”和“民为政之世”进步。革命派将革命看作历史进步的杠杆。邹容的《革命军》说：“革命者，天演之公例也；革命者，世界之公理也；革命者，争存亡过渡时代之要义也；革命者，顺乎天而应乎人也；革命者，去腐败而存良善者也；革命者，由野蛮而进文明也；革命者，除奴隶而为主人也。”[①]而晚清兴起的改造国民性却明显具有生命进化论的倾向。在改造国民性的源头即严复那里，严复虽然没有向这方面继续前进，却引起了许多知识分子的强烈兴趣，就蕴涵着对民力的开发。

鲁迅无疑属于生命进化论。在鲁迅那里，历史进步只是一种坚定而乐观的信念，“人国”是这种信念的象征。但是，它只是缥缈地悬浮在那里，究竟怎样才能到达“人国”？鲁迅没有从具体的社会实践进行思考、规划和论证，也没有指出“人国”的任何具体特征。在社会历史实践层面鲁迅已经否定了洋务派、改良派，也否定了西方的民主体制。这意味着，鲁迅并不注重历史的实际操作过程和具体的历史目的。从政治学的角度看，它显然不如康有为的“公羊三世说”和梁启超的“三世相演说”那样合乎历史理性的原则，也不如历史上的各种社会理想清晰，比如，老子的“小国寡民”、儒家的尧舜禹时代，柏拉图的“理想国”，等等。即使五四以后，鲁迅也拒绝谈及具体的

① 邹容：《邹容文集》，重庆出版社，1983年，第41页。

社会理想。他只是针对“吃人的历史”提出要创造“人的时代”，但却并没有透漏“人的时代”的任何消息。这不是偶然的，而是鲁迅对历史实践的怀疑。鲁迅忽略了历史实践过程，却凸显了“人”自身。这样，我们就又回到了鲁迅“立人”的思想。即进化论能够为鲁迅强调个体生命即生命哲学的“个人主义”提供资源和信念。这样，在鲁迅那里，进化论与生命哲学的个人意志、激进浪漫主义的拜伦式英雄就自然而然地融为一体。

在鲁迅的进化论中，鲁迅强调了“适者生存”/“生存斗争”的生命本能力量在进化过程中的根本作用。达尔文的进化论将人类祖先确定为动物，因而进化论在初期引起激烈的论争，面对强大的宗教压力和世俗社会的道德压力。但是，鲁迅却并不认为进化论亵渎了人类的尊严，相反却显示了人类优越于其他动物的地方：“人类进化之说，实未尝渎灵长也，自卑而高，日进而高，日进无既，斯益见人类之能，超乎群动，系统何昉，宁足耻乎？”[①]“人类之能，超乎群动。”人类的生命本能具有超越于动物的优越性。按照进化论的解释就是，人类与其他动物相比，是一种生命本能更为强悍的种属，更能适应生存斗争的环境，因而日益进化、发展。从鲁迅对达尔文进化论的解释，也可以看到这点。鲁迅说，达尔文的进化论是一种“淘汰说”，“历审生物，因悟物种所由始，渐而搜集事实，融会贯通，立生物进化之大原，且晓形变之因，本于淘汰，而淘汰原理，乃在争存，建‘淘汰论’，亦曰‘达尔文说’，空前古者也。”[②]“人择”——人对物种的选择是，按照人的目的培育物种，因而，那些能够满足人的目的的物种就被发展起来了。这是人类很早就掌握的技术。“天择”——自然对生物的选择。

---

① 鲁迅：《人之历史》，《鲁迅全集》第1卷，人民文学出版社，1981年，第8页。
② 鲁迅：《人之历史》，《鲁迅全集》第1卷，人民文学出版社，1981年，第13页。

天然之力，亦择生物，与人择动植无大殊，所异者人择出人意，而天择则以生物争存之故，行于不知不觉间耳。盖生物增加，皆遵几何级数，设有动物一偶于此，毕生能产四子，四子又育，当得八孙，五传六十四，十传而千二十八，如是递增，繁殖至迅。然时有强物，灭其奥弱，沮其长成，故强之种日昌，而弱之种日耗；时代既久，宜者遂留，而天择即行其中，使生物臻于极适。达尔文言此，所征引信据，盖至繁博而坚实也。①

鲁迅承认生存斗争的自然原则，并将它被扩散为宇宙的普遍原则。在《摩罗诗力说》中，鲁迅勾勒出一幅宇宙、历史竞争、变化与社会历史进步的图景：

平和为物，不见于人间。其强谓之平和者，不过战事方已或未始之时，外状若宁，暗流仍伏，时劫一会，动作始矣。故观之天然，则和风拂林，甘雨润物，似无不以降福祉于人世，然烈火在下，出为地囱，一旦偾兴，万有同坏。其风雨时作，特暂伏之见象，非能永劫安易，如亚当之故家也。人事亦然，衣食家室邦国之争，形现既昭，已不可以讳掩；而二土室处，亦有吸呼，于是生颢气之争，强肺者致胜。故杀机之瘨，与有生偕；平和之名，等于无有。特生民之始，既以武健勇烈，抗拒战斗，渐进于文明矣，化定俗移，转为新懦，知前征之至险，则爽然思归其雌，而战场在前，复自知不可避，于是运其神思，创为理想之邦，或托之人所莫至之区，或迟之不可计年以后。自柏拉图《邦国论》始，西方哲士，作此念者不

① 鲁迅：《人之历史》，《鲁迅全集》第1卷，人民文学出版社，1981年，第13—14页。

知几何人。虽自古迄今，绝无此平和之朕，而延颈方来，神驰所慕之仪的，日逐而不舍，要亦人间进化之一因子欤？①

鲁迅认为，世界万物总是处在相互冲突、斗争之中，和平根本就不存在。人类社会也同样，人类文明就是在不断斗争的过程中发生、发展的。但是，在这个进化过程之中，人类存在一种矛盾本性，一方面懦弱，往往贪图安逸，畏惧斗争的艰险，另一方面又清楚地意识到斗争无法避免，于是，创造出类似于柏拉图“理想国”这样的社会理想——“理想之邦”。这种社会理想虽然并不存在，但是，却能够锲而不舍地追求，这就促进了人类文明的进步。这里，鲁迅强调的是，在无时无刻不处在冲突、斗争的宇宙、历史之中，不断抗争的生命意志的重要性。

鲁迅认为，中国文化之所以落后，就是因为缺乏这种竞争的宇宙观和历史观，违背了“人类进化史实”。古代中国缺乏与比自己更发达的文化的交流、冲突和竞争，在这种无冲突的过程中，中国文化自尊自大，日益衰落。在中国文化内部，中国人只是渴望平和的远古生活，并把远古生活平和化，“汗迹血腥，泯灭都尽”，掩盖了先民奋力抗争的历史。鲁迅特别批判了老子的“无为”：

老子书五千语，要在不撄人心；以不撄人心故，则必先自致槁木之心，立无为之治；以无为之为化社会，而世即于太平。其术善也。然奈何星气既凝，人类既出而后，无时无物，不禀杀机，进化或可停，而生物不能返本。使拂逆其前征，势即入于苓落，世界之内，实例至多，一览古国，悉其信证。若诚能渐致人间，使归于禽虫卉木原生物，复由渐即于无

① 鲁迅：《摩罗诗力说》，《鲁迅全集》第1卷，人民文学出版社，1981年，第66—67页。

情，则宇宙自大，有情已去，一切虚无，宁非至净。而不幸进化如飞矢，非堕落不止，非著物不止，祈逆飞而归弦，为理势所无有。[①]

“汗迹血腥”“武健勇烈，抗拒战斗”“无时无物，不禀杀机”，这些短语无疑符合进化论“生存斗争”的原则。但是，这种“生存斗争”的观念，只是用来激励自我和民族的自强，而没有用来说明弱者应该被淘汰。在《破恶声论》中，鲁迅激烈地批判崇尚侵略的思想。问题的关键在于，也正是在鲁迅把自然原则运用到在社会历史领域之中的时候，一种基本原则在鲁迅的内心深处悄悄地发生了作用。这个原则告诉鲁迅，自然原则是自然原则，价值原则是价值原则，从自然事实那里无法推导出人类的价值准则。在自然原则遭到遏制的时候，价值原则却挺立起来，而这种价值原则却又从自然原则那里获得了滋养。这个时候，进化论自然变成了一种生命哲学，我们由此也可以理解鲁迅为什么那样执着于生命哲学了，乃至于激进浪漫主义的摩罗诗人了。生命哲学、摩罗诗是“人类之能”的升华，它可以纳入整个社会文化领域之中，可以进行社会、历史、文化的广泛阐释，“生命之能”在这个过程之中也获得了文化方向。

事实上，尼采等人的生命哲学、拜伦的撒旦精神与进化论，具有天然的亲和力。进化论的“生命之能”作为进化的动力，与生命哲学、拜伦式撒旦精神的意志力量，与变化的宇宙观具有很大的相似性。

叔本华并没有接触进化论，但是，叔本华将意志作为世界的本体。“一切客体都是现象，唯有意志是自在之物。”[②]意志派生万物，万物都是意志的呈现，并在意志的支配之下。人的生存意志就是生命本能。各种不同的意志相互冲突，不停地变动。意志无止境，永

① 鲁迅：《摩罗诗力说》，《鲁迅全集》第1卷，人民文学出版社，1981年，第67页。
② 叔本华：《作为意志和表象的世界》，石冲白译，商务印书馆，1982年，第165页。

无满足。尼采完全承袭了叔本华的意志本体论却拒绝了叔本华的悲观主义。在尼采看来，人生固然是悲剧的，但是，只要充分发挥自我的生命意志——权力意志，人生就欢乐的，生命就是饱满的。和叔本华不同的是，尼采接触了进化论，他对进化论的态度是既借鉴一部分又排斥一部。一，尼采不能忍受“适者生存”的观点，在他看来，这无疑把人降低为适应环境的动物——这是他反对进化论的最主要原因。二，尼采不能认同进化论的强者生存的原理，他认为在人类历史发展过程中，往往总是弱者/多数获得胜利，强者往往是失败的。三，但是，进化论的生命本能以及为满足本能所进行的内部努力，却符合尼采的要求。这种生命本能和他的酒神精神存在着本质的相似之处。同时，这种生命本能也和拜伦的撒旦的恶性构成联系。四，尼采的“超人”却显示了他改良人类的雄心。尼采不是借助于以往的文明成果进行社会、文化的改造的，而是将这些统统抛开，因为这些东西严重地压抑、束缚人的生命本能，他相信只有充分释放人的生命本能，才可以重建人类文明的繁荣。因而，有学者说尼采是达尔文的儿子。他声称以身体为准绳去衡量一切，即以一种生命本能、意志去衡量一切。他反复强调自己是非道德者，对苏格拉底以来的知识、理性的抨击以及对基督教的否定，都是基于这种生命意志。五，在“变化”这点上，尼采比进化论更激进。尼采明确声称他是站在古希腊哲学家赫拉克利特的立场上的，因为赫拉克利特将世界看作一个充满斗争、变动不居的存在。赫拉克利特认为一切皆流，无物常住，人不能走入同一条河流。世界没有静止、稳定的时候，尼采把世界纳入“永恒轮回”的过程之中。进化论中的盲目性、无意识性也渗透出来，这和进化论中的进步观念发生了抵触。鲁迅也看到了这点：“尼佉（尼采）不恶野人，谓中有新力，言亦确凿不可移。盖文明之朕，固孕于蛮荒，野人其形，而隐曜即伏于内明如华，蛮野蕾，文明如实，蛮野如华，上征在是，希望亦在是。”[①]拜伦等“摩罗诗人”的那种摩罗性格，同样具有生命的野性。从进化论角度，也可以理解鲁迅为什么那样钟情于拜伦。与尼采相临近的生命哲学家，也存在着类似的情况。狄尔泰、齐尔美作为生命哲学家，也都将世界看作不断流转、变化的，在这方面，他们和意志哲学没有任何本质区别。他们都具有这样的特点：一方面把世界变成意志或生命这样活的东西，一方面又把意志或生命说成是世界的本质。柏格森的直觉主义也是强调世界的流变。世界不是物质构成的，而是生生不息的“生命之流”。这种“生命之流”像水流一样永无间断，无法分割。所以，也称之为“绵延”。柏格森的生命创化论，却强调了个体生命的创造精神，也涉及反抗精神。所以，“五四”以后，鲁迅经由日本的橱川白村接受了柏格森，也是顺理成章的了。

四、“双重大脑”与“致人性于全”：科学理性与非科学感知的对立与平衡

留学日本的青年鲁迅对科学理性的认识，也带有相当程度的尼采痕迹。

从求学南京到留学日本，在相当长的一段时间里，鲁迅如饥似渴地学习西方自然科学知识，接受着比较系统的科学理性的训练，并对科学怀有浓厚的兴趣。从矿路学堂开始，鲁迅就开始自觉地学习西方近代以来的自然科学知识。归纳起来，这些自然科学知识可以分为这样几类：一是基础学科，诸如物理学、化学、数学等；二是与采矿相关的专业知识，如矿物学、地质学、熔炼学、绘图学等；三是与医学有关的专业知识，如解剖学、生理学等；四是生物学，包括进化论和动物学。这些与中国传统人文知识大相径庭的自然科学知识不仅使

① 鲁迅：《摩罗诗力说》，《鲁迅全集》第1卷，人民文学出版社，1981年，第64页。

鲁迅大开眼界，感到“非常新鲜”，而且，还激发了鲁迅对于科学与世界、与社会、与人生的思索。鲁迅从1903年开始，陆续发表了《中国地质略论》《中国矿产志》《说鉏》《人之历史》《科学史教篇》等多篇关于自然科学方面的论文。此间，鲁迅还翻译了《月界旅行、《地界旅行》《北极探险记》等科学幻想小说。起初，鲁迅认为，应该以科学知识启迪国人，以清除国人普遍存在的迷信，改良思想。“（欲）导中国人群以进化，必自科学小说始。”[①]这种科学理性的启蒙，还影响到鲁迅人生道路的选择。鲁迅留学日本的初期，明显具有“实业救国”的倾向，他选择医学，便是“实业救国”思想的体现。但是，后来，在鲁迅弃医从文以后，情况发生了变化，他对科学理性的认识不再像最初留学日本时期那样单纯，而是以一种双重的复杂态度审视科学理性。这主要体现在《科学史教篇》之中，这篇文章和《摩罗诗力说》《文化偏至论》《破恶声论》都发表在1908年。

首先，我们发现，鲁迅观察科学理性的视角与尼采非常相近，都是基于科学理性的外部去认识科学理性的。英国著名科学哲学家拉卡托斯把科学史分成“内部历史”和“外部历史”。所谓科学的“内部历史”，就是“把科学史当作关于自然界的理性思想史，按照自身内在逻辑演进，要求历史学家站在自己立场上去理解科学家的思想。”[②]这种内部历史，在本质上就是科学知识自身发展的历史。它的突出特征在于强调科学发展的独立性和自主性，科学发展是以其自身的内部逻辑为依据的，与其他因素无任何关系，或者说其他因素被排除了科学史之外，被完全忽略了。“关于知识增长的大多数理论都是关于独立的知识增长理论：一个实验是不是判决性的……这都丝毫不依赖于科学家的信念、个性和权威，对于任何内部史来说，这些主观因素都

① 鲁迅：《〈月界旅行〉辨言》，《鲁迅全集》第10卷，人民文学出版社，1981年，第112页。

② 夏松基、沈斐凤：《历史主义科学哲学》，高等教育出版社，1995年，第283页。

是毫无意义。”[①]所谓“外部历史”，就是外部因素对科学自身发展构成影响的历史，它是科学发展的“社会史”，它的突出特征在于强调科学理性主体以外的因素对于科学发展的巨大影响。如，心理条件、政治、经济、宗教信仰等。这种外部历史，渗透着科学的生命意识，它意味着科学并不是单纯的理性增长发展的问题。

鲁迅与尼采对于科学理性的内部结构并不关心，都更多地着眼于科学理性的外部，他们关心的是科学理性与人的存在的关系，尤其是与人的心灵的关系。

尼采基本上是一位历史主义者和视角主义者，他一方面将科学理性当作历史的、文化的和社会现象，认为科学理性不具有超越一切的眼光，不是全能的上帝，它总是受制于各种历史的、文化的和社会生活，总是随着这些因素的变化处在不稳定的变化之中；另一方面，科学理性总是以科学工作者主观特定视角和条件为依据，科学工作者将自己的偏见、需要深深地打入科学理性之中，科学理性只是启蒙主义者对于世界的一种解释，不是一个终极的解释。科学理性并非出自理性本身，而是出自非理性或各种复杂的机缘，理性化只是在后来的长期历史之中逐渐形成的，是事后的事情，是逐渐地被建构起来的，而形而上学就是这样形成的。纯粹逻辑性是不可能的，而非逻辑性却是必要的。“非逻辑性深深地扎根于激情、语言、艺术、宗教乃至给生活带来价值的一切之中，以至于人们不可能摆脱它而又不同时摧毁这些美好的事物。只有过于天真的人才会相信能将人的自然天性转变为纯粹的逻辑性。即便可以在不同程度上接近这一目标，一路上也遭受多么惨重的损失！人即使再有理性，也不时地需要自然天性，即对万事万物的一种非逻辑的基本态度。”[②]因此，科学理性往往是以非逻辑的各种事物为前导的。“倘若不是魔术师、炼金术士、占星家和巫师

① 夏松基、沈斐凤：《历史主义科学哲学》，高等教育出版社，1995年，第284页。

② ［德］尼采：《人性的，太人性的》（上卷），魏育青译，华东师范大学出版社，2008年，第47页。

先行于科学，不是他们怀着一腔热望最先对种种隐秘的、被禁止的力量产生探索的渴求和兴趣，那么，你们相信科学会产生和壮大吗？你们相信在知识王国里要成就某事，希望总是多于成功吗？”[①]在尼采看来，没有纯粹的认知主体，认知主体与其说是单纯的思维，不如说是复杂多样的冲动和情绪的会合、冲突，每种冲动或情绪都试图成为一种具有支配性的中心，都试图将自己的标准强加于其他冲动之上。在通向真理的道路上，认知主体完全可能表现出意想不到的心态。“是的，人们常常只对知识怀有好奇心，习惯于这种好奇心，这就够了。有些人是为了名誉和荣耀，还有许多人不知如何打发过多的闲暇而去读书，去收集、整理、观察，向别人转述。”[②]认知也涉及诚实的道德和信仰，我们不想欺骗别人，也不想欺骗自己；我们总是以某种信念为基础去认识事物，不存在没有假设的科学。

然而，尼采反复强调的却是科学理性体现了人的权力意志。我们的需要、意志是科学理性的最为强劲的动力，科学理性是权力意志的实现工具。我们对世界的认识，就是把我们的意志加给世界，我们需要对世界进行一种符合我们目的的解释。世界是生成的，变动不居的，我们无法忍受这样一个陌生而荒诞的世界，我们需要在这样的世界上建构起一个家园或意义，对世界进行整理、简化，以便把它变成一个熟悉的东西，以满足我们生存和心理的需要，使世界符合我们的目的。“我们求知的需要不正是追求熟悉事物的需要吗？不久是那种在一切怪异、不寻常、值得疑问的事情中发现某种不再使我们为之焦虑不安的东西的意愿吗？难道不是焦虑的直觉责成我们去认识吗？难道认识者的快乐不正是重新获得安全感吗？……当哲学家把世界还原成为‘理念’时，他说世界‘已被认识了’。”[③]科学理性有助于增强人的有意识、有目的的活动能力，重要的不是具体的知识，而是在获

---

① ［德］尼采：《快乐的科学》，黄明嘉译，华东师范大学出版社，2007年，第284页。
② ［德］尼采：《快乐的科学》，黄明嘉译，华东师范大学出版社，2007年，第208页。
③ ［德］尼采：《快乐的科学》，黄明嘉译，华东师范大学出版社，2007年，第346页。

得这些知识的过程中陶冶了一种能力或精神。“科学锻炼的是能力，不是知识——人们有时以严谨的态度从事严谨的科学，这样做的价值并不在于科学获得的成果，因为与无数值得了解的知识相比，这些成果不过是沧海一粟。但是，科学能促进能量、韧性和推断力的增长，人们学会了以符合目的的方式达到目的。”[①]尼采说：“认识活动是研究者和哲学家的基本特点，它为什么和快乐联系在一起？首先和首要的原因是，在认识过程中能意识到自己的力量，这和在没有观众的情况体操仍能使人快乐是同一个道理。其次，在认识过程中人能超越以前的观点及其代表，成为胜利者，或者至少认为自己成了胜利者。第三，即使只是一点不怎么起眼的新认识，我们也觉得自己在众人之上，觉得这点上自己是唯一掌握了真理的人。”[②]

鲁迅认为科学理性是人类运用知识对自然的探索，“盖科学者，以其知识，历探自然见象之深微。”[③]但是，这种“知识”并不仅仅是一个纯粹的知识的问题，也不单单是理性思维、逻辑的范畴，更重要的是一种人的主观精神。鲁迅将这种主观精神看作人性的“神圣之光”，是科学的根本。这和鲁迅在《文化偏至论》中强调的“掊物质而张灵明，任个人而排众数”是一致的，仍然强调了心/精神的力量。“盖科学发现，常受超科学之力，易语以释之，亦可曰非科学的理想之感动，古今知名之士，概如是矣。”[④]“故科学者，神圣之光，照世界者也，可以遏末流而生感动。时泰，则为人性之光；时危，则其灵感，生整理者如加尔诺，生强者如拿坡仑之战将云。今试总观前例，本根之要，洞然可知。”[⑤]这种“神圣之光”在鲁迅这里涉及人的心

① ［德］尼采：《人性的，太人性的》（上卷），魏育青译，华东师范大学出版社，2008年，第217页。

② ［德］尼采：《人性的，太人性的》（上卷），魏育青译，华东师范大学出版社，2008年，第215页。

③ 鲁迅：《科学史教篇》，《鲁迅全集》第1卷，人民文学出版社，1981年，第25页。

④ 鲁迅：《科学史教篇》，《鲁迅全集》第1卷，人民文学出版社，1981年，第29页。

⑤ 鲁迅：《科学史教篇》，《鲁迅全集》第1卷，人民文学出版社，1981年，第35页。

灵诸多方面，诸如，理想、信念、灵感、热情、谦虚、恬淡而纯净的心境。鲁迅认可德国历史学家兰克的观点：获得真正的知识，“不为真者，不为可知者，盖理想耳。”[①]鲁迅引用赫胥黎关于科学发现的观点，认为灵感是真理的发现者，有了这种灵感，中等才能也能获得巨大的成功，没有这种灵感，虽然是天才，也很难获得成就。鲁迅认为将科学与道德完全分开，是不可取的，也是不真实的。鲁迅推崇的是那种超然性的心态，沉浸于自己的认知活动之中，不为外界名利所诱惑。鲁迅敬佩数学家、物理学家菲涅耳的不求名利，专心科学的精神，华莱士虽然在进化论方面做出了很大贡献，却并没有与达尔文争夺名誉，鲁迅说华莱士具有“谦逊”的美德。“故人有谓知识的事业，当与道德力分者，此说不真，此诚脱是力之鞭策而惟知识之依，则所营为，特可悯者。”[②]但是，如果道德过度，道德专制将遏制人们对知识的追求。鲁迅引用丁铎尔的观点，认为基督教的兴起的根本原因是罗马等国家的普遍的道德颓废，为了矫正这种道德颓废，基督教将道德原则奉为人生的第一准则，在普遍而高额的道德崇拜遏制人们泛滥的欲望的过程中，也将人的科学欲望即自由认知扼杀了。鲁迅还举了法国大革命以后的例子来说明科学家的爱国精神。法国大革命以后，引起了欧洲许多国家的反对，这些国家组织了联军，进攻法国，而法国的科学家则表现出强烈的爱国精神。“而时之振作其国人者何人？震怖其外敌者又何人？曰，科学也。其时学者，无不尽其心力，竭其智能，见兵士不足，则补以发明，武具不足，则补以发明，当防守之际，即知有科学者在，而后之战胜必矣。”[③]鲁迅的认知活动包含着强烈的情感因素。在分析西方中世纪科学衰退的原因时，鲁迅引用了罗吉尔·培根、华惠尔、丁铎尔等人的观点。华惠尔认为中世纪科学衰退主要有四个原因，其中第四个原因是激情有余而理智不足，

① 鲁迅：《科学史教篇》，《鲁迅全集》第1卷，人民文学出版社，1981年，第30页。
② 鲁迅：《科学史教篇》，《鲁迅全集》第1卷，人民文学出版社，1981年，第29页。
③ 鲁迅：《科学史教篇》，《鲁迅全集》第1卷，人民文学出版社，1981年，34页。

即激情妨碍了冷静的理智。鲁迅认为，这种否定情感的观点并不符合科学发展的实际。鲁迅赞同丁铎尔的观点，认为中世纪科学衰退不是由于激情或热情过度而妨碍了理智，恰恰是因为缺乏激情。为此，鲁迅认为，古希腊哲学家对于宇宙本体的解释虽然现在看来很荒唐，但是，却体现了真正的科学理性精神，这种精神与后来的科学精神具有同样的价值。“然其精神，则毅然叩古人所未知，研索天然，不肯止于肤廓，方诸近世，直无优劣之可言。”[①]从这种主观精神出发，鲁迅批评了那种将神话视为迷信的观点，“世有哂神话为迷信，斥古教为谫陋而不可黜；胥自迷之徒耳，足可悯谏也。”[②]

其次，鲁迅与尼采一样，都对科学理性进行了批评和限制，并追求一种科学理性与生命体验完美结合的文化结构。

尼采一方面对科学理性采取了历史主义、视角主义的态度，以至于将科学理性看作权力意志的观点，另一方面则对科学理性进行了严厉的批判。在尼采看来，生命是由欲望、意志构成的，是多元的，不确定的，世界是生成的，不是静止不变的，科学理性只是对世界和人生的一种简化，一种权宜之计，是非常有限的。人的生活和命运，不是建立在逻辑概念和逻辑推理之上，科学理性虽然于我们有一定用处，但科学理性无法最终解决人生问题。知识、科学阉割了人的生命与人的存在，人的存在本来处在一种浑然一体状态，一种五光十色、变化万千的世界之中，知识、科学却将人的存在及人本身完全明晰化、简单化，人成为透明性的物体，人的生命被划分为不同区域，人不再是完整的人，丧失了统一的生命元气，成为僵化的木乃伊；人成为知识的奴隶，学者们陷入对广泛而无用的知识深渊之中无力自拔；知识是一种“永恒视角”，无法揭示历史性的、社会性的、文化性的存在；他抨击德国的大学，认为大学只为国家培养驯服的工具，尤其

① 鲁迅：《科学史教篇》，《鲁迅全集》第1卷，人民文学出版社，1981年，第26页。
② 鲁迅：《科学史教篇》，《鲁迅全集》第1卷，人民文学出版社，1981年，第26页。

是令尼采反感和不能忍受的是，科学可能带来民主，从而使大众崛起，毁灭杰出的个人和天才。因为在知识面前人人平等，所有的人都可能掌握知识，并按照知识的规则进行操作，杰出的个人、天才将变得不可能或者毫无意义。

在对科学理性批判的过程中，尼采常常将自己的批判矛头指向苏格拉底，因为他把苏格拉底看作西方思想上尊崇知识的始祖。尼采试图通过对苏格拉底的批判，清算西方将知识看作至高无上的原则的传统。尼采把苏格拉底看作西方文化堕落的重要标志，他推崇的是那种前苏格拉底的古希腊人生。尼采认为，苏格拉底对知识和真理的追求瓦解了古希腊的悲剧艺术。在苏格拉底那里，“认为思想循着因果律的引导可以直达存在至深底蕴，思想不仅能够认识存在，甚至能够修正存在。这种崇高的形而上妄想作为直觉本能，是和科学与生俱来的，它一再地引导科学向自己的极限。”①苏格拉底把万物的本性当作可以认识的对象，把知识和认识当作包治百病的药方，概念、判断和逻辑推理，被尊崇为一种最高的精神活动，这是一种肤浅的乐观主义科学精神的始祖，是伪希腊的，是反希腊的。正是苏格拉底这种知识形而上学才导致了现代科学理性。“我们整个现代世界陷于亚历山大文化之网中，只知道一个理想：具有最高度的认识能力、为科学效劳的理论型的人，其原始和始祖是苏格拉底。我们的种种教育手段原本只追求一个理想；任何其他类型的人都只能艰苦斗争，偶露峥嵘，虽被允许，却并非刻意培养。几乎让人害怕的是，长期以来，只有学者才被认为是有教养的人。”②

但是，尼采的思想是矛盾的、悖论的，他似乎很难将苏格拉底、科学理性从自己的思想之中排除出去。尤其是在《人性的，太人性的》《朝霞》之中，他甚至有意贬低他一贯尊崇的艺术家而赞扬科学

① [德] 尼采：《悲剧的诞生》，赵登荣等译，漓江出版社，2000年，第91页。
② [德] 尼采：《悲剧的诞生》，赵登荣等译，漓江出版社，2000年，第106页。

家，他经常感到自己无法与他猛烈的否定对象——苏格拉底之间完全隔断，甚至竟然表达了和苏格拉底完全一致的观点：求知的快乐。因此，有学者看到了他与苏格拉底之间更为深切的关系。或许尼采更喜欢驾驭自己的思想的矛盾和悖论，喜欢不断冲突所造成的思想张力，同时，尼采似乎有意将这科学理性与艺术/生命并列在一起，并把这种并列看作高级文化所应该追求的。尼采说，“科学给予在其中劳作的人诸多乐趣，而那些学习其成果的人就所得无几了。因为所有重要的科学真理必定逐渐成为日常事物，所以连一点儿欢乐也难免消失，正如我们对学习如此令人赞叹的乘法口诀表早就没有了兴趣一样。既然现在科学本身带来的乐趣越来越少，通过对令人安慰的形而上学、宗教和艺术的怀疑而剥夺了的乐趣越来越多，那么几乎全部人性所基于的最大的快乐之源就日益枯竭了。因此，高级文化必须赋予人一个双重大脑，就像两个脑室，一个主管科学感知，另一个专司非科学感知，两者并行不悖，而且独立可分；这是一种健康的要求。一个区域里是力量的源泉，另一个区域里是调解器；要以幻象、激情和片面性来升温，也得通过认知性的科学来预防过热导致的恶果。——高级文化的这一要求得不到满足，那么就能十拿九稳地对人类的进一步发展做出预言：求真若不能带来乐趣，求真的欲望就会不复存在；幻觉、谬误、想象因为与乐趣紧密相连，也就会逐步夺回以前的地盘；接下去便是科学成为废墟，野蛮东山再起；人类只好像珀涅罗珀那样，在夜间拆掉布料，到了白天又重新纺织。但是，谁又能向我们担保，人会不断地具备这样做的力量？”①

尼采以不同的语言表达这两种文化的融合，“人最杰出的文化发现是在自己身上获得的，他在那里发现了两股异质的力量。假定有一个人，他喜好美术和音乐，但也酷爱科学精神。他看到，不可能以消

---

① ［德］尼采：《人性的，太人性的》（上），魏育青译，华东师范大学出版社，2008年，第214—215页。

灭一股、弘扬另一股力量的方式来解决矛盾，那么他就别无选择，只有把自身建设成一座文化大厦，让两股力量都住在里边，即便是各据一隅也罢，而一些和解的力量则居中——这些大力士必要时能劝架。个人身上的这种文化大厦会与整个时代的文化建筑极为相似，会不断地以类比方式提供与后者相关的指教。因为，凡在这文化大厦得以发扬光大的地方，它的任务就是：把其余矛盾较小的力量集中起来形成合力，迫使那两股针锋相对的力量达成一致，但又不对其进行压制和束缚。”①尼采还用舞蹈来比喻高级文化对这两种不同的力量的驾驭，“人具备力量和柔韧性，从而在认识事物时表现得地道和严谨，在其他时候也能让诗艺、宗教和形而上学先跑一百步，然后再感觉它们的力和美……我们还记得，跳舞并不等于在不同驱力之间弱不禁风地左右摇摆，高级文化犹如一只大胆的舞蹈，所以正如上面说过的那样，需要很大的力量和柔韧性。”②

这里，我们立刻想起尼采的起点即《悲剧的诞生》中关于悲剧的二元对立统一的结构。他一方面无法抑制对酒神狄俄尼索斯的偏好，另一方面也不能不强调日神阿波罗的必要性。在尼采看来，这两者都出于人的本性或人的意志，但是，尼采却倾向于把狄俄尼索斯看作本源性的力量，更能表现出世界的真相和人的存在本质，因此，他总是不断张扬狄俄尼索斯，甚至把自己看作哲学家狄俄尼索斯。但他一生似乎并没有完全抛开日神阿波罗的理性原则。他经常表达狄俄尼索斯与阿波罗应该并行不悖的观念，即使是晚年，也是一样的。在遗著《权力意志》之中，也有类似的表达。在《我与我妹妹》之中，同样有这样的观念。

鲁迅认为，在19世纪，由于科学理性的发达，导致了西方物质文

① ［德］尼采：《人性的，太人性的》（上），魏育青译，华东师范大学出版社，2008年，第236页。

② ［德］尼采：《人性的，太人性的》（上），魏育青译，华东师范大学出版社，2008年，第237页。

明的高度发达，以至于人们将物质作为人生的根本，然而，科学/物质却未必能够满足人生的需要，“事若尽于物质矣，而物质果足尽人生之本耶？平意思之，必不然矣。”[①]“盖使举世惟知识之崇，人生必大归于枯寂，如是既久，则美上之感情漓，所谓科学，亦同趣于无有矣。”[②]鲁迅正是从这一点上强调“迷信可存”。所以，社会不能仅仅追求科学知识，在追求科学知识的同时，更应该注重非科学的人文精神和艺术，两者并重，才是理想人性。“不惟奈端（牛顿）已也，亦希诗人如狭斯丕尔（莎士比亚）；不惟玻尔，亦希画师如洛菲罗（拉斐尔），既有康德，亦必有乐人如培得诃芬（贝多芬）：既有达尔文，亦必有文人如嘉来勒（卡莱尔）。凡此者，致人性于全。”[③]这和尼采的“双重大脑”是一样的思想。鲁迅之所以激烈地批判洋务派的实业救国，办工厂、兴商业，就是因为鲁迅看到洋务派仅仅注重科学理性所带来的直接的现成的物质成果，却忽略科学理性背后的主观精神。在鲁迅看来，洋务派仅仅着眼于科学理性的物质工具功能，完全是“倒果为因”。这种基于物质、工具的科学理性，无视其生命意识，必然以物质、知识湮没了人的生命，而生命意识的凋敝，也无法真正获得科学理性。鲁迅对洋务派所忧虑的，正如一位科学史家对现代科学的忧虑一样：“不幸，科学主要是为了发展经济的观念，传播到许多别的国家，科学研究的自由又遭到危险。科学主要是追求纯粹知识的自由研究活动。如果实际的利益随之而来，那是副产品，纵然它们是由于政府资助而获得的发现。如果自由的、纯粹的科学遭到忽略，应用科学迟早也会枯萎而死。”[④]

---

① 鲁迅：《科学史教篇》，《鲁迅全集》第1卷，人民文学出版社，1981年，48页。

② 鲁迅：《科学史教篇》，《鲁迅全集》第1卷，人民文学出版社，1981年，第35页。

③ 鲁迅：《科学史教篇》，《鲁迅全集》第1卷，人民文学出版社，1981年，第35页。

④ ［英］W. C. 丹皮尔：《科学史及其与哲学和宗教的关系》，李珩译，广西师范大学出版社，2001年，第414页。

第二章　迷狂的激情与智慧

一、《悲剧的诞生》与狄俄尼索斯精神

1. 希腊悲剧的挽歌

《悲剧的诞生》是尼采的处女作，也是尼采“崛起的象征”。它汇聚了尼采性情、思想中的一些极为重要的因素，诸如音乐天赋、诗歌才华、学术才能，尤其是对古希腊文化的极度迷恋以及复活古希腊文化以拯救当代文化的宏大志向，它是尼采的美学思考，也是尼采的哲学思想起点和支撑性的结构，它最大限度上显示了思想家尼采的个性气质和思想基础。

《悲剧的诞生》是从尼采生命中生长出来的。早在中学时代，尼采就认为德国戏剧起源于史诗，希腊戏剧则来源于抒情诗和音乐的结合。尼采刚到巴塞尔大学任职就寻求一个把语文学与音乐结合起来的研究题目：以音乐处理古典语文问题。在瓦格纳的启发下，他发现了古希腊悲剧。尼采初到巴塞尔大学任教的两篇演讲和一篇论文，是《悲剧的诞生》形成的基础。在演讲《希腊音乐剧》中，尼采认为希腊悲剧产生于狄俄尼索斯节日的群体性狂欢，进入激情状态的古希腊人脱下个体意识的外衣，沉迷在无拘无束的狂欢性的自由之中。第二

篇演讲《苏格拉底和悲剧》是对苏格拉底的批判。尼采认为，苏格拉底是希腊悲剧的灾难，因为苏格拉底将知识/理性看作最高价值，他把宇宙人生的一切都看作合乎善意的目的的，并可以用知识进行清晰的理解的，是理性主义的开端。一切都变得可理解了，舞台上充满了清晰明了的议论和机械性的因果关系，逻辑性变成了戏剧的主体。这种理性主义抑制、颠覆了悲剧命运的神秘和激情。在论文《狄俄尼索斯的世界观》中，尼采将狄俄尼索斯与阿波罗的对立统一看作希腊悲剧的基本结构。在希腊悲剧中，激情和音乐是狄俄尼索斯的，而语言和辩证法是阿波罗的，两者的结合就是悲剧。

上述思想在《悲剧的诞生》中获得更为系统、充分的表达。尼采认为，古希腊悲剧是希腊人两种本能的对立统一，即酒神狄俄尼索斯与日神阿波罗的相互斗争和妥协是悲剧的基本结构和根源。“如果我们不仅仅从逻辑推理出发，而且从直观可靠性出发，来了解艺术的持续发展是同日神和酒神的二元性密切相关的，我们就会使审美科学大有收益。这酷似生育有赖于性的二元性，其中有着持续不断的斗争和只是间发性的和解。”[①]“两种如此不同的本能彼此共生并存，多半又彼此公开分离，相互不断地激发更有力的新生，以求在这新生中永远保持着对立面的斗争，‘艺术这一通用语仅仅在表面上调和这种斗争罢了。直到最后，由于希腊‘意志’的一个形而上的奇迹行为，它们才彼此结合起来，而通过这种结合，终于产生了阿提卡悲剧这种既是酒神的又是日神的艺术作品。”[②]酒神狄俄尼索斯，是一种“音乐情绪”。荷马身旁的古代抒情诗人阿尔基洛科斯、民间的抒情诗、希腊悲剧的歌队等是它的摹本。酒神狄俄尼索斯来自于希腊酒神节日狂欢。“他是原始痛苦本身及其回响。”[③]它没有形状或形象，只是由主观激情和愿望组成的“迷狂”状态，尼采往往用“燃

① ［德］尼采：《悲剧的诞生》，周国平译，光明日报出版社，1996年版，第2页。
② ［德］尼采：《悲剧的诞生》，周国平译，光明日报出版社，1996年版，第3页。
③ ［德］尼采：《悲剧的诞生》，周国平译，光明日报出版社，1996年版，第1页。

烧”“爱”“恨”等激情型词语来表达它的所指。它打破清规戒律、抛弃“适度”的准则，放纵情绪。“当人突然困惑地面临现象的某种认识模型，届时充足理由律在其任何一种形态里看来都碰到了例外，这种惊骇就抓住了他。在这惊骇之外，如果我们再补充上个体化原理崩溃之时充足的最内在基础及天性中升起的充满幸福的狂喜，我们就瞥见了酒神的本质，把它比拟为醉乃是最贴切的。或者是由于所有原始人群和民族的颂诗里都说到的那种麻醉饮料的威力，或者在春日熠熠照临万物欣欣向荣的季节，酒神的激情就苏醒了，随着这种激情的高涨，主观逐渐化入忘我之境。”[①]日神阿波罗是光明之神，是外部客观的显现，是美丽的外观，其典型的代表是古希腊的雕塑艺术和《荷马史诗》。这和席勒所说的“素朴”的诗歌，在本质上是一样的。尼采以“梦”象征它们。但是，这不是弗洛伊德的“梦”，而是人们日常经验下的“客观”“真实”，在尼采看来，这些都是人的幻象，是“梦”一样的东西，它并不通向“真实”，只是具有形象化的特征，是叔本华所说的表象或康德哲学的“现象”。它具有外显的、静止的、确定的、明晰的、规范的、命令的功能，是“静穆”之美。“他们的梦也有一种线条、轮廓、颜色、布局的逻辑因果关系，一种与他们最优秀的浮雕相似的舞台效果。”[②]日神阿波罗引导人们走向“个体化”，“个体化的神化，作为命令或规范的制定来看，只承认一个法则——个人，即对个人界限的遵守，希腊人所说的适度。作为德行之神，日神要求它的信奉者适度以及——为了做到适度——有自知之明。”[③]尼彩的这种“个体化”倾向，来自于叔本华。尼采受叔本华的影响，将世界看作“表象”与“意志”的二元结合，“表象”是显性的外部世界，是现象世界，“意志”则是本体世界。“表象”是“意志”的显现。酒神狄俄尼索斯与日神阿波罗是希腊悲剧缺一不可的两

① ［德］尼采：《悲剧的诞生》，周国平译，光明日报出版社，1996年版，第6页。
② ［德］尼采：《悲剧的诞生》，周国平译，光明日报出版社，1996年版，第8页。
③ ［德］尼采：《悲剧的诞生》，周国平译，光明日报出版社，1996年版，第16页。

种基本元素，有多少狄俄尼索斯的成分就有需要多少阿波罗的成分加以遏制。然而，我们很容易感到，尼采对悲剧的评价远远高于喜剧，他的思想、情感完全沉醉于希腊悲剧之中，在他抨击苏格拉底的时候，在他分析喜剧的时候，我们很容易感到他对希腊悲剧的消亡感到无限惋惜。所以，“悲剧之书”是对希腊悲剧的研究，更是一首对悲剧的无限深情的挽歌。

2．狄俄尼索斯的隐喻

尼采并不是一个单纯的希腊悲剧理论家或研究者，与其说《悲剧的诞生》仅仅局限于古希腊悲剧理论，毋宁说它是尼采的思想轴心或精神原型。酒神狄俄尼索斯可以用来代表尼采性格和思想气质。尼采是激情型的思想家，和一般纵放激情者不同的是，他的激情同时伴随着意志和力量，以及超出常人的智慧，是一种激情和意志的思想化。他把自己与研究对象高度融为一体，将自己的心理投射到研究对象之中，又把研究对象变成了自己思想、心理的象征。

在《悲剧的诞生》中，古希腊酒神节的狂欢性，就像所有各民族的狂欢性原始节日一样，人们在狂欢中将社会中一切规范性的东西抛开，处于极度亢奋、激情的状态，进而获得一种无拘无束的自由、解放的体验，这种自由、解放既是群体性的全社会的，又是属于每个人的。尼采不无陶醉地描述了作为古希腊遗风的中世纪狄俄尼索斯酒神节日的狂欢，“在酒神的魔力之下，不但人与人重新团结了，而且疏远、敌对、被奴役的大自然也重新庆祝她的浪子人类和解的节日。大地自动地奉献它的贡品，危崖荒漠中的猛兽也驯良地前来。酒神的车辇满载着百卉花环，虎豹驾驭着它驱行。……此刻，奴隶也是自由人。此刻，贫困、专断或‘无耻的时尚’在人与人之间树立的僵硬敌对的樊篱土崩瓦解了。此刻，在世界大同的福音中，每个人感到自己同邻人团结、和解、款洽，甚至融为一体了。摩耶的面纱好像已被撕裂，只剩下碎片在神秘的太一之前瑟缩飘零。人轻歌曼舞，俨然是一个更高共同体成员，他陶然忘步忘言，飘飘然乘风飞飏。他的神态表明他着了魔。就像此刻野兽开口说话、大地流出牛奶和蜜蜂一样，超自然的奇迹也在人身上出现：此刻他觉得自己就是神，他如此欣喜若狂、居高临下地变幻，正如他梦见的众神变幻一样。人不再是艺术家，而成了艺术品：整个大自然的艺术能力，以太一的极乐满足为鹄的，在这里透过醉的颤栗显示出来了。人，这最贵重的黏土，最珍贵的大理石，在这里被捏制和雕琢。"[①]在这点上，尼采是地地道道的浪漫主义者，他和卢梭等许多浪漫主义者一样，是一种退化论的历史观或文明观。他渴望的是苏格拉底以前的古希腊。尼采曾经对他的老师说：我们必须复兴希腊文化的思想。我们生活在虚假的老生常谈上。我们言说着古希腊的欢乐、古希腊的宁静，而这种欢乐宁静是迟熟的文明成果，缺少奴隶制时代的迷人魅力。苏格拉底的精明、柏拉图的甜美，已经烙上了衰退的印记。我们应当研究公元前7世纪、前6世纪这些更为久远的年代。如此，我们就能感受到那质朴的力量和原始的活力。[②]在尼采看来，当代文化已经明显地表现出衰败的迹象。民主运动、科学理性以及与之相伴的大众文化是导致这种危机的根源。因为这些事物是叔本华所说的表现世界，是"个体化"的世界，"个体化"是人生痛苦的根源，也是文化堕落的根源，人被制约在"个体化"世界的表象之中，日益平庸化，没有激情，只有计算，没有富有个性的个人，只有众人。"我们必须把个体化状态看作一切痛苦的根源和始因，看作本应鄙弃的事情""认识到万物根本上浑然一体，个体化是灾祸的始因，艺术是可喜的希望，由个体化魅惑的破除而预感到统一将得以重建。"[③]尼采借用的叔本华的"个体化"，就是社会、

① [德]尼采：《悲剧的诞生》，周国平译，光明日报出版社，1996年版，第6—7页。

② [法]丹尼尔·哈列维著：《尼采传——一个特立独行者的一生》，刘娟译，贵州人民出版社，2004年版，第49页。

③ [德]尼采：《悲剧的诞生》，周国平译，光明日报出版社，1996年版，第46页。

文明状态下的人，现代人的“个体化”，实际上就是韦伯所说的“合理化”。在现代社会里，社会一切事物都被组织得井井有条、遵守着一定的规则有序展开。韦伯也认为，现代人在“合理化”的规范之中不可能获得太大的幸福，但也只能无可奈何地这样生存下去，必须忍受这个残酷的事实。“对于那些无法像一个真正的人那样忍受我们这个时代命运的人，我们应当告诉他：他最好静悄悄地回去，无须通常那样公开认错，只如常人一样。旧教堂张开了宽阔的手臂，以慈悲为怀欢迎他。”①在浪漫主义运动中，原始性自然状态几乎成为最重要的表现对象和灵感来源，自然也被赋予了丰富而迷人的象征意蕴。中世纪的乡村田园、荒野、大海、天真的儿童等各种远离文明社会中心的原始而自然的事物往往成为浪漫主义作家最热衷的题材。但是，尼采的酒神狄俄尼索斯所隐含的原始狂欢状态，并不像卢梭的“高尚的野蛮人”那样诉诸人人可接受的道德质朴、善良，也不像田园浪漫主义者那样平和、宁静，而是激情四射、力量饱满、无所顾忌的狂欢状态。

在《悲剧的诞生》以后，当他将视线转向更广阔的思想文化领域的时候，尼采无意维持酒神狄俄尼索斯与日神阿波罗的平衡关系，而是偏于一极，完全站在酒神狄俄尼索斯的立场之上。尼采说自己讨厌“长期习惯”而喜欢“短期习惯”，这是为了避免系统化、体系化的僵化、呆板和教条，然而对狄俄尼索斯的酷爱却是他长期而牢固的心理习惯。尽管在有的时候，他也肯定科学理性，比如在我们曾经说过的《人性的，太人性的》《朝霞》中，要寻求科学理性与艺术的平衡，有时甚至认为科学家比艺术家更高明：“科学家乃是艺术家的进一步发展。”②现在的令人激动的艺术最终会变成古老的遗迹，大学应

① 罗兰·斯特龙伯格：《现代西方思想史》，刘北成等译，中央编译出版社，2005年版，第416页。

② ［德］尼采：《人性的，太人性的：一本献给自由精神的书（上卷）》，魏育青译，华东师范大学出版社，第208页。

该培养理性，“严谨的思维、慎重的判断、合乎逻辑的推理，学校里没有什么比培养这些行为能力更重要的任务了。”①

但是，这些和他对酒神狄俄尼索斯的热烈拥抱相比，和他的整个思想气质和特色相比，就显得不那么重要了。因此，首先酒神狄俄尼索斯就是个体生命意志的象征。

但是，尼采很少强调群体性的狂欢自由，而是将它转化为个体生命的自由意志，把这种酒神精神状态和古希腊英雄时代的英雄联系起来，激情、充满活力，勇敢无畏、残酷无情，坦然面对命运，根本没有后来的人的所谓道德意识，即“超善恶”。这也并非尼采首创，而是和浪漫主义有关。在浪漫主义最奔放、狂野的领域之中，自由、崇高往往和残酷、卑劣交相辉映，水乳交融。一些浪漫主义者不同程度地带有对恐怖、残酷、非道德的迷恋。被称作魔鬼诗人的拜伦、雪莱等就有这种强烈的激情和冲动。另一方面，和叔本华的影响也分不开。尼采和叔本华都是意志主义者。叔本华把康德的能用“纯粹理性”说清楚的现象界称为表象世界，即人的“个体化”世界，他把康德的“物自体”变成了意志，把意志看成世界的本体。万物都有自己的意志，都在各自寻求自己的欲望的达成，是无边的欲求和渴望，是创造性的，没有意志也就没有世界万物，但同时，也是邪恶与残酷的，是一切灾难、痛苦的源泉，对于单独的个体来说，一个欲望满足，新的欲望又会产生，永远无法获得最后的满足，而且，最终也难免一死，所以，人生的过程就是欲望落空、受挫的过程，总是充满焦虑、不安和痛苦。再者，不同个体意志之间不可能和平相处，相安无事，而是相互冲突、敌视，“但是意志既然在无数并列的个体中表现出那种本人身体的自我肯定，那么，意志在一个个体中凭着万物不具有的利己主义，就很容易超出这一肯定，［并超出很远，］直到否定

① ［德］尼采：《人性的，太人性的：一本献给自由精神的书（上卷）》，魏育青译，华东师范大学出版社，第230页。

在其他个体中显现的同一个意志。［这是］前一个体的意志侵入别人意志的肯定的范围了，因为这时前一个体或者是对别人的肉体本身加以毁灭或伤害，也可以是强制别人身体中的力量为自己的意志服务而不为别人身体中显现的意志服务。”[①]因此，人生如无边的苦海，充满了苦难、不幸，是纯粹的悲剧性的，唯有极少数天才人物才能得以超越。尼采认可叔本华的意志本体，却没有像叔本华那样绝望悲观，他更看重意志的创造性。他主张直面对这种世界本体，张扬个体生命意志，要在意志丛生、充满冲突的世界中高扬自我，实现自我，这种冲突、对抗本身就是个体生命存在的最高价值。在这个意义上，尼采将自己称作“乐观的悲观主义”。

尼采在他的自传性的作品《看哪这人》中把酒神狄俄尼索斯看作哲学家，宣称他不想当圣人，宁可做狄俄尼索斯的弟子：“我绝非鬼怪，绝不是道德怪物——我的天性同人们一向尊为德行的那一类人的天性截然相反。在我们中间，我似乎觉得这正是我引以为自傲的理由之一。我是哲学家狄俄倪索的弟子，我宁做萨蹄尔，也不想当圣徒。”[②]他有意忽略了《悲剧的诞生》关于酒神与日神的平衡性的观点，将酒神精神看作自己的两项根本性的革新，将苏格拉底看作灾难的源头，“一，对希腊人的狄俄尼索斯现象的认识——这是对这一现象的首次心理学分析，这本书把这一现象看成整个希腊艺术的根据之一。二，对苏格拉底主义的认识：首次认识到苏格拉底是希腊消亡的工具，是典型的颓废派。坚决主张‘理性’对抗本能。坚决主张‘理性’就是埋葬生命的危险的暴力！”[③]在尼采看来，被压抑、禁止的危险事物与创造力、自我价值的实现密不可分，或者更进一步说，这两

---

① ［德］叔本华：《作为意志和表象的世界》，石冲白译，商务印书馆，1982年，第458页。

② ［德］尼采：《看哪这人》，张念东、凌素心译，中央编译出版社，2005年，第9—10页。

③ ［德］尼采：《看哪这人》，张念东、凌素心译，中央编译出版社，2005年，第68页。

者是黏合在一起的，无法分离。对那些长久的价值、众人所遵守的价值进行质疑、反思、无情的否定，本身就是激情的勇敢的英雄行为，就是自我生命力量的呈现。当尼采调动自己的激情和意志与普遍性的文化、文明进行搏斗的时候，他感到自己仿佛变成了古希腊的狄俄尼索斯。狄俄尼索斯仿佛如雷鸣电闪一样弥漫在尼采的文字之中，在不同情况下，表现出不同的姿态。他的“权力意志”“超人”“主人道德”（与“奴隶道德”相对立）可以看作狄俄尼索斯的升华或置换变型，也可以看作是狄俄尼索斯的替代性概念。尼采经常以不同的语言描述狄俄尼索斯，呼唤狄俄尼索斯。比如，尼采说自己是炸药，说自己在用锤子进行哲学思考，以“敲击”这种具有攻击性的方式审查既往的文明成果；比如他渴望一种疯狂的状态。尼采还让一个疯子提着灯笼寻找上帝，并宣布上帝已经死亡。他不止一次地呼唤疯狂：人应该尽量疯狂一些，再疯狂一些。没有疯狂就无法进入真正的自我，也就无法进行一种彻底的批判和颠覆，疯狂在道德史上具有一种非同寻常的意义：

尽管在成千上万年的史前时期，以及大体上也在直到我们今天的整个历史时期，所有人类社会都一直生活在可怕的“习俗道德”压力之下（只有我们自己生活在一个小小的特区世界或者说罪恶世界），离经叛道的新的思想、价值和冲动还是不断涌现出来。然而，他们都是在一个可怕的伙伴陪伴下登场的：不管在什么地方，都是疯狂为新思想开辟道路，打破了古老习惯和迷信的成规。你知道为什么只有疯狂才有此能力吗？如果某种东西像风云变幻的天空和波涛汹涌的大海一样可怖、狰狞并发出阵阵吼声，它是否也应该享有同样敬畏和同样值得服从？癫痫者的抽搐和谵沫如此不容怀疑地表明他完全是不由自主，使他看上去就像是某位神灵的面具和传声筒？似乎有什么东西在新观念的创造者的心中唤起了一种自我敬畏和自我恐惧，让他的羞耻之心失去作用，驱使他变成他的观念的发布者和牺牲者？——在我们今天的时代，人们总是反复告诉我们，需要赋予天才更多一点疯狂而不是更多一旦理智，而所有古人却更相信，只有癫狂中才有天才和智慧，才有如他们所窃窃私语的——“神圣”。不仅如此，他们还以一种不容置疑的方式发表他们的意见。“希腊的一切伟大的东西都拜疯狂所赐”，柏拉图和所有古代居民一样深信不疑地说。我们还可以更进一步说：一切生来不能忍受某种道德枷锁和注定创造新法律者，如果尚未真疯，除让自己变疯或装疯外，别无他法——而且这适用于所有领域的革新者，不只于神学教条和政治规章的领域为然：——就连诗律的革新者也必须求助于疯狂的签证。（甚至到了相当文雅的时代，诗人仍然固守着某种疯狂传统：比如，梭伦在鼓动雅典人重新征服萨拉米斯时就不得不求助这种传统。）“若人未疯，也不敢装疯，则如何才能使自己疯？”[①]

《朝霞》第50节，完全可以看作尼采坦白的自我剖析：

对迷醉的信仰。——有过度兴奋和迷狂时刻的人，在正常时刻，由于对比和神经能量的大量消耗，往往处于欢寡愁般的可怜状态，把那些昙花一现的时刻看作他们的真正“自我”，而把他们的痛苦和不幸说成外部“非我”的结果，从而对他们生活其中的环境、时代和整个世界都满怀敌意。在他们看来，只有迷醉才是真正的生活和真实的自我。其余一起，无论其为精神的、道德的、宗教的还是艺术的，都只不过是达到

① ［德］尼采：《朝霞》，田立年译，华东师范大学出版社，2007年，第53—54页。

迷醉状态所要克服的障碍。[①]

其次，还需要注意的是，在尼采笔下，狄俄尼索斯有时也是世界即存在的象征。在《悲剧的诞生》之后，阿波罗为苏格拉底所替代，成为表象世界（个体化）代言人，世界的意志本体，属于狄俄尼索斯，但是，尼采很多时候，用存在来描述它，存在是“生成”性，是无限的，未被认识的，永远流动的状态，充满了偶然和不确定性。但是，尼采为了凸显自我主体的精神力量，又将“生成”说成是永恒轮回的。

尼采的狄俄尼索斯精神，在欧洲乃至在德国文化中，尤其是浪漫主义文化中具有深厚的传统。西方学者鲍默在《尼采与狄俄尼索斯传统》的长文中对西方狄俄尼索斯文化传统进行了详细的考察。鲍默认为，亚里斯士德在《诗学》中就将西方悲剧追溯到关于受难的酒神颂歌式的神话。18世纪以后，人们借助亚里斯士德的“酒神颂诗人”和“拜阳物颂诗人”来表达迷狂与诗之间的二元关系。温克尔曼的美学理论把酒神狄俄尼索斯与日神阿波罗看作两种美的理想，并对狄俄尼索斯精神进行了确定。狄俄尼索斯具有狂欢和性的内容，温克尔曼所说的“高贵的单纯和静穆的伟大”是为了抵抗狄俄尼索斯的狂野和放纵。哈曼在其非常另类的研究中，把美学看作与激情、性具有密切关系的一种创造，将诗学的感觉、情感同狄俄尼索斯关于性的秘密仪式结合起来。赫尔德把狄俄尼索斯看作一种新的迷狂的酒神节诗歌的体现。诗人要达到诗歌美学高度，就要将自己下降到动物性的本能之中，拒绝理智的参与。在德国浪漫主义大潮之中，狄俄尼索斯获得了充分的意义，荷尔德林和诺瓦利斯都呼吁酒神狄俄尼索斯，并将他看作雷电之火一样的灵感来源。荷尔德林将狄俄尼索斯与基督联系起来。在海涅那里，酒神狄俄尼索斯与基督断裂，成为生命力的神圣来

① ［德］尼采：《朝霞》，田立年译，华东师范大学出版社，2007年，第88页。

源，同时，也是低级肉欲、颠覆秩序、摧毁道德的危险者，是痛苦生命的欲望，而未必是生命力的高扬和升华。奥地利文科中学教授哈默林在其史诗《亚哈随鲁在罗马》中，把狄俄尼索斯看作无限激情的体现，尤其是看作被压迫的广大底层人的辩护者和解放者。可能对尼采的狄俄尼索斯构成影响的，是浪漫主义者施莱格尔，他认为狄俄尼索斯是酒神颂歌的起源和内容，是欢乐的，充沛而丰盈。此外，还有浪漫主义—神秘主义自然哲学家舒伯特、格雷斯、克罗伊策，等等。歌德可能是第一个使用“狄俄尼索斯式的”这个词语。19世纪中叶前后出现了各种关于希腊考古学的手册，往往都坚持着浪漫主义的关于狄俄尼索斯的观念。更值得注意的是，狄俄尼索斯精神传统在黑格尔、谢林哲学之中获得了发展。荷尔德林、黑格尔、谢林在学生时代就是朋友，也都是狄俄尼索斯的弟子。黑格尔在《精神现象学》中，以“艺术宗教”的视角解释了纯粹自我意识的精神存在，男性原则是这种自我意识的内在推动力量。在神秘仪式之中，绝对精神这一具有自我意识的生命，在酒神仪式中具有统一性。由于被放逐到物质世界以外的存在中，这一自我意识分化为较高的力量和较低的力量。黑格尔将较高的力量看作日神阿波罗，较低的力量看作转化为复仇的力量。在谢林那里，狄俄尼索斯构成了他的全部神话哲学的一个基础。他把狄俄尼索斯理解为盲目的无意识的创造力，是一种生命潜能，是一种“神圣的疯狂”，没有这种疯狂就无法做出任何伟大的事情。狄俄尼索斯代表天才狂放的激情的创造力，而日神阿波罗则代表一种反思力量，对狄俄尼索斯构成否定，这两种力量在艺术的最高成就中得到了统合。尼采在巴塞尔的朋友巴霍芬的神话学研究也对狄俄尼索斯给予很高的评价，狄俄尼索斯是和性有关的象征，总是与女性存在联系在一起；同时，他也被注入了政治性的内容，他是自由和平等的推动者，是劳动的承担者，他能打破人与人的等级性区分从而给人以自由解放的体验，类似于哈默林的观点，和法国大革命的自由、平等观念也具有一致性。巴霍芬也将狄俄尼索斯与阿波罗的整合看作生命整体——肉体和精神。狄俄尼索斯作为肉体的象征代表着人性消解个体化原则激情。巴霍芬的狄俄尼索斯研究可能对尼采构成了直接的影响。

尼采显然承续了这种狄俄尼索斯的文化传统，又有所超越，在这一精神谱系里他做得最为出色。他把狄俄尼索斯变成了自己的生命哲学基础，注入了自己的独特体验和思考，使狄俄尼索斯精神在他这里得到了更丰富、更锐利、更深刻的表达，整个尼采的精神就是狄俄尼索斯精神的变奏曲。

二、《狂人日记》

1．个体生命对抗伦理理性：“仁义道德”吃人

尼采的第一部学术著作《悲剧的诞生》张扬着一种激情、迷狂的狄俄尼索斯精神，从而奠定了尼采的思想基础和思想风格。尼采的一生不断复制、变换酒神狄俄尼索斯，从而使自己的思想爆发出一种极具颠覆性的激情和力量。有意味的是，鲁迅的新文学生涯就是以狂人的凄厉呐喊开始的。《狂人日记》明显弥漫着鲁迅早期所呼唤的摩罗诗和尼采等人的精神气息。没有资料显示鲁迅读过《悲剧的诞生》，但是《查拉图斯特拉如是说》却是鲁迅偏好的书，而且，鲁迅也读过介绍尼采生平思想的著作。按照鲁迅自己的说法，《狂人日记》直接受到尼采《查拉斯图特拉如斯说》的启发。在《狂人日记》中，狂人的一段话直接来自尼采，“大约当初野蛮的人，都吃过一点人。后来因为心思不同，有的不吃人了，一味要好，便变了人，变了真的人。有的却还吃，——也同虫子一样，有的变了鱼鸟猴子，一直变到人。有的不要好，至今还是虫子，这吃人的人比不吃人的人，何等惭愧。

怕比虫子的惭愧猴子，差得很远很远。”[①]鲁迅在30年代谈及《狂人日记》的创作时提及尼采的影响，“一八三四年顷，俄国的果戈理就已经写了《狂人日记》；一八八三年顷，尼采也早借了苏鲁支的嘴，说过‘你们已经走了从虫豸到人的路，在你们里面还有许多份是虫豸。你们做过猴子，到现在，人还尤其猴子，无论比那一个猴子’的。”[②]但是，仔细品味鲁迅和《狂人日记》，再端详一下尼采，尤其是尼采的狄俄尼索斯精神，就会觉得，两者还存在着更多的精神相似性。

首先，我们发现，鲁迅《狂人日记》的基本结构与尼采思想的基本构成具有相似性，都是以生命文化对抗理性文化的基本结构。我们说过，在《悲剧的诞生》中，尼采把悲剧看作酒神狄俄尼索斯与日神阿波罗的对立统一，随后，却以酒神狄俄尼索斯对抗、否定日神阿波罗精神——苏格拉底的理性精神，颠覆西方文化根深蒂固的知识理性，以及由此形成的文化传统与现实的秩序。鲁迅的《狂人日记》同样是一种尖锐的个体生命与社会理性的二元对立，鲁迅以“狂人”的姿态即从个体生命的立场出发，否定中国根深蒂固的封建理性以及由此形成的文化秩序。两者虽然各有自己的现实和传统，但是，都是基于个体生命意志否定传统和普遍理性规则，而且，这种否定、怀疑长久、稳固的普遍规则，在鲁迅、尼采那里，都不是局部的偶然的，而是他们思想最深刻最具特色、魅力的地方。

在《狂人日记》中，狂人恐惧、迷乱的思维揭示了贴着“仁义道德”的标签的中国历史，是一部“吃人”的历史，“凡事总须研究，才会明白。古来时常吃人，我也还记得，可是不甚清楚。我翻开历史一查，这历史没有年代，歪歪斜斜的每页上都写着‘仁义道德’几个字。我横竖睡不着，仔细看了半夜，才从字缝里看出字来，满本都写

---

① 鲁迅：《狂人日记》，《鲁迅全集》第1卷，人民文学出版社，1981年，第1卷，第429页。

② 鲁迅：《〈中国新文学大系〉小说二集序》，《鲁迅全集》第6卷，人民文学出版社，1981年，第238—239页。

着两个字是‘吃人’！”1918年8月，鲁迅在给许寿裳的信中解释《狂人日记》的灵感来源：“《狂人日记》实为拙作，……后以偶阅《通鉴》，乃悟中国人尚是食人民族，因成此篇。此种发见，关系亦甚大，而知者尚寥寥也。”[①]鲁迅晚年在谈到《狂人日记》的时候说，“意在暴露家族制度和礼教的弊害，却比果戈理的忧愤深广，也不如尼采的超人的渺茫。”[②]这两种不同角度的解释，都揭示了中国历史和以家族制度为基础的中国传统文化的“吃人”性质。“吃人”作为一种血淋淋的象征，暗示了以儒家文化为核心的封建理性对人性和个性的摧残。这种对封建理性的激烈否定当然具有鲜明的时代理性精神，如果没有清王朝的崩溃，王纲解纽，没有晚清以来，中国社会对儒家文化的批判逐渐扩展，尤其是五四新文化的启蒙主义大潮，鲁迅也很难发出这样激烈而彻底的否定、批判，但是，这仅仅是一个方面。另一方面，《狂人日记》又隐含着鲁迅更为个人化的体验和思考，超越五四新文化运动启蒙理性的范围，仅仅从文化理性的角度无法解释“吃人”。只有从理性文化与生命文化的冲突的角度来进行理解，“吃人”命题才得以成立。儒家文化“吃人”，四千年来以来的历史和文化传统都是“吃人”，这意味着，规范性的文化与个体生命之间存在着无法弥合的矛盾和对立；如果封建伦理即封建社会的道德习俗是“吃人”的，那么，任何构成的稳固的秩序性的文化规范都是可疑的，都会构成对个人的压抑。在鲁迅思想之中，没有黄金世界，即使到了黄金世界，也会将叛徒处死。狂人“救救孩子”的呼喊，和“真的人”渴望，其实，和尼采的“超人”一样渺茫。却又构成一种不可缺乏的价值高点。这是《狂人日记》触及的最深层、最关键的问题。鲁迅不是从文化建构的角度去思考的，而是从彻底的怀疑主义立场来

① 鲁迅：《180820 致许寿裳》，《鲁迅全集》第11卷，人民文学出版社，1981年，第353页。

② 鲁迅：《〈中国新文学大戏〉小说二集序》，《鲁迅全集》第6卷，人民文学出版社，1981年，第239页。

思考社会文化与个人的关系的。他看到的是社会文化存在的普遍压抑性，对人性的戕害、摧残。这和尼采及其狄俄尼索斯精神，是一种思路。问题主要不在于中国历史和传统文化存在多少丑恶和弊端，而在于鲁迅这种生命文化的思维方式。尼采以酒神狄俄尼索斯的狂欢、自由，一种摆脱或忘记社会文化规训的状态，象征那种更为独立自由的精神。人的社会存在、文化状态，也就是叔本华所说的“个体化”状态，是充满痛苦、不幸的，只有彻底打碎这种“个体化”状态，人才具有了自由的可能性。鲁迅是通过精神疾病打破“个体化”状态的，精神疾病由于其精神错乱，脱离了社会文化的限制，从而获得新的象征意义。尼采、鲁迅的叙述策略都是主体隔断了社会普遍文化的联系之后，回归本我。这和道家文化一样，是在彻底抛开社会文化之后，回归“自然”，“无为”才获得自由体验。道家文化与卢梭的逻辑是一样的，文化越是发展，就越是对人构成压抑、戕害。庄子说，“天下有大戒二：其一命也，其一义也。子之爱亲，命也，不可解于心；臣之君，义也，无适而非君也，无所逃于天地之间。”（《庄子·人间世》）在社会状态之中，人受制于种种现实条件，无处可逃，只有摆脱这种社会状态，才能获得自由。《狂人日记》的文本结构暗示了这种对抗性。“文言的序文”与“白话的正文”，呈现的是狂人的两种存在状态的对立。文言序文中的狂人，是人的社会、文化状态，也可以看作社会常态，即被封建理性支配下的社会状态。在社会常态中，狂人的“狂”仅仅是一场突发性的精神病。狂人病愈意味着其身体、精神从疾病状态恢复到健康、正常状态，而且，还“赴某地候补矣”。显然，这里的疾病、正常、健康等，是一种社会文化的视角和尺度。“狂人”作为常态的人，是文化的存在、历史的存在、政治的存在等，是被封建理性控制、塑造的人。在这种状态下，他只是一个普通封建知识分子。他的“狂”除了纯粹医学科学的价值——“以供医家研究”之外，不具有任何文化价值。社会和人如一潭死水一样，一如既往地沉寂，没有丝毫新的动向和态势。白话正文中的狂人则是个体生命的本我状态，隔断了与社会理性的联系，挣脱了人的社会存在状态的捆绑和约束，成为独立的个体生命，却能够说出世界的真相，成为个体生命觉醒的象征。

发表《狂人日记》的第二年，鲁迅又发表一部散文诗《自言自语》，也是用疯狂的方式表达自我与社会理性的尖锐对抗，可以看作《狂人日记》的变型。《自言自语》以一个疯老头——陶老头为叙述者。像交代“狂人日记”的由来一样，《序言》中也交代了“自言自语”的由来——陶老头讲的“昏话”，水村的夏夜，是一派祥和的景象，人们在聊天、乘凉，孩子们在唱歌、猜谜。

> 只有陶老头子，天天独自坐着。因为他一世没有进过城，见识有限，无天可谈。而且眼花耳聋，问七答八，说三话四，很有点讨厌，所以没人理他。
>
> 他却时常闭着眼，自己说些什么。仔细听去，虽然昏话多，偶然之间，却也有几句略有意思的段落的。
>
> 夜深了，乘凉的都散了。我回家点上灯，还不想睡，便将听得的话写了下来，再看一回，却又毫无意思了。
>
> 其实陶老头子这等人，那里会有好话呢，不过既然写出，姑且留下罢了。

陶老头可以看作“狂人”的变型，或者说是一个准“狂人”。在“序言”之后，是陶老头的六段疯话故事：《火的冰》《古城》《螃蟹》《波儿》《我的父亲》《我的兄弟》（第七节末原注“未完”）。这篇散文比较特殊，它实际上是鲁迅后来《野草》《朝花夕拾》的最初形态。《火的冰》《我的兄弟》后来被重写——《死火》《兄弟》，收入《野草》，《我的父亲》被重写——《父亲的病》，收入《朝花夕拾》。其他三篇未重写。综合看这六段疯话故事，其基本题旨和《狂人日记》近似：孤独、绝望的自我与“吃人”的传统和现实的尖锐对抗。《螃蟹》用螃蟹的故事暗示残酷的“吃人”现实。老螃蟹要蜕壳，慌慌张张地寻找一个安全的洞穴，旁边的螃蟹说：你就在这里蜕壳不好吗？我还要帮助你。老螃蟹却说：那太可怕了，“就怕你要吃掉我。”“这并非空害怕，他实在亲眼见过。”这显然是《狂人日记》“吃人”的进一步抽象。去掉了文化、历史的内涵，更直接地表达人与人之间的危险关系。《古城》却加入了历史、文化的内容。古城里住的老人、孩子和少年具有明显的象征性。老人代表着传统的愚昧、麻木和无知，孩子代表着未来，少年则是鲁迅式的英雄的象征，这是鲁迅作品中第一次出现的英雄形象。古城是封闭的，只有一个门，浓雾卷着黄沙滚滚而来，古城在危机之中，少年不断发出警告，但是，老人却说少年在胡说，黄沙就要湮没古城了，“少年拼了死命，终于举起闸，用手脚都支着，但总不到二尺高。”这是鲁迅“肩住黑暗的闸门”的父亲形象的另一种表达方式。老人仍然视而不见，而且拖住孩子，要知道他们的命运，“可以掘开沙山，看看古城。闸门下许有一个死尸。闸门里是两个还是一个？”英雄为了老人和孩子牺牲了，那么，老人和孩子是都死去了呢？还是剩下一个呢？鲁迅虽然没有给出明确的答案，悲观绝望的态度却相当清楚。《波儿》则意在暗示自我的渺小无力，以及与历史的错位。人们总是渴望以自己的力量改变现实，然而，现实是无边无际的存在，是一种无法估测的力量，它自有自己的规则，不以人的意志为转移。波儿种下蔷薇的种子，精心浇水，然而种子却被虫子吃了。他气愤地跑到河边，遇见一个哭泣的女孩儿，因为她把自己的眼泪洒到河水里，可是，河水依然是淡的；波儿跑到海边，遇见一个哭泣的男孩儿，因为他向大海里滴下一滴血，可是海水依然是绿色的。波儿说他们是傻孩子，作品最后说：“波儿才是傻小子哩。世上那有半天抽芽的蔷薇花，花的种子还在土里呢。便是终于不出，世上也不会没有蔷薇花。”个人的脚步未必和现实、历史合拍。这里有一种悲观的“多余人”的心态。《火的冰》是鲁迅的自我解剖。本来是如火一样的热情，“遇着说不出的冷，火便结了冰。”这里暗示了鲁迅从热烈的青年到冷峻的中年的变化过程。他曾经有过振臂一呼、应者云集的英雄梦想，随着现实的变化，变成了一个孤独、寂寞的人。但是，寒气的外表之下却依然有如火一样的热烈。这也可以看作狂人内心精神的补充。

在鲁迅笔下，除了上述专门以疯狂为对象的作品之外，还有其他近似疯狂的叙事，这些也可以看作疯狂的拓展。散文诗集《野草》中的《聪明人和傻子和奴才》的冲突、对立，是傻子与聪明人、奴才的对立。奴才生活极其困苦，他总是痛苦地向人们倾诉自己的苦难。他对聪明人说，自己过的简直不是人的生活，吃的连猪狗都不如，起早贪黑的劳作……，奴才博得了聪明人的同情，于是，傻子非常满足。奴才对傻子也同样诉苦，却遭到傻子的大声责骂，当傻子要给奴才暗无天日的小屋砸开一个窗户的时候，奴才却将傻子当作强盗，并报告了自己的主人，傻子被一群奴才赶走，奴才却获得主人的夸奖，聪明人也来慰问奴才，奴才非常高兴，奴才特别感谢聪明人，因为聪明人曾经对他说你总会好起来的。这里，聪明人、奴才、主人共同构成稳定的文化秩序和社会秩序。在这种秩序之下，主人残酷地压迫奴才，将奴才当作猪狗；聪明人之所以为聪明人就在于，他袖手旁观，不去触动这种秩序，不得罪主人，还能以一种类似于客套话的温情语言安慰傻子，从而获得奴才的认可。在鲁迅的思想视野中，这种“聪明人”的中庸调和，是中国文化的劣根性，它是古老传统与现实秩序的广泛而有力支撑，鲁迅把“聪明人”与自由主义者联系起来，则更充分地体现出尼采式的生命哲学意味。奴才之所以为奴才，不仅在于他的底层地位及其苦难生活，更在于他对于造成他苦难的社会秩序和文化秩序的认同乃至忠诚，也就是说，尽管这个社会秩序造成了他的苦难，他却认同这种社会秩序。他认为，不应该向主人提出非分的要求，更不应该砸毁破坏他居住的暗无天日的小屋，他唯一的满足就是获得主人的夸奖，满足于做稳了奴隶的生存状态。作品中暗无天日“小屋”，让我们想起鲁迅的“铁屋子”的比喻。鲁迅认为，中国社会是一个压抑人的“铁屋子”，人们在“铁屋子”里昏睡，对于自己的死亡毫无知觉。鲁迅感到铁屋子很难砸毁，因为昏睡的人们没有意识到铁屋子对自己的威胁，他们不仅不会破坏“铁屋子”，反而还自觉不自觉地维护“铁屋子”。傻子则是超越或者打破稳定的社会文化秩序和社会秩序者。傻子的关键是“傻”，“傻”就是去除了社会秩序、文化秩序的约束、规范，从而构成一种反叛精神。“古人说‘不读书会成为愚人’这话说得不错。但是世界正是愚人造成的，聪明人决不支持世界，尤其是中国的聪明人。”[①]散文诗《立论》是一种傻子与俗人、聪明人的对立。作文应该怎样“立论”呢？一家人家生了孩子，满月的时候，抱给客人看。一个客人说，孩子将来会发财的，一个客人说，孩子将来要做官的，一个客人却说：“这孩子将来是要死的。”说孩子发财的、做官的人是撒谎，却能够得到好报，说死的却遭到众人殴打。要既不撒谎，又不遭打，就要说，“啊呀！这孩子呵！您瞧！多么……。啊唷！哈哈！Hehe！he，hehehehe！”[②]鲁迅所要说的是，按照社会世俗陈陈相因的方式行事，即使撒谎，人们也认同，聪明人也能够巧妙地获得大家的认可，说“真话”者却会被整个社会人群排斥。“真话”是与社会秩序、大众习俗完全对立的存在，也构成对社会习俗、大众的尖锐挑战。

需要提及的是，鲁迅小说《不周山》虽然不是疯狂叙事，却也近似疯狂叙事，它以神话为题材进行加工处理，并融入了鲁迅个人的体验，其精神实质，和疯狂叙事是一致的，是向内挖掘生命内部被压抑

① 鲁迅：《写在〈坟〉的后面》，《鲁迅全集》第1卷，人民文学出版社，1981年，第286页。

② 鲁迅：《立论》，《鲁迅全集》第2卷，人民文学出版社，1981年，第207页。

的精神，强调个体生命与社会理性的冲突的。鲁迅明确说，这篇小说的灵感来自弗洛伊德的思想，用弗洛伊德思想“来解释创造——人和文学的——缘起。”[①]女娲创造了人类，然而却看不惯这些獐头鼠目的人类。在颛顼与共工大战以后，天塌地陷，海水横流，汪洋恣肆，女娲对自己造的人感到讨厌，却还是将他们救起。女娲补天的壮举来自其内在性欲，是其性欲的升华。但是，他们却发生了变化，不仅长着雪白的胡子，而且文明起来，“遍身多用铁片包起来”，满口之乎者也，一面祈求女娲救命，一面絮絮叨叨地控诉天塌地陷，感叹人心不古，满口复古主义言论，更有意味的是，一个人（古衣冠小丈夫）竟然指责女娲裸体，“裸裎淫佚，失德灭礼败度，禽兽行。国有常刑，惟禁。”[②]——这是鲁迅对五四时期复古主义者的嘲讽。但是，还有其更为深层的意蕴：对历史、文明的怀疑。文明在起源上就显得有些荒唐，无可遏制的生命力——无限的自然创造的人类，但是，人类却发明了道德教条来压制生命力。弗洛伊德的潜意识与意识之间的冲突，和尼采的酒神狄俄尼索斯与日神阿波罗的冲突在本质上是一致的。但是，弗洛伊德是矛盾的，他意识到潜意识的创造力，同时，也强调压抑潜意识的合理性，否则文明将无法实现。尼采却更多地强调潜意识的创造力，他的狄俄尼索斯在心理学上也可以归入潜意识之内，它有恒久的力量并不断寻求自己的自由和快乐。

还有，鲁迅对柏格森生命哲学的接受，也可以看作他对尼采狄俄尼索斯的共鸣。1924年鲁迅翻译了橱川白村的《苦闷的象征》，并把它作为文学理论教材，在女师大课堂教学上使用。一年以后鲁迅又翻译了橱川白村的论文集《出了象牙之塔》。橱川白村的文艺理论吸收了柏格森、弗洛伊德、康德、克罗齐等的思想，特别是柏格森的生命哲学。柏格森把世界看作不断变化的过程，而这种不断变化的世界

① 鲁迅：《〈故事新编〉序言》，《鲁迅全集》第2卷，人民文学出版社，1981年，第341页。

② 鲁迅：《补天》，《鲁迅全集》第2卷，人民文学出版社，1981年，第352页。

本体是生命力。永恒的生命冲动构成“绵延”的“生命之流”。橱川白村吸收了这种观点，他不仅用生命力来解释文艺，而且同样把生命力看作世界、人生的本体。橱川白村认为，人类社会外部的一切生活，诸如政治、经济、文化等，都是人类的内部的生命力的燃烧和流动。社会总是压制人的生命力的，而生命力却总是寻求自己的突破、创造，两方面不断冲突、碰撞，促成了社会历史的运动、发展。鲁迅说：“作者据柏格森一流的哲学，以进行不息的生命力为人类生活的根本。又从弗罗特一流的科学，寻出生命力的根柢来，即用以解释文艺——尤其是文学。然与旧说又小有不同，柏格森以未来为不可测，作者则以诗人为先知，弗罗特归生命力的根柢在于性欲，作者则云即其力的突进和跳跃。这在目下同类的群书中，殆可以说，既异于科学家似的专断和哲学家似的玄虚，而且也并无一般文学论者的繁碎。作者自己就很有独创力的，于是此书也就成为一种创作，而对于文艺，即多有独到的见地和深切的会心。”[①]可以看出，柏格森的生命哲学包括弗洛伊德的精神分析以及厨川白村的文艺理论，都和尼采有更本质性的交叉，他们都把世界分成两大区域，一个是理性的外部世界，一个是内在的生命世界，这和叔本华、尼采把世界看作表象，而把本质看作意志是完全一致的。所以，鲁迅有时甚至和尼采一样，肯定人的“兽性”以张扬一种生命力量。在杂文《略论中国人的脸》中，鲁迅说，日本社会学家长谷川如是闲讽刺西方人的脸总带有一些兽性：人+兽性=西洋人，而中国人的脸则没有这种兽性。“他借了称赞中国人，贬斥西洋人，来讥刺日本人的目的，这样就达到了，自然不必再说这兽性的不见于中国人的脸上，是本来没有的呢，还是现在已经消除。如果是后来消除的，那么，是渐渐净尽而只剩下人性的呢，还是不过渐渐成了驯顺。野牛成为家牛，野猪成为家猪，狼成为狗，野性是消

① 鲁迅：《〈苦闷的象征〉引言》，《鲁迅全集》第10卷，人民文学出版社，1981年，第232页。

失了，但只足使牧人喜欢，于本身并无好处。人不过是人，不再夹杂着别的东西，当然再好没在倘不得已，我以为还不如带些兽性，如果合于下列的算式倒是不很有趣的：人+家畜性=某一种人。”[①]

这种疯狂与社会理性之间的激烈对立，决定了鲁迅的文学和思想风格，就是那种批判性、否定性的基本姿态。在鲁迅的文学世界中，总是蕴含着两种力量的搏斗，一方面是固定的凝固的清晰的外部世界，它是由“仁义道德”、等级秩序、专制权力、世俗习惯、中庸之道、普遍公理等构成的常态而稳固的存在，是一种压抑的力量，另一方面则是自我内在生命的强烈渴望和冲动，它伴随着迷狂、激情、意志，不断冲撞、挑战那种常态的外部世界，这种不停息的挑战、战斗构成了生命的意义和价值。这种狂人系列的结构——结构和挑战结构，作为鲁迅文学世界的基本结构，超越于具体的文体形式限制，制约着鲁迅整个文学世界的叙事风格。不论是小说，还是散文抑或是杂文，都不同程度地笼罩在这种基本结构之中，都是在这种基本结构的土壤中生发出来的，都是对这种结构的不同方式和不同侧面的书写。或者是它的复制、移动，或者是它的置换变型，或者是它的某种元素的扩散、重写等。由此形成了鲁迅文学世界中的一系列具有“家族性相似”的文学风景。维特根斯坦的“家族性相似”概念告诉我们，相同概念之下的不同事物之间总是存在着这样或那样的差异性，并不存在一个绝对共相/本质。正如一个大家族一样，他们内部并不存在一个可以在每个成员身上都体现出来的本质属性。但是，不同成员之间却存在着各种各样的局部性相似。比如，有些成员有一样的鼻子，另一些有一样的眉毛，还有一些有一样的步态，等等，这些相似性重叠交错，就是家族性相似。“我没有提出某种对于所有我们称之为语言的东西为共同的东西，我说的是，这些现象中没有一种共同的东西能

① 鲁迅：《略论中国人的脸》，《鲁迅全集》第3卷，人民文学出版社，1981年，第414页。

够使我把同一个词用于全体，——但这些现象以许多不同的方式彼此关联。而正是由于这种或这些关系，我们才把它们全称之为‘语言’。”[①]这就是说，鲁迅那些具体的文本或思想，虽然不能用《狂人日记》的结构进行统一性的本质概括，但是，它们相互之间往往存在着这样或那样的相似之处，从而构成了鲁迅生命性的文学风格。

2．激情、意志和力量

在40年代初期，欧阳凡海在他的《鲁迅的书》专门论述了《狂人日记》，他认为，“《狂人日记》的主人公，正是在豫才的独特方式上中国化了的尼采的Zarathustra（察拉图斯忒拉）。”[②]这种观点在原则上是合理的，但是，我以为，把“狂人”看成中国化的狄俄尼索斯，也许更为恰当。因为查拉图斯特拉的精神原型或根源在狄俄尼索斯，查拉图斯特拉是狄俄尼索斯的再生或变型。

我们知道，鲁迅早期呼唤那种具有激烈反叛性格的精神界之战士，这种精神界之战士的独异的个人不同于传统理性时代的个人，而是19世纪中期以来的生命哲学所张扬的独异个人，这种独异个人，既有施蒂纳、叔本华、克尔凯郭尔、易卜生等尼采家族的生命意志、力量的诉求，又有激进浪漫主义诗歌拜伦式撒旦精神，同时，会合着达尔文进化论的“生命之能”。鲁迅高度肯定了拜伦笔下的海盗康拉德、该隐和曼弗雷德。在论及尼采的时候，鲁迅特别提到了尼采的狄俄尼索斯力量。“尼佉不恶野人，谓中有新力，言亦确凿不可移。盖文明之朕，固孕于蛮荒，野人狉獉其形，而隐曜即伏于内。文明如华，蛮野如蕾，文明如实，蛮野如华，上征在是，希望亦在是。”[③]鲁迅的“狂人”及其家族延续便汇聚了这种个体生命意志、力量，并伴

① ［英］维特根斯坦：《游戏规则》，康少杰等译，天津人民出版社，2007年，第234页。

② 张梦阳：《中国鲁迅学通史》（下卷），广东教育出版社，2002年，第273页。

③ 鲁迅：《摩罗诗力说》，《鲁迅全集》第1卷，人民文学出版社，1981年，第64页。

随着一种强烈的激情。在中国传统文化中，冲动是魔鬼，但是，在尼采、鲁迅那里，冲动是天才，是个人激情、意志和力量的完美表达，是自我强大的证明，因为主体要冲破社会理性的层层约束和限制，便不能不聚集更高的力量和热情。王国维在他的《人间词话》里，把艺术境界分为“有我之境”和“无我之境”，按照这种分法，鲁迅文学最突出的特点是“有我之境”。这和尼采的文章是一样的，总是将自我的烙印深深地打入进去。

鲁迅的那些杂文往往有一种率性而为的情感流动：任意而谈，无所顾忌，去除约束，喜怒笑骂、爱恨情仇皆文章，总是尽情地展现自我，鲁迅说：“也有人劝我不要做这样的短评。那好意我是很感激的，而且也并非不知道创作之可贵。然而要做这样的东西的时候，恐怕也还要做这样的东西，我以为艺术之宫里有这么麻烦的禁令，倒不如不进去；还是站在沙漠上，看看飞沙走石，乐则大笑，悲则大叫，愤则大骂，即使被沙砾打得遍体粗糙，头破血流，而时时抚摩自己的凝血，觉得若有花纹，也未必不及跟着中国的文士们去陪莎士比亚吃黄油面包之有趣。”[①]我想，这是鲁迅喜好杂文的最重要的原因。在30年代，鲁迅对林语堂等人的闲适幽默的小品文的批判也是一样。林语堂创办《论语》《宇宙风》《人间世》等刊物，提倡幽默闲适的小品文，尽管鲁迅也喜欢幽默，也给林语堂的刊物写过幽默性文章，但是，鲁迅还是对那些纯粹幽默闲适的文章并无好感，在鲁迅那里，幽默起码要加入相当程度的讽刺锋芒。鲁迅五四时期回忆性散文《朝花夕拾》和《野草》比，确乎有些闲适，但是，其间夹杂着极其尖锐的议论和讽刺，时而也表达出强烈的情绪和爱憎，和周作人淡定相比，鲁迅就显出激情了。鲁迅那篇《由中国女人的脚，推定中国人之非中庸，又由此推定孔夫子有胃病（“学匪”派考古学之一）》直接调侃

① 鲁迅：《华盖集·题记》，《鲁迅全集》第3卷，人民文学出版社，1981年，第4页。

孔子，表达了他对孔子一贯的不以为然。鲁迅认为，这种一味的闲适幽默，把屠夫的残酷化为一笑，是对现实的逃避，同时，也是个体生命意志的消亡。他仍然挖掘小品文的反抗、战斗的传统，主张匕首、投枪式杂文创作。“而小品文的生存，也只仗着挣扎和战斗的。晋朝的清言，早和它的朝代一同消歇了。唐末诗风衰落，而小品放了光辉。但罗隐的《谗书》，几乎全部是抗争和愤激之谈；皮日休和陆龟蒙自以为隐士，别人也称之为隐士，而看他们在《皮子文薮》和《笠翁丛书》中的小品文，并没有忘记天下，正是一塌糊涂的泥塘里的光辉和锋芒。明末的小品虽然比较的颓放，却并非全是吟风弄月，其中有不平，有讽刺，有攻击，有破坏。”①

鲁迅晚年“论文人相轻”的一组文章，反对知识分子在一些问题上的暧昧、含混，主张知识分子应该有爱憎鲜明的立场，“凡批判家的对于文人，或文人们互相评论，各各‘指其所短，扬其所长’固可，即‘掩其所短，称其所长’亦无不可。然而那一面一定得有‘所长’，这一面一定得有明确的是非，有热烈的好恶。”②“文学的修养，决不能使人变成木石，所以文人还是人，既然还是人，他心里就仍然有是非，有爱憎；但又因为是文人，他的是非就愈鲜明，爱憎也愈热烈。从圣贤一直敬到骗子屠夫，从美人香草一直爱到麻风病菌的文人，在这世界上是找不到的，遇见所是和所爱的，他就拥抱，遇见所非和所憎的，他就反拨。”“文人不应该随和；而且文人也不会随和，会随和的，只是和事老。但这不随和又并非回避，只是唱着所是，颂着所爱，而不管所非和所憎；他得像热烈地主张着所是一样，热烈地攻击着所非，像热烈地拥抱着所爱一样，更热烈地拥抱着所憎——恰如赫尔库来斯的紧抱了巨人安太乌斯一样，因为他要折断他

① 鲁迅：《小品文的危机》，《鲁迅全集》第4卷，人民文学出版社，1981年，第576页。

② 鲁迅：《“文人相轻”》，《鲁迅全集》第6卷，人民文学出版社，1981年，第299页。

的筋骨。”①

> 至于文人，则不但要以热烈的憎，向“异己”者进攻，还得以热烈的憎，向死的说教者抗战。在现在这“可怜”的时代，能杀才能生，能憎才能爱，能生于爱，才能文。彼兑飞说得好：
>
> 我的爱并不是欢欣安静的人家，
> 花园似的，将平和一门关住，
> 其中有“幸福”慈爱地往来，
> 而抚养那“欢欣”，那娇小的仙女。
> 我的爱，就如荒凉的沙漠一般——
> 一个大盗似的有嫉妒在那里霸着；
> 他的剑是绝望的疯狂，
> 而每一刺是各样的谋杀！②

看看鲁迅的文化批判、改造国民性，往往把充满活力、激情的自我，看作一种理想人格，而把中庸、驯服、顺从、懦弱、忠厚等，看成国民劣根性。尼采看来，正是所谓苏格拉底的知识理性和道理意识的不断发展，导致了西方人的生命堕落。在鲁迅看来，中国人的种种弱点，都是和中国封建文化专制联系在一起的，封建大一统的专制权力和世世代代的所谓“克己复礼”式儒家文化规范的压制、训导，导致了中国人缺乏内在个体生命力。只有奋力打破这种外部世界的压制，才能获得人生的意义。他更喜爱反叛的、偏激的、剧烈的情感和

① 鲁迅：《再论文人相轻》，《鲁迅全集》第6卷，人民文学出版社，1981年，第336页。

② 鲁迅：《七论“文人相轻”》，《鲁迅全集》第6卷，人民文学出版社，1981年，第405—406页。

鲜明的爱憎的人生态度。鲁迅说，现在的青年早被圣贤规训给驯服了，“现在的青年是驯良的，或者可以说是太驯良了……”[①]“我们的圣贤，本来早已教人‘非礼勿视’的了；而这‘礼’有非常之严，不但‘正视’，连‘平视’也不许。现在青年的精神未可知，在体质，却大半还是弯腰曲背，低眉顺眼，表示着老牌的老成的子弟，驯良的百姓。”[②]鲁迅从儿童照相上发现，“照住了驯良和拘谨的一刹那的，是中国孩子相；照住了活泼或顽皮的一刹那，就好像日本孩子相”“但中国一般趋势，却只在向驯良之类——‘静’的一方面发展，低眉顺眼，唯唯诺诺，才算一个好孩子。”[③]对于驯良反感，导致了对东方文化的“静”的否定。

3．道家文化：中国文化根源

鲁迅的疯狂叙事，包括鲁迅对尼采的亲和、借鉴，也凝聚着中国传统文化即道家文化的精神。在五四时期，鲁迅的朋友刘半农认为鲁迅是“托尼思想，魏晋文章”，20世纪50年代，王瑶深入研究“鲁迅作品的风格特色是与‘魏晋文章’有其一脉相承之处的，特别是他那些带有议论性质的杂文。”[④]王瑶的观点在80年代得到了广泛的发挥。但是，王瑶却没有更多地挖掘魏晋文章背后的道家文化，其实，支撑鲁迅“魏晋文章”的恰恰是道家文化精神。

在中国传统文化之中，“狂”与“狷”往往并称，两者都是特立独行，标榜自我，但是，“狷”倾向于静的一面，虚静、心斋、坐

① 鲁迅：《〈华盖集〉后记》，《鲁迅全集》第3卷，人民文学出版社，1981年，第177页。

② 鲁迅：《论睁了眼看》，《鲁迅全集》第1卷，人民文学出版社，1981年，第237页。

③ 鲁迅：《从孩子的照相说起》，《鲁迅全集》第6卷，人民文学出版社，1981年，第80页。

④ 王瑶：《论鲁迅作品与中国古典文学的历史联系》，《中国现代文学史论集》，北京大学出版社，1998年，第6页。

忘，恬淡自适；“狂”则倾向于动的一面，愤激、激情、狂放不羁，近乎尼采的酒神精神，具有很强的攻击性。“狂”与“狷”也并不是截然分开的，往往混杂在一个人的身上。孔子曾评点过“狂狷”：“不得中行而与之，必也狂狷乎。狂者进取，狷者有所不为。”（《论语·子路》）他也曾肯定赞同过“曾点之志”。但是，他的理想人格是中庸人格，是那种不偏不倚、温柔敦厚的处世态度，对狂狷的肯定是退而求其次，孟子说：“孔子岂不欲中道哉？不可必得，故思其次也。”（《孟子·尽心下》）因而，孔子对狂也颇有微词，“古之狂也肆，今之狂也荡。”“好刚不学，其蔽也狂。”（《论语·阳货》）到了程朱理学那里，“狂”则被“天理”消解，一切都纳入“天理”之中，个人的激情、意志被抹杀。朱熹说：“孔子与点，盖与圣人之志同，便是尧舜气象也。诚异三子者之撰，特行有不掩焉耳，此所谓狂也。”“曾点之学，盖有以见夫人欲尽处，天理流行，随处充满，无少欠阙，古其动静之际，从容如此。……其胸次悠然，直与天地万物上下同流，各得其所之妙，隐然见于言外。”[①]陆王心学对狂狷有所肯定，王阳明甚至以狂者自任，但是，总的来说，陆王心学仍然拘囿于儒家规范，其“心”趋向最终还是回归天理。

真正的“狂狷”来自于道家文化，“狂狷”是道家文化理想人格的主要特征，是道家文化以个体生命自由为目的的必然结果。只有充分尊重个体生命的文化，才能完全认可、鼓励个人的异端性格。道家文化崇尚自然，以自然对抗文明，这和卢梭、尼采等人的自然状态是一致的。道家文化是一个丰富、复杂的复合体，无论在原始道家那里，还是在其后来的发展中，其价值取向也都是多元的，乃至于相互矛盾。即道家的自然状态蕴含着多种倾向。道家在理论上，基本上都是强调“狷”的一面，大讲虚静主义，老子说：“我无为，人自

① 朱熹：《论语集注》，转引自冯友兰《中国哲学简史》，北京大学出版社，1985年，第333—334页。

化：我好静，人自正；我无事，人自富；我无欲，人自朴。”（《老子·五十七章》）庄子追求心斋、坐忘，让人身如槁木，心如死灰，因此，老庄几乎被简化为单一的虚静主义，但是，在实践上却往往多有“狂”的一面。老子事迹很少流传下来，庄子的疯疯癫癫却有很多记录，庄子当面抢白梁惠王，尖刻讥讽曹商，为妻子办理丧事却鼓盆而歌。老子、庄子的文章则锋芒毕露，愤世嫉俗，就其对社会、文明的批判性而言，先秦诸子是无法相比的。《庄子》：“以谬悠之说，荒唐之言，无端崖之辞，时恣纵而不傥，不以觭见之也。”（《庄子·天下》）钱穆这样评价庄子，“他的名字，两千年来常在人心中。他笑尽骂尽了上下古今举世的人，但人们越给他笑骂，越会喜欢他。但也只有他的思想和文章，只有他的笑和骂，真是千古如一日，常留在天壤间。”“他认为世人是无法和他们讲正经话的呀！所以他的话，总像是荒唐的，放浪的，没头没脑的，不着边际的。”[①]这种狂放，和道家的“道”具有密切关系。“道”即自然，自然即“道”，两者循环阐释。在道家的“道”中就包含着狂放的因素。《庄子·山木》中的“猖狂妄行”的自然状态就包含着狂放性：“南越有邑焉，名为建德之国。其民愚而朴，少私而寡欲；知作而不知藏，与而不求其报；不知义之所适，不知礼之所将。猖狂妄行，乃蹈乎大方。其生可乐，其死可葬。”庄子张扬的是未经驯化的野马精神。“马，蹄可以践霜雪，毛可以御风寒，龁草饮水，翘足而陆，此马之真性也。虽有义台路寝，无所用之。”“夫马，陆居则食草饮水，喜则交颈相靡，怒则分背相踶。”《庄子·盗跖》中的盗跖是魔鬼式的英雄。盗跖大怒的时候，“目如星月”，“声如乳虎”。“跖之为人也，心如涌泉，意如飘风，强足以距敌，辩足以饰非。顺其心则喜，逆其心则怒，易辱人以言。”“今我告子以人之情，目欲视色，耳欲听声，口欲察味，志气欲盈。”（《庄子·盗跖》）盗跖和拜伦笔下的海盗非

① 钱穆：《庄老通辨》，生活·读书·新知三联书店，2002年，第8—9页。

常相似。

鲁迅在《汉文学史纲》也发现了老子的矛盾，“然老子之言亦不纯一，戒多言而时有愤辞，尚无为而欲治天下。其无为者，以欲‘无不为’也。”[①]《庄子》，“大抵寓言，人物土地，皆空言无事实，而其文则汪洋辟阖，仪态万方，晚周诸子之作，莫能先也。”[②]庄子这种“汪洋辟阖”是狂放不羁的个性精神的外化。鲁迅对老庄的“不撄人心”的虚静主义不以为然，却酷爱激动人心的疏狂愤世精神。鲁迅最钟情的不是屈原，而是流淌着老庄激愤的嵇康、阮籍、刘伶、孔融、祢衡等魏晋名士。

中国传统有“游方之内”与“游方之外”的文化区分，这种区分就包含着常态与狂态的区分。庄子在《大宗师》中借孔子之言进行了“方外”与“方内”的区分：子桑户、孟子反、子琴张三人是好朋友，子桑户死了。孔子派弟子子贡前去帮助料理丧事。孟子反和子琴张却编曲弹琴，相互应和着唱歌：哎呀，子桑户啊！哎呀，子桑户啊！你已经返归本真，可是我们还成为活着的人而托载形骸呀！子贡认为他们不合乎礼仪，孟子反和子琴张相视而笑，不屑地说：这种人怎么会懂得“礼”的真实含义！子贡回来把这件事告诉给孔子，孔子说：“彼游方之外者也，而丘游方之内者也。内外不相及，而丘使汝吊之，丘则陋矣！彼且与造物者为人，而游乎天地之一气。彼以生为附赘悬疣，以死为决痪溃痈。夫若此，又恶知死生先后之所在！假于异物，托于同体；忘其肝胆，遗其耳目，反复终始，不知端倪；芒然彷徨乎尘埃之外，逍遥乎无为之业。彼又恶能愦愦然为世俗之礼，以观众人之耳目哉。”（《庄子·大宗师》）这里，“游方之内者”和“游方之外者”是两种不同的人，代表着儒家和道家的不同的价值观念。儒家“游方之内”，如孔子及其门人子贡，遵循世俗之礼，认为

① 鲁迅：《汉文学史纲》《鲁迅全集》第9卷，人民文学出版社，1981年，第363页。
② 鲁迅：《汉文学史纲》《鲁迅全集》第9卷，人民文学出版社，1981年，第364页。

临丧应该尽凭吊哭泣之哀；道家“游方之外”。如子桑户、孟子反、子琴张，则不遵循世俗之礼，编曲鼓琴，临丧而歌。“游方之内”即在社会文明结构之内的行为，它相信社会文明规则是好的，应该被普遍遵循，因而，“游方之内者”进行社会建设性实践，不断对文明结构本身认同、加固、整理、翻新；孔子的“仁”是和“礼”一体的，“克己复礼为仁”以及“修身齐家治国平天下”，就是致力于社会文明规则的认同和重建。“游方之外”即在社会文明结构之外的行为，它认为社会文明的种种规则是对人的捆绑、约束，并不能体现人的真正思想、感情，必须进行质疑、反抗，把个人价值从整体规范中凸现出来。它是一种个体主义。所以，道家文化相对于儒家的伦理、人文，就强调“自然”，自然是在伦理、人文之外建立起来的价值制高点。在道家看来，一旦自然状态被破坏，人们有意识地建构起社会价值标准，人就开始了堕落，社会文明的进步不但不能解决人生的自由，而且还能对人的自由构成巨大的威胁。魏晋之际的阮籍、嵇康都是排圣贤反礼法。阮籍在《大人先生传》中喜怒笑骂，将那些儒士看作裤裆里的虱子，痛斥礼教及其体制，“君立而虐兴，臣设而贼生，坐制礼法，束缚下民。”嵇康在《与山巨源绝交书》中直接表白“非汤武而薄周孔”的立场。这里的要害就是个人的自由和解放。

如果从新文学与传统文化这个角度考虑，周氏兄弟，恰好代表道家文化的“动”与“静”的不同方面。两者都可以称之为“狂狷”，但是，鲁迅主要是“狂”，鲁迅是魏晋文章，周作人则主要是“狷”，是晚明小品。这两者恰恰形成鲜明的对比。鲁迅的著名演讲《魏晋风度及文章与药及酒之关系》显示了鲁迅对魏晋风度的认可。鲁迅最喜欢的人物是嵇康。鲁迅将“狂”坚持到底，晚年的文章《死》还是那种狂气：“一个也都不宽恕。”周作人在五四时期，还有一些“狂”的精神，随后这种狂性与日俱减，变成超然、静逸的小品文的领袖，其精神风度和京派打成一片。

30年代，鲁迅对朱光潜的批评，可以看出鲁迅对道家文化“动”的一面的认同，对“静”的一面的否定。1935年，朱光潜在《中学生》上发表《说“曲终人不见，江上数峰青”》一文，他非常赞赏唐代钱起的诗句“曲终人不见，江上数峰青”，并表达了自己“静穆”的美学观点，“艺术的最高境界都不在热烈。就诗人之所以为人而论，他所感到的是欢喜和愁苦也许比常人所感到的更加热烈。就诗人之所以为诗人而论，热烈的欢喜或热烈的愁苦经过诗表现出来以后，都好比黄酒经过长久年代的储藏，失去了它的辣性，只剩一味醇朴。我在别的文章里曾经说过一段话：‘懂得中国道理，我们可以明白古希腊人何以把和平静穆看作诗的极境，把诗神阿波罗摆在蔚蓝的山巅，俯瞰众生扰攘，而眉宇间却常如作甜蜜的梦，不露一丝被扰动的神色？’这里所谓‘静穆’自然只是一种最高理想，不是在一般诗里所能找得到的。古希腊——尤其是古希腊的造型艺术——常使我们觉到这种‘静穆’的风味。‘静穆’是一种豁然大悟，得到归依的心情。它好比低眉默想的观音大士，超一切忧喜，同时你也可以说它泯化一起忧喜。这种境界在中国诗里不多见。屈原阮籍李白杜甫都不免有些金刚怒目，愤愤不平的样子。陶潜浑身是‘静穆’，所以他伟大。”[①]或许正是将陶潜理解为浑身静穆的伟大，才引起了鲁迅的不满和批评，鲁迅对狂、激情和不平的嗜好无法使他认同这种对诗歌和文学观点。鲁迅偏要在一些看似平静或静穆之中发现纷争，发现不平乃至狂气。在《“题未定”草（六至九）》中，鲁迅说，如果全面审视蔡邕，才明白他也不是一个平和的老学究，“也是一个有血性的人，明白那时的情形，明白他确有敢死之道。”[②]对于陶渊明，人们仅仅注意到他的《归去来辞》和《桃花源记》，一直将他当作飘逸宁静的

① 朱光潜：《说“曲终人不见，江上数峰青”——答夏丏尊先生》，《朱光潜文集》第8卷，安徽教育出版社，1993年，第396页。

② 鲁迅：《“题未定”草（六至九）》，《鲁迅全集》第6卷，人民文学出版社，1981年，第422页。

人，“但在全集里，他却有时很摩登，‘愿在丝而为履，附素足以周旋，悲行止之有节，空委弃于床前’，竟想摇身一变，化为‘阿呀呀，我的爱人呀’的鞋子，虽然后来自说因为‘止于礼仪’，未能进攻到底，但那些胡思乱想的自白，究竟是大胆的。就是诗，除论客所佩服的‘悠然见南山’之外，也还有‘精卫衔微木，将以填沧海。刑天舞干戚，猛志固常在’之类的‘金刚怒目’式，在证明着他并非整天整夜的飘飘然。”[①]尤其是，鲁迅对朱光潜的静穆美学进行了比较激烈的批评。有意思的是，鲁迅也提到了古希腊的美学，却怀疑、否定它的静穆，这正如尼采强调古希腊悲剧的狄俄尼索斯一样，“古希腊人，也许把和平静穆看作诗的极境的罢，这一点我毫无知识。但以现存的希腊诗歌而论，荷马的史诗，是雄大而活泼的，沙乎的恋歌，是明白而热烈的，都不静穆。我想，立‘静穆’为诗的极境，而此境不见于诗，也许和立蛋形为人体的最高形式，而此形终不见于人一样。至于亚波罗之在山巅，那可因为他是‘神’的缘故，无论古今，凡神像，总是放在较高之处的。这像，我曾见过照相，睁着眼睛，神清气爽，并不像‘常如作甜蜜梦’。”[②]从鲁迅的藏书书目中，可以看出，鲁迅留日的时候，就购买过尼采思想传记，有可能了解尼采对古希腊精神的重写。鲁迅讲了自己亲历的一个土财主与古董的事情，以否定静穆和平。鲁迅说，自己在北京认识了一个土财主，土财主为了装高雅，买了一个鼎，锈迹斑斑，古色古香，但土财主对于文物古董完全外行，竟然叫铜匠把鼎上的锈迹摩擦干净，大家都哈哈大笑。鲁迅说，“我在当时，也不禁由吃惊而失笑了，但接着就变成肃然，好像得了一种启示。这启示并非‘哲学的意蕴’，是觉得这才看见了近于真的周鼎。鼎在周朝，恰如碗之在现代，我们的碗，无整年不洗之

---

① 鲁迅：《“题未定”草（六至九）》，《鲁迅全集》第6卷，人民文学出版社，1981年，第422页。

② 鲁迅：《“题未定”草（六至九）》，《鲁迅全集》第6卷，人民文学出版社，1981年，第427页。

理，所以鼎在当时，一定是干干净净，金光灿烂的，换了术语来说，就是它并不‘静穆’，倒有些‘热烈’。”[1]鲁迅内心的疯狂情结，总是无法接纳那种宁静平和的事物。鲁迅对“隐士”的批判也是一个道理。

① 鲁迅：《“题未定”草（六支九）》，《鲁迅全集》第6卷，人民文学出版社，1981年，第428页。

第三章　尼采的认识论与鲁迅反公理

一、尼采的透视法

尼采的认识论往往为一些人所忽略，尤其是那些主流哲学家。罗素就认为尼采在认识论方面没有任何建树，如果基于理性主义传统或基本立场，这种观点当然能够成立，但问题在于，尼采的认识论不是理性主义的，而是生命主义的。从渊源上看，这种生命性的认识论的古代根源是那些怀疑主义和相对主义传统，它的近代渊源是反抗启蒙运动的浪漫主义运动，尼采是在德国浪漫主义的强大传统的影响之下成长起来的，他承续了这种传统，并把它发挥到淋漓尽致的程度，形成一个不可忽视的高峰，并对后现代思想构成极大的影响。

尼采的生命认识论是对启蒙运动建构起来的普遍理性的质疑和反抗。基于对基督教统治的愚昧无知和盲目信仰的反抗，启蒙运动将人类的知性、理性能力推向极端。这种理性文化的最基本特征是寻求世界的可理解的清晰的结构或秩序，凡是存在的就是可以理解的，一切都被纳入科学理性的光芒之下，一切都仿佛被置于阳光之下。人成为理性的动物，人不仅可以被分析、被理解，同时，也可以理解他所处的自然、社会和历史，从而可以寻找出自然、社会、历史的稳固清晰的结构。笛卡尔的“我思故我在”，就是将理性作为人的本质，“严格来说我只是一个在思维的东西，也就是说，一个精神，一个理智，或者一个理性，这些名称的意义是我以前不知道的。那么我是一个真的东西，真正存在的东西了。”[①]笛卡尔在确立知识的确定、可靠性的同时，也构建了一种完美的哲学体系。这种思想风格代表了整个近代西方哲学的一般倾向。培根是经验理性的开创者，但是他与笛卡尔却殊途同归。他的《新工具》所致力的目标同样是知识的确定性。他和笛卡尔一样，相信这种确定性知识的无边力量。“知识就是力量”，高扬着一种人类可以认识世界和把握自己命运的雄心壮志。斯宾诺莎在《伦理学》中使用了几何学，试图将自然世界与人生问题全部纳入一个清晰的可以理解的可靠性框架之内。“倘若人类清楚地理解整个自然，他们就会发现，万事万物正如数学中所论述的东西一样是必然的。”[②]莱布尼茨则试图寻找世界的“普遍语法”。这种“普遍语法”，是能够表达一切知识的绝对体系。17世纪是数学思维，18世纪则是物理学思维。牛顿力学体系令人欢欣鼓舞：一切都可以运用人的理智计算出来。18世纪诗人蒲柏给牛顿题写的墓志铭是：“自然和自然规律隐没在黑暗中。上帝说，要有牛顿！万物俱成光明！”英国的约翰·科廷汉这样概括理性主义：“理性主义思想的成分之一，是对诉诸感觉的某种警告，是相信正确使用理性能使我们超越朴素的、常识的世界观。另一点是把宇宙看作一种有序的体系，其中的每一方面原则上都能为人类理智所理解。进一步的信念是被数学固有的清晰和确定性所吸引，因而它同样被看作建立完善的统一知识体系的模式。（由最是无可质疑的其他更多成分而来的）最后一点是相信自然界的必然联系，更一般地说，是认为科学真理和哲学真理必定指涉在某

① ［英］笛卡尔：《第一哲学沉思集》，庞景仁译，商务印书馆，1986年，第24页。

② ［英］约翰·科廷汉：《理性主义者》，江怡译，辽宁教育出版社，1998年，第7—8页。

种意义上无法改变的东西。”①对理性的信念，产生了那种世界公民意识，这种世界公民意识相信存在着唯一正确的世界真理，把追求世界真理作为最高的价值，法国百科全书派的先行者培尔说：“历史学家必须只考虑真理的利益。为了真理，他必须毫不顾及自己的荣辱得失、喜怒哀乐乃至爱国之情。他应该忘记自己属于某一国家，忘记某一信仰对自己的抚育，忘记自己受惠于某一个人，忘记这些人是自己的父母、朋友。一个真正的历史学家就像麦基洗德一样，无父、无母、无族谱。如果有人问他：‘你是哪里人？’他必须回答：‘我既不是法国人，也不是德国人，也不是英国人，也不是西班牙人……我是世界居民。我不效力于（神圣罗马帝国）皇帝，也不效力于法国国王，只服务于真理……’”②就时间感受——历史意识方面，普遍理性鼓舞着一种进步观念，人类历史是一种合理性的结构，完全可以为人类自身所认识，掌握其基本规律，按照这种规律进行实践，就可以使人类社会不断朝向更好的方向前进，一直抵达“理性王国”。

尼采首先否定西方普遍理性的悠久传统。在尼采看来，启蒙运动所推崇的知识理性是西方文化的一个重要传统，这个传统是从苏格拉底开始的。因为苏格拉底把知识看作人生最高价值，把求知当作人生的美德，从苏格拉底开始，西方社会建构起那种通过知识拯救人生的价值取向。在《悲剧的诞生》中，尼采就尖锐批判苏格拉底对知识的推崇。他将苏格拉底的求知精神称为苏格拉底主义或“苏格拉底魔力”，希腊悲剧的消亡就在于苏格拉底主义的确立。希腊悲剧之后的喜剧虽然继承了希腊悲剧的某种因素，却使希腊悲剧精神消失殆尽。欧里庇得斯的喜剧是苏格拉底主义的典范，是高度理性化的艺术：“欧里庇得斯以准则衡量并校正喜剧的各种成分：语言，人物性格，

① ［英］约翰·科廷汉《理性主义者》，江怡译，辽宁教育出版社，1998年，第10—11页。

② ［美国］罗兰·斯特龙伯格：《西方近代思想史》，刘北成、赵国新译，中央编译出版社，2005年，第107页。

戏剧结构，合唱音乐。与索福克勒斯比较时，欧里庇得斯身上经常被我们看作其创作缺点和退步的东西，大多是这个深入的批判过程和大胆追求明白晓畅的产物。”[①]尼采举例说，欧里庇得斯喜剧的开场就是理性主义方法：开场时总有一个人登台，告诉观众他是谁，说明已经发生了什么事件，事件将如何发展等。还有，欧里庇得斯让普通观众登上舞台，在悲剧中只能是伟大英雄表演的地方却出现了平庸的大众，这使尼采更加无法忍受。“谁一旦看清楚，在科学奥秘的启蒙者苏格拉底之后，各种哲学流派如何像后浪推前浪那样不断兴起，一种闻所未闻的包罗万象的求知欲如何波及知识界的广泛领域，作为每个才智杰出的人的真正任务，把科学推向大洋大海，使它得以汹涌澎湃地发展，从此就再也无法把它拖回小河小溪，由于这包罗万象的求知欲，一张共同的思想之网如何覆盖了整个地球，并且窥视整个太阳系的规律，谁一旦了解了这一切，并且看到了现代高得惊人的知识金字塔，他就不能不把苏格拉底看作所谓世界历史的转折和旋涡中心。”[②]

其次，尼采认为，将知识理性作为最高价值，既是对存在的错误理解，也是对人的生命的戕害。苏格拉底主义让悲剧堕落为喜剧，让日神阿波罗取代了酒神狄俄尼索斯，把一个混沌无序因而也无限可能的世界变成了一个简约化的清晰明了的世界。这种苏格拉底主义在现代的典型表现是对科学理性的迷信。尼采认为，这并非是对世界的真正理解，而只是想入非非的浅薄的乐观主义，它遮蔽了世界本来的酒神状态，把不可能的存在，变成了一厢情愿的东西，仿佛世界就是专门为人类设计的。“现在不要再回避苏格拉底文化究竟葫芦里卖的什么药了！想入非非的乐观主义！”[③]另一方面，将这种确定性事先规划好的世界，呈现给人们，人的生命也变得堕落和腐化，人们逐渐丧失了生命力量。人被所谓知识理性决定，按照共同规范去生活，个人被

① ［德］尼采：《悲剧的诞生》，赵登荣等译，漓江出版社，2000年，第77页。
② ［德］尼采：《悲剧的诞生》，赵登荣等译，漓江出版社，2000年版，第92—93页。
③ ［德］尼采：《悲剧的诞生》，周国平译，光明日报出版社，1996年版，85页。

他的环境同化，人与人的差别被取消了，天才的个人与普通民众之间的界限完全模糊了。总之，现代人的自由是一种没有分量的自由，是怯懦的没有生气的自由。现代人蹲在概念、逻辑和推理的囚笼之中，变成了知识庸人，变成了棺椁中的木乃伊。现代人的日常生活，只是小心谨慎地为生存谋取利益，是枯燥而无聊的，“为了赚钱而找工作，这在文明国度几乎人人都是这样。工作是手段而非目的，所以，人们对工作并不精心挑选，只要它能带来丰厚的酬金就行。那种宁愿死也不干活的人越来越罕见了，要有，那就是难于满足的挑剔者，他们不以酬劳丰富而满足，除非工作本身使其满足。形形色色的艺术家和静观默察者属于这类怪人，还包括将其一生耗费在打猎、旅游、冒险和爱情交易上的懒鬼。这类人也想工作，但工作必须符合兴趣。”[①]尼采渴望人以一种自由的自我的状态在体验人生。他始终沉醉在古希腊英雄时代之中，并将那种英雄转换为一种更为昂扬、峻急、激烈的生命个人主义精神。狄俄尼索斯既是一种原始自然状态的象征，又是生命个人主义精神的象征。英雄时代作为自然状态的无序，恰恰蕴含着无限自由的可能，天才的个人在这种不确定之中，以其强盛的生命意志即权力意志开拓、创造。尼采的这种对知识理性的否定，显然和浪漫主义是一脉相承的。浪漫主义颠覆了启蒙理性的机械论的世界观和人生观，呈现出一种有机整体的世界观和人生观。世界是生机勃勃的，不断运动的，而不是死气沉沉的，不是有一种井然有序的秩序，秩序是完全人为强加给世界的。人不应该被既定的教条限制住，而应该是自由的。理性使人失去心灵，失去对世界和生活的体验和感悟，是对个人自由的压抑。

再次，从知识理性的内部对认识进行否定，这是尼采思想更为有影响的一个方面。尼采是激进的怀疑主义者和相对主义者，或不可知

① ［德］尼采：《快乐的科学》，黄明嘉译，华东师范大学出版社，2007年，第115—116页。

论。尼采从许多不同角度否定普遍知识理性的存在，因而显得庞杂、多变，相互交叠和互相矛盾。但是，其精神实质却异常鲜明，那就是他永远质疑确定性、普遍性的知识。在尼采看来，人们依靠所谓概念、推理、逻辑等建立起来的理性知识，其实，根本是不可能的，人对世界的认识从来就没有发生过。认识只是人的需要，人为了生存只能虚构出一个被认识的世界，它是人类的一个工具而已。在这点上，尼采和实用主义是完全相同的。认识只是对事物的表示，根本谈不上是认识，即使是那种善于量化、善于整齐划一的技术，也不例外，尼采说，“在最表面的现象中，也就是在能够计数、计算、触摸、观看的地方，能够查明数量的地方，是最早能获得科学的准确性的。于是，最贫乏可怜的此在（Dasein）领域首先得到了扩建，硕果累累。一切都必须得到机械论上的说明，这个要求乃是一种本能，仿佛最富有价值和最基本的认识恰恰是在那里最早得以成就的；这是一种幼稚。事实上，对我们来说，能够计数和把捉的一切东西是鲜有价值的：人们用‘把握’（Begreifen）对付不了的地方，才被我们视为‘更高的’。‘逻辑学’和机械学只能应用于最表面的东西：真正说来，只是一种图式化技巧和缩略化技巧，一种通过表达技巧对杂多的掌握，——不是‘理解’（Verstehen），而是一种以告知为目的的标示。把世界还原到表面来进行思考，这意思就是首先使世界变成‘可以把握的’逻辑学与机械学决没有触及因果关系。”[①]尼采也从语言的隐喻性来谈认识的不确定性。他认为，真理就是语言的隐喻性的机动部队，任何语言都充满歧义，不同人会对其有不同的解释，人类没有共同语言，只有充满隐喻性的语言。这样，认识正确与否就变得无足轻重了，重要的是能够凭借自己的力量确立自己的认识。有时，尼采甚至说，在人类认识的历史上，衡量认识的标准只是有益或无益，而不在于是否正确。把各种非认识因素看作构成真理的原因或基础，是尼采反复强调的。真理也许是一种心理问题，由于某

① ［德］尼采：《权力意志》（上），孙周兴译，商务印书馆，2007年，第221页。

种心理习惯、恐惧，而不是关于客观世界的实在性问题。在《快乐的科学》中，尼采这样分析“认识”的起源和性质：

当民众需要“认识”时，他们需要的到底是什么呢？他们需要的无非是把某种陌生的东西还原为某种熟悉的东西罢了。

我们哲学家对于认识的理解是否更多一些呢？所谓熟悉，就是我们对某种东西已经习惯，不再对它感到诧异，比如我们的日常生活，我们置身于其中的某一规律，我们十分在行的桩桩件件。什么？我们求知的需要不正是追求熟悉事物的需要吗？不就是那种在一切怪异、不寻常、自动疑问的事情中发现某种不再使我们为之焦虑不安的东西意愿吗？难道不是恐惧的自觉责成我们去认识吗？难道认知者的快乐不正是重新获得安全感吗？……当哲学家把世界还原成“理念”时，他就说世界“已经被认识了”。噢，难道这不是因为他对这“理念”太熟悉、太习以为常吗？难道不是因为他对这“理念”绝少感到不安全和害怕吗？噢，这便是求知者的自满自足呀！看看他们的原则和对世界之谜的答案吧！每当他们在事物中和事物背后重新发现了什么——可惜都是我们耳熟能详的东西，比如是我们的知识基础，或者是我们的逻辑、意愿、探求等等，他们是多么高兴啊！因为“因为熟悉的东西就是已经被认识的东西”呀。在这一点上，他们是一致的，其中胆小者认为，熟悉的至少比陌生的易于认识，而认识的方法是从“内心世界”和“意识中的事实”出发，因为它们是我们熟悉的呀！真是荒唐到极点！熟悉的就是习惯的，而习惯的却是最难“认识”的。把习惯的当做问题，当做陌生的、遥远的、“我们身外”之物加以认识，真是相当不容易啊……[①]

① ［德］尼采：《快乐的科学》，黄嘉明译，漓江出版社，2000年版，第283—284页。

尼采强调认识都是透视性的，就是基于一种视角对事物的观察，任何一种认识，无论怎样，都只是一种透视性观察事物的结果，人只能透视性观察事物，不可能存在着永恒视角。尼采认为，启蒙理性制造的真理性知识，是一种永恒视角，是超越任何角度的限制，超越时间地点的限制的观察，仿佛观察事物的不是一个人，而是能够俯视地球和众生的上帝一样。这种永恒视角是不存在的。真理的本质就在于透视性。“与所有有机体一样，人也能虚构出不变的东西，虚构生存所必需的‘存在’。只要这一过程属于有机体维持生活的条件，虚构便是‘生存需要’；‘客观’认识原则上是不可能的，尼采的这一观点往往得不到足够重视，相反，认识总是相对的和可透视的，都是权力意志的某种变态。只要认识受合理的经验意识的约束，完全受知性的约束，它就与知性一样只是工具和元件，本身是根本不可能存在的。”[①]在尼采看来，人类不得不将透视性观察事物作为自己的基点，这是一种无奈，同时也是一种自由，是人类的渺小，也是人类的伟大。“你应该成为自己的主宰，也应该成为自己德行的主宰。以往这些德行是你的主宰，其实它们只可以为你所用，如同其他的工具一样。你应该获得你臧否是非的权力。你应该学会理解每一种价值判断中的透视法，比如移置、失真、各种视野中似是而非的目的，其他与透视有关的现象，此外还有涉及相反价值的愚蠢行为，作为任何赞同和反对的代价的智力损耗。你应该学会理解在任何赞同和反对中都必然有之的不公，学会理解不公与生命是不可分裂的，连生命本身也是由透视及其不公决定的。你首先应该看清，最大的不公在什么地方。是在这样的地方：生命的发展状态最渺小，最逼仄，最贫乏，最原始，但生命还是不得不亲自充当万物的目的和尺度，为了保存自身而不露声色地、胸襟狭隘地、坚持不懈地对更高尚、更伟大、更丰富的

① ［德］基尔西霍夫：《尼采的认识论研究》，刘小枫等主编《尼采在西方——解读尼采》，2002年，上海三联书店，第246页。

东西进行拆解，提出质疑。你应该看清等级的问题，看清权力、权利和透视范围是如何共同提高和增加的。你应该……”[①]所谓真理，与其说是普遍知识，还不如说是天才个人的创造，获取真理所需的未必是冷静，或许是激情和勇气，是一种狄俄尼索斯式的意志和力量，即权力意志。“认识上的每个成就和进步的取得，都是勇气的功劳，是自我克制和自我净化的结果……我不排斥理想，我仅仅是在它们面前戴上手套而已……我们追求被禁止的东西：有一天，我的哲学将以此为标志征服天下，因为，从原则上来说，人们一向禁锢的东西不外是真理。”[②]

二、鲁迅与胡适派的分歧、冲突

胡适等自由主义者或许有各自不同的差异，但是，他们大致具有一些相似性，他们一般留学英美，深受英美文化价值理念熏陶，并接受了英美主流自由主义一些基本价值倾向。他们一般具有较高的社会地位，处在知识分子的主流位置或上层地位，并获得更多知识分子的认同，在社会中尤其是青年学生中具有更大的影响。在对待现实的态度上，他们并非没有对现实进行批判和反抗，但是，往往强调科学理性、秩序，反抗、批判也适可而止，而且，往往寻求与社会现实、体制的一定程度上的合作，将改良社会作为自己的目标。鲁迅与他们之间的冲突，在一定程度上反映了生命主义者与理性主义者的文化冲突。鲁迅基于对社会理性的怀疑，往往把个人视为最坚实的结构，诉诸个人视角，而胡适们却往往将社会理性看作最为重要的，试图构建

---

① ［德］尼采：《人性的，太人性的（上）》，魏育青译，华东师范大学出版社，2008年，第10页。

② ［德］尼采：《〈看哪这人〉序言》，张念东等译，中央编译出版社，2005年，第11页。

合理化社会秩序，往往基于尼采所说的永恒视角来考虑问题。

鲁迅青年时代在接受尼采、叔本华、克尔凯郭尔、施蒂纳和拜伦、雪莱等激进浪漫主义的时候，曾经对科学理性有过质疑和反思，但是，鲁迅没有像尼采那样走得那么远，那么激烈，倒是像某些时候的尼采，追求一种科学理性与自由人生伦理的平衡。在五四时期，鲁迅在很多方面依然保留着尼采式生命哲学的气息，洋溢着拜伦式浪漫主义神采，但是，那种对科学理性质疑却没有得到继续发挥。我们曾经说过，作为中国知识分子的鲁迅，无法像西方尼采或浪漫主义那样无所顾忌地反抗科学理性。即使在科学与玄学大论战的时候，鲁迅也没有站在玄学派的立场，不仅没有，甚至站在胡适等科学派的立场之上，他写了《知识即罪恶》这种具有讽刺性的文章，讽刺无政府主义者的“反智主义”。1922年，世界基督教学生同盟决定在中国北京大学、清华大学召开第十一次代表大会，但是遭到许多青年学生和知识分子的激烈反对，成立“非基督教学生同盟”，认为基督教是帝国主义对中国侵略的先锋，信仰基督教的中国人是帝国主义的走狗。宗教是一种反人类的迷信，宗教与人类势不两立。周作人领衔发表一份宣言，把宗教自由与个人思想自由、信仰自由联系起来，反对“非基督教学生同盟”的观点，但是，鲁迅却没有参与。阅读鲁迅五四时期的杂文，有大量文字是反对迷信、愚昧无知，提倡科学理性的：“现在有一般好讲鬼话的人，最恨科学，因为科学能教道理明白，能教人思路清楚，不许鬼混，所以自然而然的成了讲鬼话的人的对头。”“要救治‘几至国亡种灭’的中国，那种‘孔圣人张天师传言由山东来’的方法，是全不对症的，只有这鬼话的对头的科学！不是皮毛的真正科学！”[①]但是，鲁迅仍然保有对科学理性的怀疑，也有尖锐批判，但这种怀疑、批判并不直接反映在科学知识层面上，而是浸透在一些具

① 鲁迅：《随感录·三十三》，《鲁迅全集》第1卷，人民文学出版社，第298页；第299—230页。

体事件的论战之中。在与胡适派自由主义者的冲突之中，显示出鲁迅对启蒙理性所伸张的普遍理性及其价值的怀疑和否定，体现出鲁迅的尼采主义气息。

先说胡适。

胡适并没有与鲁迅发生过直接的论战，但胡适一开始就显示出与鲁迅在知识谱系上的巨大差异。胡适留学美国，接受的是杜威的实用主义，其核心是科学理性精神和理性人道主义精神。在美国留学期间，他也接触了尼采思想，但是，他对尼采的自由意志，怀有更多警惕，认为尼采是危险的，尼采的“超人”构成了对社会的危害。这恰好和鲁迅热情拥抱尼采形成鲜明的对比。在《国家主义与世界主义》的札记中，胡适认为俾斯麦的国际强权逻辑根植于尼采哲学。把人生的目的完全归结为以权力意志为核心的“超人”，法制、多数人的自由就无法存在。他引用斯宾塞对尼采思想的评价，“人生之目的不独在于生存，而在于得权力（The Will to Power），而超人。人类之目的在于造成一种超人社会（Superman）。超人者，强人也。其弱者皆在淘汰之列，歼除之，摧夷之，毋使有噍类。世界者，强有力者之世界也。今之所谓道德，法律，慈悲，和平，皆所以捍卫弱者，不令为强者所摧夷，皆人道之大贼也。耶稣教以慈爱为本，力卫弱者，以与强者为敌，故耶教乃人类之大患。耶教一日不去，此超人社会一日不可得也。慈悲也，法律也，耶教也，道德也，皆弱无力者之护符也，皆奴隶之道德也，皆人道之蟊贼也，皆当斩除净尽者也。”[①]他认为，“自尼采之说出，而世界乃有无道德之伦理学说。尼氏为近代文豪，其笔力雄健无敌。以无敌之笔锋，发骇世之危言，宜其倾倒一世，然其遗毒乃不胜言矣。文人之笔可畏也！”[②]胡适的理想自由是有秩序的自由，也就是后来哈耶克所说的那种“自由秩序”。胡适五四时期

---

① 胡适：《胡适日记全编》第1册，曹伯言整理，安徽教育出版社，第509页。
② 胡适：《胡适日记全编》第1册，曹伯言整理，安徽教育出版社，第509页。

发表介绍西方哲学的文章《五十年来之世界哲学》，对尼采思想有介绍，但是比较简短，也只是一般性介绍，和后边介绍杜威实用主义比较一下，就会明白，他对尼采这种充满浪漫气质的哲学家，实在没有多大的兴趣。他的精神核心是科学理性精神与理性人道主义。五四时期，胡适的文学革命，主要是基于一种理性精神，是一种改良主义，而不是激烈的革命。在《文学改良刍议》之中，他提出的文学改良是从文学谈文学，核心是白话代替文言，确定一个明确而清晰的文学范围，并具体地落实在“八不主义”之中，然后，又设计出一个明确路径即“国语的文学，文学的国语”。这和他提出的“多研究些问题，少谈些主义”的原则是一致的。他的诗集《尝试集》是新文学第一部白话诗集，《尝试集》的命名差不多就是自由主义的实验精神：“自古成功在尝试”。胡适的学术，“大胆的假设，小心的求证”“有一分证据，说一分话”，是英美经验理性精神的折射。从《中国哲学史大纲》开始，胡适的学术生涯贯穿着这样一种实验精神。他的文风也是明白流畅的。这点胡适自己也非常清楚，他在日记中这样写道：“我的长处是明白清楚，短处是浅显。……我抱定一个要旨，做文字必须要教人懂得，所以我从来不怕人家笑我的文字浅显。”[①]按照尼采的观点，胡适就是地道的欧里庇得斯风格，是苏格拉底主义的。他不是没有情感，但是，这种情感往往处在适度的状态，不会发展成激情。他的那些诗歌根本没有难以明言的复杂的象征，他的散文是说理的，总是避免容易引起歧义和想象的词语。

胡适提出的“易卜生主义”却溢出了他的理性个性主义范围，具有明显的尼采、鲁迅的精神意味，因为易卜生对“个人”的强调，来自于克尔凯郭尔的“个人”，这是与社会尖锐冲突乃至断裂的个人。或许胡适也清楚这点，所以，很快就回归自己的本位，1920年发表他的演讲稿《非个人主义的新生活》，胡适援引了杜威的真假个人主义

① 胡适：《四十自述》，台北，远东图书公司，1964年，第62页。

区分：假的个人主义是自私自利；真的个人主义则是独立思想、独立担当。然后，批判第三种个人主义即“独善的个人主义”。胡适列举了从古代到现实的四种独善个人主义：宗教的极乐园、神仙生活、山林隐逸的生活、近代的新村生活。重点批判新村运动，把新村运动看成古代山林隐逸的再现，“就是把他来比求净土天国的宗教运动也不算玷辱他。”[①]非个人主义的新生活则是“社会的新生活”，“是站在这个现社会里奋斗的生活；是霸占住这个社会来改造这个社会的新生活。”[②]值得注意的是，胡适还特别批评了周作人的新村运动的观点，并且触及更为原则的分歧：“这种独善的个人主义的根本观念就是周先生说的‘改造社会，还要从改造个人做起’。我对于这个观念，根本上不能承认。这个观念的根本错误在于把‘改造个人’与‘改造社会’分作两截；在于把个人看作一个可以提到社会外去改造的东西。要知道个人是社会上种种势力的结果。我们吃的饭，穿的衣服，说的话，呼吸的空气，写的字，有的思想，……没有一件不是社会的。”[③]胡适否定周作人的“改造国民性”，实际上，也是对鲁迅“改造国民性”的否定。在胡适看来，人处在社会之中，“个人是社会上无数势力造成的。改造社会须从改造这些造成社会，造成个人的种种势力做起。改造社会即是改造个人。”[④]这里，“易卜生主义”中个人与社会的无法调和的矛盾被轻易消解，个人的孤独不见了，在个人与社会之间存在着一个通畅的桥梁，人可以融入社会并对社会进行改造，从而使社会变革，进而达到社会与个人的和谐相处，这是一种基于启蒙运

① 胡适：《非个人主义的新生活》，《胡适文集》第2卷，北京大学出版社，1998年，第565页。

② 胡适：《非个人主义的新生活》，《胡适文集》第2卷，北京大学出版社，1998年，第570页。

③ 胡适：《非个人主义的新生活》，《胡适文集》第2卷，北京大学出版社，1998年，第568—569页。

④ 胡适：《非个人主义的新生活》，《胡适文集》第2卷，北京大学出版社，1998年，第569页。

动的乐观主义。他喜欢用清晰明了的思维去观察世界和人生，大体上遵循一种进步的历史目的论，从不避讳这种对历史进步的乐观态度。鲁迅，包括周作人在内却认为，社会与个人之间，永远处于尖锐的冲突之中，无论社会怎样进步，这种冲突都不会消失，都是悲观主义者。周氏兄弟之间的分歧是：鲁迅主张“战斗”，“战斗”并不能从根本上捣毁“铁屋子”，却依然要“战斗”，即“反抗绝望”，是西西弗斯之歌。周作人的反抗绝望的方式是“隐士”化。

北京大学的讲义费风潮，很能说明鲁迅与胡适关于个人与社会之间关系的重要差异。1922年，北京大学由于经费原因而决定向学生收取讲义费，引发学生不满，乃至掀起一股不大不小的风潮，几百学生向校长蔡元培提出抗议，要求免去讲义费，引发校方与学生的激烈冲突。校长蔡元培要与学生决斗，并宣布辞职，全体职员也宣布辞职，局面非常混乱。校方将风潮定性为“学生暴动”，认定学生冯省三是暴动首犯，将其开除学籍。在校方压力之下，学生们也将责任推给了冯省三，同意学校对冯省三开除学籍的决定。结果令校方满意，学生毕竟服从了学校，学生们也满意，因为取消了讲义费。在这个事件中，胡适在《努力周刊》上发表文章，完全站在校长蔡元培一方，认为这是少数学生的“暴乱”，这种暴乱可以导致学校陷于无政府状态。冯省三曾经找到胡适，希望胡适能帮助他，让他回校旁听，却被胡适拒绝，胡适还对冯省三说：我劝你把好汉精神发挥到底。鲁迅也发表一篇题为“即小见大”的短文，和胡适的态度完全相反，有天壤之别。

> 北京大学的反对讲义收费风潮，芒硝火焰似的起来，又芒硝火焰似的消灭了，其间就是开除了一个学生冯省三。
>
> 这事很奇特，一回风潮的起灭，竟只关于一个人。倘使诚然如此，则一个人的魄力何其太大，而许多人的魄力又何其

太无呢。

现在讲义费已经取消，学生是得胜了，然而并没有听得有谁为那做了这次的牺牲者祝福。

即小见大，我于是竟悟出一件长久不解的事来，就是：三贝子花园里面，有谋刺良弼和袁世凯而死的四烈士坟，其中有三块墓碑，何以直到民国十一年还没有人去刻一个字。

凡有牺牲在祭坛前沥血之后，所留给大家的，实在只有“散胙”这一件事了。①

很显然，在北京大学兼课的鲁迅没有站在校方一边，也没有顾忌和他关系密切的校长蔡元培，而是站在了被校方认定为暴徒的冯省三一边，将冯省三的遭遇与辛亥革命烈士联系起来，和他的小说《药》是一个思路：敢于抗争的人反而被群众吃掉，多数人也无法依靠，并无正义。秩序的正义也是非常可疑的。勇敢的个人完全被放逐在荒芜的原野之上。这也是鲁迅对英雄人物与社会关系的基本思路。

他希望知识分子或青年人能够像后期歌德一样平和、镇定，像歌德一样在社会动荡、波动的时候，平静地进行研究和写作。1925年五卅惨案发生后，全国学校罢课后，胡适给那些受不住外面刺激的学生讲了歌德的故事。胡适说，德国文学家歌德（Goethe）在他的年谱里曾说，“他每遇着国家政治上有大纷扰的时候，他便用心去研究一种绝不关系时局的学问，使他的心思不致受外界的扰乱。所以，拿破仑的兵威逼迫德国最厉害的时期里，葛德天天用功研究中国的文物。又当利俾瑟之战的那一天，葛德正关着门，做他的名著 Essex的‘尾声’。”②抗战爆发后，由于地位的提升，胡适更加保守、稳健。胡适在美国巡回演讲中对中国学生说，“我为学生讲Goethe［歌德］遇

① 鲁迅：《即小见大》，《鲁迅全集》第1卷，人民文学出版社，1981年，第407页。
② 胡适：《胡适文集》第4卷，欧阳哲生主编，北京大学出版社，1998年，第631页。

国家大患难，爱莫能助时，每专心治一种离时局最远的学问。我劝他们暂时忘了现来［实］，努力将来。”[①]在胡适看来，个人必须尊重现实秩序，无论怎样，个人都应该置于普遍的结构之内。社会结构固然不完美，但可以调整，修正，却绝对不可以打碎，一切都要在结构之内进行。“我们的态度是修正的态度：我们不问谁在台上，只希望做点补偏救弊的工作。补得一分是一分，救得一弊是一弊。”[②]他往往谋求与当权者、政府一定程度上的合作即有条件的合作。他朝见末代皇帝溥仪，参加执政府善后会议。对“好政府主义”的信奉也正如他对实验精神的信仰一样。他与南京国民政府的合作，或者说进入国民政府体制之内，是很正常的。1929年国民政府颁布的人权保障命令规定：“世界各国人权均受法律之保障。当此训政开始，法治基础亟宜确立。凡在中华民国法权管辖之内，无论个人或团体均不得以非法行为侵害他人身体，自由，及财产。违者即依法严行惩办不贷。着行政司法各院通饬一体遵照。此令。”（《国民政府公报》，1929年4月23日）胡适的《人权与约法》就是以这则命令为基础的。因此，人权运动虽然固然很激烈，却仍然是在承认国民党统治合理性的前提之下的，这也是胡适何以成为蒋介石的诤友、国民政府的诤臣的原因。

20年代中期以后，鲁迅与胡适的分歧日益加剧，不免有所讥讽。对于胡适的“好政府主义”，鲁迅说，现在的社会状态，简直和“戊戌变法”时那些反改革者的论调一样，“大约国民如此，是决不会有好的政府的；好的政府，或者反而容易倒。也不会有好议员；现在常有人骂议员，说他们收贿，无特操，趋炎附势，自私自利，但大多数的国民，岂非正是如此的么？这类的议员，其实确是国民的代表。”[③]鲁迅还是主张改造国民性，“我想，现在的办法，首先还得用那几年以前《新青年》上已经说过的‘思想革命’。还是一句话，虽然未免

① 胡适：《胡适日记全编》第7册，曹伯言整理，安徽教育出版社，2001年，第40页。
② 胡适：《胡适的日记（手稿本）》第8册，1929年7月2日。
③ 鲁迅：《通讯》，《鲁迅全集》第3卷，人民文学出版社，1981年，第21—22页。

可悲，但我以为除此没有别的法。而且，还准备‘思想革命’的战士，和目下的社会无关。”[①]对于胡适的“整理国故”，鲁迅讽刺说：“自从新思潮来到中国几年，其实何尝有力，而一群老头子，还有少年，却已丧魂失魄的来讲国故了，他们说，‘中国自由许多好东西，都不整理保存，倒去求新，真如放弃祖宗遗产一样不肖。’抬出祖宗来说法，那自然是极威严的，然而我总不信在旧马褂未曾洗净叠好之前，便不能做一件新马褂。就现状而言，做事本来还随各人的自便，老先生要整理国故，当然不妨去埋在南窗下读死书，至于青年，却自有他们的活学问和新艺术，各干各事，也还没有大妨害的，但若拿了这面旗子来号召，那就是要中国永远与世界隔绝了。”[②]

在散文诗《聪明人和傻子和奴才》中，傻子是狂人的变型，奴才是凡庸的大众的象征，“聪明人”则比较复杂一些，涉及面也比较广。在鲁迅的杂文中，“聪明人”和“巧人”“伶俐人”“滑人”等具有近似的含义，他们往往指那些阳奉阴违、庸俗世故、投机钻营的人，那些阿Q式的善用精神胜利法的人，那些奉行中庸之道的人，也指向那些被称为“正人君子”的人。大家知道，在鲁迅文章中，“正人君子”就是指胡适等自由主义者。五四时期，鲁迅《十四年的“读经”》一文旨在批判复古主义者，但是，却把复古主义与“正人君子”连接起来。鲁迅说，主张“读经”的有两种人，一种人是“笨牛”，他们是老实人，真心诚意地读经，相信经书上的信条，他们，“决无钻营，取巧，献媚的手段可言，一定不会阔气；他的主张，自然也决不会发生什么效力的。”[③]倒是有点儿可爱；另一种人则是“阔人”，他们“都比不识字的节妇，烈女，华工聪明”，是“聪

① 鲁迅：《通讯》，《鲁迅全集》第3卷，人民文学出版社，1981年，第22页。

② 鲁迅：《未有天才之前》，《鲁迅全集》第1卷，人民文学出版社，1981年，第167页。

③ 鲁迅：《十四年的“读经”》，《鲁迅全集》第1卷，人民文学出版社，1981年，第128页。

明人”。鲁迅说，“我看不见读经之徒的良心怎样，但是我觉得他们大抵是聪明人，而这聪明，就是从读经和古文得来的。我们这曾经文明过而后来奉迎过蒙古人满洲人大驾了的国度里，古书实在太多，倘不是笨牛，读一点就可以知道，怎样敷衍，偷生，献媚，弄权，自私，然而能够假借大义，窃取美名。再进一步，并可以悟出中国人是健忘的，无论怎样言行不符，名实不副，前后矛盾，撒诳造谣，蝇营狗苟，都不要紧，经过若干时候，自然被忘得干干净净；只要留下一点卫道模样的文字，将来仍不失为‘正人君子’。况且即使将来没有‘正人君子’之称，于目下的实利又何损哉？”[①]这种对“聪明人”的讨厌、批评乃至憎恨，贯穿鲁迅一生，直到晚年，鲁迅还对青年朋友说：“如果真的不属于任何一面，那么，他就是一个怪人，或是一个滑人”。[②]

在胡适与国民政府合作以后，鲁迅对胡适的态度，变得更为尖锐、犀利。在《知难行易》中，鲁迅说：“中国向来的老例，做皇帝做牢靠和做倒霉的时候，总要和文人学士扳一下相好。做牢靠的时候是‘偃武修文’，粉饰粉饰；做倒霉的时候是又以为他们真有‘治国平天下’的大道，再问问看，要说得直白一点，就是见于《红楼梦》上的所谓‘病笃乱投医’了。”然后，鲁迅点出胡适拜见清朝皇帝溥仪和蒋介石这两件事，“我叫他皇上”，或“我称他主席”。胡适拜见蒋介石的时候，“这‘大局’也并无‘国民党专政’和‘英国式自由’的争论的麻烦，也没有‘知难行易’和‘知易行难’的争论的麻烦，所以，博士就出来了。‘新月派’的罗隆基博士曰：‘根本改组政府，……容纳全国各项人才代表各种政见的政府，……政治的意见，是可以牺牲的，是应该牺牲的。’（《沈阳事件》）代表各种政

① 鲁迅：《十四年的“读经”》，《鲁迅全集》第1卷，人民文学出版社，1981年，第129页。

② 鲁迅：《360522 致唐弢》《鲁迅全集》第13卷，人民文学出版社，1981年，第381页。

见的人才，组成政府，又牺牲掉政治的意见，这种‘政府’实在是神妙极了。但‘知难行易’竟‘垂询’于‘知难，行亦不易’，倒也是一个先兆。”[①]在《言论自由的界限》中，鲁迅将从屈原开始的体制化知识分子都看作奴才，是贾府里的焦大：

看《红楼梦》，觉得贾府上是言论颇不自由的地方。焦大以奴才的身分，仗着酒醉，从主子骂起，直到别的一切奴才，说只有两个石狮子干净。结果怎样呢？结果是主子深恶，奴才痛嫉，给他塞了一嘴马粪。

其实是，焦大的骂；并非要打倒贾府，倒是要贾府好，不过说主奴如此，贾府就要弄不下去罢了。然而得到的报酬是马粪。所以这焦大，实在是贾府的屈原，假使他能做文章，我想，恐怕也会有一篇《离骚》之类。

三年前的新月社诸君子，不幸和焦大有了相类的境遇。他们引经据典，对于党国有了一点微词，虽然引的大抵是英国经典，但何尝有丝毫不利于党国的恶意，不过说：“老爷，人家的衣服多么干净，您老人家的可有些儿脏，应该洗它一洗”罢了。不料“荃不察余之中情兮”，来了一嘴的马粪：国报同声致讨，连《新月》杂志也遭殃。但新月社究竟是文人学士的团体，这时就也来了一大堆引据三民主义，辨明心迹的“离骚经”。现在好了，吐出马粪，换塞甜头，有的顾问，有的教授，有的秘书，有的大学院长，言论自由，《新月》也满是所谓“为文艺的文艺”了。

这就是文人学士究竟比不识字的奴才聪明，党国究竟比

① 鲁迅：《知难行易》，《鲁迅全集》第4卷，人民文学出版社，1981年，第339—340页。

贯府高明，现在究竟比乾隆时候光明：三明主义。[①]

1935年的《从帮忙到扯淡》再次讽刺屈原，也可以看作对胡适等人的嘲讽："屈原是'楚辞的开山老祖，而他的《离骚》，却只是不得帮忙的不平'。"[②]在《隔膜》中，鲁迅以清代文字狱影射胡适派知识分子。鲁迅说，清朝有许多文字狱，许多人以为文字狱的蒙难者都是笑骂清朝的，其实并非如此，而是根源于"隔膜"，"有的是卤莽；有的是发疯；有的是乡曲迂儒，真的不识讳忌；有的则是草野愚民，实在关心皇家。而运命大概很悲惨，不是凌迟，灭族，便是立刻杀头，或者'斩监候'，也仍然活不出。凡这等事，粗略的一看，先使我们觉得清朝的凶虐，其次，是死者的可怜。但再来一想，事情是并不这么简单的。这些惨案的来由，都只为了'隔膜'。"权力者与帮忙者的隔膜。就统治者而言，表面上要冠冕堂皇，"爱民如子""一视同仁"，很多人明白这个道理，并不相信统治者话，但是，有些人却上了当，向统治者进言，还希图在统治者那里捞得一些利益，就如同那个文字狱案中的冯起炎，冯起炎上书皇帝的最终目的无非是让皇帝帮助他成全自己的美女梦，却几乎遭到屠杀。在鲁迅看来，胡适们与当局之间也未免有些"隔膜"。这种对"隔膜"的认识，也超越了对胡适派知识分子的批判，也涉及对权力者的深刻认识，权力者对权力的欲望和意志，是奴才们所无法想象的。同时，也流露出鲁迅对文明秩序、政治秩序的绝望，秩序的维持者即使尽心尽力地维持秩序，也还不能完全符合权力者的心愿。社会秩序与个人之见，难以调和。

① 鲁迅：《言论自由的界限》，《鲁迅全集》第5卷，人民文学出版社，1981年，第115—116页

② 鲁迅：《从帮忙到扯淡》，《鲁迅全集》第6卷，人民文学出版社，1981年，第344页。

三、鲁迅与陈西滢论战

20年代中期，围绕着女师大学潮、“三一八”惨案，鲁迅与陈西滢等现代评论派发生激烈冲突、论战，鲁迅与自由主义者之间的价值谱系的差异更为明显。

作为历史事件的女师大学潮，其起因的是北洋政府教育部的“整顿学风”。教育部委任从美国哥伦比亚大学留学归来的杨荫榆出任校长。杨荫榆是中国现代教育界的第一位女校长。杨荫榆观念极其保守、传统，甚至带有浓厚的儒家文化烙印，但是，获得教育总长章士钊的支持。她完全站在教育部一边，严格学校秩序、纪律，完全禁止学生聚会、游行，尤其禁止学生参加任何政治活动。1924年夏天，杨荫榆开除两名因水灾返校迟到的学生，引起学生公愤，与学生发生激烈冲突。1925年，学生开始要求教育部撤换校长，但是，章士钊却支持杨荫榆“整顿学风”，于是学生展开“驱杨运动”。杨荫榆禁止学生悼念孙中山，禁止学生搞纪念国耻，“五卅运动”爆发，女师大学生组织“沪案后援会”，杨荫榆怕爆发学生骚乱，便动用军警弹压学生，发生激烈冲突。教育部下令停办女师大，另成立国立女子大学。鲁迅、钱玄同等七人联名在《京报》上发表《对于北京女子师范大学风潮宣》，声明坚决支持学生。北京大学评议会于1925年8月18日召集会议，通过与教育部脱离关系的议案，宣布独立，但是，胡适、陈西滢、王世杰、燕树棠等十七人坚决反对，理由是学校不应该参与政潮、学潮，而应该努力做学问，因而议案没有通过。教育部总长章士钊在《甲寅》周刊上发《说辉》，称赞他们“表扬学术独立之威重，诚甚盛举”，而《大同晚报》则称赞陈西滢等人为“东吉祥派之正人君子”。1925年12月14日，现代评论派则由陈西滢、王世杰、燕树棠等人成立“教育界公理维持会”（第二天改为“国立女子大学后援会”），声援章士钊、杨荫榆成立的国立女子大学。从而引起北京知识分子的分裂和冲突，鲁迅与陈西滢的激烈笔战也由此发生。

陈西滢站在杨荫榆、教育部总长章士钊一面，一方面批评学生，另一方面又以公正客观的姿态出现，把学潮责任推向鲁迅等人，在文章中暗示鲁迅等人挑拨学生与当局之间的关系，学生驱逐校长，是多数人对少数人的专制。胡适没有参加论战，却在鲁迅与陈西滢之间扮演着公正、调和的姿态，他分别写信给鲁迅、周作人和陈西滢，表示自己不愿评论此事的是非曲直，“深深感觉你们的笔战里双方都含有一点不宽容的态度，所以不知不觉地影响了不少少年朋友，暗示他们朝着冷酷、不容忍的方向走！”[①]他自己不希望极端，也不希望他所欣赏的鲁迅、陈西滢走极端。

在鲁迅眼里，“整顿学风”、反对学潮和学生的社会活动，就是政府权力维持正统社会秩序、文化秩序的统治，而且这种秩序与封建传统秩序有着千丝万缕的联系，其最终无非是让人成为驯服的人，看似正当的秩序、纪律无非是权力者的手段而已。杨荫榆高压治理学校，整治学风，使鲁迅有一种阴森森的恐怖感。鲁迅写的《寡妇主义》就是针对杨荫榆的：“所以在寡妇或拟寡妇所办的学校里，正当的青年是不能生活的。青年应当天真浪漫，非如她们的阴沉，她们却以为中邪了；青年应当有朝气，敢作为，非如她们的萎缩，她们却以为不安本分了：都有罪。只有极和她们相宜，——说得冠冕堂皇一点罢，就是极其‘婉顺’的，以她们为师法，使眼光呆滞，面肌固定，在学校所化成的阴森的家庭里屏息而行，这才敷衍毕业；拜领一张纸，以证明自己在这里被多年陶冶之余，已经失了青春的本来面目，成为精神上的‘未字先寡’的人物，自此又要到社会上传布此道去了。虽然是中国，自然有一些解放之机，虽然是中国妇女，自然也有一些自立的倾向；所可怕的是幸而自立之后，又转而凌虐还未自立的

① 胡适：《胡适书信集》（上册），北京大学出版社，1996年，第374—375页。

人，正如童养媳一做了婆婆，也就像她的恶雇一样毒辣。”[①]在《忽然想到·七》中，鲁迅又说，“我还记得中国的女子是怎样被压制，有时简直并羊而不如。现在托了洋鬼子学说的福，似乎有些解放了。但她一得到可以逞威的地位如校长之类，不就雇佣了‘掠袖擦拳’的打手似的男人，来威胁毫无武力的同性的同学们么？”[②]体制中的权力者用体制的秩序来扼杀女性，现代教育制度也是吃人的。给许广平的信上说，教育制度无非是制造傀儡而已。

针对陈西滢等现代评论派以公理维持者、客观公正的态度，鲁迅对他们的“公理”和“正义”进行了辛辣的嘲讽和激烈的抨击，揭露其公理、正义背后的谄媚权势的心态。根据钱理群先生的统计，鲁迅杂文中的“公理”一词出现有四十七次之多。

> 有些讲“公理”的，说我的杂感没有一看的价值。那是一定的。其实，他来看我的杂感，先就自己失了魂了，——假如也有魂。我的话倘会合于讲“公理”者的胃口，我也不成了“公理维持会”会员了么？我不也成了他，和其余的一切会员了么？我的话不就等于他们的话了么？许多人和许多话不就等于一个人和一番话了么？
>
> 公理是只有一个的。然而听说这早被他们拿去了，所以我已经一无所有。[③]

这回所觉得新鲜而恐慌的，是忽而将宝贵的“大义”硬塞在我手里，给我竖起大旗来，叫我和现代派的主将去对垒。我早已说过：公

① 鲁迅：《寡妇主义》，《鲁迅全集》第1卷，人民文学出版社，1981年，第266页。
② 鲁迅：《忽然想到·七》，《鲁迅全集》第3卷，人民文学出版社，1981年，第60—61页。
③ 鲁迅：《新的蔷薇》，《鲁迅全集》第3卷，人民文学出版社，1981年，第291－292页。

理和正义，都被正人君子夺去了，所以我已经一无所有。[①]

> 我自己也知道，在中国，我的笔要算较为尖刻的，说话有时也不留情面。但我又知道人们怎样用了公理正义的美名，正人君子的徽号，温良敦厚的假脸，流言公论的武器，吞吐曲折的文字，行私利己，使无刀笔的弱者不得喘息。倘使我没有这笔，也就是被欺侮到赴诉无门的一个；我觉悟了，所以要常用，尤其是用于使麒麟下露出马脚。……只要谁露出真价值来，即使只值半文，我决不敢轻薄半句。但是，想用了串戏的方法来哄骗，那是不行的；我知道的，不合你们来敷衍。……只要不再串戏，不再摆臭架子，忘却了你们的教授的头衔，且不做指导青年的前辈，将你们的“公理”的旗帜插到“粪车”上去，将你们的绅士衣裳抛到“臭茅厕”里去，除下假面具，赤条条站出来说几句真话就够了。[②]

鲁迅这种批判显然依据着尼采式生命哲学相对主义原则，即鲁迅早期所说的那种基于个人主观独断的真理意识，也就是尼采式的视角主义或心理主义，不存在普遍公理和普遍价值，真理是个人的，是基于个人的内在需要，是一个个人的特定角度，无可避免地带有个人意志和欲望，所以，鲁迅不寻求普遍认同，只亮出个人立场：

> 我早就有点知道：我是大概以自己为主的。所谈的道理是“我以为”的道理，所记的情状是我所见的情状。听说一月以前，杏花和碧桃都开过了。我没有见，我就不以为有杏花和

① 鲁迅：《辞“大义”》，《鲁迅全集》第3卷，人民文学出版社，1981年，第462页。
② 鲁迅：《我还不能“带住”》，《鲁迅全集》3卷，人民文学出版社，1981年，第244页。

碧桃。[①]

所谓学者，文士，正人，君子等等，据说都是讲公话，谈公理，而且深不以‘党同伐异’为然的。科协我和他们太不同了，所以也就被他们伐了一下，——但这自然是为“公理”之故。[②]

我知道伟大的人物能洞见三世，观照一切，历大苦恼，尝大欢喜，发大慈悲。但我又知道这必须深入山林，坐古树下，静观默想，得天眼通，离人间愈远遥，而知人间也愈深，愈广；于是凡有言说，也愈高，愈大；于是而为天人师。我幼时虽曾梦想飞空，但至今还在地上，救小伤尚且不及，那有余暇使心开意豁，立论公允妥洽，平正通达，像‘正人君子’一般；正如沾水小蜂，只在地上爬来爬去，万不敢比附洋楼中的通人。[③]

鲁迅晚年说与陈西滢之间“没有私敌，只有公仇”，鲁迅所说的“公”是不同于陈西滢们的“公理”的“公”的。不同的人，有不同的“公理”，并没有普遍的“公理”。另一方面，鲁迅发现他们缺乏真诚的信念，是“做戏的虚无党”。“什么保存国粹，什么振兴道德，什么维持公理，什么整顿学风……心里可真是这样想？一做戏，则前台的架子，总与后台的面目不相同。但看客明知是戏，只要做得像，也依然能够为它悲喜，于是这出戏就做下去了；有谁来揭穿的，他们反以为扫兴。”[④]这和尼采批判虚无主义是一样的。尼采认为欧洲

① 鲁迅：《新的蔷薇》，《鲁迅全集》第3卷，人民文学出版社，1981年，第291－292页。
② 鲁迅：《华盖集·题记》，《鲁迅全集》第3卷，人民文学出版社，1981年，第4页。
③ 鲁迅：《华盖集·题记》，《鲁迅全集》第3卷，人民文学出版社，1981年，第3—5页。
④ 鲁迅：《马上支日记》，《鲁迅全集》3卷，人民文学出版社，1981年，第327页。

基于知识理性的理性主义把人们束缚在一系列的概念、逻辑之上，人不再直接面对事物和世界存在，人的灵魂的枯萎、麻木，没有对活生生的存在的体验、感觉。因此，尼采说苏格拉底主义就是虚无主义。

四、鲁迅与梁实秋的论战

鲁迅与梁实秋之间的对抗性，源于他们信念、知识谱系之间的天然对抗性和差异性。

梁实秋思想信念和知识谱系是白璧德的新人文主义、文艺复兴以来的古典主义，以及古希腊的理性主义，同时，沾染着浪漫主义、唯美主义的精神，从其与中国传统的关系上看，也带有一定的道家文化烙印，或者说儒道参半、外儒内道，其基本姿态是以理性主义节制浪漫主义、生命哲学，以审慎、适度节制激情、冲动、自由。本来梁实秋五四时期的趣味是浪漫主义、唯美主义的。在文学研究会与创造社之间，他明显站在创造社一边，和郭沫若、郁达夫等人交往密切。他写的那些批评文章——如对胡适《尝试集》、康白情《草儿》、冰心的小诗的批评等，几乎都强调情感抒发的强度，追求文学的独立美感。但是，在大洋彼岸听了白璧德的课程以后，他的人文观念和文学观念则发生了较大的调整、变化。虽然还不能说他是完全彻底的白璧德新人文主义者，但是，他与鲁迅论战的武器却是白璧德新人文主义。白璧德新人文主义作为一种人道主义，其最突出的特征在于以理性遏制情感。白璧德主张理性、节制、适度的人道主义，一面反对现代科学主义对物的无限沉迷，一面否定无边的同情心所激发的自由、博爱。他把博爱这种以情感为中心的人道主义看作有危害的滥情人道主义。白璧德对卢梭以来的浪漫主义以及由此演化而来的文学倾向持否定态度，即使是相对冷静客观的巴尔扎克的现实主义、泰纳的自然主义，他也持严厉的批判态度，尤其是对卢梭否定更为激烈，因为卢梭是纵情的浪漫主义源头。从最深处的文化渊源上看，白璧德新人文主义是古希腊亚里士多德的理性主义传统置换变型，其近代传统则是18世纪的古典主义精神。他呼唤现代的布瓦罗，认为我们这个时代不需要相对论者，需要标准、规范的理性精神，以克服反复无常的躁动和现象流变。白璧德新人文主义的风格近似比他晚些的一位美国哲学家麦金泰尔的立场。麦金泰尔把尼采的激情伦理主义看作现代人的一种伦理病症，试图用古希腊亚里士多德的理性伦理精神反对普遍流行的相对论的激情性的现代伦理。白璧德新人文主义带有比较浓厚的贵族的保守主义气息。这是显而易见的，因为那种深深根植于传统文化结构中的理性传统，往往和社会主流秩序是一致的。就如同中国的儒家文化一样。

梁实秋的中国本土资源是道家文化。在《现代文学论》中，他认为，中国文学内部存在着儒道两种文化潮流，儒家文化近似于西方的古典主义，却没有古典主义那样完美。儒家甚至没有真正的文学思想，“并且儒家的论调根本的不合于文学的发展。”①

梁实秋之所以对儒家文学不以为然，关键在于儒家缺乏一种严肃、独立的文学追求，把文学当成“文以载道”技艺。道家文化则更趋近于西方的浪漫主义，对中国文学具有更大的支配性力量。但是，梁实秋的道家情怀却是静逸的道家文化，是冯友兰所说的那种“以理化情”的道家，是周作人的那种传统姿态。它将日常生活诗意化，是一种闲适、超然的自由境界，中国文学的大部分田园文学都可以归于此种类型。梁实秋的雅舍散文可以看作这种传统田园文学精神的现代延续。

作为一场短兵相接的论战，鲁迅与梁实秋在论战过程中，都蕴含着强烈的情绪性，都有相互影射、讽刺以至于“人身攻击”的倾向。

---

① 梁实秋：《现代文学论》，徐静波编：《梁实秋批评文集》，珠海出版社，1998年，第159页。

讽刺与人身攻击之间在某些尖锐问题上很难完全区分出来，人是血肉之躯，无法做到纯粹理性，夹杂着激烈的情绪会使论战更具有说服力和感染力，同时，也更具有本真性，更具有文化的天然性。我们应该珍惜当年知识分子具有这种放肆的本真自我，以及由此创造出来的天然性文化差异。我们应该以一种审美的视角，采取二元论思路，审视双方在各自攻击对方捍卫自己的过程中所达到的水准，而不应该用一元论思路去辨别哪个更道德，哪个更卑劣。仅仅纠缠在谁骂人在先谁骂人还击，或者谁骂得重谁骂得轻，谁骂得有危险谁骂得没有危险，谁骂得有理谁骂的没理等等问题上边，只能是单纯的道德判断，没有更深刻而丰富的意义，而且，只能越弄越糊涂，或者是小处清楚，大处模糊不清。许多人说梁实秋对鲁迅进行政治陷害，存有杀机，这不符合当时的实际状况，没有证据显示由于梁实秋对鲁迅的影射导致当局对鲁迅的迫害，如果梁实秋的影射都会对鲁迅构成生命危险，上海的左翼文学怎么会存在？你说鲁迅不该骂梁实秋是“丧家的资本家的乏走狗”，然而，去掉这句话还是鲁迅吗？我们要正视双方的激情、情绪，不能因为情绪的存在而否定或忽视他们各自的思想。

在鲁迅与梁实秋的相互讽刺、攻击的过程，双方都始终坚守自己的信念和思想，他们的讽刺、攻击都在很大程度上命中对方要害，同时，捍卫了自己的立场和观念，并奉献出不同的知识菜谱，都避免了庸俗低级的辱骂和恐吓。鲁迅针对梁实秋的《卢梭论女子教育》，一开始就切入问题的关键：对卢梭的评价是胃口问题，而不是道理问题。没有统一的胃口，不同人有不同的胃口——不同的道理，梁实秋的胃口是等级性或纪律性的自由、平等。这一方面是鲁迅对自己思想信念的坚守，另一方面又是对梁实秋的最有力的进攻，因为它暗示了梁实秋的贵族气和保守气，以及与压抑性社会秩序之间的暧昧关系。梁实秋的根据是自然的差异——“自然的不平等”，既然自然就不平等，人类也就不应该违背自然规则去追求完全自由、平等。鲁迅指出，自然的不平等与人为的不平等之间没有清晰的划分。这就抓到了梁实秋的要害，也抓住了白璧德新人文主义的要害，同时，也是文明的痛处。当文明约束、纪律过多的时候，文明的负面效应同时也显示出来，质疑、反抗约束、纪律的思想精神必然涌现出来。卢梭开浪漫主义先河，以自由、平等对抗理性主义就是如此。为此，鲁迅引用了美国作家阿通·辛克莱反驳白璧德一段话。鲁迅说：美国不仅有白璧德，还有为卢梭辩护的另一种人格理想。[①]这就把具体问题扩展、升华为世界性的范围之内。鲁迅一直以这种无边的自由精神和反叛精神讽刺梁实秋，狠狠抓住梁实秋的贵族保守性，以及与权势者、统治阶级的暧昧关系。鲁迅逻辑的秘密在于把所有抽象而普遍的东西具体化，然后进行分类，区分贵族、权势者和统治阶级与被压迫者、反抗者的文化。在《文学与出汗》中，鲁迅认为没有抽象而普遍的汗，只有各种具体的不同人的汗，在香汗与臭汗的两种人性的区分中，把梁实秋放在香汗一边。在人性与阶级性这一角度，将梁实秋放在资产阶级一边，狠狠地将"丧家的资本家的乏走狗"的帽子戴在梁实秋的头上。在翻译的问题上，鲁迅也是同样的思路，对普遍公认的翻译原则不以为然，却坚守自己的直译求真的原则。鲁迅是"嬉笑怒骂"的庄子/魏晋文章/尼采箴言体的杂文式论辩方式，在尖锐、严厉、苛刻的讽刺之中说理。从鲁迅思想风格来看，这种"理"直至今天，仍然能够成立。尼采情结、摩罗根性、左翼文化使鲁迅纵放激情、自我意志，爱恨情仇，一任自我决断，自己给自己裁判，无怨无悔。他根本就不避讳"骂人"，也不怕背着骂人的恶名，"我要'以眼还眼以牙还牙'，或者以半牙，以两牙还一牙，因为我是人，难于上帝似的诛两悉称。如果我没有做，那是我的无力，并非我大度，宽恕了加害于我

① 鲁迅：《卢梭和胃口》，《鲁迅全集》第3卷，人民文学出版社，1981年，第554页。

的敌人。”[①]他宁可以这种生命意志之真牺牲道德完善之理。在他看来，“骂人”和讽刺与幽默之间很难划出明确的界限，“骂人”也是一种战斗。问题的关键在于要骂出硬度、深度和广度来，也就是骂出道理来，骂出诗性来，骂出知识与学问，这就是鲁迅反对周扬的辱骂和恐吓的根本原因。

梁实秋在《北京文艺界之分门别户》中对鲁迅有所讥讽，认为鲁迅只有杂感，缺乏宏大的文学创作："鲁迅先生是小说家及‘杂感家’。他的个性真充足。《阿Q正传》据说已有好几种译本，其价值可知。鲁迅先生的特长，即在他的尖锐的笔调，除此别无可称。"[②]这是陈西滢的观点，也大体上是胡适派群体对鲁迅创作的基本观点，胡适没有称赞过鲁迅的杂文。梁实秋带着自己圈子里的“偏见”，甚至为陈西滢打抱不平也是完全可以理解的。梁实秋说鲁迅是《晨报》副刊“特约的撰述员”，已到武汉等，未必就是居心险恶，欲陷害鲁迅。但是，在对待杂感的问题上，梁实秋也是有自己的分寸和嗜好的，他不像陈西滢、胡适那样完全否定鲁迅杂感，不仅不否定，而且还给予极高的肯定和赞誉。在《北京文艺界之分门别户》之后，梁实秋发表的《〈华盖集续编〉》，是五四以来对鲁迅杂感评价最中肯、最精辟的批评文章之一。在当时，鲁迅与陈西滢的论战硝烟还未完全散去，梁实秋一定会深有感触的，但是，他却试图在陈西滢与鲁迅之间独立出自己的观点，从文学的价值上肯定鲁迅的杂感，这不能不说是难能可贵的，“我们细看《华盖集续编》，便知道鲁迅先生所最愤的，一是孤桐先生，即整顿学风的章士钊先生；一是西滢先生，即北京大学陈源教授。全书的一大部分是对孤桐先生与西滢先生的攻击。我现在批评《华盖集续编》，不是要批评鲁迅先生的对于这次争执的是非直

① 鲁迅：《学界的三魂 · 注释［1］》，《鲁迅全集》第3卷，人民文学出版社，1981年，第209页。

② 梁实秋：《北京文艺界之分门别户》，《梁实秋散文集》第3卷，时代文艺出版社，2015年，第58页。

曲，我要批评的是《华盖集续编》在文学上的价值。”“鲁迅先生的文字，极讽刺之能事，他的思想是深刻而辣毒，他的文笔是老练而含蓄。讽刺的文字，在中国新文学里是很不多见的，这种文字自有他的美妙，尤其是在现代的中国。一般的人，神经太麻木了，差不多是在睡眠的状态，甚么是非曲直美丑善恶，一概的冷淡置之不生影响。在这种情形之下，非要有顶锋利的笔来刺激一下不可。就如同我们深夜读书，昏昏欲睡，用钢锥刺一下。痛自然是痛的，然而睡魔可以去了。鲁迅先生的这枝笔，比钢锥还锋利。从前作文善辩善讽，称做‘针针见血’。鲁迅先生的文章，是不见血的，因为笔锋太尖了，一直刺到肉里面去，皮肤上反倒没有痕迹。我们中国的麻木的社会，真需要这样的讽刺的文学。”①

尤其值得注意的是，梁实秋在分析鲁迅的杂感善于使用反语的时候，引用了鲁迅抨击执政府的一段话：“这次用了四十七条性命，只购得一种见识：本国的执政府是‘枪林弹雨’的地方，要去送死，应该待到成年，出于自愿的才是。我以为‘女志士’和‘未成年的男女孩童’，参加学校运动会，大概倒还不至于有很大的危险的。至于‘枪林弹雨’中的请愿，则虽是成年的男志士们，也应该记住，从此罢休！”②这种文学价值的分析已经超出文学范围，暗示出“三一八”惨案的是非曲直——对当局的不满和抗议，也不能不说隐含着对鲁迅的深深的理解和支持。

但是，在鲁迅《卢梭和胃口》之后，梁实秋调整了自己的姿态：放弃自己对鲁迅杂文的文学价值的认定、分析的独立立场，降低了对鲁迅杂感的评价，回到胡适派集体阵线上，更加自觉地坚持白璧德新人文主义的立场。同时，对鲁迅进行反击。先是在《论批评的态度》中，针对鲁迅的情绪性，指责鲁迅的“态度”，批评鲁迅富于象征性

① 梁实秋：《〈华盖集续编〉》，《梁实秋散文集》第3卷，时代文艺出版社，2015年，第62页。

② 鲁迅：《华盖集续编》，《鲁迅全集》第3卷，人民文学出版社，1981年，第280页。

的语言修辞，强调“严正”性的理性语言修辞——基本原理的重要性，反对枝枝叶叶的纠缠。梁实秋多次向鲁迅要建设性意见，不能仅仅是不满现状，你鲁迅把礼教、制度、传统、政府等都批得体无完肤，但到底应该怎样改善现状，总得提出自己的办法吧？同时这也意味着，他抢占了健全、忠厚的道德制高点。这种批评虽然现在影响非常广泛，甚至被一些人认为是至理，其实却只是理性主义的基本路数，对鲁迅没有多大杀伤力。鲁迅早已领教过现代评论派的普遍公理和正人君子的风范了。既要尖锐地批评社会，又要能够获得大多数人支持的建设性意见，这种万全之策或四平八稳，鲁迅是不屑为之的。从鲁迅的知识谱系上看，怀疑、否定、反抗就是真理，没有建设性意见并不能构成一个作家或思想者的弱点。

我以为，对鲁迅构成猛烈攻击的是“乏牛”和“硬译”这两顶大帽子。作为回敬，梁实秋给鲁迅扔回去“乏牛”的帽子，其分量也不亚于乏走狗的大帽子。人们往往以为鲁迅太过尖酸刻薄，其实，梁实秋当时也不逊色多少。“乏走狗”象征着梁实秋与权势者、统治者的关系，“乏牛”则象征着鲁迅依附于左翼文化——依附于苏联政治政策政权。这就不能不说梁实秋的尖刻锐利，善于抓住鲁迅的弱点。他深知鲁迅未必属于什么党派，以鲁迅的性格——最怕被看作依附于某种势力的人，后来梁实秋甚至连鲁迅是“同路人”都不承认，认为他是被逼上梁山的。但是，你鲁迅既然和左翼作家站在一起，你既然把文学的阶级性看得如此重要，你也难逃依附政治而牺牲文学的怪圈。这对于鲁迅来说，也是难以说清楚的，因为尼采的反抗、拜伦精神与左翼文化发生融合的时候，很难划清其间的明确界限。对鲁迅“硬译”的嘲讽，是梁实秋的重武器，对鲁迅构成了一箭双雕的打击。一方面它联系着左翼文化—苏联文艺政策和政治力量，继续着对“乏牛”这一战线的攻势，另一方面，又像当年鲁迅“估学衡”一样对鲁迅的翻译进行了仔细的检读，列出硬译、生涩、错误的句子，这就不能不显出力度来。“乏牛”“硬译”都是扬长避短，让过鲁迅的长处，抓住鲁迅的短处。他采取的策略，也是杂文式的笔法，攻击一点儿不及其余。梁实秋不像胡适那样仅仅说理，也善于杂文笔法，虽然他没有创作更多的杂文，却可以比较熟练地运用这种武器。这也是梁实秋文学才华超过胡适之处，又是他“初生牛犊不怕虎”的锐气所在。

最具有杀伤力的是对鲁迅人格的攻击，梁实秋把鲁迅的“深刻而辣毒”进行反向视角的分析、攻击，把鲁迅的怀疑主义精神局限在道德范围之内。如在《鲁迅的新著》中，梁实秋讽刺鲁迅只有短篇小说、杂感，没有鸿篇巨制，翻译是硬译。最后，对鲁迅的怀疑、战斗性格进行心理分析，认为鲁迅好斗、记仇，是个迫害狂，“鲁迅先生之写杂感，不，短评，总要拉一个人来做靶子的，子弹打不着要害！擦上一点衣裳就行，不如此他的枪法要生疏，身体要生锈的。做靶子的不准回手，只有被瞄准的义务，而没有回敬的权利，你一回敬，这事便没个散，十年八年后还要提起你来咒骂示众。”[①]“鲁迅有一种被迫害的错综心理，总以为‘正人君子’‘绅士’‘教授’都在处心积虑的要害他，甚至‘进步的青年’也被他‘口诛笔伐’，好像全人类都和鲁迅过不去似的。”[②]在《〈两地书〉》中，梁实秋批评《两地书》没有文学价值，不如鲁迅的小说和杂感，对鲁迅与许广平的恋爱进行含蓄的嘲讽，直指鲁迅人格，“这是鲁迅和他的一个女学生名许广平者的通信集。从这一本书里，我们可以窥见鲁迅的私生活的一斑，也可窥见鲁迅这人性格的一斑。”[③]最后，再次强调鲁迅的迫害狂心态，还加上一个自大狂，“鲁迅有一种错觉，他总以为环绕着他的

---

① 梁实秋：《鲁迅的新著》，《梁实秋散文集》第3卷，时代文艺出版社，2015年，第254页。

② 梁实秋：《鲁迅的新著》，《梁实秋散文集》第3卷，时代文艺出版社，2015年，第255页。

③ 梁实秋：《〈两地书〉》，《梁实秋散文集》第3卷，时代文艺出版社，2015年，第343页。

都是敌人，都是随时要得而甘心的。所以他无时不张牙舞爪的做出准备厮杀的姿势。这种情形在这一本通信集里彻头彻尾的表现出来。”[①]说鲁迅从北京到厦门、广州、上海所到之处，“都有点风波，而又悻悻然不能忘怀，在杂感里大放厥词的。这一本通信集更补足了杂感里未放泄的牢骚。”[②]“这不是自大狂和迫害狂是什么？鲁迅自以为自己大得不得了，以为别人都在迫害他。可是他还偏要说：‘在这寂寞的世界里，想得一真能对垒的敌人亦颇不易’云云。这一副狂态说法，真显出十足的鲁迅的面目。鲁迅说‘创造社气量狭而多疑’，于鲁迅吾亦然。”[③]但是，我不想得出梁实秋道德卑劣的结论，我更愿意认为，梁实秋在对鲁迅道德攻击的同时，也进入了鲁迅的深层心理，显示了梁实秋对鲁迅的冷酷理解。

鲁迅与梁实秋的论战除了在思想、价值的差异上进行对抗、攻击，是否还存在着相互交叉乃至相互认同的地方呢？也就是说，即使从敌对的角度看，是否他们各自都存在着一种对对手的理解、认可乃至默默赞许的微妙心理呢？

许多人说，胡适、梁实秋如何宽容，有绅士风度，如何宽容了鲁迅，等等，然而，却忽略了对鲁迅勇士精神的宽容。胡适派的宽容是基于多元文化的合理性这种坚定的信念——我不同意你的观点，却誓死捍卫你的发言权；鲁迅的宽容则是基于个人意志的自由性这种坚定的信念——任何人都有权利选择自己的信念，你也可以自由选择，同样是对多元文化的认定。如果说胡适派是由理性/宏大视角达成多元文化的，鲁迅则是从生命意志/个人视角走向多元文化的。

鲁迅晚年在给李长之的信中说，“我离北平久，不知道情形了，

① 梁实秋：《〈两地书〉》，《梁实秋散文集》第3卷，时代文艺出版社，2015年，第343页。

② 梁实秋：《〈两地书〉》，《梁实秋散文集》第3卷，时代文艺出版社，2015年，第344页。

③ 梁实秋：《〈两地书〉》，《梁实秋散文集》第3卷，时代文艺出版社，2015年，第344页。

看过《大公报》，但近来《小公园》不见了，大约又已改组，有些不死不活，所以也不看了。《益世报》久未见，只是朋友有时寄一点剪下的文章来，却未见有梁实秋教授的；但我并不反对梁教授这人，也并不反对兼登他的文章的刊物。”[①]

鲁迅不改自己的立场，但是同时不反对梁实秋发表文章的刊物即承认梁实秋的文章。李长之在抗战期间曾经是梁实秋的邻居，不知道是否把鲁迅的态度传达给梁实秋。如果我们回过头去，仔细回味一下鲁迅身影，就不难发现他那种自我选择的个人意志，即不以客观真理自居，而是把自己看作多元视角的一个视角：只是从自己的观念、性情、利害出发的姿态。留学日本时期，鲁迅认同生命哲学的真理原则和道德原则，“独在主观，惟主观性，即谓真理，至凡有道德行为，亦可弗问客观之结果若何，而一任主观之善恶为判断焉。”[②]这种观念成为支配鲁迅思想的最深层动力。鲁迅拒绝充当青年的导师，强调个人自由选择，正是这种观念的作用。“我是大概以自己为主的。所谈的道理是‘我以为’的道理，所记的情状是我所见的情状。听说一月以前，杏花和碧桃都开过了。我没有见，我就不以为有杏花和碧桃。——然而学者那些东西是存在的。——学者们怕要说。——好！那么，由他去罢。——这是我敬谨学者们的话。”[③]即使是与章士钊、陈西滢的冲突，也与鲁迅的这种价值观密不可分。“然而人究竟不是一块踏脚石或绊脚石，要动转，要睡觉的；又有个性，不能适合各个访问者的胃口。因此，凡有人要我代说他所要说的话，攻击他所敌视的人的时候，我常说，我不会批评，我只能说自己的话，我是党同伐异的。的确，我还没有寻到公理或正义。就是去年的和章士钊闹，我何尝说是自己放出批评的眼光，环顾中国，比量是非，断定他是阻碍

① 鲁迅：《致李长之》，《鲁迅全集》第13卷，人民文学出版社，1981年，第214页。
② 鲁迅：《文化偏至论》，《鲁迅全集》第1卷，人民文学出版社，1981年，第54页。
③ 鲁迅：《新的蔷薇——然而还是无花的》，《鲁迅全集》第3卷，人民文学出版社，第291页。

新文化的罪魁祸首，于是啸聚义师，厉兵秣马，天戈直指，将以澄清天下也哉？不过意见和利害，彼此不同，又适值在狭路上遇见，挥了几拳而已。所以，我就不挂什么‘公理正义’，什么‘批评’的金字招牌。那时，以我为是者我辈，以章为是者章辈；即自称公正的中立的批评之流，在我看来，也是以我为是者我辈，以章为是者章辈。其余一切等等，照此类推。再说一遍：我乃党同而伐异，‘济私’而不‘假公’，零卖气力而不全做牺牲，敢卖自己而不卖朋友，以为这样也好者不妨往来，以为不行者无须劳驾；也不收策略的同情，更不要人布施什么忠诚的友谊，简简单单，如此而已。”①

在反对普遍理性的时候，自己也不以普遍公理的掌握者自居，而是强调个人视角，这种“简简单单”就为他人、对手留下了与自己平等的价值空间。在鲁迅看来，“真理的数目和鞋店里的鞋了一样多，因为人人都可以得到一双合他的脚寸的鞋子。”②这样我们也就能够理解鲁迅渴望真正的对手的心态。当鲁迅说“我爱对头，我反抗他们”③的时候，同样是对对手的尊重。从上文引用的鲁迅给李长之的信中看，鲁迅对梁实秋的《鲁迅的新著》《〈两地书〉》攻击他“迫害狂”“自大狂”等人格问题未必一无所知，但鲁迅却再没有专门著文骂梁实秋。鲁迅好斗，与他人斗争，但也不在意他人对他自己的斗争。

从梁实秋一方面看，则比较明显地流露出对鲁迅的敬意。不仅《〈华盖集续编〉》是对鲁迅的杂感的全盘肯定，就是后来也一直没有否定鲁迅的杂感。对鲁迅的杂感全盘肯定的还有一种暗示性的方式，在《华盖集续编》发表几个月之后，梁实秋出版《骂人的艺

① 鲁迅：《新的世故》，《鲁迅全集》第8卷，人民文学出版社，1981年，第151—152页。

② 钱玄同：《钱玄同日记·1924年9月24日》（影印本）第六卷，福建教育出版社，2002年，第2917页。

③ 鲁迅：《两地书·一一二》，《鲁迅全集》第11卷，人民文学出版社，1981年，第274页。

术》，试想想，梁实秋完全知道鲁迅与陈西滢之间的激烈搏杀，完全知道陈西滢指责鲁迅杂感的骂人，却大谈“骂人的艺术”，还以此作为自己杂文集的题名，这难道不是对鲁迅风格的一种无声的认同吗？“古今中外没有一个不骂人的人。骂人就是有道德观念的意思，因为在骂人的时候，至少在骂人者自己总觉得那人有该骂的地方。何者该骂，何者不该骂，这个抉择的标准，是极道德的。所以根本不骂人，大可不必。骂人是一种发泄感情的方法，尤其是那一种怨怒的感情。想骂人的时候而不骂，时常在身体上弄出毛病，所以想骂人时，骂骂何妨？”[①]我不禁要猜想一下，当鲁迅读到这篇文章的时候，会不会哈哈大笑之后，说一声：知我者，梁实秋教授也！如果对照梁实秋与鲁迅论战的整个过程的话，读《骂人的艺术》更为有趣。在《骂人的艺术·自序》中，梁实秋说，“我在《青光》上写了不少的短篇文字，本来这些不曾用心写的东西，不值得再来印行。但是我想：一个夙性严重的人忽然发疯一般作了三个月不严重的文字，在我自己是一件可纪念的事”；“这集里面没有‘文学’，没有‘艺术’，也没有‘同情’，也没有‘爱’，更没有‘美’。里面有的，只是‘闲话’，‘絮语’，‘怨怒’，‘讥讽’，‘丑陋’，和各式各样的‘笑声’。我恐怕读者寻不到他所要寻的东西，所以预先声明在此，免得误购后悔。”[②]

这种“反语”式的低调，哪里是“正人君子”的“绅士风度”，分明是语丝派、鲁迅式的任意而谈，泼辣恣肆。其实，直到因“与抗战无关论”而成为“全民公敌”，梁实秋才完全变成了“正人君子”。梁实秋和胡适不同之处在于，除了“正人君子”的基本姿态，

① 梁实秋：《骂人的艺术》，《梁实秋散文》第5卷，时代文艺出版社，2015年，第4页。

② 梁实秋：《骂人的艺术·自序》，《梁实秋散文》第5卷，时代文艺出版社，2015年，第3页。

还多了一点儿泼辣凌厉之气，就如同早期林语堂一样。变成了“全民公敌”的梁实秋，是否会想起鲁迅反传统的遭遇呢？

还有一点，也许是梁实秋对鲁迅好感的更深层的原因。那就是，梁实秋的浪漫主义情结，这种情结虽然后来有所调整，受到控制，却一直像影子一样跟随着他。梁实秋喜欢莎士比亚，翻译了《莎士比亚全集》，莎士比亚就是浪漫主义者，为法国古典主义所不屑，也未必符合白璧德的胃口，梁实秋的浪漫主义情结使他越位，变成了浪漫主义的崇拜者。梁实秋曾编写《英国文学史》，对拜伦及浪漫主义也有深刻的理解，尤其是对拜伦评价很高。在《拜伦与浪漫主义》中，他把拜伦看作一声雷霆，令人震撼。拜伦有着比卢梭更猛烈的激情和叛逆。在《拜伦》中，梁实秋引用马考莱的话为拜伦辩护，认为英国社会的保守性道德激情，以七年为单位周期性爆发，“我们不能容忍宗教与礼法被人违犯。我们必须严守反抗罪恶的立场，我们必须训告一般浪子英国的人民欣赏家庭关系的重要性。于是一些运气坏的人，其行为不比数以千百计的犯过错误而受宽容的人们更为堕落，但被挑选出来成为示众的牺牲。如果他有儿女，便被强夺了去。如果他有职业，便被迫失业。他受到较高阶层人士的打击，受较低阶层人士的奚落。事实上他成了一个代人受罚的人。藉他所收的痛苦收惩一儆百之效。我们严责于人，沾沾自喜，洋洋得意的以英国高水准的道德与巴黎的放荡生活相比较。我们的愤怒终于消歇。受我们迫害的人身败名裂，伤心欲绝。我们的道德一声不响的再睡七年。”①

卢梭能让他那么反感，比卢梭有过之而无不及的撒旦主义者拜伦却令他如此钦佩，这说明他的矛盾，也意味着他向鲁迅发难，只是一种挑战策略，其内心深处很难说没有对鲁迅的敬佩。当他直指鲁迅人格变态的时候，也未必对鲁迅变态没有同情性理解吧。从浪漫主义

① 梁实秋：《拜伦》，《梁实秋散文集》第6卷，时代文艺出版社，2015年，第228页。

天才论观点看，性格的变态性往往是一些天才人物的天才之处，没有那些精神上的反常、疯狂之处，恐怕他们的才能也随之一起消失了吧。卢梭疯了，尼采疯了，拜伦乱伦又死得那样早。勃兰兑斯说，整个德国浪漫主义文坛，差不多就是一座精神病院，又是个性和天才的天堂。维特根斯坦甚至认为，疯狂只是一种性格突变，“不必把疯狂当作一种疾病。为什么它不应该被看成是意外的——或多或少是意外的——性格变化呢？”[①]如果鲁迅没有那种神经质般的敏感、猜疑以及剧烈的情绪，恐怕他的深刻以及不屈的反叛精神也会大打折扣。我甚至认为，胡适、梁实秋等现代评论派知识分子，私下里也许会认可鲁迅的性格和才华的。否则，胡适批评苏雪林对鲁迅攻击，以及梁实秋、顾颉刚在鲁迅逝世时参加北平文化界纪念鲁迅的活动，就很难理解了。

① ［英］维特根斯坦：《游戏规则——维特根斯坦神秘之物沉默集》康少杰等译，天津人民出版社，2007年，第13页。

第四章　涌现的世界及其环形结构

一、尼采：作为存在的狄俄尼索斯

1．生成与永恒轮回

对于世界，有两种眼光，一个是把世界固定下来，一个是让世界旋转、运动来开。尼采站在了后者的立场。有关世界的生成性一直伴随着尼采思想的始终，并构成了尼采的价值基础。尼采的狄俄尼索斯呈现了一个生生不息的世界，在他对悲剧的阐述中以及此后所展开锋芒毕露的颠覆性思想中，“生成”变成了无可缺少的信念，一直抵达“永恒轮回”的观念。

我们曾说，尼采把自己看作狄俄尼索斯的弟子，尼采的酒神狄俄尼索斯代表着一种原始的自然状态，代表着一种奔放的自由精神，一种生命意志和一种世界本质，或者说是一种最有意义的世界。总之，狄俄尼索斯就是尼采的对世界的最高理解和认识。但是，在《悲剧的诞生》中，这些思想并不完全，或者说是一种半吞半吐的表达，正如他自己总结的那样，《悲剧的诞生》还有黑格尔和叔本华的影响和约束，“它散发着令人讨厌的黑格尔气息，它仅在若干公式上带有叔本华的报丧者的香水气味。这里有一个‘观念’——即狄俄尼索斯和阿波罗的对立——被转译为形而上学，历史本身就是这个‘观念’的发展。在悲剧中，统一体的对立消除了，由此看来，一向没有露面的事物，突然对立起来，结果它们互相启发，彼此理解了……”[①]此后，尼采便克服这种对立统一发展的观念，让狄俄尼索斯变成绝对而纯粹的世界。其实，尼采关于世界的变易、流动和永恒轮回，都是对狄俄尼索斯的论述和丰富，狄俄尼索斯变成了尼采思想的载体。

希腊悲剧文化，就是对命运的表达，在悲剧世界之中，充满着欲望、贪婪和战争，万事万物和那些英雄们，生生死死，一切都由命运支配，一切都是偶然的，不确定的，任意的。放荡不羁，狂欢，纵欲无度，自由自在伴随着魔鬼的影子。因而，亚里士多德将悲剧的内涵看作激发恐惧、怜悯和同情，或者把悲剧看作道德过失，知识错误。认为有些错误是可以避免的，有些则无法避免。而更聪明的人或许可以能够避免这种悲剧。然而，尼采却要超越这种见解。在稍晚于《悲剧的诞生》的《希腊悲剧时代的哲学》中，尼采抛弃了黑格尔的外衣和叔本华的影响，在悲剧文化中，尼采进一步挖掘，通过赫拉克利特找到了超越的一个入口。

在《希腊悲剧时代的哲学》中，尼采以大量篇幅和饱满的激情论述了赫拉克利特，而其他哲学家似乎都逊色一筹，都成为赫拉克利特光辉的陪衬者。在论述泰勒斯的学生阿那克西曼德的时候，尼采所感兴趣的是阿那克西曼德的变易观念，即世间一切都是不定的。但是，他发现阿那克西曼德是一个悲观主义者，对于世界的变易，阿那克西曼德表现出一种极度的悲观，驳杂的多样的世界在伦理上是不正义的，“按照必然性，事物从何处产生，就必然在何处毁灭。因为它们必须依时间的秩序支付罚金、为其不正义接受审判。”“阿那克西曼德把一切生成视为从永恒存在的一种违法的解放，视为必须用毁灭加以补偿的不正义。”而且，否定了存在的价值，逃到了形而上学之

① ［德］尼采：《看哪这人》，张念东等译，中央编译出版社，2005年，第68页。

中："你们的生存价值何在？如果它毫无价值，你们为何存在？我注意到，由于你们将不得不通过死亡为生存做出补偿。看吧，你们的大地已经干枯，海洋干涸，山上的海贝向你们表明：大海干涸的范围多广。现在你们的世界已被焚毁，并最终化为烟雾。"[①]这种将多样性的存在作为一种不正义的道德现象，尼采显然不能同意：这是笼罩在存在上面的巨大阴影。这种巨大的阴影一直漂移到叔本华的哲学之中。我们知道，叔本华在将意志作为自己的形而上学的时候，它勾勒出一个意志这个他所看到的真正的世界图景。叔本华是看到了世界变动不居，万物生生死死，任何事物都无法逃脱时间的限制，时间的本质就是每一个时间点都将上一个时间点吞噬。因此，就感官所感知的世界而言，根本就没有什么稳定的存在，一切都是不定的。但是，这是表象的世界，而本体的世界即意志世界却是永恒不变的，意志不受时间的限制，也不进入空间之中，是一种原始的同一。这种意志既是创造力量，杂多的个体化世界，也是意志的产物，同时，也是毁灭、痛苦的永久根源，杂多的个体化世界总要归于毁灭。当不同的个体作为意志的表象时，他们之间总是冲突、对立的。"这样我们在自然中就到处看到了争夺，斗争和胜败无常，转败为胜，也正是在这种情况中我们此后还要更清楚滴认识到对于意志有着本质上的重要性的自我分裂。意志客体化的每一级别都在和另一级别争夺着物质、空间、时间。恒存的无知必须经常更换［自己的］形式，在更换形式时，机械的、物理的、化学的、有机的现象在因果性的线索之下贪婪地抢着要出现，互相争夺物质，因为每一现象都要显示它的理念。在整个自然界中都可追寻这种争夺，是的，自然之为自然正就只是由于这种争夺；'因为如果冲突争夺不存在于事物中，一切就会"一"。'"[②]

① ［德］尼采：《希腊悲剧时代的哲学》，李超杰译，商务印书馆，2006年，第26—30页。

② ［德］叔本华：《作为意志和表象的世界》，石冲白译，商务印书馆，1982年，第212—213页。

就人世而言，意志本身就是从缺失中产生的，由缺失而欲求，一个欲求得到满足，更多的欲求又产生，意志被阻挠的程度远比满足的程度高，人生奔走于无止境的在欲求之中，也就是被不断压抑、阻挠的路途之上，直至死亡。另一方面，意志与意志之间总是冲突、对立，乃至相互争夺，一个意志总是否定、剥夺另外的意志，总是让另外的意志为自己服务，有时甚至仅仅以否定另外的意志为目的。“这样生命意志就始终一贯是自己在啃着自己，在不同形态中自己为自己的食品，一直到了人类为止，因为人制服了其他一切物种，把自然看作供他使用的一种出品。然而就是在人这物种中，……人把那种斗争，那种意志的自我分裂到最可怕的明显程度，而‘人对人，都成了狼’了。”“意志愈是激烈，则意志自相矛盾的现象愈是明显触目，而痛苦也愈大。如果有一个世界和现有的这世界相比，是激烈得无法相比的生命意志之显现，那么这一世界就会相应地产生出更多的痛苦，就会是一个［人间］地域。”[①]阿那克西曼德和叔本华这种关于惩罚或补偿的观点，在法国大革命以后非常普遍。浪漫主义是对启蒙运动理性的背叛，在尼采之前的浪漫主义运动中就包含着尼采的狄俄尼索斯，在打破理性主义所规范的秩序的世界的时候，拜伦被作为恶魔的典范。恶魔可以看作一种象征，即人们释放了一个非理性世界中最狂暴的一面，但是，面对恶魔的时候，人们却犹豫不决，一方面是恐惧，另一方面是欣赏，而有些人则干脆把它看作恐惧，破坏，甚至罪恶感。比如，法国大革命之后，德·迈斯特在《论法国》中就将法国大革命看成一种天意的赎罪。他用宗教的原罪来理解大革命，大革命是天命的安排，是宗教的神秘的，它把天意彰显出来。是上天对于人类的惩罚，对于人类来说，则是一次赎罪，为自己的原罪赎罪。波德莱尔则把大革命的根源一直追溯到浪漫主义的价值观。他认为，18世末

---

① ［德］叔本华：《作为意志和表象的世界》，石冲白译，商务印书馆，1982年，第542页。

纪浪漫主义的错误在于以自然为价值基础，这种价值观导致了人的原罪意识的淡化，是一种邪恶。波德莱尔说，“真正的文明的理论。不在煤气之中，不在蒸汽之中，也不在旋转的桌子中，它在原罪的痕迹的减少中”[①]他旗帜鲜明地反对卢梭的自然人性论，认为人性具有不可改变的残暴和罪恶，“全部的自然都具有原罪的性质。”[②]

再回到《希腊悲剧时代的哲学》。在尼采看来，叔本华与阿那克西曼德是一样的，他们都把“生成”的世界的各种苦难、死亡，看作为自己不应该存在而做出的补偿或惩罚，因而，在他们那里存在——生成的世界本身就是罪恶深重的世界。

然而，在赫拉克利特那里尼采却没有看到罪恶，也没有看到“惩罚”。赫拉克利特被罗素认为至今还发生重要影响的哲学家。他严肃深沉、孤傲，蔑视一切，他既反对专制暴政，也反对民主政治。对其所处的时代，他怀有一种严厉而冷静的批判态度，对于普遍流行的风俗和思想给以猛烈的抨击。他的表达方式也非常特别，“文字含蓄，多用比喻，不少神谕似的格言，简练到费解的程度。”[③]被认为是晦涩难解的哲学家。赫拉克利特著名的观点是：无物常住，一切皆流。人不能两次踏进同一条河流。一切事物都不具有稳定性，世界总是处于变化状态，就像一团永恒的活火，燃烧然后熄灭。在赫拉克利特看来，火之所以为世界的本源，就在于它的稳定性最小，变化性最大。一切事物不断地从一种状态向它相反的状态转变，并包含着对立和平衡。这被认为是辩证法的重要起源。由于对对立统一的肯定，赫拉克利特肯定战争，把战争看作万物之父。在《希腊悲剧时代的哲学》中，尼采对赫拉克利特有较大篇幅的论述和激情般的投入、认同。赫

---

① 安托瓦纳·贡巴尼翁：《反现代派》，郭宏安译，生活·读书·新知三联书店，2009年，第92页。

② 托瓦纳·贡巴尼翁：《反现代派》，郭宏安译，生活·读书·新知三联书店，2009年，第93页。

③ ［德］E·策勒尔《古希腊哲学史纲》，翁绍军译，山东人民出版社，1992年，第47页。

拉克利特的精神气质、思想和文风引起了尼采的强烈共鸣。让尼采欣喜的不仅仅是赫拉克利特将“生成”看作一种世界本质，更为重要的是，他在赫拉克利特那里发现了阿那克西曼德、叔本华所没有的那种对生成的乐观和喜悦：生成是没有任何罪孽的，更谈不上需要惩罚和补偿。尼采认为，这是理解赫拉克利特的“试金石”。稍后的古代世界看到的是赫拉克利特那骄傲的目光变得黯淡无神，克制、无助的脸上写满了痛苦的皱纹，从而将他看作“哭泣的哲人”。这只适合那些孤立而非整体地看世界的目光短浅的人，而不适合洞察一切的神。赫拉克利特却看到了神能看到的一切：

在他那火眼金睛面前，他的周围世界不存在一丁点儿不正义。甚至像纯火可以进入如此不纯的形式这样的基本障碍，也被他通过一种崇高的比喻克服了。生成与消逝，建设与破坏，没有道德责任，始终如一的清白，只有在这样的世界中才有艺术家和孩童的游戏。因此，和孩童与艺术家在做游戏一样，永恒的活火也在做着游戏，时而建设，时而破坏，纯洁无邪，——无限的时间以这种游戏自娱自乐。它变着花样在水中、在土中堆积起来，就像海边的一个孩子，把沙堆堆起来，又将其推倒。它时时重新感觉到需要，就像艺术家感觉到创造的需要一样。不是盲动，而是不断觉醒的游戏冲动催生了另外的世界。孩子会偶尔扔掉玩具，但很快又会天真无邪地重新开始。但只要他进行建设，他就合乎规律地按照内在秩序进行编织、装配和塑形。

只有审美的人才能以这种方式看世界，他从艺术家那里，从艺术作品的产生中看到，多样性的斗争本身如何能够具有规律和法则；艺术家如何既超脱地凌驾于艺术作品之上，又参与到艺术作品之中；必然性与游戏、冲突与和谐如何必须相结合而产生出艺术作品。①

尼采认为，赫拉克利特没有理由一定要证实这个世界是最好的，对他来说，世界是无限的美丽而纯洁的游戏。“这是一种游戏，对它不要太当真，特别是不要用道德的眼光去看它。”面对多样性冲突、斗争的世界，赫拉克利特只是一种“静观的喜悦”。尼采说，“毕达哥拉斯和恩培多克勒式的人物也是用一种‘超人’的敬重，甚至用近乎宗教般的敬畏看到他们自己，但是，与灵魂转世和生命统一性的伟大信念相连的同情纽带，把他们又一次引向他人，引向他们的幸福与拯救。”②但是，在赫拉克利特那里，“没有任何充满同情的强烈激情和愿望，去帮助、治疗和拯救。他是一颗没有大气层的星辰。”“而在人类中间，作为一个人，赫拉克利特则是难以置信。”③只有那些不满意于他的人，才觉得他阴郁、忧伤、多泪、阴沉、消沉、悲观。在对赫拉克利特的充满激情的拥抱之中，赫拉克利特仿佛从遥远的古希腊复活，或者说尼采变成了赫拉克利特，赫拉克利特变成了尼采。他对他的赞扬实际上就是对自己的伸张和自信。

尼采的狄俄尼索斯的主要意象或观念，在这里出现了：拒绝“同情”“拯救”和“幸福”；孩童——游戏——审美与艺术；还有“超人”这个词。永恒的“生成”，毁灭与再生，只是一种游戏，一种审美创造，不要用道德的眼光去看，更不要用宗教去解释，自然也不必追究责任的问题。一切都是公正的，一切都是无辜的、清白的。赫拉克利特是尼采的灵魂或原型，此后，尼采不断煽动赫拉克利特的永恒之火，使其流动、蔓延，所到之处充满了激情的燃烧和爆炸，同时，

① ［德］尼采：《希腊悲剧时代的哲学》，李超杰译，商务印书馆，2006年，第44—45页。

② ［德］尼采：《希腊悲剧时代的哲学》，李超杰译，商务印书馆，2006年，第50页。

③ ［德］尼采：《希腊悲剧时代的哲学》，李超杰译，商务印书馆，2006年，第51页。

又都是一种孩子——游戏——审美的艺术，以对抗那种有罪、惩罚的阴影。在《扎拉图斯特拉如是说》中，“扎拉图斯特拉变了，他变成了孩子。”《论三种变形》，“精神怎样变成为骆驼、骆驼怎样怎样变为狮子、狮子怎样变为孩子。”[①]骆驼的强大是有负载能力的精神，能有负载一切沉重的东西在荒漠里奔走；狮子是骆驼在荒漠里的变形，狮子是为自己争夺自由，为了创造新价值，必须放任和疯狂。第三次变形是狮子变成了孩子，为何狮子必须变成孩子呢？“孩子无辜、健忘，是一个新的开始、一种游戏、一个自转的轮子、一种初始运动、一种神圣的肯定。”[②]这种流变的过程，一方面是万物皆流，另一方面则是尼采克服有罪、惩罚的内心呼喊。在《日出之前》中，尼采把世界看成诸神掷骰子的游戏，无所谓善与恶，“因为一切事物的受洗之地，都是永恒之泉，在善恶的彼岸；善与恶，本身不过是中间的阴影，是潮湿的忧郁和浮云罢了。”“在一切事物之上，有偶然之天、无辜之天、或许之天和傲慢之天。‘冯·或许——这是世界最古老的贵族，我把它归还给所有事物，令它们从‘目的’的奴役下得到解放。’”“哦，我头顶的苍天，你，纯洁者啊！高远者啊！我觉得，你的纯洁便在，不存在永恒的理性的蜘蛛和理性的蛛网。——在我看来，你是诸神‘偶然’的舞场，是一张供诸神使用的桌子，为诸神掷骰而设，为掷骰者而设！”[③]“当我在大地的神的桌子上与诸神掷骰游戏，使大地震动、破裂并喷出火流时：——因为大地便是神的桌子，创造性的新话语和诸神掷骰令它颤抖，——哦，这时我怎能不热

---

① ［德］尼采：《论三种变形》，《扎拉图斯特拉如是说》，黄明嘉等译，华东师范大学出版社，2009年，第55页。

② ［德］尼采：《论三种变形》，《扎拉图斯特拉如是说》，黄明嘉等译，华东师范大学出版社，2009年，第57页。

③ ［德］尼采：《日出之前》，《扎拉图斯特拉如是说》，黄明嘉等译，华东师范大学出版社，2009年，第277—278页。

望永恒，怎能不热望戒指中的婚戒——轮回之戒？”[①]“我用言词和掷骰子的啪啪声骗过那些庄重的看护者：我的意志和目的躲过所有的庄严的监视者。”“他们怜悯我的灾祸和偶然——然而我的言辞却是：‘让偶然冲我来吧：偶然是无辜的，如同小孩！’”[②]“我把我的一切诗作和追求都给他们：诗化人的破碎、谜和令人悚惧的偶然，让它们合为一体，——我身为诗人、猜谜者和解救偶然的人，我教导他们创造未来，一切的过往之物——，在创造中得救。”[③]

对尼采的“永恒轮回”有各种各样的解释。我认为，尼采的“永恒轮回”大体上可以看作“生成”的变型，或者说是尼采对“生成”的另外一种描述，它不同于尼采早期“生成”的地方是对永生不死的渴望。尼采否定了基督教的天国中的永生，自己也创造了一个永生的图景。尼采往往使用不同的语词或意向强化、丰富自己的思想，尤其是他的核心思想。根据尼采在《瞧哪这人》中说明，他1881年8月，在西瓦尔普兰湖畔的林中散步的时候，产生了“扎拉图斯特拉故事”的灵感，也就是在这里产生了“永恒轮回”的观念，《快乐的科学》的末尾出现了扎拉图斯特拉，也出现了“永恒轮回”的观念：

> 假如恶魔在某一天或某个夜晚闯入你最难耐的孤寂中，并对你说：“你现在和过去的生活，就是你今后的生活。它将周而复始，不断重复、绝无新意，你生活中的每种痛苦、欢乐、思想、叹息，以及一切大大小小、无可言说的事情皆会在你身上重视，会以同样的顺序降临，同样会出现此刻树丛中的蜘蛛和月光，同样会出现现在这样的时刻和我这样的恶魔。存

① ［德］尼采：《七个印章》，《扎拉图斯特拉如是说》，黄明嘉等译，华东师范大学出版社，2009年，第378页。

② ［德］尼采：《橄榄山上》，《扎拉图斯特拉如是说》，黄明嘉等译，华东师范大学出版社，2009年，第290—291页。

③ ［德］尼采：《论新旧标牌》，《扎拉图斯特拉如是说》，黄明嘉等译，华东师范大学出版社，2009年，第331页。

在的永恒沙漏将不停地转动，你在沙漏中，只不过一粒灰尘罢了！”你听了这恶魔的话，是否会瘫倒在地呢？是否会咬牙切齿，诅咒这个口出狂言的恶魔呢？

你以前或许会经历过这样的时刻，那时你回答恶魔说：“你是神明，我从未听见过比这更神圣的话呢。”倘若这想法压倒了呢，恶魔就会改变你，说不定把你碾得粉碎。“你是否还要这样回答，并且，一直这样回答呢？”这是人人必须回答的问题，也是你行为的重点！或者，你无论对自己还是对人生，均宁愿安于现状，放弃一切追求？①

尼采的《扎拉图斯特拉如是说》中对“永恒轮回”有反复的诗化表述，回答了上述问题。万物毁灭，然后再重建，一切都毁灭，再重建，一切都曾经有过，一切都还会再有。无论是渺小的，还是伟大的，人也是如此。这是世界和人生的最高真实。扎拉图斯特拉的永恒轮回和掷骰子的联系，一方面凸显了存在的偶然性，不确定性，另一方面却又暗示了一种必然性。因为掷骰子肯定会有相同点数的重合。假如世界就是掷骰子的永恒游戏，那么，相同者必然会重合。尼采希望重复这偶然的世界——狄俄尼索斯的世界，同时，也愿意重复自己的生命——作为狄俄尼索斯的弟子。这里的因果就是“永恒轮回”。这也是对悲剧文化——命运的热爱的一种进一步的确认和拥抱。这实际上仍然是意志主义的思路，现象可以死死生生，但是，作为意志的生命本体却是永恒不死的。

哦，扎拉图斯特拉，倘若你现在想死：看啊，我们也知道你将向自己怎样说话——但，你的动物请求，现在还不要死

① ［德］尼采：《快乐的科学》，黄明嘉译，华东师范大学出版社，2007年，第317页。

去！

你将毫无惧色说话，甚至将因幸福而长舒一口气：因为你将抛却一种巨大的沉重和压抑，你，最坚忍的人啊！——

“我现在就死，而且消逝”，你将会说，“我瞬间化为一种虚无。灵魂、肉体一并死去。

然而，我被缠绕在其中的因果纽带，又将轮回——它将再造我！我自属于永恒轮回的因果律。

我复返，与这个太阳、这大地，与这只鹰和这条蛇一道回来——但我是进入一种新的生命或更美好的生命，或相似的生命：

——我永远回到这相似和同一个生活，无论是伟大之处，还是渺小之处，我将重新教授万物永远轮回的教诲——”①

“生成”“永恒轮回”的世界，有时也被尼采置换为“大地”、生命、肉体、感官。尼采告诉人们，“忠实于大地”，就是忠实于一个能够直接体验的世界，在这个世界中，被一向压抑、贬斥的事物和心灵全部复活。

2．“真正的世界”是虚构的

尼采的悲剧文化——狄俄尼索斯精神，意图把动态的世界推向一个高潮，以对抗那种静态—终极性的世界，从而确立自己独特的世界观。这种生成、永恒轮回的世界，对静态的世界构成了极大的颠覆，或许是为了颠覆静态的世界，尼采才创造了动态的狄俄尼索斯的世界。

---

① ［德］尼采：《初愈者》，《扎拉图斯特拉如是说》，黄明嘉译，华东师范大学出版社，2007年，第363—364页。

狄俄尼索斯的生成的世界，是对“真正世界”以及彼岸世界、天堂世界的挑战和否定。在思想史上，一直存在着一种在现象之中寻求本质的强烈冲动。面对杂多而繁复的世界，人类总是试图找到一个清晰的结构，一个鲜明的入口和途径，从而将世界秩序化。古希腊的神学家色诺芬尼就认为世界只有一个神统治着，神即是世界，神是独一无二的，也是永恒不变的，无始无终的，无所不包的。他讽刺多神论说，“如果牛或狮子有手，并且像人一样能够用手作画和创造艺术品，马就会把神的形象画得像马，牛就会把神的形象画得像牛，每一种动物都会按照自己的形象来塑造神，使之带有同样的身体。”[①]巴门尼德认为存在不可能像赫拉克利特所说的那样既存在，又不存在。存在只能产生于存在，凡是存在的东西，就一向是存在。感官所感到的世界是不真实的，虚假的，感官却使世界变得杂乱无章。世界是永恒不变的，逻辑让世界统一起来。凡是同思维—逻辑有矛盾的，都是不可能的事情。苏格拉底开启了知识、逻辑的先河，柏拉图推导出一个由“理念”主宰一切的世界，康德有一个“自在之物”，黑格尔则以“绝对精神”高居世界之上。现代性所构建的理性世界，就是现代社会的“真正世界”。后现代主义对现代性的反思中，所说基础主义、本质主义、逻各斯主义，大体上都是这种“真正世界”的产物。

尼采在《哲学中的理性》（《偶像的黄昏》）中，对“真正世界”进行分析和批判。在认识方法上，尼采认为，这种“真正世界”来自于一种“永恒视角”。这种“永恒视角”缺乏历史的意识，也缺乏对“生成”的表象的认识，是一种“埃及主义”。“当他们从永恒的视角出发，对一件事进行非历史化时，——当他们把它做成木乃伊时，自以为在向一件事表示尊敬。几千年来哲学家们处理过的一切，是概念的木乃伊；没有什么真实的东西生动活泼地出自他们之手。这些概念偶像的侍从，当他们朝拜时，他们在杀戮，他们在制作

① ［美］梯利：《西方哲学史》，葛力译，商务印书馆，1995年，第24—25页。

标本，——当他们朝拜时，对一切的一切造成生命危险。死亡，变化，年岁，如同生育和生长，这些对他们来说是异议，——甚至是反驳。”[①]尼采反对这种“永恒视角”，他的视角主义，基于一种历史的个人的心理的视角看世界。他喜欢直觉观照，强调在观照中的个体意志，把对世界的观察看作一种生命意志或权力意志。他强调感官的重要性，“借助我们的感官，我们拥有多么精细的观察工具啊！比如这个鼻子，还有一个哲学家怀着崇敬和谢意说起过它，它暂时甚至是我们可以支配的最精巧的仪器：能够分辨即使分光镜也无法辨别的运动的最小差异。”[②]尼采强调肉体的真理性。这种埃及主义的永恒视角，也就是理性主义的视角。“从前，人们把变化，转换和生成，统统看成假象的证明，看成某种会把我们引入歧途的事物存在的标记。今天，我们相反地看到，恰恰是理性和偏见迫使我们，设定统一，同一，持续，实体，起因，物性和存在，在某种程度上，让我们自己卷入谬误，强制我们陷于谬误；根据我们这里的一种严格的复合，我们对此十分肯定，即此处有谬误。”[③]尼采对“真正的世界”进行了更透彻的分析和否定：

第一个定律。把这个世界解释为假象的理由，相反证实了它的实在性，——另一种存在性完全是无法证明的。

第二个定律。人们归诸事物“真正的存在”的特征，是非存在的，虚无的特征，——人们从与真实世界的矛盾中，建造出“真正的世界”：事实上这是一个虚假的世界，就此而言是一种道德和视阈上的幻觉。

第三个定律。把一个“另外的”世界编造成这个世界，

① ［德］尼采：《偶像的黄昏》，卫茂平译，华东师范大学出版社，2007年，第54—55页。

② ［德］尼采：《偶像的黄昏》，卫茂平译，华东师范大学出版社，2007年，第56页。

③ ［德］尼采：《偶像的黄昏》，卫茂平译，华东师范大学出版社，2007年，第58页。

这毫无意义。前提是，对于生命的诽谤，蔑视和怀疑的一种本能，在我们身上不怎么强大：否则的话，我们会以对一种“另外的”，一种“更好的”生活幻觉，来报复生命。

第四个定律。把世界分成一个“真正的”和一个“虚假的”世界。无论以基督教的方式，还是以康德（毕竟是个狡猾的基督徒）的方式，只是颓废的一种意志移植，——没落的生命的一种征兆……艺术家对假象的评价高于对现实的骗国家，这不是针对这个定律的异议，因为“假象”在这里意味着又一次的现实，只是在一种选择，加强和修正之中……悲剧艺术家不是悲观主义者，——他恰恰赞同所有成问题的和可怕的事物，他是狄俄尼索斯……①

在《“真正的世界”如何最终成了寓言——一个谬误的历史》中，尼采分析了西方“真正世界”的历史发展及其最后的毁灭。古希腊时代，柏拉图主义掌握着真正的世界，真正的世界仅仅是智者的世界。基督教时代，真正的世界处在天国的彼岸世界，只有虔诚者和忏悔的人能够获得通向真正世界的道路；在康德那里，真正的世界是“物自体”，在知识领域里是不可获知的，但是，在实践领域——道德领域，却可以通过绝对命令来达到。在实证主义那里，真正的世界也是令人陌生和困惑的，他们无法获得真正的世界，但是，还是认同了真正的世界。而最后，则是尼采对“真正的世界”的摧毁。把这种本质与现象的二元对立的世界彻底消除。“‘真正的世界’——是一个不再有任何用处的观念，甚至不再让人承担义务，——一个无用的，一个成为多余的观念，因此是一个被驳斥的观念：让我们废除它！……我们已经废除了真正的世界：剩下的是什么世界？也许那个虚假的世界？……但是不，连同那真正的世界，我们也把那虚假的世

① ［德］尼采：《偶像的黄昏》，卫茂平译，华东师范大学出版社，2007年，第61页。

界废除了！”[①]

尼采认为，对现实的恐惧和绝望，自我的疲惫、无力，文明的衰败是造成人们追求“真正的世界”的根本原因。现实世界充满着变易、偶然和不确定，充满了痛苦和残酷，古往今来，许多人就像巴门尼德看到存在的变易、不确定而感到悲伤、绝望一样，于是，制造出“真正的世界”，去追求一种一劳永逸的幸福、自由。人们坚信幸福隐藏在事物的背后，现象的下面，于是，哲学家运用理性，发明了理性世界。尼采狠狠地抓住苏格拉底，因为苏格拉底将知识看作最高价值，并能通向德行和幸福。在《苏格拉底的问题》中，认为苏格拉底把理性变成了一个暴君。他临终的时候说：“啊，格黎东，我们欠医药神阿斯克勒庇俄斯一只公鸡。这个愿，别忘了。”[②]这意味着，生命就是长年生病，现实总是人生的苦难。苏格拉底作为一个智者，是衰败的典型，苏格拉底和柏拉图是希腊解体的征兆，是希腊解体的工具。苏格拉底的辩证法是无可奈何的选择，“整个希腊思维诉诸于理性的狂热，透露出一种困境……从柏拉图开始，希腊哲学家们的道德主义局限于病态；他们对辩证法的重视同样如此。理性=德行=幸福，这仅仅意味着：人们必须仿效苏格拉底，制造一只持续的日光，——理性的日光，以对抗蒙昧的欲望。人们必须不惜任何代价地聪明，清醒，明白：对于本能和无意识的任何让步，都会导致没落……”[③]与理性世界相伴随着的是对进步的崇拜，对时间寄托着毫无意义的希望。人们总是认为在时间的最后，有一个最高的存在。这些最普遍的、最空洞的概念，是现实蒸发出来的雾气。尼采认为，“所有最高的价值均隶属第一等级，所有最高的概念，存在者，绝对者，善，真实，完

① ［德］尼采：《偶像的黄昏》，卫茂平译，华东师范大学出版社，2007年，第63—64页。

② ［德］尼采：《〈偶像的黄昏〉注释①》，卫茂平译，华东师范大学出版社，2007年，第42页。

③ ［德］尼采：《偶像的黄昏》，卫茂平译，华东师范大学出版社，2007年，第52页。

美——这一切不可能是生成的。”[①]尼采说，自己曾经也是一个彼岸世界的信仰者，把此岸世界看作缺憾的不完美的，但是，现在我终于觉悟了，我作为一个“康复者”——一个患有彼岸世界病的回复者说，对彼岸世界的信仰，只是“痛苦与折磨”“无能”，是疾病，“病人和频死者蔑视肉体和大地，他们杜撰天堂之事和对人类的拯救。”[②]

尼采对“生成”“永恒轮回”的论证，包括他对大地、生命、肉体、感官的强烈投入，也是对浪漫主义精神的一种发展。在浪漫主义打破启蒙运动的理性以后，同时，它开启了一个更富有感性和想象力的世界。浪漫主义是向后看，回到中世纪，德国浪漫主义运动向后看的时候，有一种回到古希腊的强烈冲动。只是和古典主义不同的地方在于，他们塑造了一个不同于古典主义的古希腊。在温德尔曼那里，古希腊是伟大的静穆，然而，到了尼采这里，便是狂放。“命运”这种不确定性、偶然性，苦难、残忍等，总之，一个无序的混沌的世界，沸腾的世界被认为是最真实的世界，同时，它也是一个创造的世界，世界不是摆放在那里的存在，而是不断被创造出来的存在。在一个消除了因果关系的世界中，一切都从理性的概念之中被解放出来，生命各自按照自己的需要和意志进行选择，从而一切生命也被赋予了价值。

二、鲁迅：将来即是现在

1. 平和为物，不见于人间

就对世界的基本观点而言，鲁迅与尼采的思路、特点有许多交叉、共鸣。尼采将世界看成了“生成”——流变的，并注入“永恒轮回”的思想。鲁迅也把世界看作“生成”的，他没有“永恒轮回”的

① ［德］尼采：《偶像的黄昏》，卫茂平译，华东师范大学出版社，第57页。

② ［德］尼采：《论信仰彼岸世界的人》，《扎拉图斯特拉如是说》，黄明嘉译，华东师范大学出版社，2009年，第65页。

思想，却有着“历史循环”的深切体验。但是，不是直接进入哲学史或思想史来表达自己的观念，而是直接切入社会现实，在广泛的社会批判和文化批评之中流露出他的观念。

我们知道，鲁迅在日本留学的时候曾经热情赞扬拜伦等摩罗诗人，在论述他们的反抗、战斗的魔鬼性格的时候，鲁迅也同时呈现出一个充满激烈斗争、冲突的世界。“平和为物，不见于人间。”世界总是处在斗争、冲突之中，和平是暂时的，是新冲突、斗争的聚集，没有绝对的和平。人类社会的历史，是用血和汗写成的。中国社会之所以如此落后，就在于中国文化没有形成一种反抗、斗争的传统。在此，进化论的影响也起着重要的作用。达尔文进化论强调生物个体对环境的适应，在中国近代知识分子这里，“适应”变成了积极的回应，强调在流动进化的过程中，个体生命应该尽量发挥自己的力量。进化是永无止境的无限过程，人正视这种世界状态。这和对尼采的意志本体近似，尼采接受了叔本华的意志本体论，却拒绝了它的悲观、绝望，人应该勇于直面这个世界本体。在“五四”以后，这种对世界的感受和认识继续扩散、蔓延。鲁迅翻译厨川白村的《苦闷的象征》，并将这部著作作为自己教学的教材。《苦闷的象征》的核心思想，无论是柏格森的生命力，还是弗洛伊德的性等，都是强调外部世界对人的压抑，生命个体对压抑的对抗、挑战。

五四时期，鲁迅在一篇题为《生命的路》的“随感录”中，将生命的路看作是一个无限上升的过程：

> 想到人类的灭亡是一件大寂寞大悲哀的事；然而若干人们的灭亡，却并非寂寞悲哀的事。
>
> 生命的路是进步的，总是沿着无限的精神三角形的斜面向上走，什么都阻止他不得。
>
> 自然赋予人们的不调和还很多，人们自己萎缩堕落退步

的也还很多，然而生命决不因此回头。无论什么黑暗来防范思潮，什么悲惨来袭击社会，什么罪恶来亵渎人道，人类渴仰完全的潜力，总是踏了这些铁蒺藜向前进。

生命不怕死，在死的面前笑着，踏过了灭亡的人们前进。

什么是路？就是从没路的地方践踏出来的，从只有荆棘的地方开辟出来的。

……

人类不会寂寞，因为生命是进步的，是乐天的。[①]

这里显然带有进化论意味，也带有尼采意味的乐观或赫拉克利特的“静观的喜悦”。和启蒙理性呈现的乐观是不一样的，它有虚无即意义丧失，同时又有个体生命的自信。世界或许是如一场孩童的游戏，或许这种游戏会终结——毁灭，这是不确定的，难以预测的，也是悲哀的，但是，在这个游戏过程中，种种的悲哀、不幸乃至个体生命的消失，也算不得什么悲哀。因为生命本身是乐观的。生命整体不断新陈代谢，一部分生命死了，而新的生命却继续奔走，世界不会停止自己的脚步的，它永远向前奔驰。在《随感录四十九》中，也有类似的乐观：

我想种族的延长，——便是生命的连续，——的确是生物界事业里的一大部分。何以要延长呢？不消说是想进化了。但进化的途中总须新陈代谢。所以新的应该欢天喜地的向前走去，这便是壮，旧的也应该欢天喜地的向前走去，这便是死；各各如此走去，便是进化的路。

① 鲁迅：《六十六 生命的路》，《鲁迅全集》第1卷，人民文学出版社，1981年，第368页。

老的让开道，催促着，奖励着，让他们走去。路上有深渊，便用那个死填平了，让他们走去。

少的感谢他们填了深渊，给自己走去；老的也感谢他们从我填平的深渊上走去。——远了远了。

明白这事，便从幼到壮到老到死，都欢欢喜喜的过去；而且一步一步，多是超过祖先的新人。

这是生物界正当开阔的路！人类的祖先，都已这样做了①。

鲁迅的杂文集《坟》的标题，就是基于生活的变化、流动的体验而起的："我的生命的一部分，就这样地用去了，也就是做了这样的工作，然而我至今终于不明白我一向是在做什么。比方做土工的罢，做着做着，而不明白是在筑台呢还在掘坑。所知道的是即使是筑台，也无非要将自己从那上面跌下来或者显示老死；倘是掘坑，那当然不过是埋掉自己。总之，逝去，逝去，一切一切，和光阴一同早逝去，在逝去，要逝去了。"②世界是不断流逝的，究竟去向何方也不甚清楚，但是每时每刻都在流逝，自己和这个世界是什么关系呢？自己有自己的坚信，却也不清楚究竟是怎么关系，只是知道自己必然死去。他把自己看成了一个无限过程中的"中间物"："大半也因为懒惰罢，往往自己宽解，以为一切事物，在转变中，是总有多少中间物的。动植物之间，无脊椎和脊椎动物之间，都有中间物；或者简直可以说，在进化的链子上，一切都是中间物。"③鲁迅将自己置身于大的世界之中，在流变中寻找自己的一个位置。鲁迅的这种世界观，从

① 鲁迅：《随感录四十九》，《鲁迅全集》第1卷，人民文学出版社，第338—339页。

② 鲁迅：《写在〈坟〉后面》，《鲁迅全集》第1卷，人民文学出版社，1981年，第283页。

③ 鲁迅：《写在〈坟〉后面》，《鲁迅全集》第1卷，人民文学出版社，1981年，第285—286页。

中国传统上看，和老子的世界观具有一定的联系，老子之“道”，是“周行而不殆”，超善恶，不断流动着，没有固定的方向，物极必反，“天地不仁，以万物为刍狗。”好事坏事，很难绝对化，好事也许变成坏事，坏事也许变成好事。

当鲁迅将目光聚集在一个个具体的生命的时候，偶尔也会有一点儿模模糊糊的“静观的喜悦”。短篇小说《鸭的喜剧》是鲁迅的一篇并不引人注目的小说。俄国盲人诗人爱罗先珂买来蝌蚪养起来，然后又买来小鸭子，但是，鸭子却将蝌蚪吃掉了。这也让我们想起《自言自语》中的《螃蟹》：螃蟹提防着同类来吃它。如果从意志主义的角度看，意志之间的相互伤害是在所难免的。标题用了“鸭的喜剧”，整个笔调也没有那么严峻、悲伤，有一种喜剧氛围。但是，想到鲁迅的另一篇类似题材的《兔和猫》，就会觉得不那么“静观”，更谈不上“喜悦”，而是悲哀和愤怒。三太太买来一对儿小兔子，小兔子长大了，又生出几个小兔子，但是，兔子却又被大黑猫吃掉了，面对这种现象，“我总觉得很凄凉。夜半在灯下坐着想，那两条小性命，竟是人不知鬼不觉的早在不知什么时候丧失了，生物史上不着一些痕迹，并S也不叫一声。我于是记起旧事来，先前我住在会馆里，清早起身，只见大槐树下一片散乱的鸽子毛，这明明是膏于鹰吻的了，上午长班来一打扫，便什么都不见，谁知道曾有一个生命断送在这里呢？我又曾路过西四牌楼，看见一匹小狗被马车轧得快死，待回来时，什么也不见了，搬掉了罢，过往行人憧憧的走着，谁知道曾有一个生命断送在这里呢？夏夜，窗外面，常听到苍蝇的悠长的吱吱的叫声，这一定是给蝇虎咬住了，然而我向来无所容心于其间，而别人并且不听到……假使造物也可以责备，那么，我以为他实在将生命造得太滥了，毁得太滥了。”这种议论已经构成对“造物”的否定，也显出与尼采的差别来。叔本华为此感到了世界的痛苦和悲哀，尼采主张直面这种残酷，世界本来就是这样一个游戏，不存在不公和不义，所有一切都是无辜的，硬下心来，不要怜悯、同情，因而在尼采那里往往是只要强者，而抛弃弱者。但是，鲁迅却是矛盾的，鲁迅也渴望强者，抨击庸众，但却没有抛弃弱者，仍然对弱者抱有深深的同情。因而，在这方面，鲁迅更近似拜伦。

鲁迅在《狂人日记》里用“吃人”，暗示传统封建伦理理性对人的扼杀，这种“吃人”同时也是叔本华意义上的意志之间的冲突、吞噬。在意志主义看来，理性乃是处于意志，而非其他。觉醒者与大众的冲突，觉醒者湮没在大众之中，大众的个人被更多的大众戕害、抛弃。固然，涉及启蒙的问题，这是另外意义上的启蒙，或许可以称之为浪漫主义/存在主义的启蒙，但是，同时也关涉意志主义的基本理念：人都是孤独的个体，单独的意志，个人都在追求欲望的满足。彼此之间，总是处在冲突之中的。期间，都不仅仅是愚昧、落后所能全部概括的，不仅仅是观念、意识问题，而是“造物”“造化”的问题。人与人之间总是难以沟通，难以相互理解的，他们总是沿着自己的意志之路行走。在散文《风筝》中，一方面是“我”的真诚忏悔，而另一方面弟弟却早已忘记了先前的事情，一腔真诚的忏悔也随之丧失了意义。“我先前何尝不出于自愿，在生活的路上，将血一滴一滴地滴过去，以饲别人，虽自觉渐渐瘦弱，也自以为快活。而现在呢，人们笑我瘦了，除掉那一个人［指许广平］，连饮过我的血的人，也都在嘲笑我的瘦了。这实在使我愤怒。……我渐渐倾向个人主义，就是为此。”[①]鲁迅有时直接表达个人的封闭性：“楼下一个男人病得要死，那间壁的一家唱着留声机；对面是弄孩子。楼上有两人狂笑；还有打牌声。河中的船上有女人哭着她死去的母亲。人类的悲欢并不相通，我只觉得他们吵闹。”[②]这种封闭的个人难以理解他人。“死于敌手的锋刃，不足悲苦；死于不知何来的暗器是悲苦。但最悲苦的是

---

① 鲁迅：《两地书·九五》，《鲁迅全集》第11卷，人民文学出版社，1981年，第249页。

② 鲁迅：《小杂感》，《鲁迅全集》第3卷，人民文学出版社，1981年，第531页。

死于慈母或爱人误进的毒药，战友乱发的流弹，病菌的并无恶意的侵入，不是我自己制定的死刑。”[①]在《谈皇帝》中，鲁迅说，知识分子靠“天”/“道”吃饭。知识分子本身并不信“天”。“天”只是知识分子威胁皇帝的武器，或是满足个人欲望的工具。中国的最高统治者皇帝搞“愚昧政策”，而中国百姓却搞“愚君政策”。“皇帝是很可怕的。他坐在龙位上，一不高兴，就要杀人；不容易对付的。所以吃的东西也不能随便给他吃，倘是不容易办到的，他要吃了又要，一时办不到；——譬如他冬天想到瓜，秋天要吃桃子，办不到，他就生气，杀人了。现在一年到头给他吃菠菜，一要就有，豪不为难。但是倘说是菠菜，他又要生气的，因为这是便宜货，所以大家对他就不称为菠菜，另外起一个名字，叫作‘红嘴绿鹦哥’。”“这样的连愚妇人看来，也是呆不可言的皇帝，似乎大可以不要了。然而并不，她以为要有的，而且应该听凭他作威作福。至于用处，仿佛靠他来镇压比自己更强梁的别人，所以随便杀人，正是非备不可的要件。然而倘使自己遇到，且须侍奉呢？可又觉得有些危险了，因此只好又将他练成傻子，终年耐心地专吃‘红嘴绿鹦哥’。”[②]可见，无论是统治者、知识分子，还是普通民众，所谓文化理性都是表面的，都是叔本华所说的个体化世界，下边却是燃烧的个人意志：

> 曾经阔气的要复古，正在阔气的要保持现状，未曾阔气的要革新。大抵如是。大抵！[③]

觉醒者、英雄反抗社会、冲击大众，尽管是充满道德的善意和历史的正义，但是，觉醒者却未必能够获得最终的胜利，他们根本无

① 鲁迅：《杂感》，《鲁迅全集》第3卷，人民文学出版社，1981年，第49页。

② 鲁迅：《谈皇帝》，《鲁迅全集》第3卷，人民文学出版社，1981年，第252—253页。

③ 鲁迅：《二心集·小杂感》，《鲁迅全集》第3卷，人民文学出版社，1981年，第531页。

法达成任何目的。他们的意义只在于他们显示了自身的价值。看看鲁迅笔下的夏瑜、子君、涓生、魏连殳、吕纬甫，包括《理水》里的大禹、《非攻》中的墨子，全部被吞噬，或者为社会、大众所抛弃。鲁迅在《我之节烈观》说："社会上多数古人模模糊糊传下来的道理，实在无理可讲；能用历史和数目的力量，挤死不合意的人。这一类无主名无意识的杀人团里，古来不晓得死了多少人物。"[①]在《娜拉走后怎样》中，鲁迅说，"群众，尤其是中国的，——永远是戏剧的看客。牺牲上场，如果显得慷慨，他们就看了悲壮剧；如果显得觳觫，他们就看了滑稽剧。北京的羊肉铺前常有几个人张着嘴看剥羊，仿佛颇愉快，人的牺牲能给与他们的益处，也不过如此。而况事后走不了几步，他们并这一点愉快也就忘却了。"[②]"张着嘴看剥羊，仿佛很愉快"，如果以精神分析的角度看，涉及人的无意识的恶性或攻击性。"以前的俄国的英雄们，实在以种种方式用了他们的血，使同志疲惫，使好心肠人堕泪，使刽子手有功，使闲汉得消遣。总是有益于人们，尤其是有益于暴君，酷吏，闲人们的时候多；餍足他们的凶心，供给他们的谈助。……英雄的血，始终是无味的国土里的人生的盐，而且大抵是给闲人们作生活的盐，这倒实在是很可诧异的。"[③]1928年4月6日的《申报》上登载的《长沙通信》，记叙了湖南屠杀共产党人，其中有三名年轻女性，于是引起大批民众的围观："全城男女往观者，终日人山人海，拥挤不通。加以公魁郭亮之首级，又悬之司门口示众，往观者更众。司门口八角亭一带，交通为之断绝。计南门一带民众，则看郭亮首级后，又赴教育会看女尸。北门一带民众，则在教育会看女尸后，又往司门口看郭首级。全城扰攘，铲共空气，为之

① 鲁迅：《我之节烈观》，《鲁迅全集》第1卷，人民文学出版社，1981年，第124页。

② 鲁迅：《娜拉走后怎样》，《鲁迅全集》第1卷，人民文学出版社，1981年，第163页。

③ 鲁迅：《〈争自由的波浪〉小引》，《鲁迅全集》第7卷，人民文学出版社，1981年，第304页。

骤涨；直至晚间，观者始不撕日间之拥挤。”鲁迅说：“我一读，便仿佛看见司门口挂着一颗头，教育会前列着三具女尸。而且至少是赤膊的，——但这也许我猜得不对，是我自己太黑暗之故。而许多民众，一批是由北往南，一批是由南往北，挤着，嚷着……。再添一点蛇足，是脸上都表现着或者正在神往，或者已经满足的神情。”[①]“我临末还要揭出一点黑暗，是我们中国现在（现在！不是超时代的）民众，其实还不很管什么党，只要看头和女尸。只要有，无论谁的都有人看，拳匪之乱，清末党狱，民二，去年和今年，在短短的二十年中，我已经目睹或耳闻了好几次了。”[②]面对这种状态，鲁迅说：“总结起来，我自己的对于苦闷的办法，是专与袭来的苦痛捣乱，将无赖手段当作胜利，硬唱凯歌，算是乐趣，这或者就是糖罢。但临末也还是归结到‘没有法子’，这真是没有法子！”[③]这是非常典型的尼采主义。尼采呼喊“超人”，超人具有最高的意义，但是最终，“超人”终究会被“末人”吞噬，“超人”仅仅在于其在“末人”之中高扬了自我的意志，历史的意义仅仅在于此。

普通的人与人之间，即在那些“被侮辱与被损害者”之间，也是相互伤害的，这体现出意志的自私性和盲目性。鲁迅往往以日常的生活状态，来展示这种残酷，是“几乎无事的悲剧”：“这些极平常的，或者简直近于没有事情的悲剧，正如无声的言语一样，非由诗人画出它的形象来，是很不容易觉察的。然而人们灭亡于英雄的特别的悲剧者少，消磨于极平常的，或者简直近于没有事情的悲剧者却多。”[④]咸亨酒店的“看客”在看孔乙己的时候，看到的是孔乙己脸

---

① 鲁迅：《铲共大观》，《鲁迅全集》第4卷．人民文学出版社，1981年，第105—106页

② 鲁迅：《铲共大观》，《鲁迅全集》第4卷，人民文学出版社，1981年，第106页。

③ 鲁迅：《两地书·二》，《鲁迅全集》第11卷，人民文学出版社，1981年，第16页。

④ 鲁迅：《几乎无事的悲剧》，《鲁迅全集》第6卷，人民文学出版社，1981年，第371页。

上的“伤疤”——精神创伤。他们始终逼视孔乙己最痛苦的地方：偷盗和科举失败，一再质问他是否偷盗，嘲笑他连半个秀才也捞不到。孔乙己的尴尬难堪，“引得众人都哄笑起来：店内外充满了快活的空气。”他们的目的显然不在于维护社会正义或者反对科举制度，社会正义和科举制度仅仅是向孔乙己施加精神暴力的工具。《祝福》中的“看客”也具有同样心理。当祥林嫂第二次回到鲁镇的时候，人们先是听她讲述儿子被狼吃掉的悲惨故事，“有些老女人没有在街头听到她的话，便特意寻来，要听她这一段悲惨的故事。直到她说到呜咽，她们也就一齐流下那停在眼角的眼泪，叹息一番，满足的去了，一面还纷纷的评论着。”甚至看见小孩儿在场就专门问她：“祥林嫂，你的阿毛如果还在，不是也就有这么大了么？”然后又将注意力集中在她头上的“伤疤”。针对她嫁过第二个男人，便以封建贞操观念向追问她那时为什么没有反抗到底守住贞操。但是，这并不意味“看客”以维护封建文化为己任，相反，他们对贞操观念毫无兴趣，“贞操观念”业已成为他们虐待祥林嫂的工具。“柳妈的打皱的脸也笑起来，使她蹙缩得像一个核桃；干枯的小眼睛一看祥林嫂的额角，又钉住她的眼。祥林嫂似乎很局促了，立刻敛了笑容，旋转眼光，自去看雪花。”[①]这“干枯的小眼睛”中凝聚着贪婪的精神暴力。当这些“看客”以个体面目在作品中浮现出来的时候，其内在欲望便凸现出来。《肥皂》中的“看客”由于被看者是女性，从而表现出强烈的身体欲望想象。四铭作为一个“看客”，表面上以捍卫封建“孝道”为己任，但是，在骨子里却充满着欲望想象和体验。赞扬、表彰孝女，只是他欲望的伪装，真正支配他的不是孝道，而是一种性欲。那块肥皂与其说是给妻子买的，还不如说是他个人欲望的意象。

《示众》是鲁迅唯一的一篇专门书写“看客”的小说。它的特殊之处就在于鲁迅有意放逐文化理性，从而凸显出“看客”的精神暴

① 鲁迅：《祝福》，《鲁迅全集》第2卷，人民文学出版社，1981年，第19页。

力。这里没有任何文化冲突和社会冲突，只是一群人看一个人。“被看者”是一个被警察用绳子栓住牵着的男人，他的文化属性和社会属性完全是空白的。他不是夏瑜那样的革命者，不是娟生、子君、魏连殳等觉醒者，也不是祥林嫂、单四嫂子那样的苦难者。他只是一个被看的对象。“看客”是街头上的形形色色的人，男女老少，高的矮的胖的瘦的，他们同样没有任何文化属性和社会属性。这样在“看客”与“被看者”之间，我们无法进行进步与落后、正义与非正义、道德与非道德的理性判断，我们所能够感受到的就是“看客”那种贪婪的眼光。这里，鲁迅用非常冷漠的叙述笔调，描述着“看客”的外部行为、动作，但是，透过这些“看客”的无聊、麻木的表情，我们仿佛能够感受到一个无边的欲望海洋，有一种沉闷而令人生畏的力量。鲁迅说：“社会太寂寞了，有了这样的人，才觉得有趣些。人类是喜欢看戏的，文学家自己来做戏给人家看，或者绑出去砍头，或是在最近墙脚下枪毙，都可以热闹一下子，且如上海巡捕用棒打人，大家围着去看，他们自己虽然不愿意挨打，但看见人家挨打，倒觉得颇有趣的。”[①]这种对“看客”的愤怒，就十分明确地将“看客”心态置于人类欲望的海洋之中了。鲁迅在批判群众愚昧的时候，往往涉及这种情景。《药》中“看客”的愚昧在表层上是政治理性的缺失，他们根本就不理解辛亥革命与自身的关系，但是，观赏“砍头”“人血馒头”却又带有“渴血的欲望”暗示。“人血馒头”不仅小栓吃着香，那个驼背五少爷一到茶馆就闻到香味。那些无名的看客也同样具有的“血的欲望”：“老栓又吃一惊，睁眼看时，几个人从他面前过去了。一个还回头看他，样子不甚分明，但很像久饿的人见了食物一般，眼里闪出一种攫取的光。……（老栓）仰起头两面一望，只见许多古怪的人，三三两两，鬼似的在那里徘徊；定睛再看，却也看不出什么别的

① 鲁迅：《文艺与政治的歧途》，《鲁迅全集》第7卷，人民文学出版社，1981年，第119页。

奇怪。”[①]阿Q在临刑前也看到类似的目光：“阿Q于是再看那些喝彩的人们。这刹那中，他的思想又仿佛旋风似的在脑里一回旋了。四年之前，他曾经在山脚下遇见一只狼，永是不近不远的跟定他，要吃他的肉。……可是永远记得那狼眼睛，又凶又怯，闪闪的像两颗鬼火，似乎远远的来穿透了他的皮肉。这回他又看见从来没有见过的更可怕的眼睛了，又钝又锋利，不但已经咀嚼了他的话，并且还要咀嚼他皮肉以外的东西，永是不远不近的跟他走。这些眼睛似乎连成一气，已经在那里咬他的灵魂。”[②]

鲁迅对人与人之间的“隔膜”往往格外敏感，而且，总是将自我体验深深地融入其中。在《故乡》里有“我”与闰土之间的“隔膜”。“我想到希望，忽然害怕起来了。闰土要香炉和烛台时候，我还暗地里笑他，以为他总是崇拜偶像，什么时候都不忘却。现在我所谓希望，不也是我自己手制的偶像么？只是他的愿望切近，我的愿望茫远罢了。”祥林嫂不仅与“我”、与鲁四老爷之间存在“隔膜”，与其他人也有“隔膜”。在《自言自语（六）·我的父亲》中，鲁迅说自己与父亲之间也存在着“隔膜”，在父亲临死之前，由于自己的大叫，“扰乱我父亲的死亡，使他只得听叫‘爹爹’，却没有听到有人向荒山大叫。”在“杨树达事件”的处理中，也透漏出鲁迅对人与人之间的隔膜、猜疑的深入思考。面对青年学生，鲁迅真诚地承认自己的错误，但是，加深了他对人与人的隔膜、猜疑的看法，“现在我对于那记事后半篇中神经过敏的推断这几段，应该注销。但以为那记事却还可以存在：这意外地发露了人对人——至少是他对我和我对他——互相猜疑的真面目了。”[③]

---

① 鲁迅：《药》，《鲁迅全集》第1卷，人民文学出版社，1981年，第441页。

② 鲁迅：《阿Q正传》，《鲁迅全集》第1卷，人民文学出版社，1981年，第526页。

③ 鲁迅：《杨君袭来事件辩正》，《鲁迅全集》第7卷，人民文学出版社，1981年，第49页。

2. 没有“黄金世界”

基于这种对生成、流变的沉醉，鲁迅猛烈抨击“黄金时代”“希望”“将来”：

“现在你们这些理想家，又在那里嚷什么女子剪发了，又要造出许多毫无所得的痛苦的人！”

“我要接了阿尔志跋绥夫的话问你们：你们将黄金时代的出现约给这些人们的子孙了，但有什么给这些人自己呢？”——《头发的故事》

有我所不乐意的在天堂里，我不愿去；有我所不乐意的在地狱里，我不愿去；有我所不乐意的在你们将来的黄金世界里，我不愿去。——《影的告别》）

“仰慕往古的，回往古去罢，……想上天的，快上天罢！……现在的地上，应该是执着现在，执着地上的人们居住的。”①

我看一切理想家，不是怀念“过去”，就是希望“将来”，而对于“现在”这一个题目，都缴了白卷，因为谁也开不出药方。所以最好的药方，即所谓“希望将来”的就是。

将来这回事，虽然不能知道情形怎样，但有是一定会有的，就是一定会到来的，所虑者到了那时，就成了那时的“现在”。②

① 鲁迅：《杂感》，《鲁迅全集》第3卷，人民文学出版社，1981年，第49页。

② 鲁迅：《两地书·四》，《鲁迅全集》第11卷，人民文学出版社，1981年，第20页。

即使在30年代，鲁迅仍然反对黄金时代，1933年的《听说梦》中说："虽然梦'大家有饭吃'者有人，梦'无产阶级社会者'有人，梦'大同世界'者有人，而很少有人梦见建设这样社会以前的阶级斗争，白色恐怖，轰炸，虐杀，鼻子里灌辣椒水，电刑……倘不梦见这些，好社会是不会来的，无论怎么写得光明，终究是一个梦，空头的梦。"①1935年，鲁迅给一个日本朋友的信上说："前次惠函中曾提及天国一事，其实我是讨厌天国的。中国的善人们我大抵都厌恶，倘将来朝夕都同这样的人相处，真是不堪设想。"②

在鲁迅那里，"现在"也是"将来"，"将来"就是"现在"。世界是永远冲突的、矛盾的，世界只是一个过程。不存在任何先定的目标和规划。

鲁迅对中国传统戏曲小说的"大团圆"的尖锐批判，也是对"黄金时代"否定的另一种语言。"大团圆"就是"黄金时代"心理的一种表现。中国缺少悲剧文化，即使是社会悲剧，也往往被喜剧化。中国传统小说、戏剧缺少悲剧性，无论怎样悲剧的人和事，最后，一定是一个美满的结局。王国维最先指出中国戏剧的这种现象，并把它看作中国人的一种乐天的态度。胡适也批评这种大团圆文学是一种撒谎的文学。实际上，这种"大团圆"式的乐观态度，也显示了中国文化对世界的一种理解。中国文化由于长期以来的大一统统治，形成了一种对安稳、宁静、和谐的世界观，一种强大的结构性力量，无论怎样，总是存在一个强大的向心力量，总试图把破碎世界组合成一个清晰的结构。儒家的道/天理，总能够涵盖世界、宇宙的一切。一切都能找到清晰的原因和结果。冥冥之中总是存在着一种天道正义、社会正义或伦理正义。比如汉代的"郭巨埋儿"被作为中国孝道经典。郭巨本来是因为家境贫寒无力供养母亲，才要埋掉自己的小儿，但是，到

---

① 鲁迅：《听说梦》，《鲁迅全集》第4卷，人民文学出版社，1981年，第468页。

② 鲁迅：《350627 致山本初枝（译文）》，《鲁迅全集》13集，人民文学出版社，第638页。

了刘向《孝子传》中，郭巨家庭却是富裕的，他都把财产赠送给两个弟弟；孩子是才出生的。结尾都是：郭巨挖坑要埋掉孩子的时候，却从底下发现大量黄金，上书：“天赐郭巨，官不得取，民不得夺。”一个因贫困而引发的悲剧，就这样被轻易地消解了。《窦娥冤》的冤情最后感天动地，终于得到昭雪。《赵氏孤儿》的孤儿报仇，《汉宫秋》的“团圆梦境”，《琵琶记》的“玉烛调和”，梁山伯与祝英台死后还能变成蝴蝶一起飞舞。一些才子佳人的小说往往是“发乎情，止乎礼义”，一切都恢复到原来的轨道。中国传统的孔子之道，就是礼，就是仁，也就是一整套政治秩序和道德秩序。汉儒将这种道绝对化，变成了“天”，天道即人道。一方面“天”被人化为一种人间秩序，另一方面，人间秩序又代表了天的秩序。从天上到人间，一切都变得因果分明、条理清晰。儒家倡导一种中庸之道，这种中庸之道和尼采所说的日神精神非常类似。中庸，就是适度、节制，不过分，而所谓的“度”也就是儒家之道。道家文化虽然将自己的“道”从儒家那里挣脱出来，而且，也具备了矛盾、冲突的运动性特征，但是，却被压抑、排斥，在魏晋以后，就一直没有得到更广泛的发挥。尤其是，道家被日益作为一种虚静主义，使道家本来的流动、冲突的道变成了静谧无声的道，以至于道家变成了一种休闲文化。所以，鲁迅说老子思想是“不撄人心”。正如尼采将“真正的世界”——理性世界——“永恒真理”与权力联系在一起一样，鲁迅也将儒家的“道”与统治权力联系在一起。在鲁迅看来，天道掌握在皇权手里，中国儒家的所谓“天道”也无非是知识分子试图“挟天子以令诸侯”的权力欲望。中国的所谓王道与霸道无法分开。鲁迅也把这种大团圆归结为一种懦弱、卑怯的心理。鲁迅说：“中国的文人，对于人生——至少是对社会现象，向来就没有正视的勇气”，“从他们的作品上来看，有些人确也早已感到不满，可是一到快要显露缺陷的危机一发之际，他们总要即刻连说‘并无其事’，同时闭上了眼睛。这闭着的眼睛便看见一切圆满，当前的苦痛不过是‘天之降大任于是人也，必先苦其心志，劳其筋骨，饿其体肤，空乏其身，行拂乱其所为。’于是无问题，无缺陷，无不平，也就无解决，无改革，无反抗。因为凡事总要‘团圆’，正无须焦躁；放心喝茶，睡觉大吉。”[①]鲁迅把这种大团圆心理上升到国民劣根性上，“中国人的不敢正视各方面，用瞒和骗，造出奇妙的逃路来，而自以为正路。在这路上，就证明着国民性的怯弱，懒惰，而又巧滑。一天一天的满足着，即一天一天的堕落着，但却又觉得日见其光荣。”[②]

3．历史循环：重复的“变戏法”

鲁迅对生成、流变的体验，有时被一种乐观的情绪所鼓舞、激荡，很容易引发一种有关理性和进步感或历史目的的想象，但是，如果仔细阅读鲁迅的话，如果我们尽量克制祛除自己的根深蒂固的进步主义心理的话，就不难发现，与其说鲁迅是一种历史目的论者，还不如说是历史过程论者、循环论者。一方面，历史是一个无限的过程，它必须而且只能不断向前，另一方面，又总是存在着无可避免的“复归”的惰性，向前的冲动、奔腾与复归、停滞的惰性并存，两者都是社会历史难以抗拒的力量，为此，历史不断处在冲突、斗争之中。

在五四文学革命时期，鲁迅曾把自己的小说创作看作“遵命文学”，遵循着新文化运动先驱者的“命令”，把自己小说叙述动机看作“揭出病苦，引起疗救的注意”，并在有的作品中故意添加一个明亮一点儿的结局，以给人一种希望感或历史方向感。在《狂人日记》里，鲁迅让狂人呼喊“救救孩子”，呼喊“真的人”，往往被看作鲁迅对未来、希望的象征，五四时期鲁迅强调以幼者为本位，“横眉冷

① 鲁迅：《论睁了眼看》，《鲁迅全集》第1卷，人民文学出版社，1981年，第238页。

② 鲁迅：《论睁了眼看》，《鲁迅全集》第1卷，人民文学出版社，1981年，第240页。

对千夫指，俯首甘为孺子牛”。小说《药》的结局就被鲁迅添加了亮色。鲁迅在将中国历史看作是做稳了奴隶与想做奴隶而不得的循环时，也呼喊着要人们创造第三个时代：“人的时代”。在30年代，鲁迅在总结自己的思想的时候，认为自己是进化论的信仰者，“我一向是相信进化论的，总以为将来必胜于过去，青年必胜于老年……，我在广东，就目睹了同是青年，而分成两大阵营，或则投书告密，或则助官捕人的事实！我的思路因此轰毁。”[①]这些都很容易把人引入一种革命理性或启蒙理性之中。

鲁迅的密友瞿秋白，首先将这种“转变”赋予一种政治性的进步意义，在《〈鲁迅杂感选集〉序言》中“鲁迅从进化论进到阶级论，从绅士阶级的逆子贰臣进到无产阶级和劳动群众的真正的友人，以至于战士，他是经历了辛亥革命以前直到现在的四分之一世纪的战斗，从痛苦的经验和深刻的观察之中，带着宝贵的革命传统到新的阵营里来的。”[②]此后，经由毛泽东的阐释，鲁迅的革命精神被牢固地纳入新民主主义革命的历史目的之中，鲁迅变成革命圣人。鲁迅一直被一种“从……到……”的线性观念笼罩。“文革”结束以后，王富仁的“启蒙鲁迅”动摇了“左翼鲁迅”，“左翼鲁迅”逐渐淡化，“启蒙鲁迅”逐渐扩散，但是，这种“启蒙鲁迅”又将鲁迅纳入一种启蒙理性之中，纳入思想文化——进步的历史目的论之中。1987年，李泽厚将鲁迅定位于“提倡启蒙，超越启蒙”，将“超越启蒙”看作鲁迅超越一般五四作家的独特之处。强调了尼采、安特莱夫、迦尔洵、橱川白村等人对鲁迅的深刻影响，将鲁迅看作加缪笔下席席福斯那样的“荒诞的英雄”。汪晖的《反抗绝望》是李泽厚这一思路的扩展，其突出贡献是对青年鲁迅思想结构的分析。他认为，鲁迅早期思

① 鲁迅：《〈三闲集〉序言》，《鲁迅全集》第4卷，人民文学出版社，1981年，第5页。

② 瞿秋白：《〈鲁迅杂感选集〉序言》，《红色光环下的鲁迅》，河北教育出版社，2001年，第21页。

想中存在着一种巨大的悖论，一方面是理性的，具有历史目的的启蒙思想，就是立人，通过人的思想改造，达到建立现代化民族国家的目的，另一方面，却又接受了叔本华、尼采、施蒂纳等人的现代生命哲学。这些生命哲学，使鲁迅对历史理性发生怀疑和动摇。“中间物”的概念是汪晖的又一贡献，但是，这一概念却没有得到合理的阐释，仅仅局限于生命的时间性限制，和鲁迅具有很大的距离。汪晖对《野草》“反抗绝望”的分析是李泽厚的“荒诞的英雄”的丰富、深入和细化。汪晖对鲁迅历史循环感的认识，现在看起来更有启发性，但是，汪晖的分析却仅仅局限于鲁迅个人心理、经验问题，总之，在汪晖这里，虽然动摇了“启蒙鲁迅”，但是，还没有将非启蒙性鲁迅的复杂性、尖锐性与鲁迅文学世界更深入地联系起来。造成这种局面的原因，也许在于启蒙鲁迅与超越启蒙鲁迅之间的这种二元结构。这种结构的背后是强大的启蒙理性/历史进步主义的心理习惯。不是鲁迅必然会被启蒙理性影响，五四新文化运动的启蒙文化根本就不像80年代所理解的那样明晰、单纯，而是我们希望将鲁迅纳入启蒙理性的明晰的历史轨道中来。我们不适应丰富性与多元性，以及由此带来的混沌无序。通往民族国家现代性本身就是歧路丛生的地带，具有多种可能性，渴求民族富强完全可以通过各种各样的思想表达。从鲁迅自身来看，他一直对启蒙理性没有好感，也缺乏启蒙思想资源。在新文化运动发生之际，鲁迅对新文化运动是冷眼旁观的，缺乏一种乐观的理性的历史主义态度。他在与人通信的时候说，“比年来，国内不靖，影响及于学界，纷扰已经一年。世之守旧者，以为此事实为乱源；而维新者又赞扬甚至。全国学生，或被称为祸萌，或被誉为志士；然由仆观之，则于中国实无何种影响，仅是一时之现象而已；谓之志士固过誉，谓之乱萌。要之，中国一切旧物，无论如何，定必崩溃；倘能采用新说，助其变迁，则改革较有秩序，其祸必不如天然崩溃之烈。而社会守旧，新党又行不顾言，一盘散沙，无法粘连，将来除无可收拾外，殆无他道也。”[①]鲁迅与钱玄同在S会馆的那番对话表明，他没有摧毁“铁屋子”的历史主义态度。他不是把新文化先驱者当作历史道路上的指路明灯，而是将他们转化为一种深切的自我认同，他的“遵命文学”其实还是听凭自己内心的召唤。青年鲁迅曾经梦想着做一个振臂一呼应者云集的浪漫主义英雄，然而，这种英雄梦很快就破碎了。他将新文化运动、文学革命的提倡者看作当年的自己，能够理解、同情他们的寂寞、孤独，因而，加以支持。

如果审视鲁迅有关历史进步的信念，我们立刻就会发现其中的蹊跷，这种进步感往往只停留在“救救孩子”“真的人”“亮色”这样一种空洞的展望，而且点到为止，从不进入太深。和他早期所说的“人国”几乎没有什么差别。他好像来到一个门槛前，只是张望了一下，就立刻停止了自己的脚步。他宁可让门内的风景变成一种模糊的存在。即使是30年代他对苏联的认同，也停留在一种基本的态度上，“一切神圣不可侵犯的东西，都像粪土一般被抛掉，而一个崭新的，真正空前的社会制度从地狱里涌现而出，几万万的群众自己做了支配自己命运的人。”[②]

在五四时期，鲁迅对新村运动、工读团之类似乎毫无兴趣，但对于俄国十月革命却十分兴奋，“他们因为所信的主义，牺牲了别的一切，用骨肉碰钝了锋刃，血液浇灭了烟焰。在刀光血色的衰微中，看出一种薄明的天色，便是新世纪的曙光。”[③]鲁迅认为，刀与剑是社会改革的利器。鲁迅不是20年代后期才倾向革命的，而是一开始就倾向于革命。但是，鲁迅的革命不同于一般有组织的政治革命，而是一种永远进击、永不停歇的革命。“革命无止境，倘使世上真有什么‘止

① 鲁迅：《200504 致宋崇义》，《鲁迅全集》第11卷，人民文学出版社，1981年，第369—370页。

② 鲁迅：《林克多〈苏联见闻录〉序》，《鲁迅全集》第4卷，人民文学出版社，1981年，第426页。

③ 鲁迅：《五十九 · “圣武”》，《鲁迅全集》第1卷，人民文学出版社，1981年，第356页。

于至善'，这人间世也便同时变了凝固的东西了。"[①]这种永无止境的革命观，要让"后方"也浸透着革命精神。在《中山大学开学致语》中，鲁迅说："现在，四近没有炮火，没有鞭笞，没有压制，于是也就没有反抗，没有革命。所有的多是曾经革命，将要革命，或向往革命的青年，将在平静的空气中，度着探求学术的生活。但这平静的空气，必须为革命的精神所弥漫；这精神则如日光，永永放射，无远弗到。"[②]鲁迅赞颂孙中山："中山先生的一生历史俱在，站出世间来就是革命，失败了还是革命；中华民国成立之后，也没有满足过，没有安逸过，仍然继续着进向近于完全的革命工作。直到临终之际，他说道：革命尚未成功，同志仍需努力！"[③]1927年，上海工人第三次武装起义成功和北伐军攻克南京，鲁迅继续高扬不断革命的革命观，他称赞列宁的观点，把列宁看作"革命的老手"，把自己痛打落水狗的精神与革命联系起来。他认为"庆祝"与"革命"毫无干系，一旦革命停止，就面临着失败的危险，甚至一旦成为革命的后方，也潜藏着威胁革命的因素。"最后的胜利，不在高兴的人们的多少，而在永远进击的人们的多少。""艰苦的进击者向前进行，遗下广大的已经革命的地方，使我们可以放心歌呼，也显示出革命者的色彩，其实是和革命毫不相干。这样的人们一多，革命的精神反而会从浮滑，稀薄，以至于消亡，再下去是复归。"[④]1930年鲁迅加入左翼作家联盟，在"左联"成立的大会上，他仍然强调不断革命。他告诉那些革命青年作家，革命并不是容易的事情，不断提醒幻想革命以后在太平世界坐享幸福是不可能的。

这种不断革命论同时也伴随着一种历史"复归"感，一种循环

① 鲁迅：《黄花节有感》，《鲁迅全集》第3卷，人民文学出版社，1981年，第273页。

② 鲁迅：《中山大学开学致语》，《鲁迅全集》第8卷，人民文学出版社，第159页。

③ 鲁迅：《中山先生逝世后一周年》，《鲁迅全集》第7卷，人民文学出版社，第293页。

④ 鲁迅：《庆祝沪宁克复的那一边》，《鲁迅全集》第8卷，人民文学出版社，1981年，第163页。

感。鲁迅说，将来就没有黑暗了吗？成仿吾们要是革命成功了，他恐怕要被充军、发配到北极圈里去了。他曾经对冯雪峰说，将来你们成功了，恐怕要把我杀头吧。鲁迅在与创造社、太阳社激烈论战的时候，就意识到革命与历史循环是相伴而生的。在《文艺与政治的歧途》中，“我每每觉到文艺和政治时时在冲突之中，文艺和革命原不是相反的，两者之间，倒有不安于现状的同一。惟政治是要维持现状，自然和不安于现状的文艺处在不同的方向。”[①]“在革命的时候，文学家都在做一个梦，以为革命成功将有怎样一个世界；革命以后，他看看现实完全不是那么一回事，于是他又要吃苦了。照他们这样叫，啼，哭都不成功；向前不成功，向后也不成功，理想和现实不一致，这是注定的运命。”[②]鲁迅说，苏联革命以前，“叶遂宁和梭波里，他们都讴歌过革命，直到后来，他们还是碰死在自己所讴歌希望的现实碑上，那时，苏维埃是成立了！”[③]文艺与革命之间之所以冲突不断，就是因为文艺是一种个人的生命性的力量，政治家则是社会统一秩序的力量。虽然在革命过程中两者会有联合，但是，在革命成功之后，政治家照样仍然反对文艺家，仍然是将他们杀头。文艺与政治的分与合，是一个历史循环的过程，而不是一个进步过程。社会结构总是对个人构成压抑，总是趋向于一种稳固的结构，而为了这种稳固结构，社会不惜牺牲任何个体存在，而同时，一旦稳固结构形成，社会似乎也失去了生机和动力，世界/社会总是处在这样的循环性运动之中。在鲁迅的意识之中，激烈的叛逆、反抗与循环性一开始就联系在一起的。《狂人日记》中的狂人激烈呐喊打破的同一性的结构，可是，当他病愈以后一切又复归于原来的状态。《长明灯》也同样是这

① 鲁迅：《文艺与政治的歧途》，《鲁迅全集》第7卷，人民文学出版社，1981年，第113页。

② 鲁迅：《文艺与政治的歧途》，《鲁迅全集》第7卷，人民文学出版社，1981年，第119页。

③ 鲁迅：《文艺与政治的歧途》，《鲁迅全集》第7卷，人民文学出版社，1981年，第119页。

种循环，疯子被抓起来以后，一切复归了。N先生，吕纬甫为一种现实的沉闷所压抑，他感到自己在这种庸常的生活之中完全丧失朝气、锐气，把自己看作是一只苍蝇，飞了一圈儿又落回到原来的那个点上。《孤独者》也类似，尽管魏连殳的心灵依然在顽强地坚守，但是，他无法抗拒那种沉闷的现实，就其外部经历而言，他依然又回到了原来的状态。《野草》中的《失掉的好地狱》也是一种循环史观。魔鬼统治着地狱，鬼魂们渐渐苏醒过来，它们向人间发出反抗的绝叫，人类应声而起，反抗魔鬼的统治并获得了最后的胜利，在地狱的门上也竖起了人类的旗帜。但是，当鬼魂们欢呼雀跃的时候，人类整顿地狱的使者来临，用人类的威严叱咤一切鬼魂，鬼魂再想反抗的时候，便成为人类的叛徒，得到永久的惩罚。“人类于是完全掌握了主宰地狱的大威权，那威棱且在魔鬼以上。人类于是整顿废弛，先给牛首阿旁以最高的奉草；而且添薪加火，磨砺刀山，使地狱全体改观，一洗先前颓废的气象。”①

1933年，鲁迅在《现代史》中，把中国现代史比作街头的“变戏法”。

从我有记忆的时候起，直到现在，凡我所曾经到过的地方，在空地上，常常看见有“变把戏”的，也叫作“变戏法”的。

这变戏法的，大概只有两种——一种，是教一个猴子戴起假面，穿上衣服，耍一通刀枪；骑了羊跑几圈。还有一匹用稀粥养活，已经瘦得皮包骨头的狗熊玩一些把戏。末后是向大家要钱。

一种，是将一块石头放在空盒子里，用手巾左盖右盖，

---

① 鲁迅：《失掉的好地狱》，《鲁迅全集》第2卷，人民文学出版社，1981年，第200页。

变出一只白鸽来；还有将纸塞在嘴巴里，点上火，从嘴角鼻孔里冒出烟焰。其次是向大家要钱。要了钱之后，一个人嫌少，装腔作势的不肯变了，一个人来劝他，对大家说再五个。果然有人抛钱了，于是再四个，三个……

抛足之后，戏法就又开了场。这回是将一个孩子装进小口的坛子里面去，只见一条小辫子，要他再出来，又要钱。收足之后，不知怎么一来，大人用尖刀将孩子刺死了，盖上被单，直挺挺躺着，要他活过来，又要钱。

"在家靠父母，出家靠朋友……Huazaa！Huazaa！"变戏法似的装出撒钱的手势，严肃而悲哀的说。

别的孩子，如果走近去想仔细的看，他是要骂的；再不听，他就会打。

果然有许多人Huazaa了。待到数目和预料的差不多，他们就检起钱来，收拾家伙，死孩子也自己爬起来，一同走掉了。

看客们也就呆头呆脑的走散。

这空地上，暂时是沉寂了。过了些时，就又来这一套。俗语说，"戏法人人会变，各有巧妙不同。"其实是许多年间，总是这一套，也总有人看，总有人Huazaa，不过其间必须经过沉寂的几日。

我的话说完了，意思也浅得很，不过说大家Huazaa！Huazaa一通之后，又要静几天了，然后再来这一套。

到这里我才记得写错了题目，这真是成了"不死不活"的东西。[①]

---

① 鲁迅：《现代史》，《鲁迅全集》第5卷，人民文学出版社，1981年，第89—90页。

鲁迅在同一年发表的《看变戏法》，也同样是以街头变戏法象征循环史观的。只是变戏法的道具由猴子变成了黑熊，其他什么也没有变。“事情真是简单得很，想一下，就好像令人索然无味。然而我还是常常看。此外叫我看什么呢，诸君？”[①]鲁迅开篇就说“我爱看‘变戏法’”则更是耐人寻味。

在为鲁迅所称赞的那些“中国的脊梁”的命运上看，也能看出鲁迅对社会结构的冷静洞察。1934年，鲁迅发表历史小说《非攻》。在《非攻》中，墨子阻止了楚国进攻贫弱的宋国，但是，当他回到宋国的时候，却被宋国抛弃了。宋国却没有任何变化，只是维系着先前的秩序而已。墨子，“一进宋国界，就被搜检了两回；走近都城，又遇到募捐救国队，幕去了破包袱；到得难关外，又遭到大雨，到城门下想避雨，被两个执戈的巡兵赶开了，淋得一身湿，从此鼻子塞了十多天。”[②]1935年，距离鲁迅去世仅仅一年的时间，鲁迅发表历史小说《理水》。《理水》中的大禹埋头苦干，终于治水成功，当他胜利返回京城的时候，他受到了众人的热爱和拥戴，也受到了最高统治者的表彰，乃至被奉为英雄，成为全国民众学习的榜样。社会战胜了洪水灾难，恢复所谓和平宁静的生活，但是，小说的结尾却暗示着一种社会死亡的征兆：

> ……但幸而禹爷自从回京以后，态度也改变一点了：吃喝不考究，但做起祭祀和法事来，是阔绰的；衣服很随便，但上朝和拜客时候的穿著，是要漂亮的。所以市面仍旧不很受影响，不多久，商人们就又说禹爷的行为真该学，皋爷的新法令也很不错；终于太平到连百兽都会跳舞，凤凰也飞来凑热闹

① 鲁迅：《看变戏法》，《鲁迅全集》第5卷，人民文学出版社，1981年，第318页。
② 鲁迅：《非攻》，《鲁迅全集》第2卷，人民文学出版社，1981年，第464页。

了。[①]

任何熟悉鲁迅的人都会看出这种结局的冷静讽刺。禹爷也从英雄变成了一个帮忙者。“太平”盛世，不是鲁迅所一贯反对的黄金世界的暗示吗？

鲁迅在晚年与冯雪峰聊天的时候，曾经表达这种意思：“我自己一向就很少去想策略、策略的运用这类事情，虽然在打文字仗上，我还算是留意敌人的阴谋，还能够拆穿这些东西的挖空心思的诡计，往往能够打中敌人的致命的要害；但我也只留心思想界的事情，又只限于一个角落的斗争，革命全面的策略，很少去想。也确实没有想过革命怎样才会成功的问题。自然，现在就去想成功，是太早的；但我，老实说，也没有去想过敌人什么时候会失败的事情。就只觉得这样和他（敌人）扭打下去就是了。没去想过扭打到那一天为止的问题；自然，胜利在我们，是总明白的，也不必去想了。……”[②]

这是一种尼采式的浪漫主义世界观，也是尼采式的浪漫主义历史观，这将历史看作无限创造与循环并置交织的一种历史过程。尼采回到古希腊的悲剧时代，就历史观而言，既是向后看，同时也是向前看，他是以向后看象征向前看。浪漫主义否定启蒙理性的直线性、机械性的清晰明确的历史目的以后，展现出一种整体性、有机性、无限性的历史观。在浪漫主义看来，历史过程是一个无限的创造过程，无法用既定的预设的规律加以衡量，它不是那种可以检验的或有效的历史通道，而是混合着人的精神欲望并与人的存在一体化的鲜活的场域，充满着偶然性、不确定性或戏剧性，具有无限的可选择性。历史的选择性是在不同历史力量之间的冲突、矛盾中展开的，是人和不同的社会团体不断搏斗展现出来的不断超越自己的过程。这个选择

---

① 鲁迅：《理水》，《鲁迅全集》第2卷，人民文学出版社，1981年，第386页。

② 冯雪峰：《冯雪峰忆鲁迅》，河北教育出版社，2001年，第97页。

的过程不是由普通人或某种一般的意识来完成的，而是由杰出的英雄个人或团体来进行的，历史是被这个过程创造出来的。尼采说，“人类之所以伟大，是因为他是一座桥梁，而非目的；人类之所以可爱，是因为他是一种过渡，一种坠落。”[①]这种历史观，显然是英雄史观，同时，也是动态性的史观，但另一方面，这种无限创造的过程，也同时是循环的过程特点。既然世界处在永恒循环的过程之中，那么，人的历史也不能例外。历史就像尼采所说的儿童在沙滩上玩游戏一样，拆了再重建，重建再拆除，永无止境，无限循环。伯林在《浪漫主义的根源》中，对浪漫主义进行了精辟的分析。他并没有在意浪漫主义的英雄史观或循环特点，而是强调了浪漫主义的无限创造的历史观。他认为，浪漫主义的一个重要原则就是“世上并不存在事物的结构”，“不存在一个你必须适应的模式。只有一样，那就是世界是永无止境的自我创新，如果不把世界说成是涌流的话。物理学、化学和其他自然科学教我们把世界看成一连串的事实、事件模式、空间里的堆积物、坚不可摧的关系维系起来的三维实体，他们的认识错了。世界是一个永远挺身向前、永远自我创造的过程，要么对人充满了敌意——叔本华就这么认为，某种程度上来说，尼采也这么认为，因此，它会颠覆人阻止它、组织它、在它怀抱里怡然自得以及把它弄成一个宜家宜居的安乐窝的所有努力；要么对人充满友善，有人就这么认为。说它友善，是因为通过你对它的认同，通过你在其中进行创造，通过你把自己投入这个伟大的过程，通过你发现自身蕴藏的创造性力量。”“无论如何，这是一个永远面向未来的创新过程，所有强加于它的设计、概括、范式都是对它不同形式的歪曲，不同形式的破坏。”[②]这种分析显然更适合鲁迅。

---

① ［德］尼采：《扎拉图斯特拉前言》，《扎拉图斯特拉如是说》，黄明嘉译，华东师范大学出版社，2009年，第38页。

② ［英］伯林：《浪漫主义的根源》，吕梁等译，凤凰传媒集团 译林出版社，2008年，第120—121页。

第五章　改良人类与改造国民性

一、尼采：我教你们“超人”

1.“超人”与“末人”

在将世界描述为生成性的同时，尼采也提供了一种人性理想即“超人”。“超人”是尼采对“上帝之死”的回答。基督教价值体系崩溃了，人究竟应该怎样获取自己的意义？有人继续着启蒙主义的精神，有人则以浪漫主义/存在主义的态度进行回答。尼采属于后者。生成的世界消解了理性主义世界的目的论，诞生了“超人”这样一种与理性主义人性设计截然不同的人性理念。世界处在无限生成的永恒循环之中，不断冲突、斗争、毁灭、再生，“超人”便成为无意义的世界的最终意义，也是尼采改造人类的宏大愿望。“我贸然允诺的最后一件事也许就是‘改良’人类了。”①

“超人”是尼采的人性理想，虽然尼采往往拒绝使用“理想”这种词以避免自己与传统、他人的混同，但是，我们在谈论“超人”的时候，却只能使用理想这个词，这不影响尼采对人性探索的创造性。就像许多思想家都会有自己的人性理想一样，尼采把自己的人性理想

① ［德］尼采：《看哪这人》，张念东等译，中央编译出版社，2005年，第10页。

也充分表达出来了。“超人”作为尼采的人性理想，并非在某个具体时期形成的，而是或明或显地表现在他的全部思想之中，他不断以不同的语言描述世界，描述人原来是什么，应该怎样，这就是“超人”的理想，其间或许有一些矛盾与差异，但是，其精神气质则完全一致。

我们发现，在尼采的著作中，很早就表现出一种对“超人”的气质的渴求。如果我们将《悲剧的诞生》作为尼采思想形成标志的话，其中关于酒神的论述，就可以看作是尼采的人性理想。酒神交织着尼采的多种意图，其中之一，就是人性理想的象征，也就是说酒神是“超人”的原型或父亲，“超人”是酒神的升华或系统化。在《作为教育家的叔本华》中，尼采就意识到“上帝之死”：“宗教的洪水消退了，留下了泥沼和池塘；各民族又分裂成相互敌对的，恨不得撕咬对方。各门科学毫无节制地和极盲目第推行放任主义，劈散和分解一切得到坚信的东西；有教养的阶层和国家被一种极为卑鄙的金钱经济所吸引。”①尼采对叔本华热情赞扬，对叔本华人格特征的分析、论述，就是对“上帝”死后人生价值和意义的回答。尼采将叔本华当作真正引导自己成长的老师。叔本华之所以称得上教育家，尼采之所以全身心地沉醉在叔本华的思想之中，就在于他的思想与行为的傲然独立，与他所处的时代为敌，是真正的不合时宜的哲学家。这是一个哲学家拥有独特自我的最重要的标志，也是尼采衡量一切人生质量的最重要的尺度。康德依附于大学，臣服于政府，是学院派的教授。尽管当时人们普遍认为康德哲学引发了一场革命，但尼采并不认为康德哲学比叔本华哲学更有价值，其根本原因就在于康德服从于国家和社会。“叔本华与学者阶层不打交道，远站一旁，追求着对国家和社会

① ［德］尼采：《不合时宜的思想》李秋零译，华东师范大学出版社，2007年，第277页。

的独立性——这就是他的榜样，他的样板。”[①]“他从里从外都仿佛是被最惊人的危险包围着的，每一个更软弱的造物都会被这些危险压死或者击碎。”[②]荷尔德林、克莱斯特与叔本华具有同样的气质，终于为德国社会所不容。叔本华没有一个支持者，没有一个真正的朋友，在他的周围乃至整个世界都是他的敌人。“我发觉你们不知道什么是孤独。在有强大的社会、政府、宗教、公共舆论的地方，简而言之在有任何一种暴政的地方，它都憎恨孤独的哲学家：因为哲学给人打开了一处暴政所不能侵入的避难所，即内心的洞穴，胸中的迷宫：而这就惹恼了暴君们。”[③]叔本华把哲学引向了一个悲壮的沉思状态，能够面对生活的整体。尼采还对比了三种不同类型的人：卢梭、歌德和叔本华。卢梭的形象，最具有大众化的作用；第二种形象即歌德，只是为了少数人制作的，为那些生活阔绰的安逸者制作的。他是对危险的骚动的校正和镇静剂，是保守的和受约束的力量，往往容易退化为庸人。第三个形象即叔本华的形象则得到尼采的高度评价。“坦率地讲，我们有一天变得相当恶，以便事情更好些，这是必要的。而鼓励我们这样做的，应当是叔本华式的人的形象。叔本华式的人承担起真诚的自愿受难，而这种受难有助于他克制他自己的固执，并为对他自己的本质的那种完全的翻转和颠倒做好准备，而导向那种翻转和颠倒，就是生活的真正意义。”[④]叔本华不是智者，而是英雄。这才是尼采喜爱叔本华的关键所在。他不追求尘世的幸福，尼采用叔本华自己的话概括了叔本华的精神，也是尼采所向往的人的精神，“一种幸福

---

① ［德］尼采：《不合时宜的沉思》，李秋零译，华东师范大学出版社，2007年，第259页。

② ［德］尼采：《不合时宜的沉思》，李秋零译，华东师范大学出版社，2007年，第260页。

③ ［德］尼采：《不合时宜的沉思》，李秋零译，华东师范大学出版社，2007年，第263页。

④ ［德］尼采：《不合时宜的沉思》，李秋零译，华东师范大学出版社，2007年，第284页。

的生活是不可能的：人所能够达到的最高的东西，就是一种英雄般的生活历程。凭借某种方式和机会，为在某种意义上对所有人都有好处的东西与超大的困难作斗争并最终取得胜利、但此际得到的报酬却很差甚至根本没有报酬的人，走的就是这样一种历程。在这种情况下，他最终依然像高齐的《国王乌鸦》中的王子一样心如铁石，但却以高贵的态度和慷慨的姿态挺立着。他的纪念碑依然在，并且被当作一个英雄的纪念碑来纪念；他的意志，由于终生辛苦劳作、成就不大且世人不感恩而消沉，熄灭在涅槃中。”①

在《快乐的科学》《人性的，太人性的》《朝霞》中，尼采也涉及“超人”理想。在论述人如何成为自己，如何成为独立的个人，如何让自己更自私、更具有力量、更具有激情、更凶悍等问题的时候，也就是谈论“超人”。比如，“这种精神是天真的，亦即是非做作的，出自哪泛滥的充溢和强力，同一切迄今被称为圣洁的、善良的、不可触犯的和神圣的东西嬉戏（……）；对于一个人性的和‘超人’性的安康以及期望安康的理想，它常常看上去是足够非人性的。”②“你该成为你自己的主人，也做自身德行的主人。”③“看看我们的那些风俗制度和习俗吧，它们将一时的以身相许转变成永远的忠诚，片刻的怒火中烧变成永远的复仇，瞬间的绝望转变成永远的悲伤，偶然发生的简单的语词转变成永远的义务。这种转变每一次都给人带来了无数的伪善和谎言，但以此为代价，它每一次也都给人类带来了一种‘超人’的提高人的概念。”④

在《人性的，太人性的》之中，尼采明确提出“自由人”的概念。我以为，这种“自由人”除了名称和“超人”不同之外，别的没

① ［德］尼采：《不合时宜的沉思》，李秋零译，华东师范大学出版社，2007年，第285—286页。

② 萨弗兰斯基：《尼采思想传记》，卫茂平译，华东师范大学出版社，2007年，第302页。

③ 萨弗兰斯基：《尼采思想传记》，华东师范大学出版社，2007年，第302页。

④ 尼采：《朝霞》，田立年译，华东师范大学出版社，2007年，第67页。

有什么不同的。《人性的，太人性的》副标题是——“一本献给自由精神的书”。根据前言的译注，“自由人”这个概念“或译自由精神”。尼采说，“我当初觉得有必要发明‘自由人’的概念，这本忧郁而又无畏的《人性的，太人性的》就是献给自由人的著作。这种‘自由人’现在不存在，以前也未存在过——但如上所述，我当时需要他们陪伴，以便在丑恶事物（疾病、孤独、陌生、辛酸、无所作为）的重要氛围中能保持良好的心情。”①对于这种自由人，尼采似乎也并没有太认真，但是，尼采却认为，“这种自由人有朝一日可能会出现，明天或后天，我们欧洲人的子孙就会有这种乐天派和冒失鬼为伴，自由人会活生生的，明明白白地在身边的，并非像在我这儿只是些幻影，只是在上演隐士的皮影戏。”②在这篇“前言”中，尼采对这种未来可能有的自由人类型进行了设想，这种设想实际上就是尼采心理、精神气质的一种投射，把自己的很个人的情绪、心理投射到一个想象的固定对象上。一，自由人要经历具有决定性的“大解脱”才可以诞生。大解脱就是对义务的放弃，这些义务将他们捆绑着，使他们感恩、顶礼膜拜。摆脱这些义务就使他们获得了解放性的自由。这近似于后来尼采说的精神三变中的骆驼变成狮子的状态。大解脱就是把自己变成狮子。他孤独任性，放荡不羁，躁动不安，背负着无数的巨大的问号，怀疑一切，吞噬一切，价值重估。所以，大解脱同时也是一种病态，可以使人陷入毁灭。二，自由人经过很长一段的路以后，可以达到成熟的精神自由。这种成熟的精神自由又是对自我心灵的自制和管束，具有高度充沛的力量，同时，仍然具有狮子般的危险性，高度健康赋予自由人一种危险的特权，他们尝试冒险。三、自由人靠近生活，深入到生活之中。这近似于尼采一贯的主张——拥抱大地。

---

① ［德］尼采《人性的，太人性的（上）》，魏育青译，华东师范大学出版社，2008年，第5页。

② ［德］尼采《人性的，太人性的（上）》，魏育青译，华东师范大学出版社，2008年，第5页。

四，自由人具有透视法即尼采著名的透视主义。这是成为自己的关键。“你应该获得臧否是非的权力，应该学会根据你更高的目标运用或者搁置这种权力。”①

在尼采的《扎拉图斯特拉如是说》中，“超人”作为一个明确的概念被提出来。“永恒轮回”与“超人”是《扎拉图斯特拉如是说》两个基本主题。在《扎拉图斯特拉如是说》的“前言”中，扎拉图斯特拉来到小镇的市场，对着等待观看索上的舞蹈的人们演讲，告诉他们如何做“超人”，应该蔑视“末人”即“最后的人”，然而，人们无法接受扎拉图斯特拉的“超人”，他们宁愿做“最后的人”。这里，“超人”与“最后的人”，是一对意义相反的概念，是尼采用来对人进行价值分类的概念，“超人”就是尼采的理想的人，而最后的人则是尼采所蔑视、否定的人。

尼采借扎拉图斯特拉之口说：

> 我给你们教授“超人”。人类是一种应该被超越的东西。你们都做了些什么以便超越呢?
>
> 迄今，一切生物都创造了某些超越自身的东西：难道你们愿做这壮潮中的落潮，宁愿退化为动物而不为“超人”吗?
>
> 对人而言，猿猴是什么？一种可笑的动物，或一种痛苦的羞耻。人之于“超人”也是如此：可笑之物，或痛苦的羞耻。
>
> 你们走过了由蠕虫变人的道路，可是在你们之中，有许多方面仍然是蠕虫。你们曾是猿猴，可现在的人比任何一种猿猴更猿猴。
>
> 即使你们当中的最智慧的人，也不过是植物和魔鬼的矛盾体和阴阳人。可我叫你们变成植物和魔鬼吗?

① ［德］尼采《人性的，太人性的》（上），魏育青译，华东师范大学出版社，2008年，第10页。

你们看呀，我给你们教授“超人”！

“超人”是大地的意义。让你们的意志说吧：“超人”必定是大地的意义。①

……

人类是一根绳索，连接在动物和“超人”之间——绳索悬于深渊上方。②

……

人类之所以伟大，是因为他是一座桥梁，而非目的：人类之所以可爱，是因为他是一种过渡，一种坠落。③

看呀，我让你们看看这最后的人。

“什么是爱情？什么是创造？什么是渴望？什么是星辰？”最后的人如是问道，眨巴着小眼睛。

大地在他的眼里变小了，最后的人使一切都变小了，他在大地上蹦蹦跳跳。他的族类不会灭绝，犹如跳蚤；最后的人寿命最长。

“我们发明了幸福。”——最后的人说，并眨巴着眼睛。——最后的人说，并眨巴着眼。

他们离开了难以生活的地带：因为他们需要温暖。人们还爱着邻人，并与邻人相互抚摩：因为人们需要温暖。

他们视疾病和不信任为罪过：人们小心翼翼地行走。被石头和人绊得跌跌撞撞的人，真是个傻子！

间或吃一点毒药，这制造了安逸的梦。但毒药过多又造成安逸的死。

---

①［德］尼采：《扎拉图斯特拉前言》，《扎拉图斯特拉如是说》，黄明嘉译，华东师范大学出版社，2009年，第34—35页。

②［德］尼采：《扎拉图斯特拉前言》，《扎拉图斯特拉如是说》，黄明嘉译，华东师范大学出版社，2009年，第34—35页。

③［德］尼采：《扎拉图斯特拉前言》，《扎拉图斯特拉如是说》，黄明嘉译，华东师范大学出版社，2009年，第34—35页。

人们依旧在劳动，因为劳动是一种消遣。但人们心存谨慎，使消遣不致伤害自己。

人们不再贫困，也不再富有：二者都过于烦恼。谁要统治？谁要服从？二者都过于烦恼。

没有一个牧人的一群羊！人人需求同一，人人也都一样：谁若感觉不同，就自觉进入疯人院。

“从前，整个世界都是疯狂。”——他们中最优雅的人如是说，并眨巴着眼睛。

人们很聪明，知道发生的一切：所以他们嘲笑不止。人们依旧相互争吵，但旋即和好——否则会败坏胃肠。①

尼采在他的自传性作品《看哪这人》曾经解释“超人”的含义：

“超人”，是用来形容一种至高卓绝之人的用语，与“现代”人、“善良”人、基督徒和其他虚无主义者完全相反——它出于扎拉图斯特拉即道德破坏者的口，是个很值得深思熟虑的用语——几乎人人都把它想当然地按照与扎拉图斯特拉形象对立的价值含义来理解。硬说“超人”是一种高等的“理想主义”典型，是半为“圣徒”、半为“天才”之人……另一个有学问的、头上长角的畜生由此而怀疑我是达尔文主义者。甚至有人在这方面重新发现了那个违背知识和意志的大骗子，卡莱尔的“英雄崇拜”，可这是我深恶痛绝的东西。假如我向某人低声耳语，叫他与其在帕西法尔中，倒不如在凯撒·波尔查那里去寻找一番，他会不相信自己的耳朵的。②

① 尼［德］采：《扎拉图斯特拉前言》，《扎拉图斯特拉如是说》，黄明嘉译，华东师范大学出版社，2009年，43—44页。

② ［德］尼采：《看哪这人》，张念东译，中央编译出版社，2005年，第54页。

“超人”是与现代人、善良人、基督徒和其他虚无主义者对立的人，那么，“最后的人”则可看作“现代”人、“善良”人、基督徒和虚无主义者。“超人”与“最后的人”互为参照、相互阐释。

“超人”性格的核心是成为自己并且不断超越自己。“人类之所以伟大，是因为他是一座桥梁，而非目的。”“生命要用箭矢和梯级构建自己，以便达到高处：它要眺望远方和极乐之美——因此它需要高处！因为它需要高处，所以它需要梯级，需要梯级和攀登者之间的矛盾！生命要攀登，并且要在攀登中超越自己。”[①]“‘人类’不是目的，‘超人’才是目的！”[②]这样的说法似乎仍然有些抽象，但是，如果我们联系尼采对叔本华的评价以及尼采对各种不同人物的品评，我们也就能够理解这种不断提升自我的人格，那就是守护、发展我之为我的天赋独一性，最大限度地与传统的人、周围的人即社会所普遍遵从的人格拉开距离，乃至让社会感到一种身处顶峰的危险性，宁可孤独致死，也拒绝对社会大多数平庸人格的屈服。

这种不断超越提升自我的渴望，在一定程度上受到达尔文进化论的影响。“你们走过了由蠕虫变人的道路，可是在你们之中，有许多方面仍然是蠕虫。你们曾是猿猴，可现在的人比任何一种猿猴更猿猴。”[③]这种观念，如果没有以达尔文的进化论为前提或背景，将是不可思议的。还有，“超人”对肉体的重视，将肉体视为精神创造的基地等，似乎都和达尔文有关。“尼采熟悉同时代关于生物和演化的思想。……要是没有受到由达尔文主义所激起的、生物演化思想那蓬勃潮流的影响，那么尼采一定是个无知的人。尽管在细节方面人们对

① ［德］尼采：《论毒蜘蛛》，《扎拉图斯特拉如是说》，黄明嘉等译，华东师范大学出版社，2009年，第179页。

② ［德］尼采：《权力意志——重估一切价值的尝试》，张念东等译，中央编译出版社，2005年，第21页。

③ ［德］尼采：《扎拉图斯特拉前言》，《扎拉图斯特拉如是说》，黄明嘉译，华东师范大学出版社，2009年，第35页。

达尔文有着各式各样的批评，尼采也无法摆脱这个思维的启示作用。这里有两个基本思想，作为那些年代知识分子文化的公共财富，对尼采来说，它们也成了不言而喻的背景假设。一是发展的思想。就精神文化和意识来说，它不是新的。整个黑格尔主义和接踵而来的历史学派，把它视为精神变形的发展规律。而达尔文增添的东西——这是第二个思想——是发展的假设在生物实体上的运用。”[①]但是，“超人”也和达尔文进化论有很大的距离。进化论的所谓进化，是对环境的不断适应，缺乏人的主动性选择和创造。再者，进化论是优胜劣汰，弱者即那些不适应环境者不断被淘汰者，优秀者即适应环境者则不断胜出，但是，尼采却认为，在人的世界中恰恰相反，优秀者并不是适应社会环境，往往失败，胜利者适应社会环境，所以往往是凡庸者，弱者。

2. 权力意志

“超人”的不断超越自己、提升自己来自于个体生命的内部的自发性力量，即生命力，也就是尼采著名的权力意志。这是至关重要的。由于“权力意志”的复杂影响，人们对它的理解也有所不同。有人将它翻译成“强力意志”，有人将它翻译成“冲创意志”，以避免“权力意志”这种传统译法所带来的误解。其实，问题不在于概念或翻译本身，更重要的还是理解或解释。

叔本华的意志是生存意志，虽然是世界的本体，却在伦理上带有极大的罪感和悲剧性，是人生无尽苦难的源泉。因为意志是无止境的，永远无法达到满足，最后剩下的只能是痛苦。尼采却将生存意志的悲调变成权力意志的高昂的欢乐——“积极的悲观主义”。尼采把世界描述为权力意志，权力意志伴随着永恒轮回的世界生生不息，“这个世界是：一个力的怪物，无始无终，一个坚实固定的力，它不

① ［德］萨弗兰斯基：《尼采思想传记》，卫茂平译，华东师范大学出版社，2007年，第303页。

变大，也不变小，它不消耗自身，而只是改变面目；作为总体，它的大小不变，是没有支出和消费的家计；但也无增长，无收入，它被‘虚无’所缠绕，就像被自己的界限所缠绕意义；不是任何含糊的东西，不是任何浪费性的东西，不是无限扩张的东西，而是置入有限空间的力；不是任何地方都有的那种‘空虚’的空间，毋宁说，作为无处不在的力乃是忽而为一，忽而为众的力和力浪的嬉戏，此处聚积而彼处消减，像自身吞吐翻腾的大海，变幻不息，永恒的复归，以千万年为期的轮回；其形有潮有汐，由最简单到最复杂，由静止不动、僵死一团、冷漠无常，一变而为炽热灼人、野性难驯、自相矛盾；然而又从充盈状态返回简单状态，从矛盾嬉戏回归到和谐的快乐，在其轨道和年月的吻合中自我肯定、自我祝福；作为必然永恒回归的东西，作为变易，它不知更替、不知厌烦、不知疲倦——：这就是我所说的永恒的自我创造、自我毁灭的狄俄尼索斯的世界，这个双料淫欲的神秘世界，它就是我的‘善与恶的彼岸’。它没有目的，加入在圆周运动的幸福中没有目的，没有意志，假如一个圆圈没有对自身的善良意志的话——你们想给这个世界起个名字吗？你们想为它的一切谜团寻找答案吗？这不也是对你们这些最隐秘的、最强壮的、无所畏惧的子夜游魂投射的一束光吗？——这是权力意志的世界——此外一切皆无！你们自身也是权力意志——此外一切皆无！”[①]世界是一种力的轮回，人生的价值和意义，就在于获得自身的生命意志和力量，提升自己就是提升、扩展自己的力量。

“超人”便是权力意志的充分体现者，是这个世界最高的价值和意义。这是在上帝死后对人的价值和意义的一种新的确认。既然不存在一个高高在上的造物主，那么一切都由个人自己主宰自己，一切都落实在个人身上。“超人”以自己的激情和力量使自己不断超越自

① ［德］尼采：《权力意志——重估一切价值的尝试》，张念东等译，中央编译出版社，2005年，第416页。

己。他不依靠理性、知识，而是凭借着意志力量即权力意志不断进行自我选择。如果说启蒙运动对人的提升是将人看成可以独自思考即有理性的动物，那么，尼采则将人看作是有意志力的动物。两者都是对人的自信，但是却是完全不同的方向。理性的人是对自身之外的事物即普遍理性的信念，而作为意志力的人则彻底抛弃自身之外的任何依凭，他唯一的依凭只是自己。没有人能够把人的本质赋予任何人，只能自我选择，不断朝向尝试自己力量，不断朝向力量的选择，从而使自己不断成为自己。他永远是单独的人，孤独的人。除了他自己的意愿之外，他不会受任何羁绊和约束。他不是去寻找真理或发现真理，因为对他来说，不存在任何现成的真理放在那里等待着人去发现，真理是人的自由创造的产物，真理是力量和勇气的产物，而不是计算出来的东西。人在世界万物之中注入自己的力量和欲望，从而创造真理。真理以及一切知识都是随着人的权力意志的增长而增长的。世界没有固定的形状，是一个不断运动的动态结构，或永恒轮回，是人的力量和意志把世界创造出来的。这并不意味着人是永远的胜利者，问题不在于胜利或失败，而在于自己永远按照自己的意愿去创造。他可以失败，却不会丧失自己的意志。

3. 最大的恶就是最大的善

“超人”的权力意志是为了创造，但是，创造并非凭空而来，而是在不断的搏斗之中呈现出来的。为了能够成为自己，为了能够使自己更有力量的权力意志的体现，就必须敢于挑战最大的困难，触及最大的难题，否则，必将被湮灭在众人之中。权力意志必然伴随着强烈的叛逆和反抗。“权力意志只有凭反抗来表现。就是说它搜寻使他反感的东西。”[①] “重估一切价值”是尼采式反抗的精神实质，是尼采思

① ［德］尼采：《权力意志——重估一切价值的尝试》，张念东等译，中央编译出版社，2005年，第89页。

想最耀眼的精神。其中最重要的方面就是反抗一切道德，即超越善恶的非道德主义。“超人”的权力意志也正是超善恶的非道德的。道德是对力量的限制，必须抛弃道德的约束和捆绑，权力意志才能呈现，或者说，拥有权力意志也就是对世俗道德的蔑视。

我们在尼采的生平经历中，看到的是一个规规矩矩的知识分子，一个身体病弱的书生，长期病休、疗养。他在道德上并没有过分的行为，没有冲击日常道德的行为，与周围的人也能正常、友好地相处。但是，他认为这种善意对于人来说并非好事，只能让人虚弱，变得更加平庸。尼采在他的思想自传中说，“我从来也没有激起过他人的恶感，纵观我的一生，很少发现（说到底只有一次）他人对我怀有恶意——不过，也许倒会发现太多的迹象……就是那些到处令人讨厌的人，我的经验也无例外地博得他们的好感；我会驯化任何野兽，我还会化腐朽为神奇。在巴塞尔讲授高年级希腊文的七年中，我从未借故惩罚过学生；在我的班上，连最懒惰的学生也变得用功了。”①“假如有人对我搞点小动作和大的恶作剧，那原因并非是‘故意’，起码也不是恶意造成的。正像我说的一样，使我抱怨的毋宁说是善意，那种给我生命带来不小祸害的善意。我的经验使我怀疑一切所谓‘忘我的’冲动，怀疑助人为乐的‘博爱’。在我看来，这是虚弱的表现，是没有能力反抗刺激的典型。——同情只有在颓废者身上才算得上美德。我之所以谴责怜悯者，是因为他们会轻易失去对距离观的羞耻感、敬畏感、敏锐感。因为同情转瞬之间就会散发出庸众的臭气，并且同恶劣的举止近似——这种悲天悯人之举有可能灾难性第卷入一种生死攸关的命运，一种痛楚的孤独，一种对深重罪孽的特权。我认为，抛弃怜悯之心也算作高贵的美德。”②尼采一直认为，杰出的优秀的人物，都是在艰苦卓绝的条件下成长的，只有艰苦的条件，诸如

① ［德］尼采：《看哪这人》，张念东等译，中央编译出版社，2005年，第10页。

② ［德］尼采：《看哪这人》，张念东等译，中央编译出版社，2005年，第11—12页。

不断运动、冲突的环境，严酷而激烈的斗争等，才能使人的品质得到锻炼和提高。这种艰苦卓绝实际上也被他描述为世界的本质或真实，即永不疲倦的生成的偶然的世界，才是真实的，也是非道德的。只有直面这种世界或者说只有有勇气直面世界，才能成为杰出的人物。如果总是强调道德，强调人与人之间的和谐，强调同情、怜悯，把利他主义看成是崇高的伦理，那么，一方面是对世界的扭曲，另一方面也是制造一个温暖的虚幻的世界，一个压抑的世界，从而使人的生命变得虚弱、平庸、颓废、萎靡不振，使人失去创造力。人的真正的危机，不是人们缺乏道德，而是过于道德化，道德化就是柔化，就是弱化。所以，尼采声称为了解放生命，为了使生命获得更大的自由和力量，必须消灭道德，清除人们一向肯定的所谓同情、怜悯、博爱等道德观念。

在尼采看来，现代人、善良人、基督徒和虚无主义者，都消解了矛盾和冲突，都将世界看作具有某种稳固的结构，或者说他们宁愿将世界看作合乎自己的意愿和目的的安乐窝，陶醉于这种安乐窝之中，他们害怕成为自己，躲避在理性知识、道德的谎言之中，已经丧失了奋斗、向上和创造的力量。现代人利用理性编造一个合理化的世界——“真正的世界”，遮蔽了世界的狄俄尼索斯的真相，现代人追求平等、博爱，同情弱者，这种对同一性的追求，消除了人与人的差别，磨灭了少数杰出人物与凡庸者的差别，使少数人迁就于多数人，使杰出人物湮没在凡庸的多数人之中。追求安逸的幸福生活，即尼采所嘲讽的那种英国式的幸福生活——“我们发明了幸福”。“仁慈正直的人带给我们的是舒适的感觉（与伟大的新人提出的紧张恐惧之感相反），是我们个人的安全感和平等感。因为，群畜在这方面美化了自身的群畜本性，并感到心安理得。”[①]“善良人——他们不能创造；他们永远是完结的开始——他们把重估一切价值的人钉上了十字架，

① ［德］尼采：《权力意志——重估一切价值的尝试》，张念东译，，中央编译出版社，2005年，第6页。

他们牺牲了未来，他们把人的一切未来都钉上了十字架！善良人——他们永远是完结的开始……不论谤世者能干出什么坏事，善良人的危害都是最严重的。”[①]尼采认为，民主、平等、同情等这些启蒙运动以来的价值弥漫着欧洲，使欧洲上空飘浮着恶劣的空气，“因为现实的情况是欧洲人的渺小化和平均化正掩盖着我们的最大的危机，因为这种景象使人厌倦。……我们现在看不到任何成为伟大的东西；我们估计，这种情况还会滑下去，人将变得更瘦削、更温和、更聪明、更舒适、更中庸、更平淡，更中国化、更基督化。——毋庸置疑，人将会越变越好……这正是欧洲的厄运——我们结束对人的恐惧的同时，也失去了对人的爱，对人的尊重，对人的期待，简而言之，我们对人没有任何意愿。从此以后，看到人就感到厌倦。”[②]

另一方面，在尼采看来，从更深远的历史着眼，道德是一种根深蒂固的习俗，是保守性的和压抑性的，它总是发号施令，使众人或社会趋向于一致，趋向于同一或平均，道德性也就是多数性或社会性。习俗的目的或意义不在于给人们带来什么益处，它的目的仅仅是让人服从。如果不服从习俗，那么就只能遭到众人和社会的惩罚。因此，遵守习俗是一种恐惧，害怕遭到惩罚的恐惧心理。在历史上，那些具有创造性的人物，往往遭到道德习俗的压制。“善与恶是至今最未收到充分思考的题目：一个永远让人感到太危险的题目。良心，名誉，地狱，有时甚至还有警察，过去和现在都与费厄泼赖不能相容；在道德面前，正如在任何权威面前，人是不许思考的，更不许议论：他在这里所能做的只有——服从！”[③]“在古代社会，举凡教育和保健，婚姻，医疗，建筑，战争，农事，说话和缄口，人与人以及人与神的关系，全都属于道德的范围：它们要求个体服从指令而不考虑作为个体

① [德]尼采：《看哪这人》，张念东译，中央编译出版社，2005年，第153页。

② [德]尼采：《论道德的谱系》，《论道德的谱系·善恶之彼岸》，谢地坤等译，漓江出版社，2000年，第26页。

③ [德]尼采：《朝霞》，田立年译，华东师范大学出版社，2007年，第31页。

的自己。”[①]“每一种独特行为，每一种独特思考方式，都唤起恐惧；在人类历史长河中，由于总是被人——以及确实也被他们自己——当作坏人和害群之马，那些稀少的、杰出的、有创造力的心灵忍受的折磨是难以想象的。在习俗道德统治下，每一种创造才能都不得不背负起良心的十字架；直到现在这个时刻为止，最优秀的人一直生活在一片本来不应该那么暗淡的天空下。”[②]自柏拉图以来，欧洲哲学那么多建设者之所以劳而无功，并不是像康德所说的那样：“因为他们全部忽略了这样一种建设的先决条件，没有考察基础，对理性进行批判。”正确的回答是：“包括康德在内的所有哲学家都是在道德驱使下工作的；他们表面上追求‘确定性’‘真理’，实际上只追求‘宏伟的道德大厦’；再次借用康德的天真自白说，他那‘不辉煌但并非无价值’的工作和劳动的目的，就是‘为那宏伟的道德大厦平整和夯实地基’。”[③]

既然社会和多数人以道德压抑杰出的个人，那么，个人就应该不遗余力地抗拒，这种抗拒无论达到什么程度，都是合理的。尼采极力把自己看作非道德的执行者。这种倾向几乎伴随着尼采思想的始终。在《悲剧的诞生》中，狄俄尼索斯精神就包含着明显的非道德因素，尼采虽然张扬狄俄尼索斯的精神，但是，最终却将世界看作狄俄尼索斯精神与阿波罗精神的平衡结构。后来狄俄尼索斯的生命力和激情逐渐扩展，那种非道德的音符也日益变成了高亢的音调。尼采总是把自己装扮成狰狞的魔鬼。他从小有两种酷爱：一个是可怕的事物，一个是音乐。“我是一株在坟茔近旁长出的植物……可他不愿虔诚和乖巧，他梦想着，有个扰乱他心绪和给他留下狂烈印记的命运。所以他拜访自然那空阔的殿宇。倘若闪电雷鸣，瓢泼大雨从天而降，他会在那里觉得尤其舒畅。他的幻想喜欢同电闪雷鸣，而且喜欢同狂烈庄重

① ［德］尼采：《朝霞》，田立年译，华东师范大学出版社，2007年，第48页。
② ［德］尼采：《朝霞》，田立年译，华东师范大学出版社，2007年，第50页。
③ ［德］尼采：《朝霞》，田立年译，华东师范大学出版社，2007年，第33—34页。

有联系。”[①]他特别喜欢把自己与可怕的事物联系在一起，总要与通行的道德信条划清界限。“我知道我的命运。总有一天，我的名字要同那些对可怕事物的回忆联系在一起——对那史无前例的危机的回忆，对那最深刻的良心冲突的回忆，对那挑起与迄今为止一切被信仰的、被要求的、披上神圣外衣的东西对抗的、决断的回忆。”[②]他在《人性的，太人性的》前言中把自己的著作看作为魔鬼辩护，“世人这样叹息着从我的著作里脱身，不免也带着某种对道德的恐惧和怀疑，他们受到不小的诱惑和鼓励，要当至恶事物的代言人，似乎这些至恶事物受到了莫大冤枉？拙著被称作是怀疑学派，甚至是蔑视学派，幸好也是无畏学派和冒险学派。事实上我自己也不相信，以前曾有谁如此疑心重重第观察世界，并且不仅仅是偶一为之地充当魔鬼的律师，而是——用神学的话来说——成了上帝的敌人和挑战者。”[③]他把自己的《偶像的黄昏》也说得如同魔鬼一般可怕，“这本不到150页的书，就像一个狞笑的恶魔，语调铿锵而带有灾难性。”[④]他声称：“我是有史以来最可怕的人。”[⑤]“我不人，我是炸药。”[⑥]“伟大的男人如同伟大的时代，是爆炸性的材料，其中聚集着一种巨大的力量：其历史和生理的前提始终是，他们身上长久地搜集，累积，储存和保持的力量，——长时间地没有爆炸。如果张力的强度过大，那么最偶然的刺激，就足以把‘天’，‘伟绩’，伟大的命运，唤入世界。”[⑦]尼采在很多的时候强调，恶就是最大的善，“冰川坐落的盆地里满是沟洼，

① ［德］萨弗兰斯基：《尼采思想传记》，卫茂平译，华东师范大学出版社，2007年，第19页。

② ［德］尼采：《看哪这人》，张念东等译，中央编译出版社，2005年，第149页。

③ ［德］尼采：《人性的，太人性的（上）》，魏育青译，华东师范大学出版社，2008年，第3—4页。

④ ［德］尼采：《看哪这人》，张念东等译，中央编译出版社，2005年，第133页。

⑤ ［德］尼采：《看哪这人》，张念东等译，中央编译出版社，2005年，第151页。

⑥ ［德］尼采：《看哪这人》，张念东等译，中央编译出版社，2005年，第149页。

⑦ ［德］尼采：《偶像的黄昏》，卫茂平译，华东师范大学出版社，2007年版，第168—170页。

看到这景象你也许不会相信，有一天那里会出现草木森森、溪流潺潺的山谷。人类历史也是如此，野性十足的力量开辟自己的道路，虽然起先不无破坏性，但是这种活动非常必要，以便过后一种温和的文明能在这里建起自己的屋宇。这可怕的能量——就是人们所说的恶——是人类的建筑师和修路工，犹如希腊神话中的独眼巨人。”①

> 恶行属于强者和具有美德的人。因为卑劣的、低贱的行为属于屈从者。
>
> 最强者，即具有创造性的人，必定是极恶的人，因为他反对别人的一切理想，他在所有人身上贯彻自己的理想，并且按照自己的形象来改造他们。在这里，恶就是：强硬、痛楚、强制。②

“超人”的恶魔性也体现在对战斗、反叛的认同上，只有战斗才能最饱满地体现权力意志。尼采喜欢把自己称作狄俄尼索斯的弟子，同时，也愿意把自己当成战士，把进攻当成价值的实现。“我是好战的。进攻，这是我的本能之一。有与人为敌的能力，做仇人——这需要以坚定的天性为前提。总之，凡是强大的天性都具有这种能力。这种天性离不开反抗，因而它寻求反抗：侵略性的激情同样属于强者，正如复仇感和怨恨感必然是弱者的属性一样。”③

在尼采看来，基督教也居住在“真正的世界”之中，而且，与现代人、善良人之间具有密切关系，是欧洲道德的根源性的存在。在《论道德的谱系》《善恶之彼岸》《反基督》等后期著作之中，猛烈

---

① ［德］尼采：《人性的，太人性的（上）》，魏育青译，华东师范大学出版社，2008年，第210—211页。

② ［德］尼采：《权力意志——重估一切价值的尝试》，张念东等译，中央编译出版社，2005年，第4页。

③ ［德］尼采：《看哪这人》，张念东等译，中央编译出版社，2005年，第15页。

抨击基督教。尼采认为，基督教提倡善良的、仁慈的、宽厚的道德，是一种颓废的道德和虚伪的意志，是尼采所蔑视的“奴隶道德”，而非“主人道德”。尼采说，“从根本上说，我说的非道德论者这个词有两个否定。一方面，我否定以往称之为最高尚的人，即好人、善人、慈悲人；另一方面，我否定那种作为自在的、流行的、普遍认可的道德——颓废的道德，更确切地说，基督教道德。可以认为上述第二点更具有决定性的意义。因为一般说来，我认为高估善良和仁慈乃是颓废的结果，是虚弱的象征，是同奋发和肯定生命背道而驰的。否定和毁灭乃是肯定的条件。……善良人的生存条件就是谎言——。换句话说，死不愿意看到现实的性质，即不是为了随时向善良本能挑战，更不是为了随时让盲目而温顺的手去干预。把艰苦看成障碍，认为应予消除，这种做法纯属胡来。总之，这是一种真正的不祥后果，一种愚蠢的命运。几乎愚蠢到了如此程度，以至于就像出于对穷人的同情，而硬要老天爷风调雨顺一样……在伟大的总体经济学中，现实的可怕性（在冲动中，在渴望中，在权力意志中）远比微不足道的幸福这种形式（即所谓‘善’）重要得多。”①

在《论道德的谱系》中，尼采认为道德起源于一种低贱者即大众的怨恨心理。一开始，所谓“道德”——善与恶，包括“好”与“坏”只是那些高贵者、权势者、上层的人对自己行为的肯定，他们认为他们自己的行为是善的，是好的，是高于普通人的。他们为自己的高人一等而骄傲，是完全的自我肯定。“善”的、“好”的，一开始就不是无私的行为，不是对他人的同情、怜悯或爱等，不涉及那些受益于善的普通人。这些高贵者，在最初的时候，“他们在那里享受摆脱一切社会强制的自由，在野蛮状态中缓和由和睦社团中的长期封闭和禁锢所造成的紧张，并且恢复了无拘无束的野兽心态。他们变成了纵情欢闹的巨禽猛兽，在一系列残暴的凶杀、纵火、强奸、暴力之

① ［德］尼采：《看哪这人》，张念东等译，中央编译出版社，2005年，第152页。

后，他们或许还会洋洋得意、心安理得地扬长而去，仿佛只是完成了一场大学生的闹剧而已。”[①]尼采一直沉浸在希腊英雄时代之中，英雄时代的英雄性格也成为“超人”非道德的一种隐喻，“高贵种族的‘勇敢’表现得疯狂、荒谬、突然，他们的行动甚至不可捉摸、难以相信——伯里克利尤其赞扬雅典人的勇敢——，他们对安全、肉体、生命、舒适的淡然和蔑视，对毁灭一切行为的使人悚然的热衷，对胜利和残酷的痴醉和沉迷。所有这一切都使其受害者将他们勾画为‘野蛮人’的图像。”[②]普通人，是与高贵者、权势者、上层的人相对立的低贱者。普通人或低贱者出于对高贵者的怨恨心理，改变了“道德”——“善与恶”“好”与“坏”的含义。低贱者的怨恨创造了后来所谓的“道德”“好的”，“道德上的奴隶起义开始于怨恨本身变得具有创造性，并且产生价值的时候；这种怨恨来自这样的存在物，他们不能用行动做出真正的反应，而只会通过幻想中的复仇获得补偿。”[③]普通人把高贵者的善与恶、好与坏改变了颜色，进行了彻底的颠覆，从而产生了基督教道德和现代人的道德。

4．浪漫主义的根源

尼采的“超人”理想根植于浪漫主义尤其是德国浪漫主义的人性理想。启蒙运动对人的解放是把人从宗教权威中独立出来，人值得骄傲的地方在于能够运用理性，人的主体构成是理性，它推崇的是科学家的冷静头脑及其对世界的观察和研究，理性的自我将知识作为力量的源泉，无论是先验理性还是经验理性，都是冷静清醒的观察和思考。但是，理性主义在将世界规律化、机械化之后，人也变成了近乎

① ［德］尼采：《论道德的谱系》，《论道德的谱系·善恶之彼岸》，谢地坤等译，漓江出版社，2000年，第24页。

② ［德］尼采：《论道德的谱系》，《论道德的谱系·善恶之彼岸》，谢地坤等译，漓江出版社，2000年，第24页。

③ ［德］尼采：《论道德的谱系》，《论道德的谱系·善恶之彼岸》，谢地坤等译，漓江出版社，2000年，第20页。

机器一样的东西。作为启蒙运动的反叛和对抗，由卢梭开启的浪漫主义运动却呈现出另外一种人，那些被理性压抑的因素变成了人之为人的最重要的品质：情感、想象力、意志力、信仰以及人的各种复杂心灵因素。在浪漫主义那里，情感获得了高于理性的位置，想象力创造出来的世界，比实验或分析得到的世界更能深入世界之中，因此，艺术家、文学家对世界的认识和体会，并不比科学家逊色，甚至比他们更具有真理性，因为艺术以情感、想象力来构造自己，情感、想象力更具有创造性。人的心灵具有无限的广度与高度，具有无限丰富性和复杂性。人的天然的本性优于他后天通过学习获得的具体知识和技巧，天然的人才是天才，远远高于人工/理性培育出来的人。“浪漫主义对人类意识的兴趣受到一种全新的强烈的自我意识、一种对人类自我的复杂性质的关注的刺激，而且相对不那么受科学观点的限制。情感和想象而不是理性和知觉，是至关重要的。浪漫主义关注的新的重点，不仅涉及人类灵魂中的尊贵和崇高，而且涉及其中的反面和阴暗，还涉及邪恶、死亡、魔鬼性和非理性。在理性科学的乐观的、明确的眼光中，这些主题普遍受到了忽视，现在却给布莱克和诺瓦利斯、叔本华和克尔凯郭尔、霍桑和梅尔维尔、爱伦·坡和波德莱尔、陀思妥耶夫斯基和尼采的著作以灵感。”①

由于对情感、想象力、意志力等内在因素的强烈嗜好，个人的主动性、创造性也被高度尊重和张扬。浪漫主义追求一种无拘无束的自我，或者叫无限的自我。存在主义的自由选择，就是根源于这种无拘无束的自我精神的发展。在18世纪，人们认可具有共同性的思想或心灵，那些具有某种与众不同的品性的人或许会遭到嘲笑和讽刺，比如，莫里哀剧作中的局外人、厌世者、怪人等，而浪漫主义却追求个人性的思想和心灵的高度。一个人越是与众不同，越是能够显示其自

① ［美］理查德·塔纳斯：《西方思想史》，吴象婴等译，上海社会科学院出版社，2007年，第405页。

我创造、自我发展的品质。柯勒律治说，“我将人类灵魂比喻为流落在无名岛上的水手。”[①]因此，他只能坚守自己的信念或信仰，没有任何可依靠的。一个人拥有发自内心的真诚信念，并按照自己的信念行事，无论是成功或失败，都是可取的。这种信仰可能是宗教的，一些浪漫主义者在反对理性之后，走向基督教，怀抱着炽烈的信仰，但是，这种信仰却是那种宗教改革之后的信仰，具有强烈的自我意识的信仰。法国的夏多勃里昂便具有浓重的基督教精神。德·迈斯特也同样具有宗教精神。更广泛而深刻的却是，对自我心灵的信仰。卡莱尔所说的宗教信仰，符合许多浪漫主义者的精神特征，他说，“我所说的宗教信仰，是指一个人实际上信仰一种事物（这种信仰甚至不必向自己起誓许愿则已足够，更不必向他人表白）；是指一个人实际上铭记心灵深处的事物；而且能确切了解他与这个神秘世界的至关重要的关系以及他在这个世界中的本分和命运。这对他来说，在任何情况下，都是首要的事情，而且创造性地决定其他一切事物。这就是他的宗教信仰；否则就可能只是他怀疑宗教的态度或非宗教信仰：按这种态度，他感到他自己在精神上与冥冥世界或虚无世界有所联系。”[②]这种信仰就是对自我的坚信，对自我与他人之间的区别的注重，这是一种更为深入细微的个人主观主义精神，也是后现代差异性伦理的重要起源。它追求独一的个别的，而不是普遍的和一般的。它相信，只要坚持这种信仰，就可以达到一种更高的人生境界。美国的爱默生认为，一切都是表象，即使是社会普遍认可的习俗或风尚，也未必是真实的，只有敢于寻找自己的灵魂的人，才能够成为圣人。但是，这种圣人并不是传统意义上的圣人，而是孤独而疯狂的个人，是一种灵魂的探险。勃兰兑斯在论述丹麦与德国文学的巨大差异的时候说，丹

---

① ［德］理查德·雷姆斯：《柯立芝》，彭怀栋译，台北，联经出版事业公司，1983年，第1页。

② ［英］托马斯·卡莱尔：《论英雄、英雄崇拜和历史上的英雄业绩》，周祖达译，商务印书馆，2005年，第2—3页。

麦作家的优点是对自我想象和趣味的克制，避免奇谈怪论，懂得适可而止，追求一种和谐或安全感，与之相反，德国浪漫主义作家却激情澎湃，放纵自己的天性，“德国的浪漫主义病院里又收容了一些多么古怪的人物啊！一个患肺病的兄弟会教徒，带有亢奋的情欲和亢奋的神秘渴念——诺沃利斯。一个玩世不恭的忧郁病患者，带有病态的天主教倾向——我指的是蒂克。一个在创作上软弱无能的天才，论天才他有反抗的冲动，论无能则易于向外部权威屈服——弗里德里希·施莱格尔。一个被监视的梦想家，沉溺于半疯狂的鸦片幻境中，如霍夫曼。一个愚妄的神秘主义者，如维尔纳，以及一个天才的自杀者，如克莱斯特。”[①]勃兰兑斯高度肯定了德国作家的这种疯狂、病态的分裂，所谓和谐，“我认为，我们大多数人都是由于懦怯、由于缺乏艺术勇气，才获得那种和谐的。我们没有跌倒过，因为我们没有攀登过有跌倒之虞的高度。……那么，如果一种倾向，例如浪漫主义，拨动了幻想的琴弦，那么把幻想推向最危险的高峰的作家，我认为是最令人感兴趣的，——例如霍夫曼。他越是恣意幻想，便越是显得美，正如白杨越高越美，山毛榉越宽大越美一样。美在于使典型性显现出来的勇气和力量。”[②]

浪漫主义自我的探险倾向发展出一种反和谐的唤起人们恐惧的崇高美学和崇高伦理。浪漫主义打破理性的囚笼获得自由，与自由相伴而来的还有魔鬼传统的复活。古希腊悲剧蕴含着令人恐惧、惊悚的精神震撼。柏拉图的迷狂推崇一种激情状态，并把它视为崇高的。古罗马朗基努斯的《论崇高》所展示的崇高美学，为浪漫主义提供了资源。在朗基努斯看来，崇高之美高于美。崇高基于伟大的心灵，伟大的思想，崇高不是以理说服人，而是激情的，激起狂喜，它能够使说

① ［丹麦］勃兰兑斯：《十九世纪文学主流（二）》，刘半九译，人民文学出版社，1997年，第8页。

② ［丹麦］勃兰兑斯：《十九世纪文学主流（二）》，刘半九译，人民文学出版社，1997年，第8—9页。

理的东西黯然失色，崇高不是秩序的对称的，而是令人惊叹的，给人一种横扫千军的力量之感。1756年，英国的博克发表《论崇高与美两种观念的根源》，博克将人的基本情欲分成两类，一类是个体生命的自我保存欲望，另一类是社会生活方面的，渴求社会性及一般交往的。崇高感主要来自自我保存的这种情欲。因为自我保存是在生命遭受威胁的时候才表现出来的。所以，崇高感主要体现为惊惧、危险和痛苦的心理体验。“凡是能以某种方式适宜于引起痛苦或危险观念的事物，即凡是能以某种方式令人恐怖的，涉及可恐怖的对象的，或是类似恐怖那样发挥作用的事物，就是崇高的一个来源。”[①]但是，在威胁人的生存的危险到来时，人并不会有崇高感，只能是危机感。只有面临危险却又不太紧迫的情况下，即拉开一定距离的时候，危险、恐怖才会有快感即崇高感。这就是一种审美意义上的崇高。在崇高感里，伴随着巨大的事物、晦暗、力量、空无、壮丽、突然性，等等。博克这种崇高对康德的崇高美学产生了很大的影响。按照浪漫主义的崇高美学来衡量，拜伦的精神气质，显然更具有崇高性质。拜伦孤独傲岸，“厌恶人类”，以一种冒险的姿态发展自我，就像哥伦布发现新大陆一样，不惜一切道德代价，要发现一种新的自我。拜伦等人被称为魔鬼诗人、撒旦主义者。他们的反叛同时伴随着与魔鬼的狂欢。在文学史上著名的“拜伦式英雄”挑战社会大众的宗教、道德底线，蔑视一切，无法无天，其无限的自我令社会普通人感到震惊。

浪漫主义孤独的个人根源于康德及其后继者。对康德构成巨大影响的是休谟和卢梭。休谟是怀疑主义者，将经验主义置于死地。这让康德从独断论中挣脱出来，卢梭让康德感到人是最终的目的。正是基于卢梭的这种影响，使康德具有了浓厚的浪漫主义精神。在理性世界之中，个人的先验自我具有不可低估的意义。先验自我意味着人的天赋性因素必然地要参与对知识、现实的塑造，而不是被动地遵守某

① 朱光潜：《西方美学史》（下），人民文学出版社，1963年，第237页。

个绝对的规律，根本就不存在这样的规律，我们无法了解自在之物。如果没有先验自我的存在，经验只能是一团乱麻，毫无结构。而在伦理道德即“实践理性”方面，康德通过将经验理性限制在现象世界而使道德的自我获得更大的空间。有效的行为原则不可能在现象界里寻找，只能在先验自我中寻找，“绝对命令”不在外部经验之中，而只能在人内心之中，由人的内心确立。由此，伯林将康德看作“部分地变成了这种不受拘束的个人主义之父”。伯林认为，康德的道德观念是反决定论的。“因为只有那些是其个人行动的真正主人的人，只有在做与不做之间享有自由的人，才能因他们的行为受到褒贬。既然责任必须伴之以选择的权利，因此无法自由选择的人，从道德上说不比木棍或石头承担更大的责任。康德由此引起了一种对道德自律的崇拜，据此，只有那些主动行动而不是被迫行动，那些在自愿接受的原则指引下根据道德意志的决定采取行动，并在必要时进行抵制，而不是出于不受他们驾驭的因素——不管它是物质的、生理的还是心理的（例如：情绪、欲望和习惯）——无法摆脱的因果压力的人，只有这样的人，才能被恰当地认为是自由的，或者才能说他们是道德的行动者。”①否定个人选择与外部事实之间的任何因果关联，强调个人的动机、意愿，完全任由个体自我的自律性决断、选择，在康德这里便显示出来了。

康德对于崇高的论述，最后也归结为一种富有力度的个人的内心精神，一种强烈的激情。康德将崇高分为数学的和力学的。康德认为，数学的崇高是绝对的大的东西，大小的区分是在比较意义上进行区分的。一旦我们感觉一种绝对的大，我们就不会找到任何适合于它的尺度与形式。所以，在形式上，崇高是无限的，它使和它比较的别的东西变得渺小。由此，进一步引申出崇高是，“崇高是那种哪怕只

---

① ［英］伯林：《反潮流：观念史论文集》，冯克利译，译林出版社，2002年，第17页。

能思维地、表明内心有一种超出任何感官尺度的能力的东西。”[①]崇高一定要求对大小进行衡量，也就意味着对人的感官承受力进行衡量，它能引起人的不快、痛苦，但最终却能够转化为快感。力学的崇高，就是力量的崇高。“强力是一种胜过很大障碍的能力。这同一个强力，当它也胜过那本身具有强力的东西的抵抗时，就叫作强制力。自然界当它在审美判断中被看作强力，而对我们没有强制力时，就是力学的崇高。”[②]它必须引起恐惧，但是，在审美过程中，恐惧转化为一种快感，即通过恐惧而来的快感。这种崇高能够唤起人的内心的力量感。“所以崇高不在任何自然物中，而只是包含在我们的内心里，如果我们能够意识到我们对我们心中的自然、并因此也对我们之外的自然（只要它影响到我们）处于优势的话。这样一来，在我们心中激起这种情感——为此就需要那召唤着我们种种能力的自然强力——的东西，都称之为（尽管不是本来意义上的）崇高。”[③]那些具有英勇性质的激情、愤怒，甚至绝望等都是崇高的。说到底，康德的崇高就是召唤一种激情性的无边无际的人生体验。尽管康德很理性，但是，在美感方面却渴望那种浪漫主义的奔腾不羁的、无限的自我。所以，康德对那种孤独的个人乃至冒犯性的个人持极为宽容的态度，“人具有一种要使自己社会化的倾向；因为他要在这样的一种状态里才会感到自己不止于是人而已，也就是说才感到他的自然禀赋得到了发展。然而他也具有一种强大的、要求自己单独化（孤立化）的倾向；因为他同时也发觉自己有着非社会的本性，想要一味按照自己的意思来摆布一切，并且因此之故就会处处都遇到阻力，正如他凭他自己本身就可以了解的那样，在他那方面他自己也是倾向于成为对别人的阻力的。”[④]但是，康德说，“没有这种非社会性的二期其本身确实是并

① ［德］康德：《判断力批判》，邓晓芒译，人民出版社，2002年，第89页。
② ［德］康德：《判断力批判》，邓晓芒译，人民出版社，2002年，第99页。
③ ［德］康德：《判断力批判》，邓晓芒译，人民出版社，2002年，第103页。
④ ［德］康德：《历史理性批判文集》，何兆武译，商务印书馆，1990年，第6—7页。

不可爱的性质，——每个人当其私欲横流时都必然会遇到的那种阻力就是从这里面产生的，——人类的全部才智就会在美满的和睦、安逸与互亲互爱的阿迦底亚式的牧歌生活之中，永远被埋没在它们的胚胎里。人类若是也像它们所畜牧的羊群那样温驯，就难以为自己的生存创造出比自己的家畜所具有的更大的价值来了；它们会填补不起来造化作为理性的大自然为它们的目的留下的空白。因此，让我们感谢大自然之有这种不合群性，有这种竞相猜忌的虚荣心，有这种贪得无厌的占有欲和统治欲吧！没有这些东西，人道之中的全部优越的自然禀赋就会永远沉睡而得不到发展。”[①]康德的影响是复杂而矛盾的。就理性一方面而言，康德之后的一些哲学主要集中在纯粹理性方面，如实证主义那样仅仅研究现象界，因为人永远无法抵达自在之物，我们只能就我们观察、发现的结果表达自己对世界的意见。但是，另外一种影响却是浪漫主义，所谓“不受拘束的个人主义之父”就是从这一方面讲的。叔本华就是把康德的自在之物变成了意志。费希特、谢林便以康德的先验自我统摄一切，把康德的分裂汇聚到一个共同的基础之上。就人的主动性而言，费希特比康德更为激进、昂扬。自我是其认识论的出发点即全部知识的基础。世界的一切都是人的创造的产物。自我设定自我，再设定非我，然后，自我在自身中设定一个可分割的非我以与可分割的自我相对立。这种正、反、合的辩证法构成了费希特的宇宙绝对地自我，不断设定，不断接近设定的目标，而又总是无法最终达到，但却必然地要不断向前超越，实际上就是说世界是个不断运动的朝着更高目标迈进的过程，不断克服矛盾的过程。它标示出一种不断攀升的人类意志。“纯粹的自我只能从反面加以设想，只能被想象为非我的对立面。”[②]不同的自我会有不同的非我，自我和非我如影相随，对立统一。人生的使命就是自我不断征服非我。“使一切

① ［德］康德：《历史理性批判文集》，何兆武译，商务印书馆，1990年，第7页。

② ［德］费希特：《〈论学者的使命〉〈人的使命〉》，梁志学等译，商务印书馆，2008年，第8页。

非理性的东西服从于自己，自由按照自己固有的规律去驾驭一切非理性的东西，这就是人的最终目的；如果人不停止其为人，如果人不变成上帝，那么这个最终目的是完全达不到的；而且必定是永远达不到的。……但是，人能够而且应该日益接近这个目标；因此，无限地接近这个目标，就是他作为人的真正使命。”[①]伯林更深刻地指出，费希特的自我的特性在于，“通过努力，通过尝试，通过克服某些能使你意识到一个完整自我的障碍。换句话说，只有在遭受抵抗和反对的那一刻，你才可能感觉自我的存在。主动掌握，纵横捭阖，富有造反精神。”[②]谢林沿着费希特的道路继续前行，但是，他的特点在于将整个世界连同人在内看作是一个不断创造、发展的过程，从无意识的自然逐步获得意识的觉醒。自然是无意识的，而人类则是有意识的。人类通过不断地奋斗，世界达到更高级的状态。谢林将艺术提升到前所未有的高度，认为诗人比哲学家、科学家更能够认识世界，用直觉的象征的方式看到的世界，比分析出来的世界更接近世界本身。这种思想对浪漫主义有深远的影响。

二、鲁迅：叛逆的猛士出于人间

1. 觉醒者：孤独的个人

青年鲁迅就已经建立了自己的人性理想，并试图通过人性改造即国民性改造来实现民族现代化的历史目的。他采取的是一种反启蒙主义的思想路线，以尼采的“超人”、拜伦式英雄为人生理想，希望这种“超人”、英雄个人能够给中国社会历史带来一种根本的转机。他相信这种个人的觉醒，是社会转变的最重要的动力和标志。在《摩

① ［德］费希特：《〈论学者的使命〉〈人的使命〉》，梁志学等译，商务印书馆，2008年，第11页。

② ［英］伯林：《浪漫主义的根源》，吕梁等译，译林出版社，第100页。

罗诗力说》中，鲁迅所呼唤的“精神界之战士”，那种魔鬼性反叛、战斗的精神，和尼采所追求的“超人”境界在本质上具有非常相似的精神气质。在鲁迅早期的文字之中，多次提及尼采及其“超人”，都是赞扬、肯定性的。鲁迅认为：尼采是个人主义的雄杰，崇尚天才的个人，否定民主、庸众；尼采肯定人的原始生命力，将原始生命力看作文明进步的力量；尼采强调生命力量，将恶作为强者的代名词，善作为弱者的代名词，崇尚斗争，善于斗争；尼采的“超人”是几近神明，带有浓厚的宗教、想象的味道，尼采反对基督教，不是没有信仰，而是树立一种新的信仰等。鲁迅所谈及尼采的特点，大体都可以看作“超人”的特点。“超人”式的英雄个人深深地打在鲁迅心灵之中。在“五四”时期，鲁迅部分地翻译了《扎拉图斯特拉如是说》，鲁迅认为，“尼采式的‘超人’，虽然太觉渺茫，但就世界现有人种的事实看来，却可以确信将来总有尤为高尚尤近圆满的人类出现。”① 有人认为这是鲁迅对尼采“超人”的否定，其实，恰恰是肯定，即将来总可能出现更为进步的人。鲁迅踏上五四文坛的姿态颇有尼采的气质，最初在《新青年》发表的随感录系列杂文，尼采味十足，尤其是狂人家族系列，更充分地显示了鲁迅思想和文学性格的尼采气质。我们曾经说过，《狂人日记》在基本结构上与尼采的《悲剧的诞生》是相同的，是一种生命文化与理性文化的二元对立，两者都是以生命力反抗理性文化秩序，显示生命与理性文化之间的激烈对抗；这种二元对立成为尼采与鲁迅气质相似的最基本的原则或平台，再者，鲁迅对狂的浓厚兴趣与尼采的酒神精神具有密切关系，正如狄俄尼索斯之于尼采是一种反叛性的权力意志一样，狂人家族系列则是鲁迅反叛精神的关键。没有这种狂人式与传统、现实的激烈对抗，鲁迅的全盘反传统以及弥漫在鲁迅整个文学世界的否定性，将无从理解。

① 鲁迅：《随感录·四十一》，《鲁迅全集》第1卷，人民文学出版社，1981年，第325页。

在“五四”以后，鲁迅“精神界之战士”即狂人精神从两个角度在鲁迅作品中出现，形成了两类不同类型的狂人系列形象：一种是写实性的人物形象。鲁迅笔下的一些知识分子形象就是狂人的现实化；一种是如狂人那样的象征性人物系列，除了上述的形象之外，以及其中的过客、这样的战士、叛逆的猛士以及其他具有象征意蕴的意象，和历史神话小说《铸剑》中的黑色人、宴之敖者。

在那些写实性小说之中，鲁迅塑造了一系列觉醒的知识分子。如《头发的故事》中的N先生，《在酒楼上》中的吕纬甫，《孤独者》中的魏连殳，《伤逝》中的子君、涓生，这是鲁迅早期的“精神界之战士”现实性性格和命运的写照。这些知识分子生活在不同的时代，面临的具体环境、问题也有所不同，性格也有差异，但是，他们具有相同或相近的思想、性格和精神气质。他们是孤独的个人，与社会格格不入，与周围的人发生根本性的对立，以一种桀骜不驯的姿态把自己从现实、传统中凸显出来。他们的周围却是无数的“看客”，把他们紧紧地包围。他们所面临的命运都是失败，或者在失败后死亡，或者在痛苦之中继续孤独。他们感受强烈的是一种历史循环，即历史或人生总是退回到原来的位置上去。比如，N先生看到的民国与清朝的不同就是民国有“双十节”，他所看到的进步就是节日的时候，人们无精打采地挂起国旗来。除此之外，一切都一如既往。吕纬甫曾经是意气风发的叛逆者，但是，年龄大了，颓唐起来，感觉自己如同一只苍蝇，飞了一圈又落回到原来的点上。涓生和子君的爱情以悲剧告终，子君死去，涓生继续孤独、痛苦的生活和探索。孤独者魏连殳，与周围的人发生尖锐的冲突，被认为是新党，所有的人都另眼看待他，把他当作异类而大加排斥，以至于使他无法生存，魏连殳为生存，做了军阀师长的顾问，但是，他的内心却承受着巨大的痛苦。鲁迅笔下的这些觉醒者，最痛苦的是他不得不做那些他所反对的事情。这里是一种矛盾，一方面生存本身就是妥协，人无法脱离现实而存在，只能在现实之中生存，另一方面却无法认同现实对自我的塑造，其内心深处永远与现实进行对抗，永远品味着孤独的苦果。这是生存与自我之间的矛盾，显示出自我存在的基本状态。孤独的个人虽然失败，或处处为现实所不容，然而，人生的价值却体现出来。真正的个人价值未必是生活的幸福，而是独一价值的呈现。鲁迅曾经说，“豫言者，即先觉，每为故国所不容，也每受同时人的迫害。大人物也时常这样。他要得人们的恭维赞叹时，必须死掉，或者沉默，或者不在面前。”[①]这些觉醒者的精神状态，与尼采在《不合时宜的沉思》的叔本华的精神气质有非常近似的地方。叔本华虽然觉得人生就是无数痛苦的组合，但是，在思想上却永远对抗现实，宁可做一个孤独者，与一切人为敌。这种与现实的对抗，用鲁迅的话说就是“个人的自大”：

> 中国人向来有点自大。——只可惜没有“个人的自大”，都是“合群的爱国的自大”。
>
> ……

“个人的自大”，就是独异，就是对庸众的宣战。除了精神病学上的夸大狂外，这种自大的人，大抵有几分天才，——照Nordau等说，也可说就是几分狂气。他们必定自己觉得思想见识高出庸众之上，又为庸众所不懂，所以愤世嫉俗，渐渐变成厌世家，或“国民之敌”。但一切新思想，多从他们出来，政治上宗教上道德上的改革，也从他们发端。……“合群的自大”，“爱国的自大”，是党同伐异，是对少数的天才宣战；至于对别国文明宣战，却尚在其次。他们自己毫无特别才能，可以夸示于人，所以把这国拿来做个影子；他们把国里的习惯制度抬得很高，赞美的了不得；他们的国粹，既然这样

---

① 鲁迅：《无花的蔷薇》，《鲁迅全集》第3卷，人民文学出版社，1981年，第256页。

有荣光，他们自然也有荣光了！倘若遇见攻击，他们也不必自去应战，因为这种蹲在影子里张目摇舌的人，数目极多，只须用mod的长技，一阵乱噪便可制胜。胜了，我是一群中的人，自然也胜了；若败了时，一群中有许多人，未必是我受亏：大凡聚众滋事时，多具有这种心理，也就是他们的心理。他们的举动，看似猛烈，其实却很卑怯。①

2. “这样的战士”与“叛逆的猛士”

象征性狂人系列由于对写实的超越，更能表达狂人之狂，也更直接、明显地传达了鲁迅思想、性格及更为深层的心灵特征。这些作品主要集中在鲁迅的《野草》之中。

在《这样的战士》中，战士是不屈的斗士，可以说是鲁迅早期所说的“精神界之战士”的文学塑造。这样的战士是孤独的强者，“毫不乞灵于牛皮和废铁的甲胄”，“他只有自己”，使用投枪这种原始的武器，与“无物之阵”搏杀。“无物之阵”就是社会现实及其文化秩序的象征，因而，这种搏杀和狂人具有相同的性质，即与传统、现实为敌，彻底决裂，毫不妥协。战士能够看穿一切虚假的现象，洞察各色人物的本质，他大踏步地走入“无物之阵”，无论“点头”、起誓、好听的名号，甚至“太平”，他都向他们举起投枪。战士在“无物之阵”中衰老，寿终。以至于不再是战士，最终的胜利者却是“无物之阵”。

他走进无物之阵，所遇见的都对他一式点头。他知道点头就是敌人的武器，是杀人不见血的武器，许多战士都在此灭亡，正如炮弹一般，使猛士无所用其力。

① 鲁迅：《随感录三十八》，《鲁迅全集》第1卷，人民文学出版社，1981年，第311页。

那些头上有各种旗帜，绣出各样好名称：慈善家，学者，文士，长者，青年，雅人，君子……。头下有各样外套，绣出各式好花样：学问，道德，国粹，民意，逻辑，公义，东方文明……

但他举起了投枪。

……

在这样的境地里，谁也不闻战叫：太平。

太平……

但他举起了投枪！[①]

“这样的战士”几乎和尼采“超人”类同：1．孤独，只有自己，具有坚强意志和巨大的力量，虽然失败，却决不屈服；2．怀疑一切、洞察一切，能够看到“背后”的东西；3．无论传统还是现实，坚决否定，重估一切价值，与所有人为敌，连“太平”也是敌人。

《淡淡的血痕》中的“叛逆的猛士”与“这样的战士”相同。但更突出了猛士与庸人之间的冲突，显示出向社会全体开战的“超人”式精神。文章的副标题更有意味：“纪念几个死者和生者和未生者。”这篇文章作于“三一八”惨案发生之际。鲁迅说，“段祺瑞政府枪击徒手民众后，作《淡淡的血痕》。”[②]“纪念几个死者”即《纪念刘和珍君》中死去的刘和珍、杨德群等青年学生。但是，这种纪念业已被升华为一种更抽象的程度：死者和生者和未生者。这种把过去、现实和未来并置在一起的目的，就在于抽象出一种更为普遍更为尖锐的冲突：无论过去、现在和未来，总会存在着“叛逆的猛士”，他们是真正的勇者，直面惨淡的人生，正视淋漓的鲜血；然而，无

① 鲁迅：《这样的战士》，《鲁迅全集》第2卷，人民文学出版社，1981年，第214—215页。

② 鲁迅：《〈野草〉英文译本序》，《鲁迅全集》第4卷，人民文学出版社，1981年，第356页。

论是过去、现实和未来，“叛逆的猛士”都是孤独的，因为人类社会——造物主是一个怯弱者，它只是为弱者设计的。这里对叛逆的猛士的讴歌与对社会/怯弱者/庸人的抨击同构一处。我们的社会状态，只是一个由庸人精神构成的状态，庸人是造物主的良民，社会只适合这些怯弱的庸人，社会就是这样；叛逆的猛士只能被扼杀。这是令人绝望的人类存在状态。不断有叛逆的猛士出现，又不断被遗忘，社会似乎总是这样的一种循环，永恒轮回式的循环。但是，叛逆的猛士却向这种荒谬的存在抗争：

> 叛逆的猛士出于人间；他屹立着，洞见一切已改和现有的废墟和荒坟，记得一切深广和久远的苦痛，正视一切重叠淤积的凝血，深知一切已死，方生和未生。他看透了造化的把戏；他将要起来使人类苏生，或者使人类灭尽，这些造物主的良民们。

尼采也喜欢将自己当作战士。这也许是鲁迅深受尼采影响的一个证据。在《扎拉图斯特拉如是说》中，有一篇散文题为“论战争和战士”，这里的战士，不是军队里的战士，而是“知识的斗士”。也许鲁迅早期的“精神界之战士”这种比喻就来自尼采。“知识的斗士”，应该不断寻找敌人，不断战斗。“我愿你们成为用眼睛寻找敌人的人——寻找你们的敌人。你们当中，有些人有那种一眼就能看出的憎恨。你们应当寻找你们的敌人，为了你们的思想，你们应该战争！倘若你们的思想失败了，你们的诚实也应欢呼胜利！我不劝你们工作，而要斗争。我不劝你们和平，而要你们的工作是一种斗争，你们的和平是一次胜利！”[①]“知识的斗士”拥有伟大的灵魂，伟大的灵

---

① ［德］尼采：《论战争和战士》，《扎拉图斯特拉如是说》，黄明嘉译，华东师范大学出版社，2009年，第90页。

魂就是勇敢。什么是好？“勇敢即好。”就是崇高，而在这种崇高之中“存在着恶”。“在恶里，特别在勇敢的人同软弱者相遇。”“战争和勇敢比博爱更能成就伟业。并非你们的同情，而是你们的勇敢至今仍在拯救不幸者。”[①]

《复仇（其二）》则是圣者与庸人的对抗。文章以耶稣之死为题材，表现的是耶稣的孤独，以及众人对耶稣的残酷。耶稣作为圣者，不仅被处死，而且，所有的人都遗弃了他，人们辱骂他，吐他，打他，戏弄他。这里仍然在说，社会是为庸人设计的，他们不容杰出的人，只能在他死后朝拜他。

在《野草》中，一些咏物抒情的篇章，也都弥漫着这种战士精神气质。鲁迅将自己的情感深深地移入对象之中，让这些景物传达自己的人生态度。野草的《题辞》中的“野草”近乎鲁迅自我生命的隐喻。它虽然渺小，却顽强坚韧地生存，死亡而后再生，不断创造自己新的生命，无论怎样遭到践踏、删刈，乃至死亡，都坦然大笑高歌，反抗到底。“我爱我的野草，但我憎恶这以野草作装饰的地面。”野草对地面的对抗，正如战士对社会的反抗一样。“野草，根本不深，花叶不美，然而吸取露，吸取水，吸取陈死人的血和肉，各各夺取它的生存。当生存时，还是将遭践踏，将遭删刈，直至于死亡而朽腐。但我坦然，欣然。我将大笑，我将歌唱。我自然我的野草，但我憎恶这以野草作装饰的地面。”[②]在《秋夜》中，战士精神则以枣树来象征，他孤独，伤痕累累，连叶子都落尽了，但他看透了造化的把戏，世界正如春夏秋冬一样，无限循环，然而无论怎样，他都将他的枝干，“默默地铁似的直刺着奇怪而高的天空，使天空闪闪地鬼睒眼；直刺着天空中圆满的月亮，使月亮窘得发白。”在《雪》中，这种战

① ［德］尼采：《论战争和战士》，《扎拉图斯特拉如是说》，黄明嘉译，华东师范大学出版社，2009年，第91页。

② 鲁迅：《〈野草〉题辞》，《鲁迅全集》第2卷，人民文学出版社，1981年，第159页。

士精神变成了北方的雪。鲁迅笔下的南方的雪与北方的雪体现出两种美学风格，南方的雪是秀美，而北方的雪却带有浓厚的崇高色彩。“朔方的雪花在纷飞之后，却永远如粉，如沙，他们决不粘连，撒在屋上，地上，枯草上，就是这样。屋上的雪是早已就有消化了的，因为屋里居人的火的温热。别的，在晴天之下，旋风忽来，便蓬勃地奋飞，在日光中灿灿地生光，如包藏火焰的大雾，旋转而且升腾，弥漫太空，使太空旋转而且升腾闪烁。在无边的旷野上，在凛冽的天宇下，闪闪地旋转升腾着的是雨的惊魂……是的，那是孤独的雪，是死掉的雨，是雨的惊魂。”[①]而最后一句，却几乎带有死亡、毁灭与再生的隐喻。鲁迅是绍兴人，但骨子里却更欣赏北方文化的粗犷豪迈。从鲁迅一贯的态度上看，他极度嗜好那种带有崇高色彩的事物，而对于精致小巧的秀美，并没浓厚的兴趣。

《死火》非常晦涩。可能与鲁迅和许广平的爱情有关。《死火》很可能是鲁迅对爱情的绝望，以及自我绝望反抗的象征。冰谷里的一团死火是鲁迅的自况，它象征着鲁迅那种坚守自我，永远成为自己的精神姿态。敢于与一切为敌，阴冷的冰山，就是死火存在的环境，这种与环境完全对抗的姿态，就是一种自我的反抗精神。而“我”则可能隐喻许广平。在冰冷的冰山的山谷之中，一团火被遗弃在那里，凝固为珊瑚一样的形状，“这是死火。有炎炎的形，但毫不动摇，全体结冰，像珊瑚枝；尖端还有凝固的黑烟，疑这才从火宅中出来，所以枯焦。这样映在冰的四壁，而且相互反映，化为无量数影，使这冰谷成红珊瑚色。”[②]行将死灭，“我”的温热将死火点燃，“我”要将死火带出冰谷，死火所面对的矛盾是：留在冰谷，就会冻灭在那里；走出冰谷，却会烧完自己。他选择了走，宁可烧完自己也要走出冰谷。“我”与“死火”一同走出冰谷的时候，“我”却被飞驰而来的

① 鲁迅：《雪》，《鲁迅全集》第2卷，人民文学出版社，1981年，第181页。
② 鲁迅：《死火》，《鲁迅全集》第2卷，人民文学出版社，1981年，第195页。

大石车碾死，“我”同大石车同归于尽，大石车也坠入冰谷之中。死火则长存不灭。大石车显然是某种恶事物的象征，是冰谷的一部分。“我”的温热点燃了“死火”，意味着真挚的爱情将鲁迅的生命从绝望之中唤醒，然而，鲁迅深深知道，这种爱情面对极大的压力，很可能遭到各方面的压力，以至于“我”会在压力之中死亡，正如子君的死亡一样。

《影的告别》所表达的仍然是鲁迅的那种孤独、顽强的精神。影子是鲁迅的自况。影子焦虑、孤独地徘徊在明暗之间，但是，他不愿意这样处在不黑不白的明暗之间，宁可独自远行，宁可沉没在黑暗之中，也不愿意跟随在别人后边，因为黑暗是属于我的世界。这里涉及尼采式的自我选择问题。坚守自我，怀疑一切，独立不屈。鲁迅的《影的告别》也许受了尼采近似的文章启发。尼采的《扎拉图斯特拉如是说》中有一篇《影子》。《影子》的情节与《影的告别》不同，《影的告别》情节是人睡着以后，影子出来与人告别，是影子向人告别，倾诉自己的选择。《影子》却是扎拉图斯特拉赶走了自愿的乞儿，影子却来与他对话，扎拉图斯特拉要摆脱影子，而影子却拼命地追赶扎拉图斯特拉，然后，向扎拉图斯特拉倾诉自己的内心情绪、思想，终于得到扎拉图斯特拉的认可，他说，“你是我的影子。”然而，两篇文章的风格和意蕴却非常相近，都是内心倾诉式散文，都带有浓重抒情意味和象征性；就思想而言，都有焦虑、不安和孤独的情绪，都有顽强的追寻和坚守。其实，影子所表达的就是扎拉图斯特拉所要说的，也是尼采一贯表达的思想：我是漫游的人，是精神漂泊者，我在寻找自己的家乡，永远走在奔向家乡的途中。然而，我的家乡在无处——没有家乡，寻找只是一种永恒的徒劳。为了寻求自己的家乡，我重估一切价值。如影子说：

跟随你，我周游在最遥远，最严寒的世界，像个幽灵，甘愿在冬季的屋顶和白雪上奔跑。

跟随你，我竭力突入每个被禁的、最遥远的和最恶劣的事物：如果说我有什么道德，那就是我不畏任何禁令。

跟随你，我打碎内心尊敬的东西，推倒了一切界碑和形象，我追随最危险的意志——真的，我曾跨过每个罪恶。

跟随你，我忘记了对语言、价值和伟大名号的信仰。当魔鬼剥掉自己的皮，其名号不也剥夺了吗？因为这名号也是一张皮，或者，魔鬼本身就是——皮里。

“没有什么真实，一切皆可”：我对自己这样说。我把我的头和内心投入最冰冷的水中。唉，我如何常常裸立，仿佛只赤蟹！

我的家乡——在何处？我打探，寻觅，寻觅，但遍寻无着。哦，永恒的每一处，哦，永恒的无处，哦，永恒的——徒劳！①

尼采在《人性的，太人性的》前言中所描述的自由人，和影子非常相似。自由人在经历了大解脱之后，就到处漫游。漂泊无处，也是一种焦虑和寻找。

3. 始终狂走的过客

《过客》是“这样的战士”“叛逆的猛士”的进一步升华，升华为更抽象的一种性格或精神，和尼采的“影子”、自由人、“超人”也更为近似，都是孤独的自我求索，自我创造。在茫茫的人生旅途，一切都不确定，但我以我的意志创造生活，创造我自己。过客是鲁迅

① ［德］尼采：《扎拉图斯特拉如是说》，黄明嘉译，华东师范大学出版社，2009年，第443—444页。

的自况，他“状态困顿倔强，眼光阴沉，黑须，乱发，黑色短衣裤皆破碎，赤足著破鞋，肋下挂一个口袋，支着等身的竹杖[①]”。他不知道自己是谁，不知道从哪里来，也不知道到哪里去，他只记得自己一出生便是“走”。虽然他这样困顿，却一直没有停下走的脚步，无论什么，都无法阻止他向前走。老翁劝他不要走了，前边是坟墓，少女则说前边是鲜花，但过客怀疑老翁的说法。他感到总有一种声音在呼唤着他，他必须要朝前走。尼采的影子也是长期被剥夺，变得“细瘦、黝黑、空洞、苍老”，以至于有些虚弱。他长期漫游，也是一直在奔走流浪，以至于把自己当作那个传说中的流浪的犹太人。这个欧洲的传说说的是，耶稣在去钉十字架的路上，要在犹太人阿哈斯瓦尔的屋檐下休息，却被阿哈斯瓦尔拒绝，于是遭到诅咒，让他永世不得休息，直到末日审判为止，所以他永远在漂泊、流浪。在《快乐的科学》中的诗歌《浪游人》，抒写的是流浪者的痛苦、绝望，“‘走投无路了！四周深渊，死的寂静！/你既认为如此，意志必偏离路径！/浪游人啊，到时候了！冷静、仔细瞧瞧吧！/你若相信遇上险境，必然自我失落！’”诗歌《用脚书写》仍然是写漫游的，脚就是走的象征。“我不独用手书写，/脚也参与其事。/它坚定、自由、勇敢，/为我时而穿过原野，时而越过白纸。”鲁迅曾经在《娜拉走后怎样》中提及流浪的犹太人的传说。娜拉走出家庭究竟会怎样？鲁迅认为，不是堕落，就是回家，但是，如果娜拉不堕落，也不回家的话，宁可闯出去做牺牲，那就如同犹太人阿哈斯瓦尔，一生都在流浪。鲁迅说，“走是苦的，安息是乐的，他何以不安息呢？虽说背了诅咒，可是大约总该是觉得走比安息还适宜，所以始终狂走的罢。”[②]这里，可以看出，“走”一种完全出于个人意志的选择，从常人角度看，“走”是冒着牺牲的危险的，但是，选择“走”的个人却并非常人，而是在

① 鲁迅：《过客》，《鲁迅全集》第2卷，人民文学出版社，1981年，第188页。

② 鲁迅：《娜拉走后怎样》，《鲁迅全集》第1卷，人民文学出版社，1981年，第163页。

精神上具有卓越品质的个人，鲁迅说，我们不能劝人做牺牲，但是，也无权去阻止人做牺牲。这就是说，牺牲一旦变成了一种坚决的自觉的个人选择，就变得崇高起来。“过客”的“走”，就是这种个人意志的选择，和“这样的战士”“叛逆的猛士”的搏杀、勇猛具有同一性，和尼采的影子、漫游者也具有同一性。鲁迅说，“我自己，是什么也不怕的，生命是我自己的东西，所以我不妨大步走去，向着我自以为可以走去的路；即使前面是深渊，荆棘，狭谷，火坑，都由我自己负责。”[①]女孩儿给过客一块布片，让他包住脚，但过客拒绝了女孩儿这种善意，在鲁迅看来，这种善意是对人的一种束缚，能够使勇敢者丧失前进的勇气的。所以，“走”是致命性的自我，让自己成为自己，不息冒险、牺牲，也无所畏惧。“过客的意思不过如来信所说的那样，即是虽然明知前路是坟而偏要走，就是反抗绝望，因为我以为绝望而反抗者难，比因希望而战斗者更勇猛，更悲壮。”[②]这种“反抗绝望”就是自我价值的实现。这是典型的“超人”——尼采式人生哲学。世界永远如此，反抗并不指望争得一个黄金世界或“真正的世界”，反抗仅仅是反抗，反抗的目的在于证明自我的意志和力量，是自我创造自我的行为，是非功利的人生态度，是一种英雄史观。世界的目的就在于创造更多个人，和尼采的“超人”是大地的意义的思想非常相似。这也是尼采所推崇的审美人生，尼采认为，只有用艺术的眼光看世界，世界才能够得到合理化的解释。尼采《扎拉图斯特拉如是说》中有一篇题为“漫游者”则是漫游者高昂激越的意志的表达。扎拉图斯特拉翻越海岛的山脊，以便清晨抵达另一边的海岛。在登山的途中，他会想起自己青年时代许多孤独的漫游。在此，漫游登山这种旅游活动变成了一种精神上的攀登和超越。“我是漫游者、登山者，他对自己的内心说，我不喜欢平地，似乎我也不能长久枯坐。今

① 鲁迅：《北京通信》，《鲁迅全集》第3卷，人民文学出版社，1981年，第51页。

② 鲁迅：《250411 致赵其文》，《鲁迅全集》第11卷，人民文学出版社，1981年，第442页。

后，无论遭遇怎样的命运和经历——其中漫游和登山：人最终还是自己去体验。”[①]他喜欢孤独的漫游，他陶醉在孤独的攀登之中，当他将“不可能”远远抛在后边的时候，当他看到身后在无人跟随的时候，他为自己的勇敢而狂喜。他喜欢走上艰难之路，把艰难之路看作伟大的道路，将危险作为避难所，喜欢接近一切可怕的东西，因为危险能够让人坚强，勇敢。“一味爱惜自己的人，最终要吃溺爱的苦果。使人坚强的东西才值得赞美！那流满——奶油和蜂蜜之地，我并不礼赞！为了多做观察，必须不计自身——坚强，每个登山者都必不可匮乏。”“如要观察万物的表面和深层：你就必须超越自己而攀登——向上，向上，直至你的星辰也在你的脚下！是啊，俯视我自己吧，俯视我的星辰吧，这便是我的山峰，留给我的最后一座山峰！——”[②]

过客的“走”，成为自我、创造自我的过程，也是不断自我抉择的过程。1918年，鲁迅在与钱玄同的通信中，涉及如何对待大众、他人的问题的时候，就强调不必强求，只能各自依靠自己的信念。“然问将来何以有一种人类共通的言语，却不能拿出确凿证据。说将来必不能有的，也是如此。所以全无讨论的必要，只能各依自己所信的做去就是了。”[③]“耶稣说，见车要翻了，扶他一下，尼采说，见车要翻了，推他一下。我自然是赞成耶稣的话，但以为倘若不愿你扶，便不必硬扶，听他罢了。”[④]在“五四”以后，由于鲁迅激烈的现实批判和文化批判所显示出来的深刻思想，社会舆论将鲁迅称之为“思想界权威”“青年导师”等，但是，鲁迅对于导师引导别人，尤其是引导青年，并不以为然。他认为，更重要的还是自己的选择，在不同人看来，存在着不同的路，“倘若我有力量，我自然极愿意有所贡献于河

---

① ［德］尼采：《扎拉图斯特拉如是说》，卫茂平译，华东师范大学出版社，2009年，第257页。

② ［德］尼采：《漫游者》，《扎拉图斯特拉如是说》，黄明嘉译，华东师范大学出版社，2009年，第257—259页。

③ 鲁迅：《渡河与引路》，《鲁迅全集》第7卷，人民文学出版社，1981年，第34页。

④ 鲁迅：《渡河与引路》，《鲁迅全集》第7卷，人民文学出版社，1981年，第36页。

南的青年。但不幸我竟力不从心，因为我自己也正站在歧路上，——或者，说得较有希望些：站在十字路口。站在歧路上是几乎难于举足，站在十字路口，是可走的道路很多。”[①]“我终于还不想劝青年一同走我所走的路；我们的年龄，境遇，都不相同，思想的归宿大概总不能一致的罢。但躺若一定要问我青年应当怎样的目标，那么，我只可以说出我为别人设计的话，就是：一要生存，二要温饱，三要发展。有敢来阻碍这三件事者，无论是谁，我们都反抗他，扑灭他！”[②]鲁迅说，他对别人和对自己，经常是不同的态度，原因是自己的思想黑暗，再一个就是一切只有自己选择，才是有价值的选择。鲁迅说：“我想对于知识阶级发表一点个人的意见，只是我并不是站在引导者的地位，要诸君都相信我的话，我自己走路都走不清楚，如何能引导诸君？”[③]鲁迅写杂文，将杂文看作是匕首，投枪，但是，他又并不以杂文反映绝对真理自居，更多的是强调个人嗜好和兴趣，甚至将自己杂文创作看作是地摊上的东西。在鲁迅杂文中，有这样一种思维方式，就是跳出公共、普遍性限制，退回到个人领域，然后再对这些普遍性原则进行批判。这是个人选择的一种姿态，那些以与主流价值对抗的批判性思想者，往往是以个人选择的立场来展开自己的思想。鲁迅总是以从多数、大众等社会普遍价值脱身而出为出发点来确立自己的观念和价值。在“青年必读书目事件”中，鲁迅说，不读中国书，中国书即使有劝人入世的话，也都是僵尸的乐观，外国书尽管有悲观的东西，但是，也都是活人的悲观。鲁迅的观点引来许多的反驳。一些读者引经据典驳斥鲁迅的观点，他们找出了许多证据和理由来证明中国书，也有好的，也是人类智慧的结晶，对人生总是有益处的。这些人无非是站在社会现实、传统的普遍观念之上，这使鲁迅觉得悲哀

① 鲁迅：《北京通信》，《鲁迅全集》第3卷，人民文学出版社，1981年，第51页。

② 鲁迅：《北京通信》，《鲁迅全集》第3卷，人民文学出版社，1981年，第51页。

③ 鲁迅：《关于知识阶级》，《鲁迅全集》第8卷，人民文学出版社，1981年，第187页。

和无可奈何。在鲁迅看来，那些开卷有益之类的普遍观点，是谁都知道的，是无所谓的日常知识，关键是应该有自己的态度，敢于表达自己的观点和爱憎，也就是敢于进行自我选择，敢于与众不同。鲁迅讨厌那种与日常知识与伦理融成一片的价值取向，喜欢那种个人的沉迷的激情性价值选择。鲁迅读书也的确是这样。他在给中学生讲怎样读书的时候，把读书分为两种：一种是为实用目的去读书，鲁迅认为这是生存的需要，不是读书的最高境界；一种是嗜好的沉迷的读书，完全出自个人的喜好，没有什么实用的目的，这种读书往往沉浸在书中，也是快乐的读书，就如同打麻将一样，即使被警察抓住了，也还要打。鲁迅一生读书，往往基于个人的偏好，自己的兴趣沉浸其中，甚至不能自拔。比如鲁迅喜欢野史笔记，喜欢一些不为大家重视的书。在“五四”前夕，相当长的一段时间之内，即鲁迅在教育部工作的时候，多数时间都是这样读书，大半天工作，晚上读书，抄书。鲁迅那些杂文之所以震撼人心，不在于符合传统与社会的常识，而在于敢于表达个人的激烈乃至偏激的观点。鲁迅作文的秘诀之一是攻击一点，不及其余。个人的爱憎和见解，就是真理。这也就是思想领域里的个人抉择的勇气。

4. 复仇英雄与黑暗的心

《铸剑》则将战士的精神戏剧化。作为一篇以神话传说为题材的浪漫主义小说，浸透着强烈而浓郁的鲁迅式主观情绪。它将“这样的战士”“叛逆的猛士”“过客”的抽象象征落实在具体的情境之中，通过古代神话英雄的赞颂，表达自己的精神追求。另一方面《铸剑》也是战士精神的一种象征。这种追求，更近似尼采的“超人”气概，既有“超人”的勇敢，又有“超人”的恶。《铸剑》是一个复仇的故事，是鲁迅根据曹丕的《列异传》和干宝的《搜神记》所记载的故事改编而成的。《列异传》记载说：“干将莫邪为楚王作剑，三年而成。剑有雄雌，天下名器也，乃以雌剑献君，藏其雄者。谓其妻曰：‘吾藏剑在南山之阴，北山之阳；松生石上，剑在其中矣。君若觉，杀我；尔生男，以告之。’及至君觉，杀干将。妻后生男，名赤鼻，告之。赤鼻斫南山之松，不得剑；忽于屋柱中得之。楚王梦一人，眉广三寸，辞欲报仇。购求甚急，乃逃朱兴山中。遇客，欲为之报；乃刎首，将以奉楚王。客令镬煮之，头三日三夜跳不烂。王往观之，客以雄剑倚拟王，王头堕镬中；客又自刎。三头悉烂，不可分别，分葬之，名曰三王冢。”[①]干将莫邪的儿子眉间尺要为父亲报仇，却一群被闲人纠缠，又被仇人告密，无法达到自己的目的。这时，宴之敖者突然出现，替眉间尺解围，并决意为眉间尺报仇。复仇的条件需要两样东西：眉间尺的宝剑和他的人头；宴之敖者给国王表演异术，用鼎煮头，让头在水里跳舞唱歌，国王观赏，被宴之敖者砍掉头颅，水里的眉间尺的人头与国王头颅搏斗，宴之敖者砍下自己的头颅，帮助眉间尺的头颅打国王的头颅。小说主人公宴之敖者的性格、心理不同于一般扶弱除强的侠客，在侠客外衣包裹之下的是“超人”式的精神气质。首先，他勇敢，敢于向最高的黑暗势力国王复仇。其次，他的勇敢之中包含着冷酷、阴郁的心理即恶的成分。与尼采以恶为善完全一致。宴之敖者“黑须黑眼睛，瘦得如铁”，是一个黑色人，在夜晚里，他的眼睛像磷火一样。他只有冷笑和冷峻的语言。他为眉间尺报仇却要眉间尺的头颅，而且，为了战胜国王，他也可以把自己的头颅砍下，宁可与国王同归于尽。他报仇的动机，不是要充当“义士”，他觉得“义士”这种头衔是对自己的“冤枉”，也不是同情眉间尺和他的母亲，而是出于对自己的憎恶：

“唉，孩子，你再不要提这些受了污辱的名称。”他严冷地说，“仗义，同情，那些东西，先前曾经干净过，现在却

① 鲁迅：《铸剑》，《鲁迅全集》第2卷，人民文学出版社，1981年，第436页。

都成了放鬼债的资本。我心里完全没有你所谓的那些。我只不过要给你报仇。”

“我一向认识你的父亲，也和一向认识你一样。但我要报仇，却并不为此。聪明的孩子，告诉你罢。你还不知道么，我怎么地善于报仇。你的就是我的；他也就是我。我的灵魂上是有这么多的，人我所加的伤，我已经憎恶了我自己！”①

当眉间尺将自己的头颅割下来交给宴之敖者的时候——

“呵呵！他一手接剑，一手捏着头发，提起眉间尺的头来，对着那热的死掉的嘴唇，接吻两次，并且冷冷地尖利地笑。”②

宴之敖者拒绝用“仗义”“同情”，拒绝这些普遍的所谓“善”，在《求乞者》得到集中的表现。《求乞者》写孩子在街头行乞。不是一个孩子，而是两个孩子：一个磕头，哀呼着向“我”行乞，一个却是哑巴，摊着手向“我”行乞。这也许和鲁迅的实际生活经验有关，在20年代的中国，这种乞讨现象非常普遍，孩子乞讨更常见。鲁迅厌恶、憎恨这种乞讨，怀疑这种乞讨的真诚性，“我厌恶他的声调，态度。我憎恶他并不悲哀，近于儿戏”，“我就憎恶他这手势。而且，他或者并不哑，这不过是一种乞讨的法子”，“我不布施，我无布施心，我但居布施者之上，给与烦腻，疑心，憎恶。”③这和尼采对善良人、基督徒的爱邻人的否定、批判也是相近的。从康德——尼采的伦理观点看，同情、施舍以及对别人的慷慨帮助，并不是可取的。在康德看来，在公正的世界里，根本不需要同情，人和人是平等的，如果一个人同情别人就是以一种优越的姿态宣示他高于别

① 鲁迅：《铸剑》，《鲁迅全集》第2卷，人民文学出版社，1981年，第425页。
② 鲁迅：《铸剑》，《鲁迅全集》第2卷，人民文学出版社，1981年，第426页。
③ 鲁迅：《求乞者》，《鲁迅全集》第2卷，人民文学出版社，1981年，第167页。

人，对别人的人格也是不尊重的。尼采却是基于一种强者伦理，强者没有必要同情弱者，善良既让自己软弱，也能让别人软弱；强者只需要更强，而弱者应该攻击强者使自己变成强者。鲁迅对求乞者憎恶是对软弱到了麻木程度的人格的憎恶。

鲁迅的以恶为善、对恶的强烈兴趣，并非偶然。它作为鲁迅性格或精神深处的重要特征，几乎一直存在于鲁迅心灵深处。他喜欢摩罗诗人那种以恶为善的反抗精神。狂人对仁义道德的否定，也近乎恶的强烈攻击。对“怪力乱神”有明显的偏爱。他从小就喜欢《山海经》里的神话传说，诸如人面的兽、九头蛇、一脚牛、袋子似的帝江，尤其是刑天，他“以乳为目，以脐为口”，“执干戚而舞”，鲁迅在杂文中也多提及过这个刑天。鲁迅还喜欢传统的志怪小说。他喜欢猫头鹰，把猫头鹰作为爱情比翼鸟。甚至把自己比作妖魔，鲁迅曾对许广平说，“我时时觉得自己很渺小；但看少爷们著作，竟没有一个如我，敢自说是戴着假面和承认‘党同伐异’的，他们说到底总必以‘公平’自居。因此，我又觉得我或者并不渺小；现在故意要轻视我和骂倒我的人们的眼前，终于黑的妖魔似的站着‘鲁迅’两个字，大概就是为此。”[①]鲁迅晚年曾经以鬼魂为题材写作了著名的散文《女吊》《无常》，前者是写江浙民间传说的女吊死鬼，后者则是索命鬼。鲁迅曾经多次说自己的作品黑暗、思想黑暗等：

偏爱我的作品的读者，有时批评说，我的文字是说真话的。这其实是过誉，那原因就因为他偏爱。我自然不想太欺骗人，但也未尝将心里的话照样说尽，大约只要看得可以交卷就算完。我的确时时解剖别人，然而更多的是更无情面地解剖我自己，发表一点，酷爱温暖的人物已经觉得冷酷了，如果全露

① 鲁迅：《两地书·九三》，《鲁迅全集》第11卷，人民文学出版社，1981年，第240—241页。

出我的血肉来，到那时还不唾弃我的，即使是枭蛇鬼怪，也是我的朋友，这才真是我的朋友。[①]

你好像常在看我的作品，但我的作品，太黑暗了，因为我常觉得“黑暗与虚无”乃是“实有”，却偏要向这些作绝望的抗战，所以很多偏激的声音。[②]

在寻求中，我就怕我未熟的果实偏偏毒死了偏爱我的果实的人，而憎恨我的东西如所谓正人君子也者偏偏都矍铄，所以我说话常不免含胡，中止，心里想：对于偏爱我的读者的赠献，或者最好倒不如是一个“无所有”。[③]

我所说的话，常与所想的不同，……我为自己和为别人的设想，是两样的。所以者何？就因为我的思想太黑暗，但究竟是否真确，又不得而知，所以只能在自身试验，不敢邀请别人。[④]

我自己总觉得我的灵魂里有毒气和鬼气，我极憎恶他，想除去他，而不能。我虽然竭力遮蔽着，总还恐怕传染给别人，我之所以对于和我来往较多的人有时不免觉得悲哀者一次。[⑤]

---

① 鲁迅：《写在坟的后面》，《鲁迅全集》第1卷，人民文学出版社，第283—284页。

② 鲁迅：《两地书·四》，《鲁迅全集》第11卷，人民文学出版社，1981年，20—21页。

③ 鲁迅：《写在坟的后面》，《鲁迅全集》第1卷，人民文学出版社，1981年，第284页。

④ 鲁迅：《两地书·二四》，《鲁迅全集》第11卷，人民文学出版社，第79页。

⑤ 鲁迅：《240924 致李秉中》，《鲁迅全集》第11卷，人民文学出版社，1981年，第431页。

《野草》中的《墓碣文》或许是鲁迅最晦涩、最黑暗的象征。作品写的是坟墓、尸体和墓碑上的文字。墓碑上的文字隐隐约约，坟墓中的尸体，“胸腹俱破，中无心肝。而脸上却绝不显哀乐之状，但蒙蒙如烟然。”而且，还能说话。这大概就是尼采所说的恐怖的事物吧。整个作品弥漫着一种令人惊惧、恶心的阴森、恐怖的气氛。作品极其隐晦、含蓄，缺少明确、清晰的所指。然而，从作品整个氛围和某些语句上看，作品应该是鲁迅对自己内心深处的鬼气与毒气的暗示。鲁迅不仅解剖别人，而且解剖自己，不仅解剖自己的意识、思想，而且还解剖自己的潜意识，解剖自己的黑暗、阴郁的心灵。

但是，尽管流露出魔鬼的恶性，但是，在总体上看，并没有达到尼采那样激烈的程度。即使在西方，尼采的那种非道德的魔鬼性也算是一个高峰。这在他对俄国作家绥惠略夫的评论中可以看出来。五四时期鲁迅曾经翻译俄国作家阿尔志跋绥夫小说《医生》《工人绥惠略夫》《幸福》等。阿尔志跋绥夫的思想是无政府主义，和施蒂纳、尼采相近，他的思想则是直接来源于施蒂纳。鲁迅说对阿尔志跋绥夫有着冷静的分析，深深的理解，和强烈的认同。鲁迅说，阿尔志跋绥夫是个人主义者，带有浓重的厌世主义倾向。他的创作带有明显的主观性，热烈地表达自己的思想好恶。尤其是对阿尔志跋绥夫是个人主义与人道主义的混合的认识上，显示出鲁迅对这位俄国作家的同情性理解，他一方面把阿尔志跋绥夫看作托尔斯泰主义的博爱之人，慈悲心肠，另一方面却又是极端的个人主义者。《医生》是托尔斯泰主义的调节剂，“无抵抗，是作者所反抗的，因为人在天性上不能没有憎，而这憎，又或根于更广大的爱。因此，阿尔志跋绥夫便仍然不免是托尔斯泰之徒了，而又不免是托尔斯泰主义的反抗者，——圆稳的说，便是托尔斯泰主义的调节剂。”[1]于是，鲁迅赞同阿尔志跋绥夫的“爱

---

① 鲁迅：《译文序跋集·〈医生〉译者附记》，鲁迅全集第1卷，人民文学出版社，1981年，第176—177页。

憎不相离”，说阿尔志跋绥夫的《幸福》是一篇出色的纯艺术品，“毫不多费笔墨，而将‘爱憎不相离，不但不相离而且相争的无意识的本能’，浑然写出。”[①]指出，“然而绥惠略夫却确乎显示出尼采式的强者的色彩来。他用了力量和意志的全副，终身战斗，就是用了炸弹和手枪，反抗而且沦灭。”[②]他甚至觉得，《工人绥惠略夫》“或者仍然是一部‘愤激’的书”[③]，但是，鲁迅却还是对这种憎、恶心存恐惧，“然而绥惠略夫临末的思想却太可怕。他先是为社会做事，社会倒迫害他，甚至于要杀害他，他于是一变而为向社会复仇了，一切是仇仇，一切都破坏。中国这样破坏一切的人还不见有，大约也不会有的，我也并不希望其有。”[④]鲁迅对许广平也谈过类似观点，“我疑心将来的黄金世界里，也会有将叛徒处死刑，而大家尚以为是黄金世界的事，其大病根就在人们各各不同，不能像印版书似的每本一律。要彻底地毁坏这种大势的，就容易变成‘个人主义的无政府主义者’，如《工人绥惠略夫》里所描写的绥惠略夫就是。这一类人物的运命，在现在——也许虽在将来——是要救群众，而反被群众所迫害，终至于成了单身，忿激之余，一转而仇视一切，无论对谁都开枪，自己也归于毁灭。”[⑤]

在鲁迅那里也是阿尔志跋绥夫式的爱与憎的调节。这和尼采之间就存在着区别。尽管尼采有时不免也存在着这种调节的倾向，但是，他更多的时候把自己变成一个魔鬼，尽量以魔鬼的姿态说话。而且，对于社会的多数人，一直都是彻底的否定的，而且不以社会历史

① 鲁迅：《〈幸福〉译者附记》，《鲁迅全集》第10卷，人民文学出版社，1981年，第173页。

② 鲁迅：《译了〈工人绥惠略夫〉之后》，《鲁迅全集》第10卷，人民文学出版社，1981年，第169页。

③ 鲁迅：《译了〈工人绥惠略夫〉之后》，《鲁迅全集》第10卷，人民文学出版社，1981年，第169页。

④ 鲁迅：《记谈话》，《鲁迅全集》第3卷，人民文学出版社，1981年，第357页。

⑤ 鲁迅：《两地书·四》，《鲁迅全集》第11卷，人民文学出版社，第20页。

为目的。但是，鲁迅作为中国作家却无法摆脱与大众的关联和情感，这就是鲁迅所说的在个人主义与人道主义之间的徘徊。一直是这样的一种姿态。在早期强调恶魔性的精神界之战士的时候，对民间大众也没有完全排斥，甚至有一种将民间大众道德理想化的倾向，近似于卢梭的高尚的野蛮人。在“五四”以后，鲁迅一直激烈抨击大众，把社会大众看作庸众、“看客”，但是，同时也对大众有所同情，这种状态一直保持到他晚年。以往人们往往认为，鲁迅后期倾向于阶级性，但实际上，还是一个人道主义者，他对大众的同情在很大程度上是拜伦式的情感。拜伦式英雄孤独傲岸，蔑视一切，包括众人，但是，有时却可以扶危济弱，救人于危难之中，以显示自己的英雄气概和凛然正气。在他们的价值系统之中，把自我与大众混成一片绝对是一种耻辱的事情。拜伦在率领希腊人反抗土耳其奴役蹂躏的时候，也同时感到希腊人的难以救药。《唐璜》中的《哀希腊》名句“我为希腊羞，我为希腊哭”，就是这种心态的写照。所以，罗素在他的《西方哲学史》中把拜伦看作是一种贵族式反抗。从这点上讲，鲁迅笔下的孤独的战士、过客或英雄，和尼采比起来，算是比较温和的，但是，在中国已经非常孤独了。

第六章　《野草》与《查拉图斯特拉如是说》

一、鲁迅对《查拉图斯特拉如是说》的阅读、翻译和接受

在鲁迅的创作中，《野草》无论从文体、语言、篇章结构，还是从精神意蕴上看，都是受尼采影响最广、最深的作品。《野草》的创作直接受到尼采《查拉图斯特拉如是说》启发。鲁迅青年时期酷爱《查拉图斯特拉如是说》，据周作人回忆，鲁迅在日本留学时，“《札拉图斯忒拉如是》常在案头”[①]，是鲁迅所钟爱的作品。曾经用文言翻译前三节，题为“察罗堵斯德罗绪言”，收于《鲁迅译文全集》8卷中。1920年，鲁迅用白话翻译了《查拉图斯特拉如是说》的“序言”[②]，发表于当年的《新潮》（第2卷5号），署名为唐俟。值得注意的是，这篇译文末尾附有鲁迅的注释，对“序言”的一些难解意象进行了比较详细的解释。从这些解释的文字可以看出，鲁迅的确对尼采和《查拉图斯特拉如是说》有深切的阅读。如认为尼采的文章非常好，《查拉图斯特拉如是说》是箴言体，由于创作时间

① 周作人：《关于鲁迅之二》，钟叔河编订《周作人散文全编》7卷，广西师范大学出版社，2009年，第452页。

② 鲁迅：《鲁迅译文全集》8卷，福建教育出版社，2008年，第76页。

长达三年之久，“外观上常见矛盾，所以不容易了解”[①]，如对查拉图斯特拉的身份、超人、走索者、鹰和蛇的象征意义、死尸、小丑、查拉图斯特拉与群众的关系等的解释，都很清楚。如果没有深切的阅读和对尼采的知识，是很难做出这样的解释的。但是，鲁迅一直没有将《查拉图斯特拉如是说》全部译出。20年代末30年代初，根据徐梵澄回忆：徐梵澄留德归国拜访鲁迅，鲁迅让他翻译了《查拉图斯特拉如是说》，并帮助他最后出版。书名《苏鲁支语录》也是鲁迅定下的。徐梵澄还翻译了尼采的《朝霞》《快乐的知识》。徐梵澄认为，鲁迅的《野草》中的《过客》《影的告别》两篇，“便甚与《苏鲁支语录》的作风相似。这很难说是偶然的巧合，或故意模仿；竟不妨假定是于尼采的作品，或原文或日文译本，时加玩味，欣赏，而自己的思绪触发，提笔一写，使成了那形式了。《野草》可说是一部散文的诗，先生的得意之作。这只合用文学上的术语说，是受了尼采的‘灵感’。”[②]五四时期，鲁迅“热风”式的短文，不仅直接提及尼采的名字，还明显地流露出尼采气息。鲁迅周围的一些人，也认出鲁迅文章受到的尼采影响。据孙伏园1941年回忆：“从前刘半农先生赠给鲁迅先生一副联语，是‘托尼学说，魏晋文章’。当时的友朋都认为这副联语很恰当，鲁迅先生自己也不加反对。”[③]孙伏园说，“鲁迅先生却特别欢喜他的文章，例如萨拉图斯脱拉语录，说是文字的刚劲，读起来有金石声，而他的学说的精住，则在鼓励人类的生活，思想，文化，日渐向上，不长久停顿在琐屑的，卑鄙的，只注意于物质的生活之中。”[④]鲁迅自己也承认尼采《查拉图斯特拉如是说》对他的影响，“但我的‘彷徨’并不用许多时，因为那时还有一点读过尼

① 鲁迅：《鲁迅译文全集》8卷，福建教育出版社，2008年，第88页。

② 徐梵澄：《星花旧影》，张新影编《鲁迅印象》，学林出版社，1997年，第192页。

③ 孙伏园：《鲁迅先生逝世五周年杂感二则》，《鲁迅回忆录（上）》，鲁迅博物馆鲁迅研究室《鲁迅研究月刊》选编，北京出版社，1999年，第109页。

④ 孙伏园：《鲁迅先生逝世五周年杂感二则》，《鲁迅回忆录（上）》，鲁迅博物馆鲁迅研究室《鲁迅研究月刊》选编，北京出版社，1999年，第109—110页。

采的《Zarathustra》的余波，从我这里只要能挤出——虽然不过是挤出——文章来，就挤了去罢，从我这里只要能做出一点'炸药'来，就拿去做了罢，于是也就决定，还是照旧投稿了——虽然对于意外的被利用，心里也耿耿了好几天。"[①]鲁迅的杂文集《坟》的名字也许是受了尼采《查拉图斯特拉如是说》的启发。在《查拉图斯特拉如是说》中有一篇《坟墓之歌》，开头第一句就是："那里是坟墓之岛，沉默的坟墓之岛；那里也是我的青春的坟墓。我要把一个常绿的生命花环带到那里去。"[②]生命的过程是意志不断变异、增长的过程，旧的生命——意志不断逝去，新的又产生，不断的生成，构成一个常绿的生命之树。虽然遭受无数的伤害，伤痕累累，但是，"我身上有一个不可损伤、不可掩埋的东西，一个能炸毁岩石的东西：那就是我的意志。它默认穿越岁月，丝毫不曾改变。"[③]这和鲁迅的《写在〈坟〉后面》的意思是很相近的："我的生命的一部分，就这样地用去了，也就是做了这样的工作。然而我至今终于不明白我一向是在做什么。比方做土工的罢，做着做着，而不明白是在筑台呢还在掘坑。所知道的是即使是筑台，也无非要将自己从那上面跌下来或者显示老死；倘是掘坑，那就当然不过是埋掉自己。总之：逝去，逝去，一切一切，和光阴一同早逝去，在逝去，要逝去了。——不过如此，但也为我所十分甘愿的。"[④]之所以"十分甘愿"，就在于旧我的死去，新我的诞生。"只是在自己，却还不能毅然决然将他毁灭，还想借此暂时看看逝去的生活的余痕。惟愿偏爱我的作品的读者也不过将这当作一种

---

① 鲁迅：《我与〈语丝〉的始终》，《鲁迅全集》4卷，人民文学出版社，1981年，第168页。

② ［德］尼采：《坟墓之歌》，《查拉图斯特拉如是说》，孙兴周译，商务印书馆，2010年，第172页。

③ ［德］尼采：《坟墓之歌》，《查拉图斯特拉如是说》，孙兴周译，商务印书馆，2010年，176页。

④ 鲁迅：《写在〈坟〉后面》，《鲁迅全集》1卷，人民文学出版社，1981年，第283页。

纪念，知道这小小的丘陇中，无非埋着曾经和过的躯壳。”[①]和《野草》的“题辞”的那句话也非常近似：“过去的生命已经死亡。我对于这死亡有大欢喜，因为我借此知道它曾经存活。死亡的生命已经朽腐。我对于这朽腐有大欢喜，因为我借此知道它还非空虚。”旧我死亡了，但也是充实的。和鲁迅有隔阂、冲突的徐志摩也从反面证实了这点，徐志摩说：“鲁迅先生的作品，说来大不敬得很，我拜读过很少，就只《呐喊》集里两三篇小说，以及新近因为有人尊他是中国的尼采他的《热风》集里的几页。他平常零星的东西，我即使看也等于白看，没有看进去或是没有看懂。（《晨副》一四三三）”[②]

二、《野草》与“梦”

《野草》中有不少篇章是写梦境的，而有的并非直接写梦，却也具有如梦如烟的效果。通过“梦”的沉迷，鲁迅将那些最富私人性的体验释放出来，以个体生命对抗理性编织起来的社会总体性秩序。这种私人性体验是感觉、情绪、激情、想象力以及潜意识，同时，也是一种深刻的象征。象征，是鲁迅、尼采等精神谱系追求深度的一种方式。

人们往往把这些非理性因素与思考对立起来，如将激情、朦胧的情绪看成对思想或思考的一种骚扰、阻断，其实，这不过是理性主义者的观点。在鲁迅精神谱系/精神界之战士/浪漫主义—存在主义的精神谱系之中，那些被启蒙理性覆盖、压抑的非理性因素，比理性更重要，更能抵达事物的真实状态，没有它们根本不可能达到思想的深度。外在于个人的社会往往都是压抑性的，或是虚无主义的，正如众

① 鲁迅：《写在〈坟〉后面》，《鲁迅全集》1卷，人民文学出版社，1981年，第287页。

② 鲁迅：《无花的蔷薇》，《鲁迅全集》3卷，人民文学出版社，1981年，第258页。

人是虚无的一样，而个人的体验却是真实的，具有生存、世界的真实性。韦勒克、沃伦在他们的《文学理论》中将作家区分为两种类型：一是“心神迷乱”型，“是自发性、着迷性或预言性的诗人”，一是“心神专一”型，是制造者。“制造者主要指受过基本训练的、有熟练技巧的、有责任心的工艺型的作家。”但是，这两种类型又不是相互排斥的，在一些大作家那里，这两者得到了很好的融合。“他们把心神迷乱时获得的对生活的幻觉与有意识的、精心的安排结合起来，以表现这种幻觉。”[①]尽管这种创作心理普遍存在，但是，只有到了浪漫主义以后才获得充分的重视：“这种对理性意外的心灵能力的肯定和认同，自古以来就有，但是，只有到了浪漫主义那里才获得了充分的肯定。启蒙运动——科学对心灵的考察是经验的和认识论的，逐渐集中于感性知觉、认知发展和量化的行为研究。相比之下，自卢梭的《忏悔录》——现代浪漫主义对古代天主教奥古斯丁《忏悔录》的续篇和回应——开始，浪漫主义对人类意识的兴趣受到一种全新的强烈的自我意识、一种对人类自我的复杂性质的关注的刺激，而且相对不那么受科学观点的限制。情感和想象而不是理性和知觉，是至关重要的。浪漫主义关注的新的重点，不仅涉及人类灵魂中的尊贵和崇高，而且涉及其中的反面和阴暗，还涉及邪恶、死亡、魔鬼性和非理性。在理性科学的乐观的、明确的眼光中，这些主题普遍受到了忽视，现在却给布莱克和诺瓦利斯、叔本华和克尔凯郭尔、霍桑和梅尔维尔、爱伦·坡和波德莱尔、陀思妥耶夫斯基和尼采的著作以灵感。由于浪漫主义，现代的注意力较以往更转向内心，去分辨生存的阴影。探索所有这些奥秘：内心、情绪和动机、爱情和欲望、恐惧和忧虑、内心的冲突和矛盾、记忆和梦幻，体验极端和无法表达的意识状态，从内心去理解顿悟的狂喜，洞察人类灵魂的深处，使无意识转为意识，认

① ［美］勒内·韦勒克、奥斯汀：《文学理论》（修订版），2005年版，第88—89页。

识无限——这些都是浪漫主义的内省必须要做的事情。”[①]施莱格尔在谈到反讽的时候，特别强调了“混沌”的重要性：“混沌”存在于人们彼此之间，个人自身也无法完全知道自我，而且，整个世界也是“混沌”的。许多事物，包括人的内心世界，那些给予人的真正力量的东西，可能是存在在暗处，如果完全用知性取代它，它就会受到伤害。“混沌”恰恰和永恒性密切相关。这种关于世界的“混沌”观念，后来被尼采采纳。人们所说的“向内转”，就是从浪漫主义逐渐开始的，那些关注人的理性——意识背后的心理现象的倾向，都可以纳入这个范围之内。叔本华关注理性后面的意志、欲望，尤其是尼采，也被认为是一位敏锐的心理学家，“他对西格蒙德·弗洛伊德和卡尔·荣格很有启发。人性中隐秘的、未被文明化的本我（id）的力量潜藏在无意识领域中（尼采用德语das es即英语it来表示这种力量。弗洛伊德可能是通过格奥尔格·格罗德克获得了这个词；在英语中它通常被翻译成id）；它可以升华成创造力。”[②]尼采的《查拉图斯特拉如是说》中也有写梦境的——《三种恶》就是写梦境，开头一句是，“在梦里，在最后的晨梦里，我今天站在一个海岬上，——远离于世界，我手持一杆秤，来称量这个世界。”[③]鲁迅与弗洛伊德也不无关联。鲁迅的小说《补天》自觉应用了弗洛伊德的观点，用性欲解释人和文学的起源。1924年鲁迅翻译了日本厨川白村的《苦闷的象征》来做自己授课的教材，《苦闷的象征》的主要思想来源是柏格森、弗洛伊德，鲁迅不赞成弗洛伊德用性欲解释一切，却认同社会、文明对人性的压抑，文学是被压抑的“苦闷的象征”，鲁迅说：“作者据伯格森一流的哲学，以进行不息的生命力为人类生活的根本，又从弗罗特

① ［美］理查德·塔纳斯：《西方思想史》，吴象婴 晏可佳 张光勇译，上海社会科学出版社，2007年，第405页。

② ［美］罗兰·斯特龙伯格：《现代西方思想史》，刘北成 赵国新译，中央编译出版社，2006年，第383页。

③ ［德］尼采：《三种恶》，《查拉图斯特拉如是说》，商务印书馆，2010年，第235页。

一流的科学，寻出生命力的根抵来，即用以解释文艺，——尤其是文学。然与旧说又小有不同，伯格森以未来为不可测，作者则以诗人为先知，弗罗特归生命力的根抵于性欲，作者则云即其力的突进和跳跃。这在目下同类的群书中，殆可以说，既异于科学家似的专断和哲学家似的玄虚，而且也并无一般文学论者的繁碎。作者自己就很有独创力的，于是此书也就成为一种创作，而对于文艺，即多有独到的见地和深切的会心。”[①]“力的突进和跳跃”也符合鲁迅一向的“精神界之战士”的世界观和人生观，而弗洛伊德力比多的观点，甚至成为讽刺“正人君子”的武器，鲁迅说，“偏执的弗罗特先生宣传了‘精神分析’之后，许多正人君子的外套都被撕碎了。但撕下了正人君子的外套的也不一定就是‘小人’，只要并非自以为还钻在外套里的不显本相的角色。”[②]鲁迅之所以被认为是深刻的作家，不在于其启蒙理性的一面，即其与“五四”科学、民主精神紧密联系的因素，而在于其对人的潜在心理、情绪等种复杂性的发掘、钻探。

这种“向内”的深度挖掘，决定了《野草》的象征性。大量的“梦境”以及各种具体的意象构成了《野草》的象征丛林。和尼采的《查拉图斯特拉如是说》具有同样的象征性。浪漫主义以来的象征，则成为这种深度的表达方式。这是浪漫主义对世界的一种认识，用以超越理性主义的“理解”。“理解”往往要撕裂主体与客体，形成主体与客体的对立，象征却可以达到无主体、无客体的混融境界，从而达到对生成的世界的体悟。要想抓住难以抓住的世界，理性的“理解”或“认识”根本无法达到目的。唯有那些超越“理解”的迷离、模糊的体悟或象征，才可以进入世界本身。伯林说，超越“理解”的，“唯一办法就是借助神话以及我所提到的象征，因为神话本身包

① 鲁迅：《〈苦闷的象征〉引言》，《鲁迅全集》10卷，人民文学出版社，1981年，第232页。

② 鲁迅：《“碰壁”之余》，《鲁迅全集》3卷，人民文学出版社，1981年，第116页。

含着不可言表的东西，并且尽量把那些隐秘的、非理性的、难以言传的东西浓缩成意象，意象在传递过程中生发出来的深邃、隐秘的意味，意象自身把你引向更深远的意象，给你指出某个无限的方向。”①

三、《题辞》与鲁迅的尼采主义：没有结构的世界，不屈的意志

1.《题辞》是《野草》总纲

以赛亚·伯林在《浪漫主义的根源》中认为，浪漫主义精神的最持久的影响是这样一种观念：没有结构的世界，不屈的意志。伯林说，浪漫主义对西方世界观构成了猛烈的攻击和颠覆。在18世纪以前，西方主流文化是苏格拉底的“求知”，相信世界存在着一种本质或结构，人类通过知识就能够把握世界，无论这种知识是哪种学科哪种专业或类型，也无论人们对这些知识有什么样的观点，但人们普遍都相信存在着这样的知识。伯林说：“这个观点的实质在于，世上存在着种种我们必须服从的实事。科学即服从，顺应事物的本性，慎对存在之物，恪守事实，科学就是理解、知识及顺应。浪漫主义运动的主张与此相反，他可以被归纳为主要的两点。其一就是人已熟知的‘不屈的意志’的观念：人们所获得的不是关于价值的知识，而是价值创造。你创造价值、创造目标，创造目的，最终创造出自己关于世界的愿景。”②“第二个观念——它和第一个观念关联——即认为世上并不存在事物的结构。不存在一个你必须适应的模式。只有一样，那就是世界是永无止境的自我创新，如果不把世界说成涌流的话。……

① ［英］以赛亚·伯林：《浪漫主义的根源》，吕梁等译，译林出版社，2008年，第122页。

② ［英］以赛亚·伯林：《浪漫主义的根源》，吕梁等译，译林出版社，2008年，第120页。

世界是一个永远挺身向前、永远自我创造的过程，要么对人充满了敌意——叔本华就这么认为，某种程度上来说尼采也这么认为，因此，它会颠覆人阻止它、组织它、在它怀抱里怡然自得以及把它弄成一个宜家宜居的安乐窝的所有努力；要么对人充满友善，有人这么认为。说它友善，是因为通过你对它的认同，通过你在其中进行创造，通过你把自己投入这个伟大的过程，通过你发现自身蕴藏的创造性力量——这种创造性力量，你会发现，同样存在于外部世界，通过一方面认识精神，另一方面认识物质，通过把整体视为一个巨大的自我组织和自我创造的过程，最终你将得到自由。”①

浪漫主义的这两种特点一直贯穿到存在主义乃至后现代主义那里。

伯林对浪漫主义的这种概括，既适合于尼采，也比较贴近鲁迅，尤其是《野草》。《野草》的《题辞》作为《野草》的总纲，就充分体现出这种世界观和人生观。世界不存在必然的结构，如果说存在的话，那就是不断的运动，世界的运动无可遏制，一切都处在生成之中，生生死死，生生不息，并不完全符合人的意愿，但是，人应该坚守自己的意志，以一种坚强的意志面对世界。

《野草》的《题辞》在《野草》中具有不可忽略的地位，如果不理解《题辞》，很难理解《野草》的内涵。鲁迅在《题辞》中，主要是从形而上的层面来表达自己的世界观和人生观的。《题辞》在《野草》中需要高度的概括性，如果没有充分的形而上的抽象，无法达到总领全局的深度和广度。再者，鲁迅需要在这样的文体中表达出自己的世界观和人生态度。当时，正是鲁迅遭遇困境的时候，越是焦虑、矛盾、困惑，越是需要更坚实的世界观和人生态度，否则无法在现实冲击、内心的波澜之中确立自我。以往人们过于关注《题辞》与

① ［英］以赛亚·伯林：《浪漫主义的根源》，吕梁等译，译林出版社，2008年，第120—121页。

当时社会现实的关联，许多对《题辞》的解释，都把《题词》看作现实的直接反映，把它和政治事件直接联系起来，特别强调“四一二”“四一五”等政治事件对《题辞》的决定性意义，如孙玉石先生认为：

> 《题辞》写作的时间是1927年4月26日深夜里。这个日子，离蒋介石在上海发动“四一二”政变，开始对共产党人和民众进行血腥的屠杀，只有十四天；离广州的“四一五”反革命事变，实行白色恐怖只有十一天。在广东，当时被杀害的共产党人和工人在两千名以上。鲁迅任教的中山大学就有四十多名学生被捕。这是一个震惊世界和人心的大事变。鲁迅的改革中国社会的思绪与生命存在的哲理思考，自然不能避免受到这一事变的冲击和影响。离开这一现实的存在就很难说清楚《题辞》的复杂的内涵。①

在更早的时候，何春才先生——当年在广州曾经和鲁迅有过交往的青年，也在回忆文章中以上述思路去解释《题辞》。何春才、廖立峨在广州曾经拜访鲁迅，并请教《题辞》的旨意。何春才回忆当时的情形时说：

> 立峨问鲁迅先生：“近来有没有写文章？”他说写了一篇《野草·题辞》，已经连同《野草》寄到北京付印了。立峨问他可不可把底稿给我们看看。他就从抽屉里拿出底稿给立峨。立峨认真看了两遍就传给我。我反复细看，无法看懂，便请鲁迅先生解释一下。他说这很难解释，也用不着解释。现在看不懂，将来会看得懂的。他这样答复不能满足我渴望了解的

① 孙玉石：《现实的与哲学的》，上海书店出版社，2001年，第3页。

要求。我们硬着头皮要求他帮助我们看懂。他笑而未答。立峨也很想知道，又恳切地请他谈。他说：写《野草·题辞》是在深夜，这是我写作的老习惯了。从窗口望出去，楼下有荷枪实弹的警察站岗放哨，天地在黑暗统治下，我想得很深，很远；想想过去，看看现在，展望将来，把自己千头万绪的想法总结了一下，就是那么一回事……。我又问他："'地火在地下运行，奔突；熔岩一旦喷出，将烧尽一切野草，以及乔木，于是并且无可朽腐。'这段话是什么意思？"他高兴地说，你注意到这点，就懂得一半了。立峨觉得时间不早，又担心我纠缠不休，便起身告辞。

鲁迅离开广州一个多月，大革命在广州爆发了！这时我才真正懂得什么叫作"地火"！"熔岩一旦喷出"包含着什么意义！①

从上述引文可以看出，鲁迅其实并没有指明《题辞》题旨。我以为，说明作品的题旨，这是鲁迅尤其是那些很重视作品象征意义的作家所不愿意的。其实，即使鲁迅指出《题辞》的内涵，也只能作参考。作品的内涵与作家的意图未必总是完全符合的。把广州大革命爆发和《题辞》联系起来纯粹是那个时代的思想习惯而已。现实政治事件固然给鲁迅的心灵以震撼，但是鲁迅未必一定要在《题辞》中表现出来，也未必一定要具体、清晰地表达出来，他可以通过其他文章表达，也可以转化为另外的意义。鲁迅作为一个优秀的作家不能不考虑到文体的纯正性，更不能放弃自己一贯的尼采式的人生观和世界观。

《题辞》所表达的基本上是尼采式的浪漫主义精神。世界是一个有机体，是"生成"的，它是不断生成的，变动不居的，或者说是潮

① 何春才：《回忆鲁迅在广州的一些事迹和谈话》，《鲁迅回忆录（上）》（鲁迅博物馆、鲁迅研究室、鲁迅研究月刊选编），北京出版社，第513—514页。

涌般的向前运动的，不以人的意志为转移，它不断冲突，个别的事物有生有死，但是整个世界却是生生不息，不断向前涌进，非善非恶，“我”——一株小小的“野草”，和万物一样，也是时时变化的，不断抛弃过去，同时，与这个世界之间也存在着尖锐的对立，“野草”也会被世界毁灭，但也仍然坦然无畏。

尼采也曾经将世界的存在看成“混沌”，存在是无序、无规律的，不断变化，并不朝向某种方向，永远处于多样性的状态。古希腊悲剧就是混沌的世界观，世界是偶然的、任意的。按照海德格尔的解释，“关于作为‘混沌’的世界整体的观念是要防御一种对存在这整体的‘人化’。所谓‘人化’既包括根据一个创造者的决定对世界的道德解释，也包括根据一个伟大的工匠（即造物主）的活动对世界的相应的技术解释。但‘人化’也包括一切把秩序、划分、美、智慧强加于‘世界’的做法。”[①]这是古希腊赫拉克利特的世界观的调整、变异，一切皆流，无物常驻，万物毁灭、再生，一切都毁灭、再生，“成为生成的永恒之乐——这种欢乐本身也就包含着对毁灭的欢乐……”[②]在本质上，这种世界观和叔本华的意志的世界也大同小异，意志是世界的本体，各种事物都有意志，意志没有方向，总是在盲目地运动，没有终止，是一个彻底的悲剧。和柏格森的生命哲学也是近似的。鲁迅通过厨川白村所接收的柏格森的生命哲学则将尼采的“生成”说成是“绵延”，一切都在运动、变化，是持续的经验之流，“这是一条无底的河、无岸的河，它不借可以标出的力量而流向一个不能确定的方向。”[③]这是典型的浪漫主义—生命哲学的世界观。中国老子的世界观也具有类似的特点，“道”，是不确定的，无知无识，盲目的运动，“惟恍惟惚”，“独立而不改，周行而不殆”，“天地

① ［德］海德格尔：《尼采（上）》，商务印书馆，2002年，第341—342页。

② ［德］尼采：《看哪这人》，张念东、凌素心译，中央编译出版社，2005年，第70页。

③ ［法］柏格森：《形而上学导言》，刘放桐译，商务印书馆，1963年，第68页。

不仁，以万物为刍狗”，“圣人不仁，以百姓为刍狗”，“反者道之动”，物极必反，万物相互冲突、矛盾，到达一定程度就会朝着相反的方向运行，但是，老子以弱为强，以弱的方式强化自我，没有像叔本华、尼采等人那样强化万物的各自的欲望、意志，却强调减少意志、欲望，“弱者道之用”，从而达到“无为而无不为”的境界。在《查拉图斯特拉如是说》中，尼采又提出“永恒轮回”的观念，在生成、变化的观念上投入“轮回”的阴影。这种对“永生”的观念信念，却并非如基督教的天国那样幸福、完美，而是加剧了人生的悲剧性。“轮回”是现实的以往的状态的重新出现，这无疑又增强了人生的悲剧意蕴。这和加缪的西西弗斯命运是一样的。如果时间是无限的，世界的粒子是有限的，则必然会不断重复。即使现在这种生活方式将来会一而再，再而三地重复，也依然坚持自己，毫不动摇。其实，尼采无非是在强调世界的悲剧性，和永不屈服的精神而已。

2. “我”与生成的世界

首先，《题辞》的首句就揭示了一个生成的世界，即将自我置身于生成的世界之中，“当我沉默着的时候，我觉得充实；我将开口，同时感到空虚。” “沉默”之所以“充实”就在于它指向个体生命自我的体验，通过心灵的体验能够直达事物的本质，“开口”之所以“空虚”就在于，语言无法把握流动着的世界。个体生命被纳入了语言秩序/世界/社会秩序之中，秩序化无情地将个体生命纳入到自己的铁床之中。这和《狂人日记》是一致的。狂人是“沉默”的，因为他的狂乱呓语业已与社会语言秩序完全断裂，直指自我本心，才说出了真相，因而，也是“充实”的。狂人病愈，他可以和社会语言交流、对话，同时也丧失了个体生命的意义。《长明灯》的主人公是疯子，因为疯了，从社会语言系统中剥离出来，才使他看穿吉光屯的愚昧。这种“沉默”与“开口”的体会，只有从老子的“道可道非常道”的角度才可以理解，也只有从浪漫主义那里才可以成立，并非仅仅指现实的思想不自由。歌德说：生命之树常绿，理论永远是灰色的，也就是这个意思，这是浪漫主义的信条。如果从启蒙理性的角度看，理性是可以把世界纳入自己的普遍理性的囊中的。尼采认为，语言本身是隐喻的，语法是逻辑的，并不能走近“自在之物”，它只能将存在纳入我们的理性之中，是形而上的。鲁迅对《题辞》的首句也有类似的解释，也是这个意思：

> 可谈的问题自然多得很，自宇宙以至社会国家，高超的还有文明，文艺。古来许多人谈过了，将来要谈的人也将无穷无尽。但我都不会谈。记得还是去年躲在厦门岛上的时候，因为太讨人厌了，终于得到“敬鬼神而远之”式的待遇，被供在图书馆楼上的一间屋子里。白天还有馆员，钉书匠，阅书的学生，夜九时后，一切星散，一所很大的洋楼里，除我以外，没有别人。我沉静下去了。寂静浓到如酒，令人微醺。望后窗外骨立的乱山中许多白点，是丛冢；一粒深黄色火，是南普陀寺的琉璃灯。前面则海天微茫，黑絮一般的夜色简直似乎要扑到心坎里。我靠了石栏远眺，听得自己的心音，四远还仿佛有无量悲哀，苦恼，零落，死灭，都杂入这寂静中，使它变成药酒，加色，加味，加香。这时，我曾经想要写，但是不能写，无从写。这也就是我所谓“当我沉默着的时候，我觉得充实，我将开口，同时感到空虚”。

接着，《题辞》在流动的世界中，展开自我的顽强、自信，即鲁迅的“不屈的意志”：

过去的生命已经死亡。我对于这死亡有大欢喜，因为我借此知道它曾经存活。死亡的生命已经朽腐。我对于这朽腐有大欢喜，因为我借此知道它还非空虚。

生命的泥委弃在地面上，不生乔木，只生野草，这是我的罪过。

野草，根本不深，花叶不美，然而吸取露，吸取水，吸取陈死人的血和肉，各各夺取它的生存。当生存时，还是将遭践踏，将遭删刈，直至于死亡而朽腐。

但我坦然，欣然。我将大笑，我将歌唱。

我自爱我的野草，但我憎恶这以野草作装饰的地面。

在这样一个变化的世界之中，“自我”和万物一样，也在不断的变化、涌进之中，不断抛弃旧我，朝向新我，对于死去的过去的旧我，并不感到遗憾、惋惜，因为我由此知道了这个旧我所做的一切，我自信、充实。憎恨“以野草作装饰的地面”，即“野草”——“自我”与社会现实之间的尖锐对立。“地面”是社会现实的象征，社会现实一方面呼唤英雄或觉醒者，并以此作为文化的业绩或进步，另一方面却要扼杀他们，“梦醒了无路可走”。“野草”是我的生命，是从我的生命泥土中生长起来的，是“不屈的意志”的象征。“野草”吸取着“大地”的营养，顽强生长，“各各夺取它的生存”，竞争、搏斗，鲁迅曾经对许广平说：

走“人生”的长途，最易遇到的两大难关。其一是“歧路”，倘是墨翟先生，相传是恸哭而返的。但我不哭也不返，先在歧路头坐下，歇一会，或者睡一觉，于是选一条似乎可走的路再走，倘遇见老实人，也许夺他食物来充饥，但是不问路，因为我料定他并不知道的。如果遇见老虎，我就爬上树去，等它饿得走去了再下来，倘它竟不走，我就自己饿死在树上，而且先用带子缚住，连死尸也决不给它吃。但倘若没有树呢？那么，没有法子，只好请它吃了，但也不妨也咬它一口。其二便是"穷途"了，听说阮籍先生也大哭而回，我却也像在歧路上的办法一样，还是跨进去，在刺丛里姑且走走。但我也并未遇到全是荆棘毫无可走的地方过，不知道是否世上本无所谓穷途，还是我幸而没有遇着。①

"野草"尽管不断遭到"践踏""删刈"乃至死亡，但是，我仍然坦然、自信、骄傲。

这种"不屈的意志"，以"野草"作为象征，鲁迅是有着自己的用意的。它在形象上给人一种平凡、普通的感觉，同时又是野生的边缘的意思，这是和主流、正宗相区别的存在方式，也是与社会总体性相对立的姿态，尤其是对"正人君子"对抗。鲁迅在《华盖集·题记》中说："也有人劝我不要做这样的短评。那好意，我是很感激的，而且也并非不知道创作之可贵。然而要做这样的东西的时候，恐怕也还要做这样的东西，我以为如果艺术之宫里有这么麻烦的禁令，倒不如不进去；还是站在沙漠上，看看飞沙走石，乐则大笑，悲则大叫，愤则大骂，即使被砂砾打得遍身粗糙，头破血流，而时时抚摩自己的凝血，觉得若有花纹，也未必不及跟着中国的文士们去陪莎士比亚吃黄油面包之有趣。"②在上海的一次演讲中，鲁迅又说："就我自己说起来，是早就有人劝我不要发议论，不要做杂感，你还是创作吧！因为做了创作在世界史上有名字，做杂感是没有名字的，这得声明一句，是：这些劝我做创作，不要写杂感的人们之中，有几个是别有用意，是被我骂过的，所以要我不再做杂感。"③

地火在地下运行，奔突；熔岩一旦喷出，将烧尽一切野

① 鲁迅：《两地书·二》《鲁迅全集》11卷，人民文学出版社，1981年，第16页。

② 鲁迅：《华盖集·题记》，《鲁迅全集》，人民文学出版社，1981年，第4页。

③ 鲁迅：《关于知识阶级》，《鲁迅全集》8卷，人民文学出版社，1981年，第192—193页。

草，以及乔木，于是并且无可朽腐。

这一句所指并非某个政治事件，它很抽象，仍然是形而上层面的。鲁迅学过地质学，他用“地火”“熔岩”这类地质学的词汇暗示着世界/社会的冲突、运动，以及野草——自我和个别事物的死亡。有机世界观对于运动的认同，也包含着对死亡的面对。鲁迅未必会事先预料到某种具体的社会事件的发生，但是他感到一种紧张、激烈的矛盾冲突，这可能造成巨大的社会变动，并带来严重的后果，诸如大面积的毁灭，“我”也难逃被毁灭的结局。但无论怎样，世界/社会总是那样运动、冲突的，这是一种不可改变的状况。鲁迅在《摩罗诗力说》中就说过，“平和为物，不见于人间。其强谓之平和者，不过战事方已或未始之时，外状若宁，暗流仍伏，时劫一会，动作始矣。故观之天然，则和风拂林，甘雨润物，似无不以降福祉于人世，然烈火在下，出为地囱，一旦偾兴，万有同坏。其风雨时作，特暂伏之见象，非能永劫安易，如亚当之故家也。人事亦然，衣食家室邦国之争，形现既昭，已不可以讳掩；而二士室处，亦有吸呼，于是生颢气之争，强肺者致胜。故杀机之昉，与有生偕；平和之名，等于无有。特生民之始，既以武健勇烈，抗拒战斗，渐进于文明矣。”[①]在《随感录·生命的路》中，鲁迅说，生命是不怕死的，总是不断向前涌进的，但是，在这个过程中，具体的个别的人死去，也是常态

想到人类的灭亡是一件大寂寞大悲哀的事；然而若干人们的灭亡，却并非寂寞悲哀的事。

人类总不会寂寞，因为生命是进步的，是乐天的。

昨天，我对我的朋友L说：“一个死人，在死者自身和他

① 鲁迅：《摩罗诗力说》，《鲁迅全集》1卷，人民文学出版社，1981年，第66页。

的眷属是悲惨的事，但在一村一镇的人看起来不算什么；就是一省一国一种……”

L很不高兴，说：“这是Natur（自然）的话，不是人们的话，你应该小心些。”

我想，他的话也不错。[①]

3. 对“革命”的矛盾态度

这里，我想起鲁迅对于“革命”的矛盾态度。我发现，鲁迅不仅从来不反对“革命”，还急切地渴望“革命”。鲁迅1925年和许广平通信的时候就说，“无论如何，总要改革才好。但改革最快的还是火与剑，孙中山奔波一世，而中国还是如此者，最大原因还在他没有党军，因此不能不迁就有武力的别人。”[②]鲁迅是一个急进的革命论者，尤其是到了广州之后，广州的氛围也激发起他的革命渴望。但是，他的革命，和无产阶级革命文学的革命是有着本质不同的，在很大程度上，鲁迅是以浪漫主义的有机世界观来看待、接受革命的，即使在“左联”时期，他接受了唯物主义思想，也仍然带有一定的浪漫主义有机世界观的因素。“其实‘革命’是并不稀奇的，惟其有了它，社会才会改革，人类才会进步，能从原虫到人类，从野蛮到文明，就因为没有一刻不在革命。生物学家告诉我们：‘人类和猴子是没有大两样的，人类和猴子是表兄弟。’但是，为什么人类成了人，猴子终于是猴子呢？这就是因为猴子不肯变化——它爱用四只脚走路。”[③]鲁迅在中山大学讲话，鲁迅希望发扬孙中山的永远革命的精神，即使在中山大学这样的革命后方，也应该弥漫着革命精神：

① 鲁迅：《随感录六十六·生命的路》，《鲁迅全集》1卷，人民文学出版社，1981年，第368—369页。

② 鲁迅：《两地书·一〇》，《鲁迅全集》11卷，人民文学出版社，1981年，第39—40页。

③ 鲁迅：《革命时代的文学》，鲁迅全集3卷，人民文学出版社，1981年，第418页。

但中山先生还是有许多书。我想：中山大学与革命的关系，大概就等于许多书。但是，不是死书：他须有奋发革命的精神，增加革命的才绪，坚持革命的魄力的力量。

现在，四近没有炮火，没有鞭笞，没有压制，于是也就没有反抗，没有革命。所有的多是曾经革命，将要革命，或向往革命的青年，将在平静的空气中，度着探求学术的生活。但这平静的空气，必须为革命的精神所弥漫；这精神如日光，永永放射，无远弗到。

否则，革命的后方便成为懒人享福的地方。

中山大学也还是无意义。[①]

最后的胜利，不在高兴的人们的多少，而在永远进击的人们的多少，记得一种期刊上，曾经引有列宁的话："第一要事是，不要因胜利而使脑筋昏乱，自高自满；第二要事是，要巩固我们的胜利，使他长久是属于我们的；第三要事是，准备消灭敌人，因为现在敌人只是被征服了，而距消灭的程度还远得很。"

……先前中国革命者的屡屡挫折，我以为就因为忽略了这一点。小有胜利，便陶醉在凯歌中，肌肉松懈，忘却进击，于是敌人便又乘隙而起。[②]

直到左联时期，当"左翼"作家与他产生分歧、矛盾的时候，他虽然感到郁闷、痛苦，却也并不否定革命，革命总是要采取非常手

① 鲁迅：《中山大学开学语》，《鲁迅全集》8卷，人民文学出版社，1981年，第159页。

② 鲁迅：《庆祝沪宁克服的那一边》，《鲁迅全集》8卷，人民文学出版社，1981年，第162—163页。

段——这是浪漫主义英雄史观的基本观点，或者是历史进步、社会运行不可能是一个圆满的过程，英雄是历史动力，英雄为了历史进步不惜采取一些非常的手段，“革命者为达到目的，可用任何手段的话，我是以为不错的。所以即使因为我罪孽深重，革命文学的第一步，必须拿我来开刀，我也敢于咬着牙忍着。杀不掉，我就退进野草里，自己舔尽了伤口的血痕，决不烦别人傅药。”[①]鲁迅在《关于知识阶级》《文艺与政治的歧途》中，认为文艺与政治总是处于尖锐的对立状态，根本无法调和。文学家总是表达自己的真实体验，也要代表社会大多数人发出声音，“要是发表意见，就要想到什么就说什么。真的知识阶级是不顾利害的，如想到种种利害，就是假的，冒充的知识阶级。”[②]他们往往是先觉者，思想走在社会的前边，永远不满足于现状，总是批判社会，他们的命运注定是悲剧的，文艺能够使社会分裂，却也能带来社会的进步，但是，政治家却要维护社会现状，这也并非仅仅是消极的，也包括维护民族思想统一，增加、壮大社会、民族的凝聚力，文学家虽然也促进社会进步，却又导致社会分裂。

> 因为各个人思想发达了，各人的思想不一，民族的思想就不能统一，于是命令不行，团体的力量减小，而渐趋灭亡。在古时，野蛮民族常侵略文明很发达的民族，在历史上是常见的。现在，知识阶级在国内的弊病，正与古时一样。
>
> 英国罗素（Russell）、法国罗曼·罗兰（R.Rolland）反对欧战，大家以为他们了不起。其实，幸而他们的话没有实行，否则，德国早已打进英国和法国了；因为德国如不能同时实行非战，是没有办法的。俄国托尔斯泰（Tolstoi）的无抵

---

① 鲁迅：《答杨邨人先生的公开信》，《鲁迅全集》4卷，人民文学出版社，1981年，第628页。

② 鲁迅：《关于知识阶级》，《鲁迅全集》8卷，人民文学出版社，1981年，第190页。

> 抗主义之所以不能实行，也是这个原因。他不主张以恶报恶的，他的意思是：皇帝叫我们去当兵，我们不去当兵。叫警察去捉，他不去；叫刽子手去杀，他不去杀。大家都不听皇帝的命令，他也没有兴趣；那末做皇帝也无聊起来，天下也就太平了。然而，如果一部分的人偏听皇帝的话，那就不行。[①]

> 总之，思想一自由，能力要减少，民族就站不住，他的自身也站不住了！现在思想自由和生存还有冲突，这是知识阶级本身的缺点。[②]

所以政治家与文学家之间往往存在着难以调和的冲突、矛盾。文学家往往死后四五十年才能得到社会的普遍认可。在这里，鲁迅对于文学家及其命运估计不高，具有强烈的悲剧性，“不过，社会太寂寞了，有这样的人，才觉得有趣些。人类是欢喜看看戏的，文学家自己来做戏给人家看，或是绑出去砍头，或是在最近墙脚下枪毙，都可以热闹一下子。且如上海巡捕用棒打人，大家围着去看，他们自己虽然不愿意挨打，但看见人家挨打，倒觉得颇有趣的。文学家便是用自己的皮肉在挨打的啦！”[③]在“左联”成立的大会上，鲁迅仍然持这种观点，他强调革命有“污秽和血”，知识分子更为痛苦，尤其是，“以为诗人或文学家高于一切人，他底工作比一切工作都高贵，也是不正确的观念。举例说，从前海涅以为诗人最高贵，而上帝最公平，诗人在死后，便到上帝那里去，围着上帝坐着，上帝请他吃糖果。在现在，上帝请吃糖果的事，是当然无人相信的了，但以为诗人或文学家，现在为劳动大众革命，将来革命成功，劳动阶级一定从丰报酬，

① 鲁迅：《关于知识阶级》，《鲁迅全集》8卷，人民文学出版社，1981年，第190页。

② 同上。

③ 鲁迅：《文艺与政治的歧途》，《鲁迅全集》7卷，人民文学出版社，1981年，第119—120页。

特别优待，请他坐特等车，吃特等饭，或者劳动者捧着牛油面包来献他，说：‘我们的诗人，请用吧！’这也是不正确的；因为实际上决不会有这种事，恐怕那时比现在还要苦，不但没有牛油面包，连黑面包都没有也说不定，俄国革命后一二年的情形便是例子。如果不明白这情形，也容易变成‘右翼’。”①

总之，革命虽然是社会进步不可缺少的环节，但是，对于个人尤其是作家而言，革命却意味着苦难、牺牲，所以，鲁迅说：

> 老实说，远地方在革命，不相识的人们在革命，我是的确有点高兴听的，然而——没有法子，索性老实说罢，——如果我的身边革起命来，或者我所熟识的人去革命，我就没有这么高兴听。有人说我应该拼命去革命，我自然不敢不以为然，但如叫我静静地坐下，调给一杯罐头牛奶喝，我往往更感激……②

> 我到中山大学的本意，原不过是教书。然而有些青年大开欢迎会。我知道不妙，所以首先第一回演说，就声明我不是什么“战士”，“革命家”。倘若是的，就应该在北京，厦门奋斗，但我躲到“革命后方”的广州来了，这就是并非“战士”的证据。
>
> 不料主席的某——他那时是委员——接着演说，说这是我太谦虚，就我过去的事实看来，的确是一个战斗者，革命者。于是礼堂上劈劈啪啪一阵拍手，我的“战士”便做定了。……想到敝同乡秋瑾姑娘，就是这种劈劈啪啪的拍手拍死

① 鲁迅：《对于左翼作家联盟的意见》，《鲁迅全集》4卷，人民文学出版社，1981年，第234—235页。

② 鲁迅：《通信》，《鲁迅全集》3卷，人民文学出版社，1981年，第446页。

的。我莫非也非“阵亡”不可么？[①]

里面的情形，非常曲折，真是一言难尽……。[②]

我在这里，被抬得太高，苦极。作文演说的债，欠了许多。[③]

“人生必死”的运命却无法回避，所以危险也仿佛用不着害怕似的。但我并不想劝青年得到危险，也不劝他人去做牺牲，说为社会死了名望好，高巍巍的镌起铜像来。自己活着的人没有劝别人去死的权利，假使你自己以为死是好的，那么请你自己先去死吧。那么诸君中恐有钱人不多罢。那末，我们穷人唯一的资本就是生命。以生命投资，为社会做一点儿事，总得多赚一点儿利才好；以生命来做利息小的牺牲，是不值得的。所以我从来不叫人去牺牲，但是也不要再爬进象牙之塔和知识阶级里去了，我以为是最稳当的一条路。[④]

再回到《题辞》。在“但我坦然，欣然。我将大笑，我将歌唱”之后，突然鲁迅语锋一转：

天地有如此静穆，我不能大笑而且歌唱。天地即不如此静穆，我或者也将不能。我以这一丛野草，在明与暗，生与死，过去与未来之际，献于友与仇，人与兽，爱者与不爱者之前作证。

为我自己，为友与仇、人与兽、爱者与不爱者，我希

① 鲁迅：《通信》，《鲁迅全集》3卷，人民文学出版社，1981年，第446页。
② 鲁迅：《致章廷谦》，《鲁迅全集》11卷，人民文学出版社，1981年，第331页。
③ 鲁迅：《致章廷谦》，《鲁迅全集》11卷，人民文学出版社，1981年，第332页。
④ 鲁迅：《集外集拾遗补编 · 关于知识阶级》，《鲁迅全集》8卷，人民文学出版社，第193页。

望这野草的死亡与朽腐，火速到来。要不然，我先就未曾生存，这实在比死亡与朽腐更其不幸。

这里出现了一个巨大的矛盾、悖论：大笑和不能大笑。这是什么意思呢？我以为这种矛盾，是鲁迅对待自己与面向社会的矛盾。鲁迅曾经对许广平说，自己对于自己与对别人是不同的，对于自己则完全按照自己的意志，即使是刀山火海，也由自己负责。但是，面对世界、社会的时候，却并不确定，因而只能作为一种证明，而且，要这“野草”速朽。

四、与《题辞》相似性的诸多篇章

1. 《这样的战士》

《野草》的许多篇章，往往从不同的角度，以不断变动、更新的意象或修辞，表达自我及其对世界的态度，带有非常明显的浪漫主义—尼采主义的精神气质：没有结构的世界，不屈的灵魂。个体生命与社会之间存在着激烈的对抗，对于觉醒者而言，社会是一种强大的无边的存在，它没有方向，惟黑暗与虚无乃是实有，这就是上文伯林所说的世界的“恶意”，而觉醒者之所以为觉醒者就在于敢于反抗，从黑暗中创造光明，在虚无中创造价值，即所谓“反抗绝望”。这种“反抗绝望”并非要历史重建，而是“精神界之战士”的精神气概，历史是荒凉的，但毕竟有英雄挺身屹立期间。尼采意识到上帝的死亡——世界是没有结构的，一切都是虚无，另一方面却高扬英雄主义价值，呼唤“超人”/“精神界之战士”，创造新的价值，既然上帝是人创造出来的，还有什么不能够创造出来呢？尼采不想重建历史，势不可挡的民主化潮流并非他理想的社会，他只是呼唤“超人”/精神界之战士，历史没什么结构或目的，而“超人”/精神界之战士却可以看作是历史的价值和意义。

《野草》的主要篇章，和《题辞》的基本结构一样，是一种二元对立式结构，一方面是没有结构的世界，这种形而上体验降落在社会历史之中就变成“黑暗与虚无”的历史、现实，另一方面则是孤独的反抗者，“野草”变成各种各样的孤独反抗者。

《这样的战士》是“精神界战士”的英雄精神的直接呈现。“战士”是孤独的，一无所有，没有所谓的现代性的“武器”，无论是西洋的还是中国的，有的只是自我内在的生命力量，“已不是蒙昧如非洲土人而背着雪亮的毛瑟枪的；也并不疲惫如中国绿营兵而却佩着盒子炮。他毫无乞灵于牛皮和废铁的甲胄；他只有自己，但拿着蛮人所用的，脱手一掷的投枪。”拿着“蛮人”所用的“投枪”，用原始力量来暗示内在自我的力量。“战士”义无反顾地向“无物之阵”举起投枪。“战士”衰老，死去，无物之阵终究是胜利者，但“战士”毫不屈服。这里的“战士”，显然是鲁迅文章中不断出现的那个“战士”，是留学日本时期就极力赞颂的那种“精神界之战士”。

“无物之阵”一方面很明显地指向陈西滢等现代评论派的“正人君子”、国粹主义者，鲁迅在解释《野草》时说，《这样的战士》，“有感于文人学士们帮助军阀而作。”[①]“他走进无物之阵，所遇见的都对他一式点头。他知道这点头就是敌人的武器，是杀人不见血的武器，许多战士都在此灭亡，正如炮弹一般，使猛士无所用其力。那些头上有各种旗帜，绣出各样好名称：慈善家，学者，文士，长者，青年，雅人，君子……。头下有各样外套，绣出各式好花样：学问，道德，国粹，民意，公义，东方文明。”另一方面则是社会现实、历史基本状况的象征，社会基本状况是极其保守的乃至反动的，在鲁迅

① 鲁迅：《〈野草〉英文译本序》，《鲁迅全集》4卷，人民文学出版社，1981年，第356页。

眼中，它的含义近似于“无主名无意识的杀人团”和“几乎无事的悲剧”制造者。在《我之节烈观》中，鲁迅说女人的节烈之苦，“照这样说，不节烈便不苦么？答道，也很苦。社会公意，不节烈的女人，既然是下品；他在这社会里，是容不住的。社会上多数古人模模糊糊传下来的道理，实在无理可讲；能用历史和数目的力量，挤死不合意的人。这一类无主名无意识的杀人团里，古来不晓得死了多少人物；节烈的女子，也就死在这里。不过他死后间有一回表彰，写入志书。不节烈的人，便生前也要受随便什么人的唾骂，无主名的虐待。所以我说也很苦。”①社会基本状况，那些由大多数人构成的，那些强大的传统、现实所编织出来的价值系统，以数量的优势，制约着叛逆者、反抗者，鲁迅所说的黄金时代也会将叛徒处死，也是这个意思。鲁迅悲愤于“民国”的丧失，也近似于这个意思：“我觉得许多烈士的血都被人们踏灭了，然而又不是故意的。”②鲁迅是激烈地强调变革的，对于保守的力量总是感到一种威胁、压迫。尼采主义者往往是精英主义者，凸显的是个人价值。卓越的个人追求一种摆脱一切约束的自由，一种创造性、开拓性的自由，而不是恒常的稳定的自由，他要走在前边，要冲锋陷阵，便不能不毅然抛开后面的、现实的约束，“历史是过去的陈迹，国民性可改造于将来，在改革者眼里，已往和目前的东西是全等于无物。”③

2.《淡淡的血痕》

《淡淡的血痕中——记念几个死者和生者和未生者》和《这样的战士》相似，也是指向现实具体事件。鲁迅说，“段祺瑞政府枪击徒

---

① 鲁迅：《我之节烈观》，《鲁迅全集》，人民文学出版社，1981年，第124页。

② 鲁迅：《忽然想到（三）》，《鲁迅全集》3卷，人民文学出版社，1981年，第16页。

③ 鲁迅：《〈出了象牙之塔〉译本后记》，《鲁迅全集》10卷，人民文学出版社，1981年，第244页。

手民众后，作《淡淡的血痕中》。”[①]但是，和鲁迅其他写“三一八”惨案的文章相比，这篇更具有抽象性和概括性，更具有形而上的高度，也就是说，鲁迅基于具体的历史事件，有鲜明的社会现实体验，但同时具有广泛象征性或概括性，又超越历史事件。如果没有副标题，略去写作时间，几乎看不出是写“三一八”惨案来。这里，“叛逆的猛士”即“这样的战士”，是“精神界之战士”，“叛逆的猛士出于人间；他屹立着，看见一切已改和现有的废墟和荒坟，记得一切深广和久远的苦痛，正视一切重叠淤积的凝血，深知一切已死，方生，将生和未生。他看透了造化的把戏；他将要起来使人类苏生，或者使人类灭尽，这些造物主的良民们。”正如这样的战士看透文人、学士等的伎俩一样，“叛逆的猛士”看透了世间的生生死死，看透了一切苦难，但是，他并不屈服，屹立着，直面惨淡的人生，正视淋漓的鲜血。

然而，这里的“造物主”却要比“无物之阵”更抽象，具有更深切、广泛的概括性。“造物主”即存在之所以存在的根源，显然鲁迅并不相信宗教意义上的万物创造者，也未必像古希腊哲人那样要思考万物的产生的根源，只是借用这个词语来表达世界的存在本身，和文章后边的“造化的把戏”是一样的意思。鲁迅有时喜欢用“造化”一词，用以表达人的存在，“造化生人，已经非常巧妙，使一个人不会感到别人的肉体上的痛苦了，我们的圣人和圣人之徒又补了造化之缺，并使人感到别人的精神上的痛苦”[②]。鲁迅在《纪念刘和珍君》中有这样一段话，也使用了“造化”一词，“真的猛士，敢于直面惨淡的人生，敢于正视淋漓的鲜血。这是怎样的哀痛者和幸福者？然而造化又常常为庸人设计，以时间的流驶，来洗涤旧迹，仅使留下淡红

① 鲁迅：《〈野草〉英文译本序》，《鲁迅全集》4卷，人民文学出版社，1981年，第356页。

② 鲁迅：《俄文译本〈阿Q正传〉序及著者自叙传》，《鲁迅全集》7卷，人民文学出版社，1981年，第81页。

的血色和微末的悲哀。在这淡红的血色和微漠的悲哀中，又给人暂得偷生，维持着这似人非人的世界。我不知道这样的世界何时是一个尽头。我们还在这样的世上活着；我也早觉得有写一点东西的必要了。离三月十八日也有两星期，忘却的救主快要降临了吧，我正有写一点东西的必要。”实际上，《淡淡的血痕中》与《记念刘和珍君》存在着明显的互文性。

> 目前的造物主，还是一个怯弱者。
>
> 他暗暗地使天变地异，却不敢毁灭一个这地球；暗暗地使生物衰亡，却不敢长存一切尸体；暗暗地使人类流血，却不敢使血色永远鲜秾；暗暗地使人类受苦，却不敢使人类永远记得。

世间万物的存在，无论是自然还是社会的存在，总是处在变化之中，生生不息，不断变化的，但是同时也毁灭无数生命存在，存在是无目的的混乱的，却并不能完全毁灭一切，它充满着生机，也充满着毁灭和悲剧，人的存在也是这样。鲁迅使用了几个时间性词语：“天变地异”“长存”“永远”等，显示存在的怯弱，这种怯弱，也是一种残酷，种种悲剧包括生命毁灭很快就被时间的洪流湮没了，人类流血，却又在时间的过程中变得淡薄，人类承受着巨大的苦难，却又在世间中不断“忘却”这些苦难，存在之中就充满着“原罪”。“忘却”是鲁迅常用的重要词语。上面提到的《记念刘和珍君》中使用了“忘却”一词：“忘却的救主”，后来纪念“左联”五烈士的文章又将“忘却”作为标题：《为了忘却的记念》。“忘却”是一种时间体验，时间以不可遏制，随着时间的流逝，人们便“忘却”了悲剧最初的发生，然后有又类似悲剧，再“忘却”……，“用时光来冲淡苦痛和血痕”，酿造“微甘的苦酒”，又给人以渺茫的希望，“他必须使一切也欲生；他还没有灭尽人类的勇气。”

这里，不能不说一下鲁迅的一篇并不引人注意的小说《鸭的喜剧》，爱罗先珂喜欢自然，把夜晚里的各种昆虫的鸣叫当成大自然的音乐来听，于是在院子里养起蝌蚪来，放在荷花池里，希望蝌蚪长成青蛙，能够听到蛙鸣，他又买来小鸭子，然而小鸭子却下到荷花池里把蝌蚪吃掉了。鲁迅看到了自然存在的矛盾，生成，毁灭，“暗暗地使天变地异”。另一篇小说《兔和猫》中，可爱的小兔子长大，然后生出小兔子，却又被大黑猫吃掉了。作品写道：

> 但自此之后，我总觉得凄凉。夜半在灯下坐着想，那两条小性命，竟是人不知鬼不觉的早在不知什么时候丧失了，生物史上不着一些痕迹，并S也不叫一声。我于是记起旧事来，先前我住在会馆里，清早起身，只见大槐树下一片散乱的鸽子毛，这明明是膏于鹰吻的了，上午长班来一打扫，便什么都不见，谁知道曾有一个生命断送在这里呢？我又曾路过西四牌楼，看见一匹小狗被马车轧得快死，待回来时，什么也不见了，搬掉了罢，过往行人憧憧的走着，谁知道曾有一个生命断送在这里呢？夏夜，窗外面，常听到苍蝇的悠长的吱吱的叫声，这一定是给蝇虎咬住了，然而我向来无所容心于其间，而别人并且不听到……
>
> 假使造物也可以责备，那么，我以为他实在将生命造得太滥了，毁得太滥了。

但是，造物主却专为怯弱者设计，使存在得以存在。人们只能这样存在，大家都是“造物主的良民”。这里有鲁迅一直以来的国民性的思考，也有对人的存在的有限性或局限的反思。这两者的混合，是鲁迅的深刻之处。这正如鲁迅所指出的“仁义道德”“吃人”一样，一方面是文化、历史的原因，另一方面“吃人”也是有人的存在自身的有限性。如鲁迅说中国人缺乏直面现实的勇气，“中国人的不敢正视各方面，用瞒和骗，造出奇妙的逃路来，而自以为正路。在这路上，就证明着国民性的怯弱、懒惰，而又巧滑。一天一天的满足着，即一天一天的堕落着，但却又觉得日见其光荣。在事实上，亡国一次，即添加几个殉难的忠臣，后来每不想光复旧物，而只去赞美那几个忠臣；遭劫一次，即造成一群不辱的烈女，事过之后，也每每不思惩凶、自卫，却只顾歌咏那一群烈女。仿佛亡国遭劫的事，反而给中国人发挥‘两间正气’的机会，增高价值，即在此一举，应该一任其至，不足忧悲似的。”①可是，看看世界各民族其实也都有类似的情况，每个民族的历史都充满着血和泪的历史，人们一方面是反思，同时也不能不制造出光明来缓和酷烈的命运。鲁迅是用纯粹悲剧的眼光看待世界的，从存在的角度，看到“惟黑暗与虚无乃是实有”，但是，“叛逆的猛士”却拒绝“忘却”，“他记得一切深广和久远的苦痛，正视一切重叠淤积的凝血，深知一切已死，方生和未生。他看透了造化的把戏”；反抗这种必然性的悲剧，将“造物主”看作“怯弱者”，和尼采一样，悲剧成为自我生命力量的验证。

3.《秋夜》

《秋夜》的主旨和《这样的战士》《淡淡的血痕中》是一致的，却以写景抒情的修辞表达出来，但是和“五四”时期一般散文的不同之处是个人化象征极为凸出，用朱自清的说法是“远取譬”。这种高度个人化的象征或者说象征主义，是从浪漫主义那里开始的，也是尼采所热衷的。只有张扬个人体验的文化，才能够追求这种个人化的创造。费希特的“自我设定非我”告诉我们，世界流动不息，没有固定的本质，一切都是自我创造出来的。尼采的《查拉图斯特拉如是说》

① 鲁迅：《论睁了眼看》，《鲁迅全集》1卷，人民文学出版社，1981年，第240页。

中也有写景抒情的，如《山上的树》，也有写夜的《夜歌》。

鲁迅将自己的情感注入“秋夜”之中，让“秋夜”变成自己的话语。这里仍然有尖锐的矛盾冲突，激烈的二元对立：“夜的天空”与地上的“枣树”等植物构成不可调和的对立。“夜的天空”可以理解为“造化的把戏”“存在的黑暗”，我以为这种理解比单纯地将它看作黑暗现实更具有深刻性，它“将寒霜洒在我的园里的野草花上”，那些小草花被摧残，那些无名的小草和小粉红花，在惨淡的境遇中在作梦，它们是弱的，然而是无辜的，这里，鲁迅没有像《淡淡的血痕中》那样将这些弱者称之为“天之戮民”，而是给予同情。这和尼采有一定的区别。在对待大众方面，鲁迅是个人主义与人道主义之间的纠结、矛盾，不可能像尼采那样在个人主义路上走得更远。“枣树”尽管也伤痕累累，却将自己铁一样的枝杈刺向“夜的天空”。但是，那些扑向灯火的小青虫却和这些小草花不同，它们用自己的力量钻进室内，在玻璃灯罩上撞得丁丁响，鲁迅称赞它们是“苍翠精致的英雄”，有着强烈的共鸣，这或许暗指那些单纯而勇敢的青年们。鲁迅敬重他们，却为他们“梦醒了无路可走”的悲剧而感到悲哀。试想一想，广阔无边的社会历史之中，觉醒者奋力反抗，却无法改变现实，然后，历史又恢复了原来的样子，随着时间的流逝，人们距离他们越来越远，他们就如同小青虫一般。这也类似于青年鲁迅的经历，试图振臂一呼成为英雄，最后还是沉入寂寞、孤独之中。

“枣树”的象征则更容易辨析。它显然是“这样的战士”“叛逆的猛士”的另一种修辞，是不屈的灵魂，正如《题辞》中的“野草”。他洞悉了“造化的把戏”，“他知道小粉红花的梦，秋后要有春；他也知道落叶的梦，春后还是秋。”大自然的季节循环隐喻着社会历史、人生的循环、重复，预示着寒霜不断到来，春天之后还是秋，然而，枣树却永远以它铁一样的枝杈刺向“夜的天空”。

> 哇的一声，夜游的恶鸟飞过了。
>
> 我忽而听到夜半的笑声，吃吃地，似乎不愿意惊动睡着的人，然而四围的空气都应和着笑。夜半，没有别的人，我即刻听出这声音就在我嘴里，我也即刻被这笑声所驱逐，回进自己的房。灯火的带子也即刻被我旋高了。

“夜游的恶鸟”——象征的载体转变为“夜游的恶鸟”，鲁迅转而用“恶鸟”来暗示自己的声音。完全可以把这种“恶鸟”理解为猫头鹰，鲁迅喜欢以猫头鹰的叫声来象征自己的文字的，他呼唤，“只要一叫而人们大抵震悚的怪鸱的真的恶声在那里！？”[①]鲁迅还喜欢鬼魂，无常、女吊是鲁迅的著名形象，喜欢造成一种令人惊悚、怪异、震撼的文学效果。在“五四”时期，有一篇类似于《野草》风格的短文《知识即罪恶》，是讽刺否定知识的，却用了近乎荒诞的笔法，写到了“我梦”见“活无常”“死有分”，又跌入阴曹地府。“我”的“笑声”和“恶鸟”的叫声相互呼应、映衬，或者说恶鸟的叫声，也正是夜的笑声，我的笑声。仍然是强调自己的文字也如同夜的笑声一样，同时它也像《题辞》中的“野草”的坦然大笑。

尼采算是摩罗哲人，声称自己为魔鬼辩护，以恶为善，查拉图斯特拉有他自己的动物：鹰和蛇。鹰和蛇大多数的时候是勇敢的象征，蛇是智慧的象征，也是永恒轮回的象征。它们在作品中反复出现，有的时候，也具有其他的象征意义。在他隐居山洞里的时候，鹰和蛇是他的伴侣，当他下山的时候，看见了鹰和蛇在天空中的亲密接触，“一只鹰正在空中翱翔，兜着大圈子，而且身上还悬挂着一条蛇，这蛇似乎并不是它的猎物，而像是一个朋友，因为蛇盘绕在它的头颈上。‘它们是我的动物！’查拉图斯特拉说道，心中充满了喜悦。太阳下最高傲的动物，太阳下最聪明的动物啊——它们外出探听

① 鲁迅：《音乐》，《鲁迅全集》7卷，人民文学出版社，1981年，第54页。

消息。”[①]法国哲学家吉尔·都鲁兹认为，蛇盘绕在鹰的脖子上，是“永恒轮回”的象征：“这是扎拉图士特拉的动物。蛇盘绕在鹰的脖子上。因此它们俩表现了作为同盟、作为指环中的指环、作为狄奥尼索斯和阿里安这神圣的一对儿的婚约的‘永恒回归’。”[②]不过，在作品中，或许还有其他的象征。在《毒蛇之咬》中，查拉图斯特拉在树下被一条毒蛇咬了一口，想要逃走，“‘不要走啊，’查拉图斯特拉说，‘你还没有接受我的感谢呢！你适时叫醒了我，我的路途还漫长呢。’‘你的路不长了，’那蛇伤心地说，‘我的毒液是致命的。’查拉图斯特拉笑了，说道：‘何曾有过一条龙死于一条蛇的毒液？收回你的毒液吧！你并没有富裕到把毒液赠送于我的地步呢。’于是那条蛇重新爬到他的头上，舔他的伤口。”[③]在《赠予的德性》开头，查拉图斯特拉离开彩牛城而要独自远行的时候，“他的门徒道别时，却送给他一根拐杖，在拐杖金色的把柄上雕有一条盘绕着太阳的蛇。”[④]在《痊愈者》中，查拉图斯特拉因病昏倒在地，而他的动物们一直守护在他身边，“他的动物们都不曾离开他。而且鹰取得和掠得的东西，它都放在查拉图斯特拉的床上：于是查拉图斯特拉最后就躺在黄色和红色的浆果、葡萄、玫瑰苹果、香草和松果之间了。而在他脚边伸着两只羔羊，是那只鹰费劲从牧人那里劫掠来的。”[⑤]查拉图斯特拉与鹰和蛇对话，鹰和蛇也是参与永恒轮回的，但是鹰和蛇却劝他走出自己的洞穴。这里的鹰和蛇似乎是另外一个尼采在呼唤。在《魔术

① ［德］尼采：《查拉图斯特拉如是说之序言》，《查拉图斯特拉如是说》，孙周兴译，商务印书馆，2010年，第27—28页。

② ［法］吉尔·都鲁兹：《解读尼采》，张唤民译，百花文艺出版社，2000年，第68页。

③ ［德］尼采：《毒蛇之咬》，《查拉图斯特拉如是说》，孙周兴译，商务印书馆，2010年，第102页。

④ ［德］尼采：《赠与的德性》，《查拉图斯特拉如是说》，孙周兴译，商务印书馆，2010年，第115页。

⑤ ［德］尼采：《痊愈者》，《查拉图斯特拉如是说》，孙周兴译，商务印书馆，2010年，第350页。

师》中，查拉图斯特拉遇见一位魔术师，查拉图斯特拉怒斥魔术师是戏子，是伪币制造者，最后，让他去山洞找他，告诉他，在山洞里可以找到查拉图斯特拉，“而且可以请教我的动物们，我的鹰和蛇，它们会帮助你寻找的，我的洞穴蛮大的。”[①]在《幻觉与谜团》中，查拉图斯特拉在和一个侏儒对话之后，看到一个恐怖的场面，“我所见的，是我从来没有见过的。我看到一个年轻的牧人，卷缩着，哽咽着，抽搐着，脸都变形了，一条粗黑的蛇正挂在他的嘴外。”[②]“但这牧人却咬了，就像我的叫喊劝告他的那样；他好生咬了一口！把蛇头远远吐出——：而且跳了起来。”[③]然后，牧人达到了一种飞跃，“不再是牧人，不再是人，——一个变形者，一个周身发光者，大笑者。世间任何人都不曾像他这般笑过！”[④]这里，蛇变成了恐怖、黑暗的象征，牧人象征着超人。牧人在战胜一切恐怖、黑暗，完成了一次精神的跨越。

应该把《夜颂》（1933）、《秋夜纪游》（1933）这两篇写夜的散文和《秋夜》联系起来。虽然它们没有收入《野草》，但是在文体上却和《野草》中的《秋夜》完全一致，它们并非杂文，而是散文诗。这两篇文章表明鲁迅晚年也会偶然有《野草》般的心态、情绪，也能看出晚年的鲁迅依然有着尼采情结。《夜颂》已经没有《野草》那种孤独、焦虑和紧张，却依然有“精神界之战士”的斗志，和尖锐的现实批判。鲁迅这里再次使用了“造化”一词，“夜是造化所织的幽玄的天衣，普覆一切人，使他们温暖，安心，不知不觉的自己

---

① ［德］尼采：《魔术师》，《查拉图斯特拉如是说》，孙周兴译，商务印书馆，2010年，第412页。

② ［德］尼采：《幻觉与谜团》，《查拉图斯特拉如是说》，孙周兴译，商务印书馆，2010年，第250页。

③ ［德］尼采：《幻觉与谜团》，《查拉图斯特拉如是说》，孙周兴译，商务印书馆，2010年，第251页。

④ ［德］尼采：《幻觉与谜团》，《查拉图斯特拉如是说》，孙周兴译，商务印书馆，2010年，第251页。

渐渐脱去人造的面具和衣裳，赤条条地裹在这无边际的黑絮似的大块里。”“夜”作为自然的存在，给人白天所没有的真实，使“文人学士”脱去了伪装而露出了本相，裸露出社会、人生更真实的一面。因而，这黑夜又是光明，因为它照亮了一切。而在光天化日之下，却隐藏着无数的丑恶，把黑夜本来有的故意遮蔽起来。“爱夜的人”在夜里感到一切，“自在暗中，看一切暗”。摩登女郎，是大都市上海的象征，欲望化的存在。《秋夜纪游》则更突显战斗精神，我在秋夜里游荡，将自己置于危险的环境之中，“危险？危险令人紧张，紧张令人觉到自己生命的力。在危险中漫游，是很好的。”享受着战斗的意味，这也正是战士的心态。还是浪漫主义的模式，用乡村的“巨獒”，和城市租界的“叭儿狗”进行对比，“我生长农村中，爱听狗子叫，深夜远吠，闻之神怡，古人之所谓‘犬声如豹’者就是。倘或偶经生疏的村外，一声狂嗥，巨獒跃出，也给人一种紧张，如临战斗，非常有趣的。”“巨獒”显然象征着战士。城市租界里的“叭儿狗”是人们熟悉的鲁迅笔下的重要形象，是文人学士的象征。鲁迅一直就对那种奴颜婢膝的叭儿狗怀有强烈的仇意。

4. 《死火》

《死火》也仍然是自我坚守的，“死火”无疑象征着“精神界之战士”的心灵历程，也是鲁迅对自我精神世界的解剖。我们说过，鲁迅最早的散文诗《自言自语》，其一部分篇章是《朝花夕拾》的原点，另一部分则变成《野草》的起点。《自言自语》中的《火的冰》是死火的原型。无论是《火的冰》还是《死火》，灵感或许和《查拉图斯特拉如是说》中的《夜歌》有关。在《夜歌》中有这样的句子：“啊，我的四周都是冰，我的手在寒冰上烧焦！啊，我心中的渴望啊，它渴望着你们的渴望！”[①]《火的冰》：

> 流动的火，是熔化的珊瑚么？
>
> 中间有些绿白，像珊瑚的心，浑身通红，像珊瑚的肉，外屋带些黑，是珊瑚焦了。
>
> 好是好呵，可惜拿了要烫手。
>
> 遇着说不出的冷，火便结了冰了。
>
> 中间有些绿白，像珊瑚的心，浑身通红，像珊瑚的肉，外层带些黑，也还是珊瑚焦了。
>
> 好是好啊，可惜拿了便要火烫一般的冰手。
>
> 火，火的冰，人们没奈何他，他自己也苦么？
>
> 唉，火的冰。
>
> 唉，唉，火的冰的人！

这是1919年时鲁迅对自我精神状态的概括。鲁迅的精神状态，在《呐喊·自序》中有过比较清晰的描述。鲁迅留学日本时期，尤其是试图用文学改造国民性的鲁迅，是其精神的第一次觉醒。但是，最初的文学活动却很快失败了：“我感到未尝经验的无聊，是自此以后的事。我当初是不知其所以然的；后来想，凡有一人的主张，得了赞和，是促其前进的，得了反对，是促其奋斗的，独有叫喊于生人中，而生人并无反应，既非赞同，也无反对，如置身毫无边际的荒原，无可措手的了，这是怎样的悲哀呵，我于是以我所感到者为寂寞。这寂寞又一天一天的长大起来，如大毒蛇，缠住了我的灵魂了。然而我虽然自有无端的悲哀，却也并不愤懑，因为这经验使我反省，看见自己了：就是我决不是一个振臂一呼应者云集的英雄。只是我自己的寂寞

① ［德］尼采：《夜歌》，《查拉图斯特拉如是说》，孙周兴译，商务印书馆，2010年，第251页。

是不可不驱除的，因为这于我太痛苦。我于是用了种种法，来麻醉自己的灵魂，使我沉入于国民中，使我回到古代去，后来也亲历或旁观过几样更寂寞更悲哀的事，都为我所不愿追怀，甘心使他们和我的脑一同消灭在泥土里的，但我的麻醉法却也似乎已经奏了功，再没有青年时候的慷慨激昂的意思了。”[①]因此，鲁迅起初对新文化运动也并不热心，对文学革命也并不关心，只是“遵命文学”的创作，“然而我那时对于‘文学革命’，其实并没有怎样的热情，见过辛亥革命，见过二次革命，见过袁世凯称帝，张勋复辟，看来看去，就看得怀疑起来，于是失望，颓唐得很了。……不过我却又怀疑于自己的失望，因为我所见过的人们，事件，是有限得很的，这想头，就给了我提笔的力量。”[②]“历史上都写着中国的灵魂，指示着将来的命运，只因为涂饰太厚，废话太多，所以很不容易察出底细来。……试将记五代，南宋，明末的事情的，和现今的状况一比较，就当惊心动魄于何其相似之甚，仿佛时间的流驶，独与我们中国无关。现在的中华民国也还是五代，是宋末，是明季。”[③]和钱玄同关于“铁屋子”的议论，充满了绝望和无奈，所谓“梦醒了无路可走”，变成了冷漠的“火的冰”，但是，鲁迅内心仍然蕴藏着巨大的渴望，像许寿裳说的那样，“死火乃其冷藏的热情”。[④]《死火》比《火的冰》更复杂、丰富一些，尤其是有显出挣扎和矛盾的心态。他因为朋友的点燃，要走出冰谷，然而，他知道走出冰谷自己就“烧完”，然而他宁可“烧完”，也要走出冰谷。那么，在《死火》中，给予“死火”的温热的，也许是许广平的爱情。从《死火》的创作时间上看，是1925年4月23日，而鲁迅与

① 鲁迅：《呐喊·自序》，《鲁迅全集》1卷，人民文学出版社，1981年，第417—418页。

② 鲁迅：《〈自选集〉自序》，（鲁迅全集）4卷，人民文学出版社，1981年，第455页。

③ 鲁迅：《忽然想到（四）》，《鲁迅全集》3卷，人民文学出版社，1981年，第17页。

④ 鲁迅：《我所认识的鲁迅》，人民文学出版社，1978年，第76页。

许广平开始通信则在1925年3月中旬。但是，我觉得，这种情绪、思想的矛盾状态并不仅仅拘泥于狭小的爱情，也是和当时鲁迅思想的矛盾有关。这不禁让我想起《影的告别》《希望》，也都是写心灵历史和矛盾状态的，但是，《影的告别》是走向自我，影子不仅不愿意去黄金世界，而且也不愿意跟随着“我”。他知道，自己或者在光明中消失，或者沉没于黑暗之中，最后，他宁可沉没于黑暗之中，也不随波逐流，是一种孤独自我。在《希望》中，有存在着类似的心灵轨迹：“我”感到自己已经衰老、颓败，心灵的手颤抖，心灵的头发苍白，但是，“我的心也曾充满过血腥的歌声：血和铁，火焰和毒，恢复和报仇。而忽而这些都空虚了，但有时故意地填以没奈何的自欺的希望。希望，希望，用这希望的盾，抗拒那虚空中的暗夜的袭来，虽然盾后面也依然是空虚中的暗夜。然而就是如此，陆续地耗尽了我的青春。”但是，却又回到希望：“绝望之为虚妄，正与希望相同。”我以为，这里没必要过度关注哪篇是绝望，哪篇是走出绝望，关键是，鲁迅作为寻梦者或漂泊者的矛盾、悖论的心灵状态，希望与绝望、实有与虚无、自我与社会，等等，这些是在一个过程中不断流动出来的。它不是一个从“绝望”走向“希望”的过程，自然也不是单纯的“绝望”状态，不是一条线状的结构，而是无形的，总是处在各种纷争、冲突之中，不断处在克服、超越之中，永无止境，这应该是作品告诉人们的意义。这是浪漫主义—尼采主义者所喜欢的精神状态。尼采主义作为一个激进的个性主义，和一种追求强大的个体精神的个性主义，总是将人推入绝境，然后在绝境或危险之中展示自我精神的复杂性，然后提升自我的精神。即使在《野草》之外，我们也能够看到这种复杂性、丰富性。因而他们的精神不能没有矛盾，永远不能平静，就如同大海，不能没有风起云涌，必须一阵狂风接着一阵狂风，一个巨浪接着一个巨浪，一个礁石连着另一个礁石，是一个流荡的、颠簸的过程，这种颠簸的激越的流浪，才是寻找和超越。

在尼采《查拉图斯特拉如是说》中，查拉图斯特拉的情绪和心境也经常处在这样的矛盾状态。他游走在山洞与城市之间，时而进入城市，时而回到自己的山洞，在动物与人群之间来回穿梭、走动，一方面高傲地宣示自己的超人、永恒轮回，另一方面却又感到孤独、寂寞，没有人理解他；他渴望进入人群，在市场布道，却又蔑视市场上的大众，要回到自己的孤独、寂寞里去；有时候，你从他的言论里仿佛感觉到“超人”就要诞生了，另一方面却又觉得“超人”毕竟会越来越少，到处是“末人”，他们拒绝“超人”，麻木不仁，而最终的世界是“末人”的世界。

5. 《复仇》

鲁迅的两篇《复仇》所表达的是庸众——“看客”及其与觉醒者之间的关系。在《野草》中，这两篇作品对庸众的批判、反思是非常鲜明的。其基本意蕴仍然是：没有结构的世界，不屈的灵魂。这里的没有结构的世界，主要体现在庸众——看客的精神状态，面对的是人心的世界：看客们是充满着凶恶的、欲望的和盲目的，是没有任何方向的自我欲望满足的贪婪，而不屈的灵魂则体现在：觉醒者与庸众——看客之间的不可调和的紧张关系。对于《复仇》，鲁迅自己曾经有过解释：“因为憎恶社会上旁观者之多，作《复仇》第一篇。”① 按照这种解释，人们很容易将鲁迅对庸众——“看客”的讨厌、愤恨简单化，即泛泛地归入五四启蒙，实际上，鲁迅对庸众——看客的批判既是启蒙又是反启蒙的。“启蒙”渴望庸众觉醒，做一个独立自由的人，而所说的反启蒙则主要指对人性的怀疑和绝望，人心或人性没有方向，只有盲目的意志或欲望。在鲁迅的“看客”那里，不仅是愚昧、无知的问题，还存在着对残酷、血腥的贪欲，是非理性的一种强

① 鲁迅：《〈野草〉英文译本序》，《鲁迅全集》4卷，人民文学出版社，1981年，第356页。

大的力量，是叔本华所说的意志所支配的人心，这是和启蒙主义者对人性的理解有着很大的区别的。《死后》也是对“看客”的批判。人“死后”也会遭到无聊的看客的围观，被各色各样的人议论，“我先前以为人在地上虽然没有任意生存的权利，却总有任意死掉的权利的。现在才知道并不然，也很难适合人们的公意。”人心是广漠无边的，无论怎样，个体生命都要遭到“公意”有意无意的贬损、挤压。人是各不相同，各自有自己的意志、欲望，无法整齐划一，“曾经阔气的要复古，正在阔气的要保持现状，未曾阔气的要革新，大抵如此，大抵！”[①]在《野草》中，《风筝》也是对人的内心的深度思考。一个事物或一种经历对于一个人来说不亚于一场巨大的风暴，而在另外一个人那里却留不下丝毫的印记，人的内心体验居然差别如此巨大。“我”是不爱放风筝，甚至讨厌风筝，因为放风筝是没有出息的孩子的游戏，但是，弟弟却非常喜欢风筝，并且自己做风筝，于是“我”很生气，将弟弟的风筝折断、撕毁。“我”长大以后知道游戏是儿童的天性，于是忏悔、补过。可是，当我将这种经历和弟弟诉说以后，弟弟却说不再记得此事，作品写道：“全然忘却，毫无怨恨，又有什么宽恕之可言呢？无怨的恕，说谎罢了。我还能希求什么呢？我的心只得沉重着。”我的忏悔落空了，因为弟弟根本就忘却了，然而，鲁迅怀疑是否真的忘却。我以为，无论是真的忘却还是撒谎，都意味着人与人之间的隔膜，难以沟通，人心的难以理清的复杂、微妙。

《复仇》中裸体男女之间手持利刃的对峙，是相当晦涩、难以理解的：

人的皮肤之厚，大概不到半分，鲜红的热血，就循着那后面，在比密密层层地爬在墙壁上的槐蚕更其密的血管里奔

① 鲁迅：《小杂感》，《鲁迅全集》3卷，人民文学出版社，1981年，第531页。

流，散出温热。于是各以这温热互相蛊惑、煽动、牵引，拼命希求偎倚、接吻、拥抱，以得生命的沉酣的大欢喜。

但倘若用一柄尖锐的利刃，只一击，穿透这桃红色的、菲薄的皮肤，将见那鲜红的热血激箭似的以所有温热直接灌溉杀戮者；其次，则给以冰冷的呼吸，示以淡白的嘴唇，使之人性茫然，得到生命的飞扬的极致的大欢喜；而其自身，则永远沉浸于生命的飞扬的极致的大欢喜中。

这样，所以，有他们俩裸着全身，捏着利刃，对立于广漠的旷野之上。

他们俩将要拥抱，将要杀戮……

在给郑振铎的信中，“我在《野草》中，曾记一男一女，持刀对立旷野，无聊人竟随而向往，以为必有事件，慰其无聊，而二人从此毫无动作，以致无聊人仍然无聊，至于老死，题曰《复仇》，亦是此意。但此亦不过愤激之谈，该二人或相爱，或相杀，还是照所欲而行的为是。”[①]我以为，这也暗示了没有结构的世界。男人与女人，暗示着人类的全部，这里没有先进和落后、是与非之分，已经抽象到了最基本的成分。尼采是主张“超善恶”的，善与恶的区分，并非唯一的尺度，更重要的是生命意志和力量。如果用鲁迅评阿尔志跋绥夫小说《幸福》的话来理解，也是通顺的。鲁迅说：“阿尔志跋绥夫的本领犹在小品，这一篇也便是出色的纯艺术品，毫不多费笔墨，而将‘爱憎不相离，不但不相离而且相争的无意识的本能’，浑然写出……”[②]爱与憎相互纠结、混合，从而使清晰的伦理秩序被颠覆。但是，如果理解为觉醒者之间的相互关系，也不无道理，即使是自由主

① 鲁迅：《340516 致郑振铎》《鲁迅全集》12卷，人民文学出版社，1981年，第415页。

② 鲁迅：《〈幸福〉译者附记》，《鲁迅全集》10卷，人民文学出版社，1981年，第173页。

义也承认，善与善之间也是存在冲突的。因为裸体男女似乎有一种共同的对待看客的态度，一种憎恨。他们向看客复仇，让看客无聊并欣赏看客的无聊。总之，这里强调了世界的矛盾性。人类处在矛盾、冲突之中。个体生命之间既相互依赖、相互亲和，又相互矛盾、对立的隐喻。

从觉醒者的不屈的灵魂这一面看，裸体男女、耶稣都是始终坚守自己的立场不向“看客”屈服。在《复仇》中，裸体男女看到众人涌向他们，他们停止了行动，拒绝众人观看、赏玩，宁可自己干枯，也不再进行搏杀，将看客置于无聊之中，要欣赏他们的无聊，“路人们于是乎无聊；觉得有无聊钻进他们的毛孔，觉得有无聊从他们自己的心中由毛孔钻出，爬满旷野，又钻进别人的毛孔中。他们于是觉得喉舌干燥，脖子也乏了；终至于面面相觑，慢慢走散；甚而至于居然觉得干枯到失了生趣。于是只剩下广漠的旷野，而他们俩在其间裸着全身，捏着利刃，干枯地立着；以死人似的眼光，赏鉴这路人们的干枯、无血的大戮，而永远沉浸于生命的飞扬的极致的大欢喜中。”《复仇（其二）》中的人之子“耶稣”被钉上十字架，鲁迅反复描写众人对耶稣的殴打、侮辱，以凸显“暴君之下的臣民”的恶毒，同时，耶稣面对四面的敌意，他悲悯众人，“他不肯喝那用‘没药’调和的酒，要分明地玩味以色列人怎样对付他们的神之子，而且较永久地悲悯他们的前途，然而仇恨他们的现在。”这也是尼采式悲剧的眼光看世界的直接呈现，杰出的个人与社会之间永远是紧张、对立的关系。在鲁迅看来，在永无止境的历史生活之中，杰出人物常常不会为社会大众所接受，往往变成“国民公敌”。这是鲁迅内心永远的悲剧性体验。

但是，应该注意的是，鲁迅对庸众——看客的复仇，和尼采对庸众的态度相比，要缓和得多。尼采在批判社会大众的时候，往往是一种非常激烈的观点，有时甚至毫不留情。尼采完全否定平等，否定基督教的悲悯、同情，他认为道德是损害生命的，道德是弱者、庸众的武器，庸众往往躲在道德的堡垒中，无法使他们以自身为目的进行生活，因而，他不遗余力地强调个体的权力意志。而鲁迅在这方面却是有所保留的，他没有完全认可尼采。鲁迅说自己的思想往往是个人主义与人道主义之间的矛盾，就在于鲁迅的个人主义是给社会大众留下余地，对大众有所同情和悲悯。这种非常节制的复仇，显示了鲁迅作为中国知识分子的根性。他不可能像尼采那样将人类区分为超人与庸众，然后，向庸众毫无保留地宣战。这从鲁迅对阿尔志跋绥夫的《工人绥惠略夫》的绥惠略夫的评价就可以看出来。鲁迅尽管对工人绥惠略夫有着深切的理解和同情，认为他是无政府主义者，同情群众，渴望拯救大众，他的身上带有尼采式强者的明显印记，是尼采主义与托尔斯泰主义的调剂者，却不被大众理解和接受，最后，向社会复仇，向大众开枪，自己也完全毁灭。鲁迅说："绥惠略夫临末的思想却太可怕。他先是为社会做事，社会倒迫害他，甚至要杀害他，他于是一变而为社会复仇了，一切仇雠，一切破坏。中国这样破坏一切的人还不见有，大约也不会有的，我也并不希望其有。"①

五、"过客"："寻梦者"的创造、超越之旅

1. 作为"寻梦者"的鲁迅

之所以要特别强调《过客》，是因为自李泽厚将鲁迅看作"提倡启蒙超越启蒙"的作家以后，再经由汪晖的《反抗绝望》对《野草》的阐释，《过客》在80年代后期以来受到特别的重视和固定的解读，被普遍看作是"反抗绝望"的经典作品，却很少有人看到这种"反抗绝望"恰恰是浪漫主义—尼采式的"精神界之战士"的精神境界。李

① 鲁迅：《记谈话》，《鲁迅全集》3卷，人民文学出版社，1981年，第356—59页。

泽厚在他的《现代思想史论》中认为，鲁迅之所以超越一般五四作家，“这当然与他早期接受尼采哲学作为人生观有关。贬视庸俗，抨击传统，勇猛入世，呼唤超人，不但是鲁迅一生不断揭露和痛斥国民性麻木的思想武器（从示众到铲共大观太平歌诀），而且也是他的孤独和悲凉的生活依据（从《孤独者》到《铸剑》到晚年的一些心境）。”①但是，鲁迅与尼采究竟存在着怎样的联系，却并没有具体分析。本文认为，《过客》更直接地显示了鲁迅与尼采超人哲学的精神联系。它贴近于浪漫主义“寻梦”的精神，同时又有尼采的“超人”的“不屈的意志”，即“精神界之战士”的风采。

在《过客》发表不久，鲁迅曾经向一个青年解释《过客》的意思：“过客的意思不过如来信所说那样，即是虽然明知前路是坟而偏要走，就是反抗绝望，因为我以为绝望而反抗者难，比因希望而战斗者更勇猛，更悲壮。但这种反抗，每容易蹉跌在‘爱’——感激也在内——里，所以那过客得了小女孩的一片布的布施也几乎不能前进了。”②

“过客”象征着个体生命的有限性，而他的不停地“走”则暗示着生命的超越性、无限性。世界是变化、运动的，个体生命也是变化的运动的，人生如白驹过隙，忽然而已，个体生命总是要死去，死后便一切归于虚无，一切皆空，历史也不会到达“黄金时代”，但是只要活着就永不停歇地“寻找”。这种“寻找”既是自我不断创造的过程，也是自我创造历史的过程。这显然具有尼采“超人”——不断超越自己的意味。尼采说，上帝死了，不存在永恒的天国，世界是生成的，人的生命总是有限的，但是，没有上帝指引的人才是真正的人，他无限自信而充满着力量，不断创造自己，也创造世界。人之所以伟大，就在于人是桥梁而非目的。人是一个能够不断超越自我的过程，

① 李泽厚：《中国现代思想史论》，东方出版社，1987年，第112页。

② 鲁迅：《250411 致赵其文》，《鲁迅全集》11卷，人民文学出版社，1981年，第442页。

通向没有终点的远方，人的精神应该处在不断地变化之中，不断超越自我，不断达到新的境地。值得注意的是，鲁迅作为中国知识分子，没有宗教意识，更没有永生的观念，因而死并不会引起他的太大痛苦，鲁迅在《死后》中说自己对于“死”的观念，是个“随便党”，但活着应该怎样却和尼采一样，坚守自我，并不断寻求、超越。

鲁迅早在1918年，就流露出“过客”的心态。他的诗歌《梦》是他“寻梦”的精神象征：

很多的梦，趁着黄昏起哄。
前梦才挤却了大前的梦时，后梦又赶走了前梦。
去的前梦黑如墨，在的后梦墨如黑；
去的在的仿佛都说，“看我真好颜色。”
颜色许好，暗里不知；
而且不知道，说话的是谁。

暗里不知，身热头痛。
你来你来，明白的梦。①

这是带着焦虑、迷惘的“寻找”、渴盼。在五四时期，鲁迅文学中关于“路”的意向也是这种“寻找”或“寻梦”的表现形态。鲁迅在《呐喊·自序》中说，人生最大的悲剧是“梦醒了无路可走”，1925年，鲁迅曾经翻译伊东干夫的诗歌《我独自行走》，表达的是近似于《过客》的精神：

我的行走的路
险的呢，平的呢？

---

① 鲁迅：《鲁迅全集》7卷，人民文学出版社，1981年，第29页。

一天之后就完，
还是百年的未来才了解，
我没有思想过。

暗也罢，
险也罢，
总归是非走不可的路呵。

我独自行走，
在沉默着，橐橐地行走。

即使讨厌，
　这也好罢。
即使破坏，
　这也好罢。
哭着，
怒着，
狂着，
笑着，
　都随意吧！

厌世呀，发狂呀，
自杀呀，无产阶级呀，
　　在我旁边行走着。

但是，我行走着，

现今也还在行走着。[①]

《彷徨》的题词是“路漫漫其修远兮，吾将上下而求索”。其实，这也是《野草》的重要题旨。

在五四时期，由于传统社会及其价值的崩溃，现代性价值的输入，知识分子关于社会、个人的价值重建的焦虑、渴求也异常强烈，浪漫主义的“寻梦”几乎成为一种普遍的心态。这种心态、精神特征在许多作家那里留下了鲜明的痕迹。周作人的《歧路》，“荒野上许多足迹，/指示着前人走过的道路，/有向东的，有向西的，/也有一直向南去的。/这许多道路究竟到一同的去处么？/我相信是这样的。/而我不能决定向那一条路去，/只是睁了眼望着，站在歧路的中间。”[②]周作人的《寻路的人——赠徐玉诺》所表达的意蕴近似于《过客》，只是前者更伤感、痛苦、绝望：

我是寻路的人。我日日走着路寻路，终于还未知道这路的方向。

现在才知道了：在悲哀中挣扎着正是自然之路，这是与一切生物共同的路，不过我们意识着罢了。

路的终点是死，我们便挣扎着往那里去，也便是到那里以前不得不挣扎着。[③]

胡适散文《我的歧路》、刘半农的长诗《敲冰》、朱自清的《毁灭》，都是“寻梦”的主题。“寻梦”也是徐志摩诗歌的主题之一。徐志摩的《为要寻一颗明星》也颇有崇高、悲壮感。“我骑著一

① 鲁迅：《鲁迅译文全集》8卷，福建教育出版社，2008年，第134—135页。
② 周作人：《过去的生命 · 周作人自编文集》，河北教育出版社，2002年，第22页。
③ 周作人：《泽泻集 过去的生命 · 周作人自编文集》，河北教育出版社，2002年，第43页。

匹拐腿的瞎马，/向著黑夜里加鞭。”“为要寻一颗明星。”最后，“我”“马”都累死之后，“这回天上透出了水晶似的光明。”徐志摩的“康桥”并非政治的象征，而是其浪漫主义理想的象征。《我不知道风在哪一个方向吹》是迷惘、困惑的，也是寻找的。和鲁迅比起来，新月派显得比较保守，他们的确浪漫，但总是忘不了理性的制约，相信理性过滤之后的情绪更纯正，但也仍然有着这种“寻梦”的冲动，“无常是造物的喜怒，茫昧是生物的前途，临到‘闭幕’的那俄顷，更不分凡夫与英雄，痴愚与圣贤，谁都得撒手，谁都得走；但在那最后的黑暗还不曾覆盖一切以前，我们还不一样的得认真来扮演我们的名分？生命从它的核心里供给我们信仰，供给我们忍耐与勇敢。为此我们方能在黑暗中不害怕，在失败中不颓丧，在痛苦中不绝望。生命是一切理想的根源，它不仅暗示我们，逼迫我们，永远望创造的。生命的方向走，它并且启示我们的想象，物体的死只是生的一个节目，不是结束，它的威吓只是一个谎骗，我们最高的努力的目标是与生命本体同绵延的，是超越死线的，是与天外的众星相感召的。”[①]更著名的“寻梦者”是戴望舒，他的“寻梦”更趋柔美的感伤主义，情感纤细、精致，虽然不无悲壮，但往往悲哀大于悲壮，但也是在焦虑地寻找。《雨巷》渴望遇到一个丁香一个结着愁怨的姑娘，《乐园鸟》永无休止的飞翔，为的是寻找那天国的花园，戴望舒使用了《圣经》里关于伊甸园的典故，更典型地散发着浪漫主义的精神氛围。《寻梦者》却是很悲壮的：梦会开出花来的，但是，这花却在波涛汹涌的大海上，在寒冷的冰山上，需要付出艰苦的努力，可是，一旦你寻到梦中之花，你的生命也耗尽了。还有写《画梦录》的何其芳也大体上也属于这类“寻梦者”，他的“梦”和戴望舒颇为相似。七月派路翎的“寻梦”也许更近似于鲁迅的“过客”，他的蒋纯祖甚至

---

① 徐志摩：《新月的态度》，《新月派评论资料选》，华东师范大学出版社，1993年，第300页。

可以看作是“过客”在40年代的变型。他流浪、奔走，焦虑、迷茫，却又异常坚定，孤独而执着地寻求着自己的梦想。王西彦40年代末期的一部长篇小说就叫《寻梦者》，故事近似于柔石的《二月》，而主人公康农信却笃信叔本华、尼采。仔细地清理，这种“寻梦”在20世纪80年代初期的朦胧诗中也具有重要的位置。

2. 尼采的“寻梦”之路

鲁迅的《过客》所表达的是浪漫主义的母题，也是尼采主义的重要精神。“过客”孤独而执着地朝前“走”，他仿佛被一种声音招呼、吸引。无论承受多么大的苦痛、艰难，也绝不停止自己的脚步。这恰好是“超人”式的精神体现。尽管鲁迅曾经说尼采的超人有些渺茫，但是其骨子里仍然流淌着超人的血液。

浪漫主义有一个“寻找”“回家”的强烈冲动。这或许和康德的哲学有着密切的关系。康德认为，我们根据自己的感觉、经验所能够认识的东西，只是“现象”，“现象”能够被清晰地表达出来，但是，“现象”却是相对的、有限的，“物自体”却是不可认识的。艺术的关键不是模仿现实——“现象”，而是写出人的内心对世界本质——“物自体”的追求，是对无限的永远渴求。这种“寻梦”是诺瓦利斯诗歌的基本思想，也是他未完成的小说《海因里·封·奥夫特丁根》的主题。小说中的奥夫特丁根是一个漫游者，其精神的基本特征是“寻梦”。他做过一个梦，梦里看见了一朵蓝色花。“蓝色花”便成了他永远的憧憬，蓝色是遥远的天际的象征，是永远追求却有无法获得的事物的象征，也是著名的浪漫主义理想的象征。诺瓦利斯的《夜颂》《圣歌》都是浪漫主义的回家主题，只是诺瓦利斯带有强烈的宗教意味，但是这种宗教非中世纪的宗教，而是个人化的新的宗教。德国浪漫主义的另一位著名诗人布伦塔诺也有类似的宗教情结，他的寻找、家园/获救也总是和宗教有密切的关系。

尼采也曾写过不少诗歌，其早期诗歌也带有早期浪漫派色彩，“寻找”“归家”的渴望弥漫期间，甚至也带有宗教、感伤的情绪。《当钟声悠悠回响》是赞颂天国的永恒家乡，“当钟声悠悠回响，/我不禁悄悄思忖，/我们全体都滚滚/奔向永恒的家乡。/谁人在每时每刻/挣脱大地的羁勒，/唱一支家乡牧歌/赞颂天国的极乐！”①《无家可归》则表现的是浪漫派的“寻找”主题，“我骑着骏马/无惧无怕/向远方飞奔。/见我者称我，/无家可归的人。”“我终有一死，/与死神接吻，/可我岂能相信：/我会躺入丘坟，/不能再啜饮/生命的芬芳？/嗨嗒嗒！/我的幸福，绚丽的梦幻。”②后来，这种寻找、回家/获救的宗教色彩荡然无存，感伤主义色彩也被淡化到最低程度，代之而来的是强悍、悲壮的寻找，不是走向天国、彼岸，而是孤独地在“大地上”游荡，漂泊。《漂泊者》：“一个漂泊者彻夜赶路/迈着坚定的脚步，/他的伴侣是——/绵亘的高原和弯曲的峡谷。/夜色多么美丽——/可他健步向前，不肯歇息，/不知他的路通向哪里。”“而且永远不能停顿！”③在《新哥伦布》中，他渴望做一个精神的哥伦布，探索精神的新大陆，“他始终凝望着碧波，/最遥远的地方已使他迷魂。”④

尼采往往以不同的方式或不同的语言，来表达自我不断超越的过程。在《查拉图斯特拉如是说》中，这种“寻梦”的精神变成了“超人”的重要品质之一。查拉图斯特拉也是一个寻求者、“寻梦者”或“漫游者”。他三十岁时，离开自己的故乡，“遁入山林隐居起来。他在那里享受自己的精神和孤独，历经十年之久而乐此不疲。但终于他的心灵发生了转变”⑤，变成了“孩子”，变成了一个觉醒者，达到了最高的人生境界，获得人生、世界的真相。于是他下山。要将自己

① ［德］尼采：《尼采诗选》周国平译，作家出版社，2013年，第6页。
② ［德］尼采：《尼采诗选》周国平译，作家出版社，2013年，第10—11页。
③ ［德］尼采：《尼采诗选》周国平译，作家出版社，2013年，第28—29页。
④ ［德］尼采：《尼采诗选》周国平译，作家出版社，2013年，第41页。
⑤ ［德］尼采：《查拉图斯特拉之序言》，《查拉图斯特拉如是说》，孙周兴译，商务印书馆，2010年，第5页。

的真知告诉世人。他告诉人们的一个最重要的消息就是如何做超人。“我来把超人教给你们。人类是某种应当被克服的东西。”[①]因为，“人是一根系在动物与超人之间的绳索，——一根悬在深渊之上的绳索。一种危险的超越，一种危险的路途，一种危险的回顾，一种危险的战栗和停留。人身上伟大的东西正在于他是一座桥梁而不是一个目的：人身上可爱的东西正在于他是一种过渡和一种没落。”[②]查拉图斯特拉不断游走，也是不断超越的象征，或者说，尼采喜欢用不停地行走来象征超人的精神。在《漫游者》中，“我是一个漫游者和登山者，他对自己的心灵说，我不喜欢平原，而且看起来，我不能长久静坐。而且，无论我还会遭遇什么命运，获得什么体验，——其中将不免有一种漫游和一种登山：因为说到底，人们还只能体验自身。”[③]他告诉自己，必须走上最艰难的道路，必须不断超越，拒绝柔情、安逸。“如果你现在没有了全部梯子，你也必须懂得依然登上你自己的头顶，不然你想要怎样向上登呢？登上你自己的头顶，超过你自己的心灵吧！现在你身上最温柔的东西还必须成为最坚强而冷酷的。……赞美那使人坚强的东西吧！我并不赞美那国度——那流溢着奶油和蜂蜜的国度。”[④]在《返乡》中，查拉图斯特拉把孤独作为自己的故乡，他感觉到，在孤独中，他真正属于自己，因为他在众人中间，感到更寂寞。在孤独中，仿佛一切都获得了新生、自由，可以骑乘着每一个比喻的骏马奔向真理，可以敞开心扉，不必像在人中间那样装饰自己。在尼采那里，孤独也是一种超越性的境界，不能享受孤独的人，

① ［德］尼采：《查拉图斯特拉之序言》，《查拉图斯特拉如是说》，孙周兴译，商务印书馆，2010年，第10页。

② ［德］尼采：《查拉图斯特拉之序言》，《查拉图斯特拉如是说》，孙周兴译，商务印书馆，2010年，第13页。

③ ［德］尼采：《漫游者》，《查拉图斯特拉如是说》，孙周兴译，商务印书馆，2010年，第239页。

④ ［德］尼采：《漫游者》，《查拉图斯特拉如是说》，孙周兴译，商务印书馆，2010年，第240页。

不算强大的人。在《正午》中，查拉图斯特拉抛开自己的影子，抛开了自愿的乞丐，奔跑起来，跑了几个小时之后，在正午的时候，在安静中他躺下来，他睡着了。但是，他的心灵却没有睡，也没有安静，他享受着这美好而安静的中午，感到自己的幸福，感到全世界都变得美好起来，可是心灵又发出另一个声音：起来。“你这小偷，你这个白日小偷！怎么？还伸懒腰、哈欠、叹息，掉落到深井里吗？”[①]这和“过客”也是一样的精神，即使疲惫也仍然拒绝休息，必须要朝前走。在《高等人》中，查拉图斯特拉告诫那些高等人，要把自己的灵魂抬得更高，要高到能够够得着闪电的地方，“我的弟兄们啊，提升你们的心灵吧，更高些！更高些！也不要忘记你们的双腿！也提升你们的双腿吧，你们这些优秀的舞蹈者，更好地：你们也倒立起来吧！”[②]

《查拉图斯特拉如是说》的首篇《三种变形》则以另一种方式表达“超人”精神。“三种变形”是人的精神的三个不同时期的姿势或风貌，是一个不断提升、超越的过程，而不是平行的。第一变，是精神变成骆驼，像骆驼一样，满载重负，就是坚毅地负起最大的使命，人类的使命和历史的使命，即使遭到他人、社会的蔑视、嘲讽和抛弃，也在所不惜，何为重负？“抑或它就是：跃入肮脏的水中，如果那是真理之水，而并不拒绝那冰冷的青蛙和温热的蟾蜍？抑或它就是：热爱那些蔑视我们的人们，当鬼怪想要惊吓我们时，伸手给它？”[③]第二变，是精神变成狮子，“精神在这里变成狮子，精神想要夺取自由而成为自己的沙漠的主人。在这里，精神寻找它最后的主人：它意愿与之为敌，与它最后的上帝为敌，它意愿与巨龙争夺胜

① ［德］尼采：《正午》，《查拉图斯特拉如是说》，孙周兴译，商务印书馆，2010年，第444页。

② ［德］尼采：《高等人》，《查拉图斯特拉如是说》，孙周兴译，商务印书馆，2010年，第470页。

③ ［德］尼采：《三种变形》，《查拉图斯特拉如是说》，孙周兴译，商务印书馆，2010年，第31页。

利。精神不想再称为主人和上帝的巨龙是什么呢？这巨龙就叫‘你应当’。但狮子的精神却说‘我意愿’。”[①]所谓“你应当”就是传统的稳定的价值，它告诉人们，一切都已经被创造好了，只要按照这种既定的价值秩序生活就可以了，而“我意愿”却是抛开这一切，创造自己的自由，这是创造新的价值所必需的，“为自己取得创造新价值的权利”。[②]尼采在《人性的，太人性的》的“前言”中，谈到如何成为“自由人”的问题，似乎是骆驼变狮子的另外一种表达方式。他认为要想成为“自由人”就要“大解脱”，彻底把自己解放出来。对于一个优秀的人来说，他总是要肩负起一定的义务，这些义务将他五花大绑在某个角落里。这些义务就是年轻人特有的敬畏，在长者、尊者面前的羞怯和温柔，是那种感恩心理，是那种对神圣事物的顶礼膜拜。这些义务也可以理解为骆驼的精神——责任与使命。但是，当“大解脱”降临在他的身上的时候，则仿佛被一种力量推动，步入另一种状态。他推开一切义务，点燃激情，勇敢地出发，踏上新的征程，渴望战斗和胜利，挑战一切权威。第三变，狮子变成孩子。为什么狮子必须变成孩子呢？尼采说，“小孩乃是无辜和遗忘，一个新的开端，一种游戏，一个自转的轮子，一种原初的运动，一种神圣的肯定。的确，兄弟们，为着创造的游戏，需要有一种神圣的肯定：精神现在意愿它自己的意志，丧失世界者要赢获它自己的世界。”[③]其实，“三种变形”不过是象征，尼采是一位非体系哲学家，其思想的变化十分复杂、丰富，它没有一条线性的过程，而是一种近乎线团一样绕来绕去的纵横交错的变化。他有着强烈的认知欲望和好奇心，却并不驻留在任何的认知结果上。查拉图斯特拉作为尼采的化身，“他只能催逼

① ［德］尼采：《三种变形》，《查拉图斯特拉如是说》，孙周兴译，商务印书馆，2010年，第31页。

② ［德］尼采：《三种变形》，《查拉图斯特拉如是说》，孙周兴译，商务印书馆，2010年，第31页。

③ ［德］尼采：《三种变形》，《查拉图斯特拉如是说》，孙周兴译，商务印书馆，2010年，第32页。

自己启程，给人们指出一种超越现今人生状态的人生状态。他的讲话只有在涉及摆脱什么而获得自由时才是确定的，可以理解的；反之，当涉及自由要达到什么时，他的讲话就是不确定的，空洞的。但通篇说的就是亟需为拥有血肉之躯和生存意志的人寻找自由，而且不是在彼岸寻找，而是在大地寻找。通篇也都在为自我决定而呼吁。但自我决定如何创造或达到，则只以同错误的形态和外部决定（理想和教士的统治）划清界限来表达。有一个东西在否定的漩流中似乎可以触摸到，而且这东西是持久不变的：这就是从未沉寂的创造要求。”①

3. 为何“反抗绝望”更具有价值

反抗绝望，比因为希望而反抗者更难，更勇敢，更悲壮。这是为什么呢？通常，人们是按照实现的可能性程度来设计自己的追求的，实现可能性越大越是值得追求，比如，革命文学提倡者将无产阶级革命看成是一种历史必然规律，这就是因为希望去反抗。这也是一切乐观的理想主义者的基本思路，无论历史怎样复杂、曲折，但是，总会通向更高的阶段，但是，在鲁迅那里，是怀疑这种历史目的的——没有“黄金时代”，即使是“黄金时代”也会将叛逆者处死。因而，这种“希望”是一种虚假的自欺欺人，以这种“希望”为依托的反抗极大地降低了反抗者的精神价值，而且很容易走向反面，丧失反抗精神。“过客”的“走”“寻找”“寻梦”是开拓自己的“路”，不是寻找某个现成的“路”，是不断战斗、开拓所创造的路。“路”是自己创造出来的，并非现成的铺在那里等着人去发现，去走。鲁迅在《故乡》中说的，世上本没有路，走的人多了也便成了路，也是这个意思。这背后有一种浪漫主义—尼采主义的世界观和人生观。启蒙理性主义将世界看成一个既定的理性秩序，甚至是机械的存在物，它有

① ［德］尼采：《Pütz 版编者说明 · 查拉图斯特拉如是说》，黄明嘉、娄林译，华东师范大学出版社，2009年，第18页。

自己的固定的结构、本质，人的使命就在于认识、掌握这种结构、本质，按照世界的结构行动、思想，就可以通向一个理性王国，也是自我价值的实现。这就是尼采在《三种变形》中所说的“你应当”。但是，在一些浪漫主义者那里，在尼采主义那里，世界根本不存在着固定的结构、本质，这是理性对世界的阉割、扭曲。上帝死了，理性王国根本不存在，一切价值需要重估。人要回到“大地”——世界之中，“大地”是有机体，是生成的，不断变化的，是没有规律或本质的，是一片“混沌”的，甚至是这种“混沌”、混乱还要重复——永恒轮回。人所存在的大地是生气勃勃的，同时也是悲剧性，人生的最高价值就在于敢于直面这种生存状态。“你应当”是传统的虚妄的，是离开生存的大地的，应该抛开“你应当”，重要的是像狮子一样“我意愿”，就是按照我的意志、选择行动，世界是人的心灵创造物，真理或价值不是被发现，而是被创造出来。查拉图斯特拉说，“创造者曾寻求过同伴以及他的希望的孩子：而且，看哪，他发现他找不到他们，除非他首先把他们本身创造出来。”①

4. 拒绝女孩儿的“布施”

“过客”拒绝女孩儿的“布施”，也是为了保持“精神界战士”的独立性和永远进击的精神。当“过客”喝下女孩儿递过来的水以后，心中充满感激，但老翁却告诉过客：不要这么感激，这对你没有什么好处，过客觉得老翁说得有理。老翁后来对过客说，你也会遇到同情的：“你也会遇见心底的眼泪，为你的悲哀。”过客回答说，“不。我不愿看见他们心底的眼泪，不要他们为我的悲哀。”女孩儿递给过客布片，“过客”起初欣喜，但立刻变得警觉起来，他说，“但是我不能。我怕我会这样：倘使我得到了谁的布施，我就要像兀

① ［德］尼采：《违愿的幸福》，《查拉图斯特拉如是说》，孙周兴译，商务印书馆，2010年，第253页。

鹰看见死尸一样，在四近徘徊，祝愿她的灭亡，给我亲自看见；或者咒诅她以外的一切全都灭亡，连我自己，因为我就应该得到咒诅。但是我还没有这样的力量；即使有这力量，我也不愿意她有这样的境遇，因为她们大概总不愿意有这样的境遇。我想，这最稳当。（向女孩）姑娘，你这布片太好，可是太小一点了，还了你罢。”

“过客”为何有如此心态呢？因为对布施的接受，很容易使“过客”与布施者建立密切的关系，而这种密切的关系也会使“过客”有所眷恋、顾惜，陷入一种情感、伦理牵连之中，对自己也就是一种约束。鲁迅在给一位青年的信中解释说，“无非说凡有富于感激的人，即容易受别人的牵连，不能超然独往。感激，那不待言，无论从那一方面说起来，大概总算是美德罢。但我总觉得这是束缚人的。譬如，我有时很想冒险，破坏，几乎忍不住，而我有一个母亲，还有些爱我，愿我平安，我因为感激他的爱，只能不照自己所愿意做的做，而在北京寻一点糊口的小生计，度灰色的生涯。因为感激别人，就不能不慰安别人，也往往牺牲了自己，——至少是一部分。”①鲁迅曾经向许广平说，“例如我是诅咒‘人间苦’而不嫌恶‘死’的，因为‘苦’可以设法减轻而‘死’是必然的事，虽曰‘尽头’，也不足悲哀。……同我有关的活着，我倒不放心，死了，我就安心，这意思在《过客》中说过。”②“同我有关的活着”便有一种牵挂，虽然是一种温情、惦念，却对自己是一种约束，而“死了”便无牵无挂，也便是一种自由，所以“我就安心了”。鲁迅这种自由伦理，和尼采主义的自由伦理——“超人”精神有相似性，虽然鲁迅没有尼采走的那么远，却基本上在同一条线路上：为了能够达到最大程度的个人自由，应该减少同情、感激一类相互牵挂的情感。我们在鲁迅的《孤独者》

---

① 鲁迅：《250411 致赵其文》，《鲁迅全集》11卷，人民文学出版社，1981年，第402页。

② 鲁迅：《两地书·二四》，《鲁迅全集》11卷，人民文学出版社，1981年，第19页。

《在酒楼上》这样的作品中很容易感到魏连殳、吕纬甫所承受的束缚和压力。魏连殳为了表达对老祖母的感情，不得不去参加族人的丧葬仪式，不得不顺从族人的一切安排，这种丧失自我的压抑使他爆发出狼嚎一样的哭声。吕纬甫为了满足母亲的意愿去给早已死去的小弟弟迁坟，给原来的邻居小姑娘阿顺送剪绒花，他觉得这些无聊的事情毫无意义，却不能不满足母亲的意愿。作品中有一个细节，很有意味，可以说明鲁迅为何要拒绝同情或感激，阿顺为我一碗荞麦粉，特意多加一些糖，“我”尝了尝，并不爱吃，但是，“实在不可口，却是非常甜。我漫然的吃了几口，就想不吃了，然而无意中，忽然间看见阿顺远远的站在屋角里，就使我立刻消失了放下碗筷的勇气。我看她的神情，是害怕而且希望，大约怕自己调得不好，愿我们吃得有味，我知道如果剩下大半碗来，一定要使她很失望，而且很抱歉。我于是同时决心，放开喉咙灌下去了，几乎吃得和长富一样快。我由此才知道硬吃的苦痛。”他感到自己就如同苍蝇一样，飞了一圈又回到原来的地方。这就是感激或亲情所带来的束缚。在《过客》里，鲁迅却试图甩掉这些情感，以便独自超然远行。

从“过客”拒绝女孩儿的布施上看，也可以理解为何《求乞者》中的“我”拒绝布施，厌恶布施。“一个孩子向我求乞，也穿着夹衣，也不见得悲戚，而拦着磕头，追着哀呼。我厌恶他的声调，态度。我憎恶他并不悲哀，近于儿戏；我厌恶他这追着哀呼。”“我不布施，我无布施心，我但居布施者之上，给与烦腻，疑心，憎恶。”鲁迅始终有着“人道主义与个人主义”的冲突，在此，无疑个人主义占据了中心位置，拒绝同情，而且明显具有尼采式的倾向。对于乞丐，查拉图斯特拉给予极大的蔑视，查拉图斯特拉下山的时候，遇到一位隐士，隐士劝告他，什么也不要给人类，查拉图斯特拉说，“我不施舍，要施行施舍，我还不够贫穷呢。”[①]赠予者的赠予应该是赠予友人，“对于求乞，却是我们应当完全取缔的！说真的，无论是给予他们还是不给于他们，都令人生气。”[②]不给予他们让他们受到伤害，而给予他们也同样是伤害，因为施舍、同情求乞者本身，就不是平等行为，是居高临下的恩赐，真正的强者对人的尊重，首先应该将他当成一个和自己平等的个人，而不是依附于自己的人。因为尼采恐惧自己被他人、众人牵制，也不想牵制他人。在尼采那里，如若被众人牵制，就会陷入大众化的温柔之乡无力自拔。因而，乞丐，也被看作是缺乏生命力量的人。有一篇题为“自愿的乞丐”是专门写查拉图斯特拉与自愿的乞丐的对话的。为什么叫志愿的乞丐呢？因为这个乞丐把自己的一切财富赠给了大众，但是，却仍然不被社会接受，他厌倦了一切，对一切已经绝望，他要寻找“大地上的幸福”，转而面对牛群学习牛的反刍。他认为在大地上寻求幸福，就要向牛学习，学会牛的反刍。这里，牛在阳光下卧着、安静的状态，暗示着一种宁静的幸福。但是，查拉图斯特拉用自己的鹰和蛇否定了这种宁静的幸福。他觉得，自愿的乞丐无法消受激烈、坚硬的东西，只能接受柔软的东西。在尼采看来，安然宁静地生活着，无疑是平庸、懒散的代名词，缺乏自我的生命力量。强者应该表现出一种非凡的力量。鲁迅在《求乞者》说，“我想着我将用什么方法求乞：发声，用怎样声调？装哑，用怎样手势？……另外有几个人各自走路。我将得不到布施，得不到布施心；我将得到自居于布施者之上的烦腻，疑心，憎恶。我将用无所为何沉默求乞……我至少将得到虚无。”用“无所为和沉默求乞”，即拒绝求乞，却至少可以得到“虚无”，可以直面惨淡的人生，承担孤独者的孤独，宁可被忽略，被憎恶。

---

① ［德］尼采：《查拉图斯特拉之序言》，《查拉图斯特拉如是说》，孙周兴译，商务印书馆，2010年，第8页。

② ［德］尼采：《同情者》，《查拉图斯特拉如是说》，孙周兴译，商务印书馆，2010年，第137页。

上帝死了，一切价值需要重估。人必须独立地创造属于自己的世界。基于基督教的道德，诸如爱——要向爱自己一样爱邻人，乐善好施、奉献、同情、怜悯等等这些所谓的传统美德都在尼采的反思、批判的火力之下。尼采对道德起源、性质和功能的考察遍布在他的大量文字之中，这种文字在尼采的著作中占有相当的分量，而《道德的谱系》则是尼采颠覆传统道德的代表性著作。在尼采看来，道德无非是人类陈陈相因的习俗的产物。人类的利他性行为，一方面是复杂的，另一方面却是遮遮掩掩的利己主义。这些所谓传统美德在尼采那里是“末人”的道德，是“奴隶道德”，是人生的陷阱，它让人堕落、平庸，让人成为驯服的工具，因为这些道德人类付出了巨大的牺牲。“上帝死了：上帝死于他对人类的同情。”①“同情是一种情感挥霍，一条危害道德健康的寄生虫，‘增加世上的祸害，这不可能成为义务’。如果人们只是出于同情而行善，那么人们就不会对自己有益，也不会对他人有益。同〈情〉并不基于准则，而是基于情绪；它是病态的；别人的苦难感染了我们，同情是一种传染。”②道德是否定生命的本能，为了解放生命，为了自由创造，必须否定道德。而尼采的理想人格——狄俄尼索斯、“超人”都是与这种传统道德相对立的。因此，尼采也被认为是非道德主义者。在《查拉图斯特拉如是说》中的《邻人之爱》，是对邻人之爱的否定，“你们簇拥在邻人周围，而且以美好的说辞来表达这一点。但我要告诉你们，你们的邻人之爱乃是你们对于你们自身的糟糕的爱。你们从自身逃向邻人，想从中为自己搞出一种德性：但我看透了你们的‘无私忘我’。”③“你们忍受不了自己，没有充分爱自己：现在你们想把邻人引向爱，用邻人的错误

① ［德］尼采：《同情者》，《查拉图斯特拉如是说》，孙周兴译，商务印书馆，2010年，第139页。

② ［德］尼采：《权力意志》，孙周兴译，商务印书馆，2007年，第310页。

③ ［德］尼采：《邻人之爱》，《查拉图斯特拉如是说》，孙周兴译，商务印书馆，2010年，第90页。

来为自己镀金。我希望，你们忍受不了任何邻人，以及邻人之邻人；于是你们就必须从自己身上创造出你们的朋友及其洋溢的心灵。当你们想要说自己好话时，你们便邀来一个证人；而当你们引诱他从心里称赞你们时，你们本身就从心里称赞自己。不光那个违背自己的知识而说话的人在撒谎，而且尤其是那个违背自己的无知而说话的人在撒谎。你们就在交际中这样谈论自己，用自己来欺骗邻人。”①“这个人走向邻人，是因为他在寻找自己，而那个人走向邻人，是因为他想忘却自己。你们对自身的糟糕的爱，把你们的孤独搞成了一座监狱。”②创造者是寻找通向自我的道路，是单独的个体，拒绝众人，要承受孤独，要勇敢，爱自己，“对于有的人，你不可伸手相迎，而只可伸出巴掌——而且我愿你的巴掌还长有利爪。”③对于创造者而言，爱，“这种爱是最孤独者的危险，这种对一切只要活着的东西的爱！我在爱中的愚蠢和谦卑真的是可笑的！”④“伟大的义务并不让人感恩，倒是使人生出强烈的报复欲；而如果细小的善举不被忘记，那就会从中生出一条啮蚀的蠕虫。”⑤

六、《墓碣文》：怀疑精神的摩罗式表达

《墓碣文》是鲁迅魔鬼式怀疑精神的自我表达，也可以看作是鲁

① ［德］尼采：《邻人之爱》，《查拉图斯特拉如是说》，孙周兴译，商务印书馆，2010年，第90—91页。

② ［德］尼采：《邻人之爱》，《查拉图斯特拉如是说》，孙周兴译，商务印书馆，2010年，第91页。

③ ［德］尼采：《创造者之路》，《查拉图斯特拉如是说》，孙周兴译，商务印书馆，2010年，第96页。

④ ［德］尼采：《漫游者》，《查拉图斯特拉如是说》，孙周兴译，商务印书馆，2010年，第243页。

⑤ ［德］尼采：《同情者》，《查拉图斯特拉如是说》，孙周兴译，商务印书馆，2010年，第136页。

迅的自我解剖，是和尼采怀疑主义最为接近的作品之一。鲁迅不止一次说自己的“黑暗”，这部作品是又一次的黑暗表达。

《墓碣文》写梦境、坟墓和死亡，是一种恐怖、恶心的题材。“我”做梦，梦中读“墓碣文”，然后，“我”又看见尸体，尸体竟然说话，把“我”吓走。显然这种超现实的恐怖、丑恶，在外形上和波德莱尔“以丑为美”的“恶之花”非常相近。五四时期，周作人曾经和李金发有过交往，帮助李金发出版了他的第一部诗集《微雨》。鲁迅也翻译过波德莱尔的散文诗，对波德莱尔有一定了解。但是，波德莱尔这种风格实际上是浪漫主义的延续和变形，或者说是来自于更早的浪漫主义。我们说过，西方浪漫主义不同以往的一个突出特点是，不仅写崇高、尊贵，还涉及邪恶、死亡、魔鬼性以及各种阴暗非理性。许多奇异、凶恶、阴郁、恐怖的事物，都被浪漫主义吸取到自己的园地里。罗素在谈到浪漫主义的时候说，“他们喜欢奇异的东西：幽灵鬼怪、凋零的古堡、昔日盛大的家族最末一批哀愁的后裔、催眠术士和异术法师、没落的暴君和地中海的海盗。”[①]罗素还提到雪莱的妻子葛德文的《弗兰斯坦》。这部作品就是受拜伦启发创作的。作品写一个怪物叫弗兰斯坦，弗兰斯坦渴望人间的温情，他帮助贫苦的农民，但是，人们却不愿意接受他，最后弗兰斯坦完全绝望，又杀死了他所爱的人。尼采的《查拉图斯特拉如是说》中有一篇《坟墓之歌》，用“坟墓”象征青春的逝去，新的生命的继续。

当然，更重要的是这种题材所蕴含的精神，《墓碣文》所表达的怀疑精神，与鲁迅早期接收的摩罗诗人、尼采、叔本华、克尔凯郭尔、施蒂纳等人的影响具有密切关系。这种魔鬼精神深深浸入鲁迅的精神深处，成为鲁迅精神特征的重要构成。“于浩歌狂热之际中寒；于天上看见深渊。于一切眼中看见无所有；于无所希望中得救。”这里面每一句都是从一面看到另一面：从狂热中感到寒冷，从天上看到

① ［英］罗素：《西方哲学史（下）》，马元德译，商务印书馆，1976年，第217页。

地下的深渊，从所有事物感到一无所有，从一无所有中获得救赎或希望。两种相反的事物的对立、冲突，暗示着一个矛盾的生成的世界，“物极必反”，“反者道之动”，一切皆流，无物常驻，没有静止的不变的世界，没有一个绝对不可动摇的价值观念，一切都是可以怀疑的。

“怀疑”首先是对固定、静止世界的否定，这是怀疑的前提。儒家文化所建构的世界并非是一个牢固的世界，儒家文化的价值信条也都存在着可疑之处。从《狂人日记》开始，鲁迅便是以一个大胆的怀疑者的姿态质疑传统、现实的诸多信条。“从来如此，便对么？”从社会历史即历史理性的角度看，“历史是过去的陈迹，国民性可改造于将来，在改革者的眼里，已往和目前的东西是全等于无物的。”[①]改革者着眼于未来，并不被过去、现实中的东西羁绊。中国历史尽管有时间的流动，但是性质不变：“吃人”。中国人从来没有过人的价值，只是想做奴隶而不得，或者做稳了奴隶的状态。历史上也不是没有所谓的“革命”，但是，所有的革命不过是争夺一把专制的椅子，革命的时候仿佛要打碎这把椅子，一旦坐上去，椅子也变成了宝贝了。他给青年们开书目，却号召青年们，不读中国书，读外国书。面对“将来”，鲁迅否定“黄金世界”，历史只是高低起伏的一个过程，没有绝对的圆满。因此，鲁迅不愿意充当青年的“导师”，这意味着“路”是自己走出来的，而不是别人指给的。鲁迅厌恶“中庸”，对“中庸”多有讽刺、嘲弄，在他看来，恰如其分的东西是不存在的，“中庸”也不过是一种伪饰。在女师大学潮中，又将“正人君子”的普遍“公理”戳穿。鲁迅对人性本身也是持怀疑态度的。在那些“看客”身上，愚昧是一方面，其内在的欲望也是一方面，人自身存在着许多动物性，在浑浑噩噩的生存中，流露出根深蒂固的欲

---

① 鲁迅：《〈出了象牙之塔〉后记》，《鲁迅全集》10卷，人民文学出版社，1981年，第244页。

望。人的道德往往是靠不住的。这种激烈的怀疑的确让人感到一种虚无的味道。在鲁迅逝世的时候，周作人就说鲁迅很悲观、虚无，“说到他的思想方面，最起初可以说是受了尼采的影响很深，就是树立个人主义，希望超人的实现。可是最近又有点转到虚无主义上去了。”①但是，在鲁迅看来，只有这样勇敢无畏的怀疑，才能获得真正的希望，“于无所希望中得救。”鲁迅并不否定由深刻怀疑而产生的虚无，深刻的虚无与自由意志一体两面。20年代中期，鲁迅曾经谈到虚无主义，区分了屠格涅夫所说的虚无主义与中国式的虚无：

> 中国人先前听到俄国的“虚无党”三个字，便吓得屁滚尿流，不下于现在之所谓“赤化”。其实是何尝有这么一个“党”；只是“虚无主义者”或“虚无思想者”却是有的，是都介涅夫（I.Turgeniev）给创立出来的名目，指不信神，不信宗教，否定一切传统和权威，要复归那出于自由意志的生活的人物而言。但是，这样的人物，从中国人看来也就已经可恶了。然而看看中国的一些人，至少是上等人，他们的对于神，宗教，传统的权威，是“信”和“从”呢，还是“怕”和“利用”？只要看他们的善于变化，毫无特操，是什么也不信从的，但总要摆出和内心两样的架子来。要寻虚无党，在中国实在很不少；和俄国的不同的处所，只在他们这么想，便这么说，这么做，我们的却虽然这么想，却是那么说，在后台这么做，到前台又那么做……。将这种特别人物，另称为“做戏的虚无党”或“体面的虚无党”以示区别罢。②

---

① 周作人：《谈鲁迅》，《周作人散文全集》7卷，钟叔河编订，广西师范大学出版社，2009年，第365页。

② 鲁迅：《马上支日记》，《鲁迅全集》3卷，人民文学出版社，1981年，第327—328页。

1925年到1928年期间，鲁迅陆续翻译了日本自由主义作家鹤见佑辅的《思想·山水·人物》，鹤见佑辅曾经翻译过《拜伦传》。在《思想·山水·人物》中，有一篇《所谓怀疑主义》，一定引起了鲁迅的强烈共鸣。文章记述了英国自由主义哲学家穆勒与政治家格莱斯顿之间的信仰差异，又通过法郎士与朋友的对话，高度肯定怀疑主义者。穆勒与格莱斯顿虽然是好友，却各有自己的信仰：穆勒是无神论者，一直坚守自己的无神论思想；而格莱斯顿却是虔诚的基督徒。“他们俩都是自由主义的战士；他们俩都是将伟大的足迹遗留在文化人类史上而后死去的人。而一个是以虔诚的有神论者为终身，一个却毕生是良心敏锐的无神论者。”[①]由此，鹤见佑辅发问：究竟什么是怀疑主义呢？在法郎士的家中，法郎士的朋友告诉法郎士：你这样的怀疑主义者没有接触神圣的肖像的权利。法郎士大怒道：

“说是Sketch-book I说是Sketch-book！是罢。他们是就叫我Sketch-book的罢。他们以为这是最大的侮辱罢。但是，在我，是再没有比这更好的称赞了。

“ Sketch-book么？法国思想界的巨人，不都是Sketch-book么？拉勃来（ Rabelais ），蒙丁（Montaigne ），摩理埃尔，服尔德，卢南（Renan），就都是的。我们这民族中的最高的哲人，都是Sketch-book呵。我战傈着，崇拜着，以门弟子自居而尊崇着的这些人们，就都是Sketch-book呵。”[②]

“然而，我们国民中的大怀疑主义者，有时岂不是最肯定底，而且常常是最勇敢的人么？

“他们是将‘否定说’否定了的，他们是攻击了束缚着

① 《鲁迅译文全集》3卷，福建教育出版社，2008年，第216页。
② 《鲁迅译文全集》3卷，福建教育出版社，2008年，第216页。

人们的‘知’和‘意’的一切的。他们是和那使人愚昧的无智，压抑人们的癖见，对人专制的不恕，凌虐人们的惨酷，杀戮人们的憎恶，和诸如此类的东西战斗的。”①

“世人称这些人们为无信仰之徒。但是，当说出这样的话之前，我们应该研究的，是轻率地信仰的事，是否便是道德；还有，对于毫无可信之理的事，加以怀疑，岂不是在真的意义上的‘强’。”②

鹤见佑辅感叹道：

在这一世的文豪的片言之中，我们就窥见超越的人的内心的秘密。

怀疑，就是吃苦；是要有非常强固的意志和刀锋一般锐利的思索力的。一切智识，都在疑惑之上建设起来。凡是永久的人类文化的建设者们，个个都从苦痛的怀疑的受难出发，也是不得已的运命罢。

我们屏弱者，智力不足者，是大抵为周围的大势所推荡，在便宜的信仰里，半吞半吐的理解里，寻求着姑息的安心。

谁能指穆来的纯真为无信仰之徒呢？谁又竟能称法兰斯的透彻为怀疑之人呢？这两个天才，是不相信旧来的传统和形式，悟入了新的人生的深的底里的。但是，他们是在自己一人的路上走去了。所以，许多结着党的世人，便称他们为不信之人。如果这样子，那么，谁敢保证，无信仰之人却是信仰之

① 《鲁迅译文全集》3卷，福建教育出版社，2008年，第217页。
② 《鲁迅译文全集》3卷，福建教育出版社，2008年，第217页。

人，而世上所谓信仰之人，却反而是无信仰之人呢！？[①]

1926年鲁迅翻译了日本中泽临川、生田长江评论罗曼·罗兰的《罗曼·罗兰的真勇主义》。文章评介了罗曼·罗兰的《贝多芬传》《约翰克里斯多夫》及其英雄主义精神。罗曼·罗兰是受了尼采、柏格森的影响的。他对苦难的忍耐和战斗的渴求，一方面有基督教的因素，另一方面有尼采、柏格森的精神气质。“他的英雄主义，一面成为刚正的真实欲，同时，一面则成了宣说战斗的福音的努力主义而显现。他将人生看作一个战场，和残酷的恶意的运命战斗，战胜了它，一路用自己的手，创造自己的，是人类进行的唯一的路。”[②]罗曼·罗兰的神，是和虚无战斗的精神。文章引用了克里斯多夫的话：“我不是存在的一切。我是和‘虚无’战的‘生命’。是燃在‘夜’中的‘火焰’。我不是‘夜’。是永远的‘战斗’。无论怎样地永远的运命，是并不旁观战斗的。我是永远战斗的自由的‘意志’。来，和我一同战斗就是，燃烧起来就是。”[③]“在这一点，他的神，和伯格森的神正相同。伯格森是以为生的冲动即是神的。宣说生命的无尽的进化，宣说为了这进化的战斗，伯格森也和罗兰相同。”[④]

这种怀疑也指向自我心灵深处，暴露自我内在的“黑暗”：

“……有一游魂，化为长蛇，口有毒牙。不以啮人，自啮其身，终以殒颠。……”

“……抉心自食，欲知本味。创痛酷烈，本味何能知？……

① 《鲁迅译文全集》3卷，福建教育出版社，2008年，第217页。
② 《鲁迅译文全集》8卷，福建教育出版社，2008年，第147页。
③ 《鲁迅译文全集》8卷，福建教育出版社，2008年，第152页。
④ 《鲁迅译文全集》8卷，福建教育出版社，2008年，第153—154页。

“……痛定之后，徐徐食之。然其心已陈旧，本味又何由知？……

在鲁迅激烈地反叛传统、批判现实的时候，他似乎常常感受到自己内心的“黑暗”冲动。他不仅向外发问，而且向内诘问：我是谁？“欲知本味”，但又无法确认或证明。鲁迅说过，“我的确时时解剖别人，然而更多的是更无情地解剖我自己，发表一点，酷爱温暖的人物已经觉得冷酷了，如果全露出我的血肉来，末路正不知要到怎样。到那时还不唾弃我的，即使是枭蛇鬼怪，也是我的朋友，这才真是我的朋友。倘使并这个也没有，则就是我一个人也行。”[①]鲁迅在给许广平的信中说，“我对于名声，地位，什么都不要，只要枭蛇鬼怪够了。”[②]“我自己总觉得我的灵魂里有毒气和鬼气，我极憎恶他，想除去他，而不能。我虽然竭力遮蔽着，总还恐怕传染给别人，我之所以对于和我来往较多的人有时不免觉得悲哀者一次。”[③]鲁迅说，“有些青年似乎也觉悟了，我记得《京报副刊》征求青年必读书时，曾有一位发过牢骚，终于说：只有自己可靠！我现在还想斗胆转一句，虽然有些杀风景，就是：自己也未必可靠。”“或者还是知道自己之不甚可靠者，倒较为可靠罢。”[④]鲁迅的这种挖心掏肝的自我解剖，和尼采、拜伦的恶魔精神一脉相承。

尼采继承、发展了拜伦的恶魔精神。拜伦曾经是少年时代尼采的偶像，后来虽然对拜伦也有非议，但他在骨子里却有着强烈的拜伦精神，他在自述中说：“人们一定认为我同拜伦的《曼弗雷德》有着

① 鲁迅：《写在〈坟〉后面》，《鲁迅全集》1卷，人民文学出版社，1981年，第284页。

② 鲁迅：《两地书·一一二》，《鲁迅全集》11卷，人民文学出版社，1981年，第274页。

③ 鲁迅：《240924 致李秉中》，《鲁迅全集》11卷，人民文学出版社，1981年，431页。

④ 鲁迅：《导师》，《鲁迅全集》3卷，人民文学出版社，1981年，第55—56页。

极深的亲缘关系。因为，我在自己内心世界中发现了这一切深渊。我十三岁时就已成熟，能读这本书了。对那些在有了《曼弗雷德》以后还胆敢提《浮士德》的人，我无话可说，只报以一瞥。”①在尼采眼中，拜伦是伟大的诗人，“总是与美感不可分离的忧郁，以及激烈的、魔鬼式的、火一般的个性。”②

尼采自诩为魔鬼，不断张扬魔鬼精神。尼采的酒神精神就包含着人的魔鬼性。他认为，凡是被禁止的事物都值得期待或重视。尼采的“精神三变”中的狮子，便是魔鬼精神。尼采所说的最后一变，狮子变成孩子，便是超善恶。真正的强者或英雄，在他们的精神里面没有世间的善恶尺度，只是按照自己的意志行事，没有焦虑、踌躇和犹豫。《查拉图斯特拉如是说》中的《三重恶》，尼采对淫欲、权欲和自私这三种世间普遍诅咒的恶进行分析。在自由人、强者、高高在上者、具有雄狮的意志者等人那里，淫欲、权欲和自私都是好的，而对于大众、基督徒、肉体蔑视者、来世论者、流氓痞子等人来说，却都是负面的，灾难性的毒药。尼采认为，“文化天才——如果要想象一个文化天才，那么他该是什么摸样呢？说谎、施暴、极端自私，玩起这套来他是轻车熟路，所以只能称他为恶魔。然而，他时隐时现的目标却是伟大和善良的。他是半人马星座，一半是人，一半是马，而且头上还有天使的羽翼。”③“文化天才工作起来就像铸造帕尔修斯塑像的切利尼。切利尼发现金属液体不够用，但不够又不行，于是便把锅碗瓢盆反正能拿到的东西都往里扔。文化天才也一样，他把谬误、恶习、希望、幻象等一股脑儿地全扔进去，无论这是好铜还是烂铁，因为人类的雕像必须成型，必须完成。不时地用些劣质材料，又有什么

① ［德］尼采：《看哪这人》，张念东、凌素心译，中央编译出版社，2005年，第33页。

② ［德］尼采：《权力意志（下）》，孙周兴译，商务印书馆，2007年，757页。

③ ［德］尼采：《人性的，太人性的：一本献给自由精神的书（上）》，魏有青译，华东师范大学出版社，2008年版，第207页。

关系。”[①]

尼采“重估一切价值”，从苏格拉底、基督教、启蒙运动的理性等等全部置于他的怀疑主义的目光之下，“道德”是可疑的，是一种偏见，是对个体生命的损害。他将这种“怀疑”看作生命力量的呈现，是鹤见佑辅所说的那种“怀疑主义”。尼采也批判虚无主义，在《权力意志》中，有许多段落是对虚无主义的批判的。尼采对虚无主义进行了区分：积极虚无主义与消极虚无主义。“虚无主义作为提高了的精神权力的象征：作为积极的虚无主义。它可以是强者的标志：精神力量可能如此这般地增长，以至于以往的目标（‘信念’‘信条’）已经与之不相适应了。”[②]“虚无主义作为精神权力的下降和没落：消极的虚无主义。作为一种弱者的象征：精神力量可能已经困倦、已经衰竭，以至于以往的目标和价值不适合了，再也找不到信仰——价值和目标的综合（每一种强大的文化都以此为基础）自行消解，结果是各种价值相互冲突：导致瓦解。”[③]尼采将自己的哲学就称之为积极的虚无主义，将柏拉图、基督教以及理性主义，总之，那些传统形而上学，都看作消极虚无主义。在尼采看来，在过去、现在人们不敢直面大地的存在，宁可虚构出一种统一的持久的意义，就是消极虚无主义。这种对虚无主义和鲁迅批判的“做戏的虚无党”也是有相似之处的。

① ［德］尼采：《人性的，太人性的：一本献给自由精神的书（上）》，魏有青译，华东师范大学出版社，2008年版，第218—219页。

② ［德］尼采：《权力意志（下）》，孙周兴译，商务印书馆，2007年，401页。

③ ［德］尼采：《权力意志（下）》，孙周兴译，商务印书馆，2007年，401页。